LA SCÉNARISTE

Aurélie Romiguière

LA SCÉNARISTE

Loi n°49-956 du 16 juillet 1949 sur les publications destinées à la jeunesse, modifiée par la loi n°2011-525 du 17 mai 2011.

Couverture : Lise del Barco
Photo : Mike Smith

ISBN : 978-2-3224-3577-7
Dépôt légal : novembre 2022

Édition : BoD – Books on Demand, info@bod.fr

Impression : BoD – Books on Demand, In de Tarpen 42,

Norderstedt (Allemagne)

Impression à la demande

À mes trois mamies,
Pour tout ce que vous n'avez jamais osé dire, ce que vous n'avez jamais osé faire et face à cette inhibition qui vous a même empêchées de l'écrire. À vos rêves endormis...

À mes enfants,
Pour que vous gardiez toujours votre sourire innocent et ce grain de folie qu'est l'imagination.

À mon mari,
Pour ton soutien, ton amour, et parce que tu supportes ce grain de folie qu'est mon imagination !

LEXIQUE

SCÉNARIO

Étymologie : 1764 ; aussi « mise en scène », xixe ; de l'italien scenario « décor », de scena « scène », du latin scena.→ Scène. Pluriel : Des scénarios.

Description de l'action d'un film, comprenant généralement des indications techniques (→ Découpage) et les dialogues.

EXT.

Abréviation utilisée par convention dans la présentation des scénarios pour préciser que la scène se passe en extérieur.

INT.

Abréviation utilisée par convention dans la présentation des scénarios pour préciser que la scène se passe en intérieur.

AVANT-PROPOS

Ne jugez plus au premier regard.

N'interprétez plus les paroles des autres.

Écoutez, simplement, et aidez si besoin.

Vous avez le droit d'imaginer votre vie, mais imaginer et juger ce que pensent et vivent les autres n'a pas de sens.

Et quant aux rêves, ah ! les rêves… Ne trahissez plus vos rêves, c'est votre essence même.

Ma philosophie du *sourire*…

Aucun synonyme ou presque pour ce nom qui caractérise mon héroïne et mon état d'esprit. Qu'il soit l'expression d'un sentiment favorable, d'une ironie, d'un doute, l'expression d'une politesse, d'un malaise, d'une agressivité, d'une joie intérieure, d'une déchirure, d'une faveur ou d'un coup heureux du sort, le mot *sourire* est irremplaçable. Peu importe la circonstance qu'il accompagne : garder le sourire est pour moi une évidence dans chaque circonstance de la vie !

Sourire, même dans l'adversité.

♀

LILI FONTAINE

1 ⁘ Ext. Jour - Guichet de banque - Jour 1

J'ai les mains gelées, pourtant je n'ai jamais eu aussi chaud de ma vie. Mon corps me fait mal, ma tête va exploser, mais je ne suis pas morte. Je n'ose pas regarder devant moi.

Mince, j'ai oublié mes gants. C'est ce détail qui me fait lever la tête. Je marche de plus en plus vite, jetant des coups d'œil furtifs autour de moi. Je voudrais être seule dans cette rue que je connais si bien.

Pourvu que je ne croise personne ! Je ne veux pas dire bonjour.

Mes doigts sont glacés et raides, je regrette ces fichus gants que m'a tricotés ma mère : pourquoi n'y ai-je pas pensé ? Et puis je m'en fous, j'ai froid aux mains, et alors ? Je les serre pour me faire encore plus mal, c'est peut-être à cela que l'on reconnaît que l'on est bien vivante : la douleur…

Je laisse derrière moi tant de choses auxquelles je tiens. Je voudrais déjà être loin.

Enfin j'arrive devant le guichet de retrait de ma banque. La personne devant moi ne semble pas très pressée. Elle est toute petite et ses gestes sont lents. Lents comme sont les gestes d'une vieille personne. Qu'elle fasse vite ! Je veux partir ! Prendre mon argent et m'éloigner au plus vite de ma vie, avant que mon courage ne me quitte.

J'ai la gorge serrée, mon visage doit être blanc comme un linge. Je ne sens plus circuler mon sang.

La vieille dame se retourne enfin et je ne peux m'empêcher de lui adresser un sourire de sympathie. Comment puis-je encore sourire ? Pourquoi est-ce que je lui souris ? Je ne la connais même pas.

Mon corps est pris de sueurs froides. J'avance à mon tour face au distributeur de billets. Je sors mes mains frêles des poches de mon blouson.

À cet instant, je m'apprête à faire une chose des plus banales, et pourtant je suis prise de remords, mes doigts n'en finissent plus de trembler, mais de peur maintenant.

Instinctivement, je regarde autour de moi et prie pour que personne ne me regarde. De quoi pourrait-on se douter ? Je retire de l'argent, et alors ?

Je tape mon code et demande cinq cents euros ; je n'ai de toute manière pas la possibilité de prendre plus… Tout cela est si soudain. Je prends la liasse de billets et la jette en vrac dans mon sac à main, à côté des quelques économies que je me suis permis de faire, au cas où.

Un dernier coup d'œil autour de moi et, d'un pas rapide, je traverse la rue en sens inverse pour rejoindre ma voiture.

Ne regarde pas les gens, marche la tête basse, ne souris pas.

Oh non ! pas elle… Mme Gaillard, mon ancienne institutrice. À chaque fois que je la croise, j'en ai pour une heure… J'exagère peut-être un peu. Qu'est-ce que je fais ? Non, je ne peux pas lui parler maintenant… Lui parler et lui dire quoi ? Que tout va bien, faire comme si de rien n'était ? Prendre des nouvelles de son fils qui est de mon âge ?… Je sais très bien faire comme si tout allait bien… Mais aujourd'hui, je n'en ai pas le courage… Tant pis, quitte à paraître mal élevée – ça changera un peu –, je traverse la rue plus vite que prévu. Je n'emprunte même pas le passage piétons. J'envoie mon plus beau sourire et un bonjour à la volée à ma vieille amie, et je cours en lui faisant signe avec mon doigt sur ma montre pour lui faire comprendre que je suis pressée. Elle est gentille et me lance :

— Bonjour ma petite Lili, toujours en train de courir ! Passe me voir un de ces jours…

Et je lui dis oui de la tête, toujours avec mon grand sourire qui ne demande qu'une chose… pleurer. Non, je ne passerai pas, je ne passerai plus, plus jamais.

Parfois, je ne me supporte plus. Pourquoi sourire alors que je suis si triste ? Et si je ne souris pas, c'est ma culpabilité qui me met une gifle. Mon empathie me fait plus de mal que de bien et je sais que beaucoup trop de gens en ont profité. « Trop gentille », voilà ce que mes amis me disent souvent, mais le *trop* n'en fait pas, je trouve, une qualité. « Trop conne », oui, certainement davantage… Et voilà que je m'autoflagelle ! Quoi de mieux dans ma situation !

Ma 4L blanche est là, je suis rassurée de la voir. La portière grince quand je l'ouvre. Impossible de passer inaperçue ! Je me précipite et referme dès que je suis assise.

Je lance mon sac sur le siège passager et calcule mécaniquement dans ma tête la somme qui s'y trouve : 500 € + 1 481 € cela fait 1 981 €. C'est étrange : c'est aussi mon année de naissance.

Mes mains incertaines attachent la ceinture puis se posent sur le volant pour ne plus bouger.

Il faut que je souffle, je suis à bout de nerfs, mais bien sûr cela ne se voit pas, *il ne faut pas que cela se voie*. J'ai la tête qui tourne, j'ai besoin de fermer les yeux un instant… Merde, j'ai peur, je panique, j'ai du mal à respirer ! *Calme-toi*... Mais je n'ai pas le temps.

J'entame la difficile ouverture de mes paupières supérieures… et je démarre.

J'ai trente-six ans, 1 981 € en poche et je pars.

De ma main, je touche pour me réconforter les cent trente pages reliées qui vont faire ce voyage vers l'inconnu à mes côtés.

Je sors de la place de parking, et je roule. Tout me porte à mes souvenirs. Je passe devant mon ancienne école, puis c'est au tour de l'épicerie où j'ai grandi et travaillé, l'église où je me suis mariée, le cimetière où reposent mes parents. J'arrive enfin devant le panneau annonçant la sortie de ma petite ville bien-aimée. Mes yeux larmoyants me trahissent et me demandent de les regarder dans le rétroviseur. *Ne pleurez pas, pas maintenant. Quelqu'un pourrait vous voir.* Alors, je les regarde. Qu'ils sont tristes ! Mes cheveux noirs et mes cernes creusés me donnent un teint cadavérique. Je me hais.

J'ai trente-six ans, 1 981 € en poche et je ne veux plus jamais revenir ici. Mon dernier objectif sur cette terre, ce sont *elles*, ces cent trente feuilles, empreintes de la dernière chose vraiment vivante en moi : mon imagination. J'aurais pu en rester là, mais, je ne sais pas pourquoi, je veux qu'*elles*, elles puissent prendre vie.

2 ❖ *EXT. JOUR - SUR LA ROUTE*

Ma 4L ne va pas bien vite, mais je suis confiante. Je la bichonne depuis seize ans déjà. J'adore les 4L, et ce petit bijou m'a été offert par mon père. Il ne l'a payée que quatre cents francs à l'époque et a mis trois ans pour la réparer minutieusement. Il tenait un commerce de proximité dans une petite ville tout en rond, au fin fond du Cantal, entre Lot et Aveyron. Ma ville. Tout en rond, héritage de son passé médiéval. Un endroit paisible, où les terrasses de café bondées entourent et protègent la belle église Saint-Césaire. Où les habitants, fiers de leur ville, crient haut et fort leurs racines. Où la nature, riche et belle, vous enveloppe sous la protection de son arbre sacré. Un grand village ou une petite ville, qu'importe : en quittant Maurs-la-Jolie, on se promet toujours d'y revenir. Et pourtant…

Enfant, j'adorais imaginer les remparts, aujourd'hui disparus, de cette ville fortifiée. J'ai commencé des dizaines et des dizaines d'histoires de princes et de princesses, mais ne les ai jamais finies. Des chevaux dévalant la grand-route, des flèches lancées sur les murs, des baisers volés au coin des rues. Mes créations de petite fille allaient bon train, mais je n'écrivais pas encore assez vite pour suivre le rythme de mon imagination. J'ai noirci beaucoup de feuilles, et tous mes romans de débutante ont fini dans le grenier de mes parents… Aujourd'hui, leur maison est devenue la mienne et toutes ces histoires sont toujours cachées dans ce même grenier. Mais à quoi bon ressortir toutes ces vieilles chimères ? Tout cela n'arrive que dans les contes de fées. La vie est tellement plus dure.

Mon père est mort il y a sept ans et ma mère l'a suivi huit mois après. Ils s'aimaient tant ! Ils ont travaillé toute leur vie ensemble, dans cette petite épicerie du Tour de ville. Ils me manquent profondément et j'aurais tant besoin d'eux aujourd'hui.

Je conduis depuis deux heures déjà, sans vraiment regarder la route. « À bientôt dans le Cantal. » Cela me fend le cœur… Y reviendrai-je un jour ? Il y a trop de souvenirs sur les trottoirs de ces villes, dans les coins des rues. Trop de fêtes de villages où jadis mon cœur battait. Trop de festins dans les restaurants que je longe. La route serpente entre les monts d'Auvergne et la neige à leur sommet me calme. Je me replonge dans ces pensées qui me font dériver sur ma vie cantalienne, celle que je dois considérer « d'avant ».

Sur l'autoroute, les kilomètres défilent. Pourvu que la 4L tienne le choc ! Je fais glisser la fenêtre, pour l'ouvrir ou la fermer, selon le besoin. En comparaison, les vitres électriques sont un véritable luxe, mais elles n'ont aucun charme ! Avec le grondement du moteur qui s'essouffle, je n'entends même plus la radio, cela me fait sourire. Un sourire sans réelle gaieté, mais qui a le mérite d'être là. Ce sourire, je le tiens de ma maman, une femme réservée mais sûre d'elle. Je n'ai hérité que de cette retenue, alors que j'aurais tant voulu avoir sa force de caractère.

Ma vue se brouille : la fatigue certainement. J'ai oublié que j'avais des lunettes, celles qui me donnent l'air d'une romancière. En tâtonnant, je les sors de mon sac puis les ajuste sur mon nez pour reposer ma vue. Ma main droite essuie le contour de mes yeux pour faire dévaler les larmes encore présentes. Je bâille et la nausée me prend, je suis épuisée. Le trèfle à quatre feuilles qui se balance au-dessous du rétroviseur me redonne quelques forces et j'ose espérer qu'il me portera chance. Je pense que je ne prends pas du tout la mesure de ce que je viens de faire.

Plus de sept heures de conduite sans m'arrêter, ce n'est pas sérieux. C'est même suicidaire. Je me concentre sur la route, les panneaux d'autoroute se suivent, mais ne se ressemblent pas. Soudain, prise d'un doute, je décide de m'arrêter un peu sur la prochaine aire : je dois manger, me reposer, refaire le plein d'essence… et savoir où je vais !

3 ∴ EXT. NUIT - AIRE D'AUTOROUTE PRÈS DE BELFORT

J'éteins le moteur. Le silence soulage immédiatement mes oreilles. Tous les autres bruits sont loin.

Silence…

Je m'entends respirer. Je suis encore en vie. Je me frotte le visage pour me réveiller.

L'envie d'écrire se fait sentir. Un besoin plus pressant que celui de me dégourdir les jambes. Écrire…

J'attrape mon carnet déjà bien rempli et libère ma tête du stress de cette journée. Ma main se laisse guider en toute confiance : *Où aller pour ne plus jamais le revoir ? Fallait-il attendre d'en arriver là pour assumer mon rêve ? Fallait-il autant souffrir avant de réagir ? Prendre la fuite, vite…*

À demi soulagée, je respire profondément. Je tourne la tête vers la fenêtre et observe, en bâillant, le choix qui s'offre à moi : des toilettes, un espace café et même une boutique ouverte la nuit. Maintenant, j'ai faim. Quand je sors de la voiture, j'ai l'impression d'arriver sur une autre planète : mes yeux sont bouffis et rouges, j'ai mal partout, un autre bâillement m'arrache la mâchoire, je tangue sur mes jambes. Je m'étire au maximum, au risque de me casser quelque chose… Je suis tout engourdie. Je vois passer le reflet d'un zombie sur la vitre éclairée de la boutique. J'ai une tête affreuse mais, bizarrement, je m'en moque. Personne ne me connaît ici, enfin j'espère… Tout à coup, je panique. Mais je me reprends et entre. Hmm, ils vendent aussi des en-cas.

Vingt minutes, peut-être trente, pour boire deux cafés en regardant bêtement les cartes postales et les souvenirs en tout genre. Après être allée me rafraîchir aux toilettes, je sors enfin avec une carte routière allemande, un dictionnaire bilingue de poche, un paquet de chips, un sandwich dont je dévore les premières bouchées et un morceau de tarte aux fraises que je mangerai plus tard.

La nuit finit de tomber et la beauté du ciel me saisit ; je regarde les étoiles, j'étire le cou en arrière, à droite, à gauche, à nouveau je respire profondément. Le klaxon d'une voiture arrivant à toute vitesse me fait sursauter. Par instinct, je prends mes jambes à mon cou et rejoins ma 4L.

Une fois à l'abri, je sens mon cœur battre à cent à l'heure. Je regarde en direction de cette voiture de malheur : ce sont seulement quatre jeunes euphoriques qui en sortent. Soulagée, je reprends une bouchée de mon sandwich, sans grande envie. Ces sandwichs sous vide sont vraiment écœurants. Pain de mie, rosette et cornichons. Je le savais d'avance : je prends toujours le même et suis toujours déçue. Rien à voir avec le vrai saucisson de ma grand-mère ! De toute manière, j'aurais du mal à avaler quoi que ce soit. J'abandonne le reste de mon repas sur le siège passager : qui sait, peut-être aurais-je plus d'appétit tout à l'heure ?

J'ouvre la carte de France puis celle d'Allemagne et commence à regarder le tracé. Je suis découragée : je n'ai même pas fait la moitié du trajet ! Je me trouve à une soixantaine de kilomètres de la frontière, il va falloir que je prenne la direction de Nuremberg, Leipzig et Berlin… Encore environ neuf heures de route, d'après le GPS de mon portable !

Berlin… quelle folie ! Jamais je n'aurais cru y aller. Personne ne m'y attend. Berlin, pour la seule raison que c'est la ville où se passe l'histoire relatée dans les cent trente pages qui font le trajet avec moi. Si mes informations sont mauvaises, je ne retrouverai jamais celui pour qui je les ai écrites. Si je le trouve, ai-je seulement une chance sur cent qu'il veuille bien les lire ? De toute façon, je n'ai plus rien à perdre. Ma vie, sans ce scénario, se serait arrêtée là : alors, je suis en sursis.

Je regarde rapidement mon nouveau dictionnaire. *Guten Tag* : bonjour ; *Tschüß* : salut ; *Im Stehen schlafen* : dormir debout… Je suis épuisée, ma tête s'enfonce dans l'appui-tête, mon regard se pose sur des milliers d'étoiles et je m'endors paisiblement.

4 ∴ Int. Nuit - Flash-back - Rêve

C'est étrange comme parfois les rêves peuvent à ce point sembler réels.

Je suis dans les bois, je suis bien, l'air est doux et apaisant. J'entends un cri d'enfant. Un cri joyeux. À l'affût, je m'avance vers cette partie de cache-cache. Je me laisse guider par les éclats de voix. Une petite fille brune avec deux couettes surgit parmi les fougères et court vers ses parents. Ce sont mes parents. Ils ont l'air si heureux, si libres. Je ne suis que spectatrice, mais j'aimerais les toucher.

Soudain, j'ai mal dans la poitrine, tout devient noir. Il y a des ombres partout autour de moi. Je ne sais pas trop où je suis, mais je sens une main douce me caresser le visage, une main familière. Je me retourne tant bien que mal, une force me poussant en même temps à faire le contraire. Je lutte pour pouvoir recevoir un peu de quiétude. Cette main, si douce il y a un instant, devient brutale, m'attrapant le bras avec violence. Je ne vois rien et j'ai mal. Tout à coup, j'étouffe. Et puis ce n'est plus alors de la douleur que je ressens, mais de l'amour. Fabien. Je le vois, il est là, face à moi. Ses hypnotiques yeux bleus me dévorent d'affection. Il me prend tendrement dans ses bras et me fait tournoyer… et me lâche ! Je tombe sous son regard sans qu'aucun regret ne s'y lise. Il frappe du poing sur la table. Des milliers de feuilles s'éparpillent. C'est mon scénario ; il le déchire et me jette les morceaux à la figure.

Non, pas ça ! Pas mon scénario ! Je halète, je titube, je tente de sauver et de ramasser les feuilles disséminées autour de moi. Je pleure. Je réussis à me relever et prends le risque de m'enfuir. Mais mes jambes sont comme paralysées : impossible de bouger ! Je frappe cette vitre imaginaire qui me bloque le passage, mon cœur me fait mal et j'ai les mains en sang. Je hurle, personne ne m'entend.

Je me réveille en sursaut, me cognant contre la vitre. Je reprends ma respiration comme si je revenais d'un plongeon dans une mer sans fond. J'ouvre les yeux. Je regarde mes mains intactes qui tremblent encore, je frotte mon bras gauche, tout endormi : sans doute a-t-il manqué de sang pendant mon repos. Je suis trempée de sueur.

Je suis en vie. Je laisse échapper un long soupir : ce n'était qu'un cauchemar. Le soleil se lève à peine. Mon regard, vide, croise son reflet dans le rétroviseur ; ma tête retombe lourdement contre le siège. Je me frictionne le visage pour tenter de sortir de ma torpeur. Il faut que je prenne l'air.

5 ∴ INT. JOUR - CAFÉTÉRIA AIRE D'AUTOROUTE - JOUR 2 - 1ER AVRIL

Un café bien chaud ! Rien ne pouvait me faire autant de bien après cette nuit affreuse et glaciale. Ma 4L n'est pas des plus confortables pour dormir et mon dos me fait atrocement mal. Il est 6 h 38 et la cafétéria est déjà pleine de monde. Des regards sans âme se croisent et se scrutent, dans ce lieu où personne, ou presque, ne semble se connaître. Les uns sourient, d'autres sont plongés dans leurs pensées ou dans les journaux du matin. Je ne suis donc pas l'unique fille étrange, assise là, une expression vide sur le visage, sans personne à qui parler. Une inconnue parmi tant d'autres. Un rapide brin de toilette, il est déjà 6 h 57, il faut que je reparte… Pourtant, personne ne m'attend…

La tête haute et mon poing serré sur ma poitrine, je reprends courage et quitte les lieux. Le temps est couvert ; c'est dommage, mais ce gris est si bien assorti à mon humeur que j'en suis presque ravie.

6 ∴ Ext. Jour - Sur la route dans ma 4L

La route défile encore et encore, et cette maudite radio ne capte rien. Je quitte tout de même la France sur un air de folklore que j'imagine alsacien. Le son de la trompette me casse les oreilles. Je crois bien que c'est ce qui me permet d'échapper aux contrôles de police. Qui voudrait arrêter une pauvre fille écoutant du folklore alsacien dans une 4L aux vitres grandes ouvertes ?… L'idée que je touche au but me donne des sueurs froides. J'ai très chaud mais ne m'arrête pas : il faut que je continue ma route.

Je suis en Allemagne depuis deux heures déjà, et je bifurque enfin vers Nuremberg : 633 kilomètres me séparent encore de Berlin ! Cette route me terrorise : les gens roulent tellement vite ! Pourvu que ma vie ne s'arrête pas maintenant, non, ce n'est pas encore le moment ! Si j'avais été sûre que l'on ne puisse pas suivre ma trace, j'aurais pris l'avion. L'idée que Fabien me retrouve me traverse l'esprit et je suis prise de doutes.

Après une halte pour me reposer et manger un peu, je reprends mon chemin en m'encourageant : *Plus que 190 kilomètres !* Je les compte jusqu'au dernier sans avoir la moindre idée de ce que je vais faire en arrivant là-bas. J'essaie de ne pas trop y penser, surtout pour ne pas culpabiliser. Je suis allée trop loin pour reculer. Toutes les voitures me doublent, mais ma fidèle amie est au maximum de ses capacités. Au bout d'un certain temps, finalement, je m'y fais !

7 ∴ Ext. Jour - Großer Tiergarten[1]

Mon GPS m'annonce enfin une bonne nouvelle : « Vous êtes arrivée à destination. » Je m'arrête au cœur de *Tiergarten* après avoir contourné la majestueuse colonne de la Victoire. La nature dans toute sa splendeur, volumineuse, riche, calme et bienfaisante. Un havre de paix qu'il me tarde d'arpenter. Ce pays me plaît déjà, mais cette beauté n'arrive pas à me faire oublier ce que j'ai quitté, ni pourquoi. Après plus de 1 500 kilomètres avalés en deux jours, je sors de ma voiture et procède à une douloureuse élongation de chacun de mes muscles. Je suis ankylosée et mes yeux me piquent au contact direct de la lumière. Le chant des oiseaux et un discret clapotis me tirent un sourire béat. Je fais quelques pas le long d'un sentier et me retrouve au bord d'un petit lac où nagent deux cygnes.

Toute cette verdure flamboyante m'aspire et m'empêche de rebrousser chemin. Le calme au milieu d'une si grande ville ! Moi qui les vénère, je suis entourée d'arbres. L'un d'eux m'attire plus particulièrement. Je me moque du regard des gens, je ne connais personne : de mes bras, j'enlace ce géant et le serre très fort. Quel soulagement ! Je ressens un déploiement d'énergie en moi, des milliers de picotements à la fois intenses et doux. Mes doigts sont ancrés dans l'écorce et rien ne peut plus me séparer de mon arbre.

Me suis-je endormie, ou bien ai-je simplement fait un beau rêve l'espace de ces dix minutes ? Hélas, je reviens à la réalité. Je desserre mon étreinte en faisant doucement glisser mes doigts le long du tronc – c'est sans doute un hêtre – et je m'assieds entre deux grosses racines. Je lève les yeux vers l'immensité de ce colosse, vers ses

---

[1] Grand parc du centre de Berlin

longues branches couvertes de toutes jeunes feuilles à peine écloses. Hier matin, j'étais encore chez moi, dans le froid du mois de mars, et ici, à Berlin, en ce 1er avril, il ferait presque chaud ; le printemps est là et j'ai très envie de pleurer. Un rayon de soleil vient caresser ma peau, je respire un grand coup en fermant les yeux. Quand je les rouvre, le soleil a disparu derrière un nuage ; je sombre dans un flot de larmes. Qu'est-ce qui m'a pris de partir si vite ? Je ne dois pas rester là, il faut que je trouve où dormir ce soir !

De retour sur le cuir tassé de ma berline, je lance une recherche d'hôtels sur mon GPS. À cet instant précis, mon portable vibre, mais je suis incapable de répondre… C'est Fabien. Mon mari. Que faire ? Lâcher le téléphone ? Raccrocher ? La détresse m'empêche de réagir. C'est à cause de lui que je suis là. Je ne peux pas répondre. Quatre vibrations plus tard, je vois enfin son nom disparaître et je m'aperçois que c'est son douzième appel en absence depuis 13 heures. Quatre-vingt-quatre appels au cours de ces dernières vingt-quatre heures ! Mon Dieu ! Qu'est-ce que j'ai fait ? Je suis complètement folle et désespérée. Je me sens si mal ! Plus qu'avant, c'est sûr ! Je suis totalement perdue.

La boule au ventre, je démarre et écoute les instructions de mon GPS : lui seul peut me dire où aller.

8 ∴ Int. Tombée de la nuit - Chambre d'hôtel

J'ai réussi à trouver un hôtel et à communiquer tant bien que mal avec la dame de l'accueil. Alors c'est ici, mon nouveau chez moi, avec mon unique valise – trois gilets en vrac, deux pantalons, quatre tee-shirts, mon tailleur noir, quelques sous-vêtements, ma trousse de toilette, mon ordinateur portable… et mon scénario. Ma vie se résume donc à cela. Ma chambre est petite, mais ça me suffira. Épuisée, je laisse tomber à mes pieds tout ce que j'avais dans les mains, il faut que je m'allonge. Les bras écartés, je m'effondre sur le ventre. Mes épaules se détendent enfin. J'ai la nausée et me retourne. Une larme, puis deux, puis je ne les compte plus ; l'impression de protection que me donne cette chambre d'hôtel m'offre l'occasion d'exprimer enfin mes sentiments. Je suis si mal dans ma peau ; j'ai honte et me cache le visage, bien qu'il n'y ait personne pour me voir. Rapidement, mes mains se retrouvent trempées de larmes ; j'attrape un mouchoir, m'essuie les yeux puis le nez. Les mains contre mon corps, je fixe le plafond en retenant mes larmes. Des spasmes me déchirent la poitrine et ma tête oscille d'un côté et de l'autre sans savoir pourquoi.

Si, elle sait pourquoi ! Pour enfin oser dire : « Non, plus jamais ! NON, ce n'est plus possible ! » Je cherche ma respiration, je me retourne, me cramponne à cet oreiller… J'explose enfin !

Moi, c'est Lili, une grande rêveuse à la triste vie. Cela fait douze ans que je suis mariée à Fabien. Je l'ai aimé, je l'aime, je ne sais plus… Mais ma vie lui appartient, mon cœur, mon corps, mon esprit !

Une douche me ferait du bien ; ma tête se raisonne et m'invite à réagir, tandis que mes larmes révèlent l'odeur de mon corps comme les premières gouttes de pluie le font pour la terre : mon tee-shirt bleu est devenu une seconde peau et je sens aussi mauvais que lui. Depuis deux jours, lui qui n'a rien demandé subit les affres de ma vie. J'arrive à me lever tant bien que mal, mes courbatures sont de plus en plus prégnantes. Celles du trajet comme les plus anciennes. Je me déshabille enfin et, par malheur, mon regard croise dans le miroir le bleu de ma peau, le rouge d'une plaie non soignée et, dans mes yeux, le noir du mépris.

9 ∴ Int. Nuit - Salle de bains

L'eau me brûle, mais cela fait tellement de bien que je pourrais mourir ici, à cet instant, la tête sous la pomme de douche. Les mains sous la nuque, je tente de me détendre pour penser à autre chose. Plus facile à dire qu'à faire !

Mon seul plaisir est d'imaginer que la vie peut aussi être belle… Je me rends compte que cela fait déjà cinq ans que j'écris secrètement ce scénario, en espérant qu'un jour il soit porté à l'écran, avec mon acteur préféré. Cinq ans de lutte contre *lui*, contre moi-même pour tenir bon. Pourquoi ? Une rémission à ma peine, un espoir de bonheur, peut-être le scénario d'une vie que j'aurais souhaité vivre. Rêve impossible et idiot, non ? C'est pourtant la seule chose qui m'a fait tenir.

Il faut que je m'asseye pour ne pas tomber. Ma main doit retenir mon front : ma tête est trop lourde et l'eau accentue cette sensation de sombrer.

Avant-hier, ma morne vie a basculé, mon cerveau a retrouvé sa lucidité. Au lieu de sauter d'un pont, j'ai laissé mes dernières forces me guider vers une issue de secours. J'ai pris mon scénario et me suis échappée de chez moi, de ma maison, de ma vie. Et à présent je suis là, déboussolée, sans aucune adresse, sans aucun repère… Sans rien d'autre que ce rêve.

Il faut que je dorme…

10 ∴ Int. Lever du soleil - Jour 3

En tenue décontractée, assise sur mon lit, je me concentre pour maîtriser mes émotions. Je m'attache les cheveux et sors mon ordinateur, celui qui m'a permis de rédiger ce scénario. Et je me mets à parler toute seule, tout en pianotant sur le clavier.

— Mark Heinrisch… Non… Où trouver Mark Heinrisch… Entrée ! Quoi ? Vingt-six pages ?!

Pfff… Qu'est-ce que tu croyais, ma pauvre ?

Et voilà, premier échec, je suis découragée, je n'y arriverai jamais.

Par dépit, je regarde les photos de cet homme inconnu qui m'est pourtant si familier. Il est beau, vraiment très beau avec sa petite cicatrice sur le nez. Des cheveux châtains, un corps svelte et musclé juste ce qu'il faut. Et son regard… vert…

Réveille-toi, Lili, tu savais que ce serait compliqué !

J'ai beau m'en convaincre, ces dernières quarante-huit heures sont malheureusement le fruit d'un coup de tête ; pas une seule seconde je n'ai réfléchi aux conséquences désastreuses que tout cela pourrait avoir. En même temps, ç'aurait été pire si j'étais restée là-bas, chez moi, avec *lui*. La réalité est plus belle dans mon scénario, et surtout plus facile.

La tête entre les mains, j'expire profondément. Je me tire les cheveux pour me faire du mal et, certainement, pour me sortir les idées noires du crâne. Mais je me relève, battante.

Non ! Je n'ai pas fait tout cela pour rien ! Je suis seule, sans personne pour me dire ce que je dois faire, personne à qui obéir, *personne* ! Je peux crier si je le veux, hurler s'il le faut pour évacuer toute cette haine. Il faut que je le dise, il faut que j'arrive à le croire, mais je susurre seulement :

On ne m'interdira pas de crier.

Alors je crie… Mais seul un cri étouffé parvient à s'échapper de ma bouche. J'éteins mon ordinateur, prends mon manteau et quitte la chambre. Malgré mes angoisses, ma fatigue et ma mauvaise mine, je me secoue et me surprends moi-même.

11 ⁂ Ext. Jour - Le tour de Berlin

Je suis dans la rue : et maintenant ? Où pourrais-je rencontrer Mark Heinrisch ?

Je recherche le plan des bus de Berlin sur mon portable. Je pars à droite et monte dans un bus au hasard : peu importe, je cherche l'inconnu. Mais cela serait évidemment trop simple ! Premier arrêt, je marche un peu, mais les pistes que me donne mon téléphone ne me mènent nulle part ; cela semble tellement logique que je me demande pourquoi j'insiste. Je prends un autre bus, j'en descends. J'entre dans un bâtiment, j'en sors. Tout ce que je fais est inutile. J'erre longtemps dans les rues, je n'arrive pas à communiquer avec les gens. À quoi bon ? Je me suis bel et bien trompée. Mais qu'est-ce que je fais là ?…

La journée passe vite, j'ai faim et soif. Je sillonne la ville dans tous les sens sans rien voir de Berlin. Pendant des heures, rien ne m'importe que le nom inscrit sur les boîtes aux lettres ou sur les pancartes au-devant des portes. Trouver des indices pour avancer…

Il est maintenant 17 h 30, je m'appuie contre un mur et regarde passer les voitures, comme une vieille clocharde désœuvrée. Je décide de me rapprocher de mon hôtel, en espérant le retrouver. Je monte dans un dernier bus. Je sors, je m'arrête. Devant moi se trouve une brasserie : elle tombe à pic. Je n'en peux plus.

12 ∴ Int. Fin de journée - Dans un café

Je rentre seule dans un café, chose que je n'ai jamais faite. Il n'y a pas beaucoup de monde, cela me rassure. D'habitude, Fabien est à mes côtés. Avec sa grande assurance, il m'a toujours fait croire que je n'en avais pas assez pour sortir seule. Pourquoi change-t-on autant dans une vie ? Pourquoi ne peut-on pas vivre, tout simplement, en conservant sa vraie nature ? Pourquoi s'enferme-t-on dans une vie noire, tout en étant conscient, au fond, de tout ce qui arrivera ?… Pourquoi ?

De retour à la réalité, je m'assieds au bar : encore une première ! Un serveur ne tarde pas à arriver. Tant mieux, je ne supporte pas de ne rien avoir entre les mains. Il s'approche et, sans que je sache pourquoi, un sourire sans doute complètement débile apparaît sur mon visage ! Pourtant, on peut difficilement imaginer plus désespérée que moi en ce moment. Enfin si, sûrement, il y a toujours pire… Il répond à mon sourire tout en s'adressant à moi.

— Hi. Was darf ich Ihnen bringen[2] ?

---

[2] Salut. Que puis-je vous servir ?

Do you repeat please[3] ?… Arrêt sur image ! Je sens mon sourire virer sur la gauche… Je le regarde quelques secondes, c'est interminable ; lui attend forcément une réponse ou un bonjour. Les quelques mots d'allemand que j'ai appris à l'école ne vont pas me revenir assez vite. *Bonsoir*, oui, ça va me revenir, *bonjour, bonjour*… *Tschüß*, non, *hallo*… ! Je ne suis pas très sûre de moi, tant pis, je me lance…

— Tschüß ! Do you speak French[4] ?

Tant qu'à faire, mélangeons tout, je ne suis plus à cela près !

— Yes, a little[5]. Que puis-je vous servir, mademoiselle ?

Ouf ! Cette fois mon sourire vire à la béatitude !! Comme je suis reconnaissante à ce jeune homme d'être plus doué que moi en langues !

— Une bière blonde et… un sandwich, s'il vous plaît !

Mes émotions m'ont donné chaud, je quitte mon manteau. Je me sens un peu bête, perchée sur ce siège. Un prospectus traîne sur le comptoir, cela tombe bien… En allemand forcément ! Le serveur, rapide, revient déjà avec mon verre : je le bénis, tout en étant morte de trouille et de honte à l'idée de ce que je vais lui demander. La bière a l'air délicieuse mais, politesse et mission obligent, elle attendra un peu.

— Merci ! Dites-moi… Je suis à la recherche de l'acteur Mark Heinrisch. Vous sauriez où je peux le rencontrer ?

Vu son air ahuri, c'est sûr, il va se moquer de moi… Ne pas se laisser impressionner !

---

[3] Pouvez-vous répéter, s'il vous plaît ?

[4] Ciao ! Parlez-vous français ?

[5] Oui, un peu.

— Mark Heinrisch ?

— Oui, Mark Heinrisch… J'ai un projet de film à lui remettre…

Ça, j'aurai pu m'abstenir de le dire.

— … et c'est urgent !

Urgent, pfff… Et puis quoi encore !

— Ah, vraiment ? Vous êtes une de ses fans ? Et vous croyez au coup de foudre, je parie ?

Oh non ! Pourquoi fallait-il qu'il éclate de rire ? Si seulement je pouvais me cacher sous le bar… Ma tristesse me revient, ce n'est pas le moment ! Je sais que j'ai l'air vraiment naïve et idiote, mais c'est une question de survie… Je me surprends à me parler à moi-même, ce n'est pas bon signe, et je trouve presque drôle mon style ironique : je touche le fond ! Je dois me croire dans mon film… à peu de chose près. Il ne faut pas que je m'énerve !

— Non, c'est purement professionnel ! Je suis française, je viens de débarquer à Berlin pour mon boulot. La langue allemande est un lointain souvenir et je ne suis franchement pas forte en orientation… Vous comprenez, j'ai juste besoin d'une petite aide…

C'est sûr, il doit me prendre pour une idiote ! Et d'ailleurs il tourne les talons et me laisse en plan !

— Au fait, le sandwich, ce n'est pas très allemand comme plat ! Une barquette de frites, ça vous ira ?

Prise de court, je lève le pouce en guise d'accord. Boire ma bière et vite, y puiser un peu de courage… Il revient déjà.

— Tenez !

Il pose la barquette sur le comptoir. Comme il me plaint – cela se voit à ses yeux – j'ai droit à une tranche de jambon et… à un bout de papier. Un bout de papier ? ! Circonspecte, je lis à haute voix le nom qui est écrit dessus :

— Babelsberg ?

Je ne suis pas sûre de bien prononcer.

— C'est le nom d'un studio de cinéma où beaucoup d'agents artistiques ont leur bureau. J'imagine que M. Heinrisch ne vous a pas donné son adresse, alors, allez-y tenter votre chance. Mais faites attention, c'est un sacré séducteur ! Ça fera sept euros, pour la bière… et le reste !

Le clin d'œil qu'il me lance me met au comble de la gêne. Est-ce qu'il plaisante ? Je souris quand même et parviens à prononcer un *Danke* sorti du plus profond de ma mémoire. Mon serveur s'en va, me laissant seule avec ce petit mot plein de promesses et ma bière. Je trinque.

Mais ne rêve pas trop vite.

13 ∴ Ext. Nuit - Dehors devant l'hôtel

L'air frais me fait du bien. Je mange debout, tant pis, je ne supportais plus le regard moqueur de ce serveur. Ces frites sont les meilleures que j'aie mangées de toute ma vie. Elles ont un goût de liberté… Et j'avais surtout très faim. Est-ce du bonheur que je ressens, à ce moment précis ? Je ne saurais le dire. De l'excitation, oui. Ce mot dans ma poche... J'ai encore envie de crier, mais je ne veux pas me faire remarquer. Passer pour une folle, j'ai déjà donné !

Oh non ! ça vibre ! Tout sentiment de bonheur s'efface vite, toujours trop vite. Mais ce n'est peut-être pas Fabien, après tout. Mince ! Avec mes mains sales, je vais tout souiller. Et qui cela pourrait-il être d'autre ? Sophie ? Ma meilleure amie n'est même pas au courant de tout ce qui s'est passé. Ça vibre encore…

— Oh ! c'est bon, c'est bon !

Je suis à bout de patience...

Fabien. Le chaos m'envahit, je ne sais plus ce qu'il faut que je fasse. Évidemment, il doit s'inquiéter. Mais quelle folie m'a prise ? Je me sens coupable. Il est arrivé à me rendre coupable ! Je tremble, mon pouls résonne dans ma tête. Oui, j'ai peur, très peur de lui. Vingt et un appels en absence…

Je n'ai rien à me reprocher, absolument rien ! Mais je n'arrive pas à m'en convaincre. Je jette mon portable au fond de mon sac et mords brutalement dans une poignée de frites que je mâche à peine. Ma gorge est trop serrée, ça ne passe pas ; mon pouls s'accélère, je panique. Je me retourne, je suis seule dans la rue, un flot de larmes inonde mes paupières. J'avale de force ce que j'ai dans la bouche, le regard dans le vide. Encore un repas de gâché… Je jette tout dans la première poubelle que je trouve et rentre vite dans l'hôtel. Il faut que je dorme.

14 ∴ Ext. Jour - Devant les studios Babelsberg - Jour 4

J'y vais ? Je n'y vais pas ? La question me tourmente encore tandis que je suis en chemin… Ça y est, j'y suis ! Et maintenant ? Encore une chose que je fais tête baissée… Ce n'est pas faute d'y avoir pensé toute la nuit ! Entre les appels de Fabien et l'idée d'aller présenter mon scénario dans un studio de cinéma… Non, mais… un studio de cinéma ! C'est complètement absurde… Mon courage m'abandonne. *Je suis nulle* : voilà ce que je pense ! Personne ne voudra me recevoir, ils vont me virer directement et je n'aurai plus qu'à me jeter sous un train. Je vais au casse-pipe ! Mais au fond, de quoi ai-je peur ? D'avoir honte, d'être humiliée ? Qu'est-ce que j'ai à perdre ? Ma dignité, oui, ma dignité…

Me voici donc devant les studios de cinéma Babelsberg, c'est immense. Il y a un guichet d'entrée pour y accéder : des gens tout à fait normaux entrent, pourquoi pas moi ? Je me lance et sors mon petit mémo avec quelques phrases passe-partout. Un homme en uniforme se met en travers de mon chemin ; il n'a pas l'air méchant, il est même plutôt sympathique.

— Guten tag[6] !

— Guten tag !

Je lui annonce que je ne parle pas allemand, lui me fait comprendre que je dois montrer patte blanche. Il fait venir une dame, elle aussi en uniforme, qui me fouille sans qu'il n'y ait là rien de gênant. Ils me laissent finalement passer : je n'ai même pas besoin de leur dire où je vais, ils s'en moquent. C'est peut-être portes ouvertes aujourd'hui ! Qui sait… J'avance donc ; l'effervescence qui règne en ces lieux me laisse admirative, je me prends à rêver… Si je pouvais tout simplement apercevoir Mark Heinrisch, là, comme ça, dans la foule, j'éviterais bien des ennuis et cela paraîtrait tellement plus naturel ! *Monsieur Heinrisch ! Bonjour, quelle surprise, je vous cherchais justement pour vous remettre mon scénario !!* Je suis minable ! Je serais capable de le laisser passer à un mètre de moi sans pouvoir lui décrocher un mot.

---

[6] Bonjour !

Plantée au milieu de l'allée, je pivote sur moi-même, je scrute et cherche ce qui pourrait ressembler à des bureaux ou un accueil. Je m'avance vers une porte vitrée qui m'inspire confiance ; il y a bien un écriteau, mais je n'arrive pas à le déchiffrer. Si je ne me calme pas, mon scénario va finir tout chiffonné ! Je vois mon reflet : j'ai l'air toute timide et très stricte avec mon tailleur noir. Mon rouge à lèvres rouge est de trop. Avec un mouchoir, je m'essuie discrètement les lèvres. Je n'aurais pas dû me faire un chignon, c'est ringard ! À travers la vitre, je distingue une autre silhouette : une personne se dirige vers moi pour sortir. Elle me fait au passage un sourire chaleureux et me tient la porte : je prends ça comme un signe et, sans trop réfléchir, j'entre.

15 ∴ Int. Jour - Studio Babelsberg - Accueil

Formidable, je suis à l'accueil ! Je m'approche de la jeune femme de la réception, en tâchant d'avoir l'air professionnel. Je me plante devant elle et me mets à parler anglais ; les mots sortent tout seuls !

— Please, I would like to see Mr Mark Heinrisch's agent[7] !

Elle n'a pas l'air surprise et me répond en anglais : finalement, je vais peut-être bien m'en sortir.

— Mr Ralph Altmann doesn't see anyone without an appointment ! Who's asking[8] ?

---

[7] S'il vous plaît, je voudrais voir l'agent de M. Mark Heinrisch.

[8] M. Ralph Altmann ne reçoit personne sans rendez-vous. Qui le demande ?

Je suis un peu désarçonnée par son air hautain. J'ai au moins le nom de l'agent de Mark Heinrisch : Ralph Altmann, il ne faut pas que je l'oublie.

— Lili Fontaine. I'm a french scriptwriter. When can I meet Mr Altmann[9] ?

Son œil suspicieux m'énerve : si elle savait comme j'ai la trouille ! Je me sens déjà assez bête comme ça... Je lui jette mon regard le plus persuasif et en rajoute un peu.

— It's really important and urgent[10] !

Ouf ! Elle regarde son ordinateur, peut-être va-t-elle me trouver un créneau… Mais elle s'agace, se lève et se dirige vers ses collègues. Je vais me faire virer ! Non, ce sont ses collègues qui la virent, elle, la pauvre ! Elle revient toute penaude et les joues pourpres, puis pianote sur le clavier de l'ordinateur. Elle se mordille un ongle, me regarde avec inquiétude. Faisant glisser sa chaise en arrière, elle attrape un agenda entre deux bureaux et le feuillette. Elle relève enfin la tête : son sourire de façade ne cache pas son hésitation. Elle doit être nouvelle.

— Well, you're in luck ! Tomorrow at 2 p.m. You'll have twenty minutes to persuade him[11] !

Ai-je bien compris ? Elle a dit demain à 14 heures : si ça, ce n'est pas de la chance ! Enfin une bonne nouvelle !

— Perfect ! Thanks[12] !

---

[9] Je suis une scénariste française. Quand puis-je rencontrer M. Altmann ?

[10] C'est vraiment important et urgent !

[11] Eh bien, vous avez de la chance ! Demain à 14 heures. Vous aurez vingt minutes pour le persuader !

[12] Parfait ! Merci !

Un rendez-vous demain avec Ralph Altmann ! J'ai un rendez-vous demain avec l'agent de Mark Heinrisch… Je vais défaillir ! C'est bien réel, et c'est complètement fou.

Je sors de l'accueil en trombe, en serrant fort le scénario contre ma poitrine. Dans l'allée, je me mets à courir à petites foulées, un immense sourire sur les lèvres. Peut-être aurais-je dû lui laisser mon scénario pour que Ralph Altmann le lise ? Non, il faut que je lui en parle d'abord et qu'il sache ce que cela représente pour moi. Je ne suis pas une pro et je n'ai aucune idée de ce qui m'attend demain. Les usages et bonnes manières du cinéma, je n'y connais rien. Ai-je seulement le droit de débarquer ainsi ? Je n'en sais rien. Mais j'ai un rendez-vous !

Le regard que me jette le vigile m'oblige à ralentir ma course. Quand je sors de l'enceinte des studios, une forte secousse me soulève la poitrine. Certes, il y a la peur face à cette situation inhabituelle… mais je viens de franchir une étape, je viens de réussir quelque chose par moi-même ! Ce n'est qu'une petite chose, mais elle prend une telle importance, après tout ce qui s'est passé ! Il va falloir que j'y pense, d'ailleurs, à tout ce qui s'est passé, car la douleur va finir par m'envahir tout entière… Mais pas maintenant, non ! À cet instant précis, une larme d'émotion glisse sur ma joue. Peut-on imaginer ce que cela représente pour moi ? J'ai versé tant de larmes que celle-ci, toute joyeuse, est enivrante. En écrivant ce scénario, j'ai vécu des moments de paix intérieure, ce qui arrivait rarement dans mon quotidien. J'ai toujours cru qu'un jour, grâce à lui, tout irait mieux... Je me suis livrée à lui, sans pour autant lui avouer mes malheurs. J'ai embelli la réalité, sans penser qu'un bonheur pouvait m'arriver. Alors, cette larme, je la bois en espérant qu'elle reste en moi, que jamais cette sensation salvatrice ne s'efface. Ce sont ces petites victoires qui font avancer. Je suis fière de moi.

16 ❖ Ext. Jour - En rentrant à l'hôtel - Envie de shopping

J'ai beaucoup à faire avant le rendez-vous de demain, mais une magnifique vitrine attire mon attention : prendre soin de moi devient alors une priorité. Disons que je ne peux me rendre à ce rendez-vous dans mes vieilles guenilles… Cela fait des années que je n'ai pas eu le plaisir de faire les boutiques seule. M'acheter ce que je veux : quel luxe ! Les prix ont l'air abordables, je devrais pouvoir… Vais-je oser faire quelques folies ? La vendeuse s'aperçoit très vite de mon envie mêlée de crainte et me prend sous son aile. Elle n'est pas plus douée en langues que moi, la pauvre, mais dans un mélange d'anglais, de français et d'allemand, nous nous comprenons à merveille. J'essaie des vêtements pendant qu'elle m'en apporte d'autres. Vêtue d'un joli chemisier décolleté et d'une jupe, je sors de la cabine et me regarde dans la glace. Ce chemisier… La ressemblance est saisissante et me coupe le souffle. Ce soir-là… Mes yeux se remplissent de frayeur ; je recule d'un pas, ce n'est pas un rêve… Mais Fabien n'est pas là. Il n'y a que la vendeuse, qui me regarde bizarrement. Je rentre immédiatement dans la cabine, je tire le rideau pour me retrouver seule et m'assieds sur le siège. Je tremble.

17 ✣ INT. JOUR - FLASH-BACK DANS MA VIE D'AVANT

Fabien passe sa main à travers le rideau et l'entrouvre. Ses yeux bleus se posent sur moi tandis que je le fais reculer pour pouvoir sortir de la cabine d'essayage. Portant un chemisier décolleté et une jupe plutôt sexy, je pivote en me dandinant vers le miroir. Je me trouve belle. Fabien se rapproche de moi, le regard suspect. Très sensuellement, tout en me fixant, il boutonne mon col puis me fait tourner face à la glace ; il attrape un pantalon et le met devant mes jambes. Je vois à son sourire espiègle qu'il a une idée derrière la tête. Il entreprend de m'embrasser dans le cou, tout en sachant que je n'apprécie pas ces marques d'attention en public. Tandis qu'il remonte jusqu'au creux de mon oreille, j'observe la scène dans le reflet du miroir. Fabien saisit alors de la lingerie provocante restée dans la cabine et la fait se balancer devant mes yeux. Mon regard planté dans le sien, je lui souris : après tout, il n'y a là rien de méchant, et c'est plutôt flatteur de la part de son *gentil* mari. Il sait que je ne dirai ni ne ferai rien contre lui, même si ces démonstrations me gênent. Il pose un soutien-gorge sur ma poitrine et plaque ses mains dessus en maintenant une certaine pression.

— Il me tarde de te voir ce soir avec ce soutien-gorge.

Il me lèche discrètement le lobe de l'oreille.

— En revanche, cette jupe, je t'interdis de la porter sans moi.

Il vient se placer devant moi, prend tendrement mon visage entre ses mains et m'embrasse langoureusement.

— C'est bien entendu ?

— Oui, c'est très clair.

— Je t'aime, tu le sais, ça ?

En passant derrière moi, il me donne d'un air coquin une petite tape sur les fesses. Quand il s'adresse à la vendeuse pour qu'elle emballe le soutien-gorge, c'est un regard pervers qui jaillit de ses yeux. Je lui souris toujours, mais je vois son petit manège : après avoir enlacé sa femme et rendu la vendeuse jalouse, il va, de sa voix sensuelle, finir de l'envoûter avec son numéro.

— Elle ne l'a pas essayé, mais je pense que, s'il vous va *à vous*, il lui ira *à elle*.

La jeune femme porte un tee-shirt transparent qui laisse apparaître le fameux soutien-gorge. Elle n'ose regarder Fabien en face, mais on sent la gêne traverser tout son corps.

— Très bien, monsieur.

Me savoir jalouse amuse mon mari : je me dis que c'est sans doute sa façon à lui d'être sûr de mes sentiments.

18 ∴ Ext. Jour - Retour dans la boutique berlinoise

Mais ce temps-là est révolu, il faut que j'arrête d'y penser ! Je me force à aller de l'avant.

J'essaie, je valide, j'achète. Je ne repars pas avec tout le magasin, mais j'ai des tenues pour chaque occasion : un tailleur tendance, une jolie robe noire (on ne sait jamais !), jeans et tee-shirts pour une allure décontractée. Bref je ressors de cette boutique gonflée à bloc. La vendeuse m'a aidée à enlever toutes les étiquettes : je me rends donc directement dans une laverie que j'avais repérée.

19 ⁘ Int. Nuit - Chambre d'hôtel

Cela fait quatre jours que je suis partie. Déjà.

Je suis tranquille, assise en tailleur sur mon lit. Mes nouveaux vêtements finissent de sécher, étendus du mieux que j'ai pu dans la chambre. J'ai demandé un fer à repasser à l'hôtel : je ne pouvais pas mieux tomber, tous les employés sont très serviables. C'est un détail, mais il n'était pas envisageable de me rendre à mon rendez-vous avec des vêtements froissés.

Durant tout l'après-midi, j'ai bien travaillé : j'ai relu mon scénario pendant que la machine tournait, préparé le synopsis, la lettre d'intention et le pitch, au cas où. Heureusement qu'internet est là pour donner de bons conseils : mon scénario à lui seul n'aurait pas suffi. Je semblerai peut-être un peu plus professionnelle ainsi. J'ai aussi rédigé ma présentation en allemand, mais là, je ne suis pas sereine… Tout cela m'a permis de m'occuper l'esprit et de ne surtout pas penser à Fabien. Mon portable n'a pas cessé de vibrer. Je ne peux pas continuer à ignorer ce problème, cela me hante ; je devrais écouter les messages et peut-être l'appeler. Une chose après l'autre : je vais commencer par les messages et, ensuite, il faudra que je réfléchisse à ce que je peux lui dire. Il est hors de question que je lui parle de Berlin. Il ne sait même pas que j'ai écrit un scénario. Enfin si, je le lui ai dit une fois, mais il ne m'a pas crue et m'a jeté à la figure que je rêvais trop. Je n'ai pas insisté, de peur qu'il me demande de le lui montrer. C'était impossible ! Ce scénario, c'est mon bébé, mon moi intérieur, mon moi libre, mon moi serein. Il est en totale contradiction avec ma vie mais, en même temps, c'est le livre ouvert sur mes pensées les plus intimes. Fabien n'aurait pas voulu comprendre.

Je respire profondément, mais ne parviens pas à me calmer : je tremble. Je m'enfonce dans le néant, ma tête se paralyse complètement, j'ai l'impression d'être sourde. Machinalement, je me frictionne le bras pour me réveiller quand une violente douleur m'arrache un cri. J'avais presque oublié mon bras tout bleu et meurtri. Ce mal me ranime et me rappelle qu'il fallait vraiment partir. Je prends une grande inspiration, compose le numéro de la messagerie et mets le haut-parleur. Le portable est devant moi sur le lit, je le pousse un peu plus loin et le fixe.

— *Bonjour, vous avez seize nouveaux messages. Nouveau message reçu le 31 mars à 10 h 03…*

— *Lili, t'es où ? Réponds, merde !*

— *Pour réécouter le message tapez 1, pour…*

Taper *3* pour supprimer le message est une évidence.

— *Message supprimé. Nouveau message reçu le 31 mars à 12 h 26…*

— *Lili, arrête un peu tes conneries et rappelle-moi de suite !*

Ma respiration s'accélère, mon visage se ferme et se crispe, je vais bientôt exploser en pleurs. Sa voix est autoritaire. Je supprime également ce message.

— *Message supprimé. Nouveau message reçu le 31 mars à 15 h 12…*

— *Lili, c'est Sophie, ta meilleure amie, tu te souviens ? Je crois que tu as oublié de me dire quelque chose, non ? Qu'est-ce qui se passe ? Fabien m'a appelée, il est fou d'inquiétude ; rappelle-moi, il m'a foutu la trouille ! Je suis en pause, là, je retourne travailler, mais rappelle-moi quand même, je n'ai rien compris à ce qu'il m'a dit ! Bisous ma Lili.*

Qu'est-ce que j'ai fait ?!… Mes deux mains sur la bouche, je ne sais plus quoi faire. Je me frictionne la nuque, tente de trouver une échappatoire à cette pagaille, me lève, fais trois pas, puis finalement me rassieds pour être sûre de bien entendre. Les messages de Fabien s'enchaînent, de plus en plus violents. Je ne me contrôle plus : mon corps se balance dans un va-et-vient inquiétant, je me tords les doigts, me mords la lèvre inférieure, mes larmes coulent sans qu'aucun son ne sorte de ma bouche.

— *Nouveau message reçu le 1er avril à 6 h 41…*

Je n'entends qu'un souffle, lent et irrégulier, celui de Fabien ; ce souffle, ce râle devient entêtant et me fait perdre la tête. Un sanglot sort enfin de ma poitrine, mais je me couvre la bouche pour l'étouffer. Pendant une minute et vingt-cinq secondes, je m'inflige ce souffle. Tout se bouscule dans ma tête. Pourquoi respire-t-il ainsi ? Lui est-il arrivé quelque chose ? A-t-il bu ? Il est très doué pour me mettre le doute… Je n'en peux plus et tape le *3*.

— *Message supprimé. Nouveau message reçu le 1er avril à 14 h 52…*

— *Va chier, Lili, t'as eu raison de te casser, j'suis qu'un pauv' type, mais toi, t'es une belle merde, tu m'as poussé à bout, Lili, t'entends ? C'est toi qui m'as poussé à bout !*

Sa voix est éraillée par l'alcool, ses propos sont décousus. C'en est trop, j'en ai trop entendu. Pourquoi m'imposer tout cela ? Je m'attendais à quoi ? À des excuses ? Il est trop fier.

Cette douleur est insupportable… Sois forte et affronte la réalité, écoute jusqu'au bout et ne regrette pas ton choix.

— *Message supprimé. Nouveau message reçu le 2 avril à 14 h 58…*

— *C'est ta faute, tout ça ! Reviens, Lili, je suis ton mari, tu n'as pas le droit de m'abandonner, je vais me foutre en l'air si tu ne reviens pas, t'entends ?! Tu es à moi, À MOI !!!*

Il hurle, c'est trop dur. J'éteins la messagerie et m'écroule en pleurs sur mon lit. De mes poings serrés, je frappe les coussins. Je suffoque et de petits cris de colère sortent de mon ventre. Oui, je suis en colère ! Je me relève brusquement, empoigne mon téléphone : je vais lui répondre. Il est loin de moi et je peux lui faire du mal, moi aussi, à ma manière. Je me frotte rudement la joue pour balayer les larmes qui coulent toujours, je me blesse, mais je ne ressens rien.

SMS : *Je te hais, tu m'as fait trop de mal, je ne veux plus jamais te revoir !*

Mes mains tremblent toujours : je suis incapable de lui envoyer ça ! J'ai trop peur que, par ma faute…

— Putain, mais pourquoi je l'aime toujours !?!

Le désespoir, c'est ça. Je ne maîtrise plus rien… Je trouve pourtant la force, une petite force, d'effacer ce message plein de vérité. C'est vrai que je le hais, qu'il m'a fait trop de mal, que je ne veux plus le revoir... Mais suis-je capable de vivre sans lui ? Je le hais et je l'aime. Je n'arrive pas à être méchante. Est-ce par amour ? Ou bien par peur qu'il me retrouve pour me faire la peau ? Au fil des années, je me suis habituée à la douleur physique, mais la douleur psychologique est encore plus terrible. Il m'a bien éduquée, à sa manière. Avec le temps, je suis devenue docile et obéissante.

SMS : *Laisse-moi du temps, j'ai besoin de réfléchir toute seule.*

Voilà ce que je suis capable d'écrire pour me convaincre moi-même, pour me mentir. Mon pouce s'approche de la touche envoi, se crispe ; j'hésite, c'est interminable. Enfin, j'appuie. C'est un point de non-retour, toute la haine en moi jaillit. Je hurle sourdement et jette avec rage mon portable sur le lit.

— Merde !!!

Je m'effondre en étouffant au maximum mes pleurs. Oui, c'est ainsi que cela se passe : il ne faut pas que l'on m'entende, il ne faut pas que l'on sache…

20 ∴ Int. Jour - Studios Babelsberg, Salle d'attente - Jour 5

À peine remise des émotions de la veille, je me sens bien seule dans cette salle d'attente bondée. J'espère que tous ces gens n'ont pas prévu de remettre un scénario à Mark Heinrisch, car alors je n'aurai aucune chance. Il est 14 h 30… Ma culture cinématographique est bien maigre, cela va me jouer des tours !

Pourquoi suis-je aussi stressée ? Mark Heinrisch ne sera pas là, je ne vais pas m'évanouir devant lui ! Il n'y aura que son agent. Les acteurs ne se déplacent pas pour ce genre de rendez-vous… On a beau s'en douter, l'imagination nous fait entrevoir des choses impossibles, histoire de nous mettre un peu la pression. Il est vrai que, parfois, des miracles arrivent, alors on se dit : « Si ça m'arrivait à moi, il faudrait que je sois prête… »

J'en ai assez d'attendre. Je vais tomber de haut, c'est sûr. Mon rêve s'est dissipé et je me demande ce que je fais là. J'ai eu cette opportunité : je dois la saisir ! Jamais je n'ai songé à devenir scénariste ou écrivain. Les mots venaient tout seuls, je ne me posais aucune question : j'écrivais si j'en avais envie et le résultat ne comptait pas. C'est comme cela que mon scénario a vu le jour : il n'était pas censé devenir un scénario, mais cette idée s'est mise à me trotter de pl^{2}us en plus dans la tête. Le résultat a compté quand j'ai senti le bien fou que cela me procurait d'avancer sur ce projet. Une fois que toutes les pensées qui m'avaient habitée au cours des quatre dernières années furent remises en ordre, il m'a fallu un an pour la rédaction, en prenant soin de suivre à la lettre les règles scénaristiques glanées sur le net. Quand j'ai posé le mot *Fin*, j'ai ressenti le manque et le désœuvrement. Je ne voulais plus que cette histoire s'arrête ! J'ai changé la fin plusieurs fois. Je jouais les scènes dans ma tête, avec le beau Mark dans le premier rôle. Sur ses conseils, je modifiais ou coupais des passages. Le plus souvent, je rajoutais des scènes dans l'unique but de passer plus de temps avec lui. Mes personnages sont devenus familiers, je me plaisais à me glisser encore et encore dans mon texte, si bien qu'au fur et à mesure, je me suis fait mon propre film : c'est devenu un scénario. Si ma belle et tendre histoire d'amour avec Fabien n'avait pas dérapé, je ne me serais sans doute pas retrouvée là aujourd'hui… Belle et tendre, ce n'est pas le mot… mais à trop idéaliser, je perds la notion de la réalité.

15 h 30 : je commence à m'impatienter. Je ne suis pourtant pas folle, je ne vais pas demander à M. Altmann un miracle, si ? J'ai quoi… une chance sur un million que cette histoire lui plaise ? Je veux seulement que ce scénario arrive entre les mains de mon acteur adoré et qu'il le lise. S'il me disait ce qu'il en pense, je n'en demanderais pas plus. Je n'ai jamais eu de grandes ambitions et surtout pas celle de rentrer dans le monde du cinéma ! Mais cet homme m'a tellement inspirée… Cette histoire, je l'ai écrite pour lui, je voudrais qu'il puisse la lire. Mais si elle lui plaisait… Si

seulement… Peut-être en ferait-il un chef-d'œuvre ! Et voilà, je souris toute seule… Peu importe, la salle est vide à présent.

16 h 10 : une hôtesse vient me chercher et me fait signe d'entrer.

21 ❖ INT. JOUR - BUREAU DE RALPH ALTMANN

La pièce est vaste, l'hôtesse m'y laisse seule en refermant la porte. Je m'avance. M. Altmann est assis derrière son bureau. Il me regarde sans rien dire, semble attendre… Je m'assieds. Toujours mutique, il tape du doigt sur la table. Je n'ai pas pris la peine d'enlever mon manteau, j'ai très chaud ; le tic-tac d'une horloge me tape sur les nerfs… Comme une idiote, je me recroqueville dans mon fauteuil : moi qui voulais avoir l'air professionnel ! Il faut que je brise le silence… mais il a l'air tellement énervé ! Je n'ai pourtant encore rien dit ! Je sors le papier que j'ai préparé en allemand. Je me lance.

— Mein Name ist Lili Fontaine. Ich bin nur ein Franzose Autor[13].

Le sang me monte aux joues, lui s'impatiente de plus en plus.

— Ich schrieb ein Szenario für Mark Heinrisch[14].

Monsieur daigne enfin me parler. Sa voix rauque m'impressionne.

— Fräulein Fontaine, das ist ein Witz ? Wo ist die Kamera[15] ?

---

[13] Mon nom est Lili Fontaine. Je suis seulement un Français auteur.

[14] J'écrivais un scénario pour Mark Heinrisch.

[15] Mademoiselle Fontaine, c'est une blague ? Où est la caméra ?

Je ne sais plus où me mettre, je n'ai pas compris un seul mot de ce qu'il a dit ! Mon rêve est fini, je vais me décomposer sous ses yeux…. Je me ressaisis et affronte l'ogre.

— Please, do you speak english[16] ?

Ralph Altmann se lève brusquement, furieux.

— Je parle français, et vous me faites sacrément perdre mon temps, mademoiselle.

Soulagée malgré tout, je reprends ma respiration.

— Je suis désolée, je m'y suis mal prise…

— Le mot est faible !

Il se lève dans un mouvement de colère et fait nerveusement les cent pas derrière son bureau. Il se calme soudain… et la douche froide s'abat sur moi !

— Si j'ai tout compris, malgré votre allemand plus que mauvais, vous, petite débutante inexpérimentée, vous m'apportez un script pour le grand Mark Heinrisch ! Et vous pensez sérieusement que je vais prendre ne serait-ce qu'une minute pour lire ne serait-ce que le titre de votre petit scénario ?

Il passe derrière moi, je sens la masse de son corps comme une menace dans mon dos mais n'ose pas le regarder. Il me prend par les épaules et se penche, tout près de mon oreille.

— C'est bien essayé… Vous avez eu beaucoup de chance de tomber hier sur ma stagiaire ! Mais vous êtes dans la cour des grands, ici ! Je vous laisse une photo dédicacée par Mark : vous ne serez pas venue pour rien. Sortez maintenant !

---

[16] S'il vous plaît, parlez-vous anglais ?

Un frisson me parcourt le dos. Je me lève et prends machinalement la fameuse photo, je suis déboussolée… Mais un regain d'énergie me décide : non, je ne me laisserai pas faire ! C'est maintenant, ou jamais !

— Écoutez : oui, je suis novice, mais il n'empêche que j'ai écrit un scénario pour Mark Heinrisch ; c'est un acteur de talent et je crois sincèrement que cela pourrait donner un grand film… si seulement vous preniez la peine de le lire. Je suis venue exprès de France pour vous le remettre en mains propres. Je ne cherche pas la gloire, mais j'ai beaucoup travaillé sur ce script.

Qui ne tente rien n'a rien : je lui tends le scénario. Un bruit sourd venant de la pièce d'à côté me fait un instant perdre pied. Je me ressaisis.

— J'aurais tout aussi bien pu le transmettre directement à un réalisateur, mais son destinataire, c'est Mark Heinrisch, et personne d'autre. Si vous ne voulez pas le lire, faites-le-lui passer… S'il vous plaît. Vous n'imaginez pas ce que j'ai dû faire pour être là aujourd'hui…

Il ne veut toujours pas prendre ce fichu scénario et ne dit plus un mot.

— Je vous en prie, cela fait cinq ans que je travaille dessus… Je vous le laisse.

Je dépose délicatement le scénario sur son bureau. Il n'en tient pas compte et se dirige vers la sortie.

— Je vous ouvre la porte !

Qu'est-ce qui peut bien me passer par la tête à ce moment-là ? Je m'apprête à sortir mais, arrivée devant lui, je le dévisage fermement et lui tends la main avec mon plus grand sourire.

— Je reviendrai demain, même heure, quand vous aurez lu mon scénario !

Il me serre la main.

— C'est ridicule ! Adieu, Fräulein Fontaine !

Je le regarde une dernière fois droit dans les yeux, il me ferme la porte au nez. Mes cheveux sont happés par le courant d'air, j'avale amèrement ma salive : c'est le désespoir le plus total. Quelle honte, c'est inimaginable ! Mes yeux se ferment pour me cacher ma peine. Je me retourne lentement et ne reste pas une minute de plus face à cette porte. Je dévale les escaliers en prenant garde de me faire toute petite.

22 ❖ EXT. FIN D'APRÈS-MIDI - DEVANT LES STUDIOS BABELSBERG

Je sors épuisée de cet entretien, la tête me tourne… j'ai tout gâché ! Un lampadaire m'offre un peu de répit en me laissant m'adosser à lui. Mon regard monte vers le ciel, peut-être pour chercher du réconfort auprès de mes parents. Pourquoi faut-il que ce soit toujours si compliqué ? Les gens sont méchants… Non, c'est moi qui suis trop bête !

♂

MARK HEINRISCH

23 ⁘ INT. FIN D'APRÈS-MIDI - BUREAU DE RALPH ALTMANN

La vie peut être dure pour ceux qui sont en bas. Pour elle, toute seule avec son lampadaire... Ralph, insensible, s'en moque éperdument, mais je suis atterré pour cette pauvre fille qui ruine son maquillage. La situation m'amuse aussi un peu, quand même. On va dire qu'elle me distrait durant cette journée sans fin... C'est agréable, la quarantaine passée, de recevoir une telle marque d'intérêt. Mais ce serait encore mieux si elle venait d'un grand producteur !

— Quel culot ! Elle sait ce qu'elle veut, celle-là ! Tu crois qu'elle va revenir ?

Ralph lève ses yeux de lion pour me répondre.

— Si elle est intelligente, elle ne s'y risquera pas ! J'espère lui avoir fait assez peur !

— Encore une folle, tu crois ?

— Je ne pense pas. Le pire, c'est qu'elle a l'air d'y croire ! Fais-moi penser à virer la nouvelle secrétaire ! Quelle bande d'incapables ! Allez, retournons à nos affaires.

Sans même me le proposer, Ralph jette le scénario directement à la poubelle ! Oh, et puis je m'en fous. Je préfère scruter cette belle brune qui s'en va, penaude, au loin.

— Mark, au boulot !

Il me casse les pieds parfois. Mais finissons-en. Plus vite il me parlera des nouveaux contrats qu'il veut que je signe, plus vite je serai dans les bras de ma blonde actuelle !

24 ∴ INT. NUIT - BUREAU DE RALPH ALTMANN

Il est 21 h 10, j'en ai ras le bol de parapher ces documents… Au moins, Ralph n'est plus là pour m'abreuver de ses remarques, je souffle un peu, tranquille. Quelqu'un frappe à la porte.

— Oui ?

— Bonsoir, monsieur Heinrisch. Je viens pour le ménage ; je peux revenir plus tard, si vous le voulez.

— Bonsoir Marta. Non, restez, c'est moi qui pars !

Marta s'affaire pendant que j'attrape ma veste, me lève… Et mon téléphone se manifeste. Ce n'est pas vrai, je vais finir par le jeter s'il ne s'arrête pas de sonner !

— Salut Karl !…

Karl, c'est un de ces potes que l'on garde toute sa vie. Ma célébrité n'a jamais rien changé entre nous ! Lui est maqué depuis cinq ans avec Sofia, ou plutôt, non, dix, je sais plus… Bref, une éternité. Ce n'est pas mon cas ! De vrais amis, ces deux-là, toujours là pour moi ; je les envie parfois, secrètement... Mais je ne suis pas fait pour les relations durables, alors je me contente du jetable.

Inconsciemment, je retourne me poster à la fenêtre et mes yeux sont attirés par le lampadaire des lamentations. Comme ce nom lui va bien ! Intrigante Française… Si ce qu'elle dit est vrai, elle a fait pas mal de kilomètres juste pour me remettre ce scénario.

— Euh, oui, oui je t'écoute… Ouais ! Ça peut se faire…

Karl, à son habitude, fait son monologue et moi, je n'arrive pas à me concentrer. Au même moment, Marta prend la poubelle qu'elle s'apprête à vider dans son chariot de ménage.

— Attends deux minutes !

Sans réfléchir, je la stoppe dans son élan et m'empresse d'intercepter la poubelle ; je récupère le fameux scénario, sans bien savoir pourquoi...

— Merci Marta !

21 h 30. Il faut que j'y aille. Tout en disant à Karl que je passe le chercher, je dépose le script dans ma bannette et sors. Mon ami raccroche enfin, je cherche mes clefs de voiture… Après un temps d'arrêt, dans un mouvement instinctif, je retourne chercher le scénario. Une fois dans ma voiture, je le lance sur le siège passager. Enfin une soirée tranquille, entre potes !

25 ∴ Int. Nuit - Discothèque

23 h 40. Je suis enfin moi-même sur la piste de danse, une blonde d'un côté, une bière de l'autre. Un mot, et cette fille dont j'ai déjà oublié le nom est dans mon lit. Sauf si je me lasse avant… Je ne pense pas non plus qu'à ça : j'aime faire la fête, c'est tout. L'ambiance est géniale ce soir, même Karl a décidé de se lâcher. S'il tenait mieux l'alcool, on aurait une chance qu'il ne vomisse pas… Paul est là aussi, à ausculter la gent féminine sous toutes ses coutures, sans oser faire le premier pas.

La soirée bat son plein et ma blonde m'accapare sans que je puisse m'en défaire. Ça va cinq minutes, mais je n'en peux plus !

Va laisser traîner ta langue ailleurs que dans mon cou, je ne suis pas d'humeur ce soir !

D'habitude, c'est moi qui en redemande, mais là… Je lui susurre à l'oreille de m'attendre, tout en prenant bien soin de laisser glisser mon doigt le long de sa poitrine généreuse - elle se tortille comme une anguille - et je l'abandonne. Réputation oblige, je lui envoie mon plus beau sourire. Elle m'envoie un baiser…

C'est bon, garde-le pour plus tard… ou pour jamais !

Ils sont passés où ? Je les aperçois enfin, au bar : Karl dort sur place et Paul tente de se rapprocher d'une grande rousse en talons hauts, inatteignable ! Je leur saute dessus par surprise et leur frotte la tête avec les phalanges. Ils n'aiment pas ça, mais une soirée ne peut se terminer autrement !

— Petit con, va !

— Je vous laisse, les gars, je suis fatigué ! On se tient au courant pour ce week-end !

Et je m'attends aux remarques de Karl…

— Tu rentres seul ? Il va neiger !

… et de Paul, ce pauvre Paul qui n'a pas de chance en amour.

— Petit joueur !

— Paul, je te la laisse ! Fonce, elle est à toi !

Fier de ma plaisanterie, j'entame le check de l'amitié et leur tourne le dos pour partir. Je suis mort de rire de voir Paul se jeter sur ma conquête de la soirée.

26 ∴ Int. Nuit - Enfin chez moi

00 h 42. La voiture garée, je coupe le contact, m'étire et me frotte les yeux. Un bâillement m'arrache la mâchoire. J'attrape mon pull sur le siège passager et mes yeux se posent sur le scénario. C'est vrai, qu'est-ce que je vais bien pouvoir en faire ? Combien de fois ai-je dit : « Pas de problème, envoie-moi ton scénario par email, je ne te promets pas de le lire rapidement, mais je vais essayer… » ? Oui, *je vais essayer*, mais je ne le fais jamais. Je repense à cette fille et ne peux m'empêcher de sourire : la pauvre. Je ne lui ai rien promis, à elle. Je feuillette le script, les pages glissent sous mon pouce et j'arrive au titre : « *La Scénariste,* de Lili Fontaine ».

Une scénariste qui écrit *La Scénariste* ! C'est un peu prétentieux. Je demande à voir ce qu'elle a bien pu raconter, en cent trente pages, sur une scénariste… Dès les premiers mots, la première page me charme et je me laisse entraîner par sa façon d'écrire. Je n'en reviens pas, impossible de m'arrêter, je n'en ai pas envie ! C'est doux, c'est intrigant, c'est dur. Le temps s'écoule vite, les pages défilent… Et je m'endors comme un bébé.

♀

LILI FONTAINE

27 ❖ Int. Jour - Chambre d'hôtel - Jour 6

Je suis terriblement anxieuse à l'idée de revoir ce monstre. Quel ignoble personnage ! Il m'a vraiment prise de haut… Bon, il n'allait pas dérouler le tapis rouge pour une débutante sortie de nulle part, mais quand même ! Comment Mark Heinrisch peut-il travailler avec quelqu'un comme lui ? Au fond, je ne connais pas non plus Mark Heinrisch… Je commence à me demander si je fais bien d'y retourner. Et si mon acteur était aussi détestable que son agent ? Je ne peux pas y croire.

J'ausculte mon reflet dans la glace : je fais peine à voir. Je tente d'arranger mon maquillage, mais ce n'est pas gagné. Ce que je vois ne me déplaît pas tout à fait, mais… il faut un peu plus de couleur. Peut-être que si je souriais, on me trouverait jolie… La vraie question est : que mettre pour aller à un rendez-vous perdu d'avance ? Je me désespère moi-même, je suis folle d'y retourner... Et pourtant, il *faut* que j'y retourne. Allez ! Tous mes vêtements sont étalés sur le lit. Je prends mon vieux tailleur, le pose sur ma poitrine : qu'il est ringard ! Je l'envoie valser. Je ne peux de toute façon pas mettre deux jours de suite la même tenue… Le tailleur tendance ? Je l'ajuste sur moi, prends la pose et pouffe de rire. C'est… *sexy* !

Enfin, pour moi : je n'ai pas l'habitude de porter ce genre de vêtements. Mais c'est classe.

J'enfile donc le tailleur et me regarde dans mon armure de femme fatale.

—Mon Dieu ! On dirait une…

Je ne peux pas porter ça. Je quitte la jupe et mets mon nouveau jean : il est vraiment très bien taillé et me fait une silhouette d'enfer ! S'auto-complimenter fait du bien !

— Ben c'est mieux, ça !

Mes pensées n'en font qu'à leur tête. C'est étrange, Fabien n'a pas essayé de me rappeler. Je tente la diversion avec ce ravissant rouge que j'applique sur mes lèvres. Mais ce simple geste devient dévastateur. Oh non ! Pas maintenant !... Je vois mon visage s'assombrir dans le miroir, je me regarde droit dans les yeux. Ma main dérape tout à coup, j'ai du rouge jusqu'au menton. Je suis livide et la fille « sexy » devient, en un claquement de doigts, un monstre qui se déteste. Et si c'était moi, la méchante de l'histoire ?

28 ∴ Int. Nuit - Dans ma maison - Flash-back

Fabien attrape le rouge à lèvres et l'applique sur ma bouche. Je remonte huit ans en arrière.

Ce soir-là, nous attendons des amis ou plutôt des collègues de Fabien pour manger. Un repas d'affaires classe où il faut faire bonne impression. Il est rentré plus tôt pour préparer la maison. Vers 18 heures, le repas est prêt, la table mise, il ne nous reste plus qu'à nous doucher. Encore tout mouillé, Fabien m'empêche de m'habiller.

— Je veux laisser ma trace sur ton corps, tout de suite, maintenant… Ce soir, nous serons entourés d'hommes qui n'auront d'yeux que pour toi, mais toi, tu es à moi.

Il prend possession de mon corps comme si c'était la dernière fois. Il est doux, tendre : un vrai délice… J'aimerais que cela dure encore et encore.

— Je te promets qu'à la fin du repas, tu auras droit à ton dessert.

Il sait se faire attendre… Comme j'aime sentir sa jalousie quand il me punit par des caresses ! Nous sommes tous les deux très élégants : il m'a choisi une robe bleue qui descend jusqu'aux genoux, lui est habillé de son costume deux pièces anthracite, agrémenté d'un gilet plus clair sans manches. Il est beau à tomber par terre ! J'avoue ne pas vouloir attendre l'heure du dessert… Ce dîner m'importe peu, je ne tiens pas à me mettre en valeur : je préfère éviter d'attirer l'attention sur moi. Mais ce soir, Fabien veut que je fasse grande dame, à croire que je dois être vendue ! Il insiste pour me mettre mon rouge à lèvres, un rouge vif. Mon dos se plaque contre le mur du couloir, il me fait face, tout contre moi. Tous mes sens en sont ravivés, c'est un acte d'une sensualité extraordinaire. Je n'ai plus aucune envie de recevoir qui que ce soit chez nous, ce soir !

Mais les invités arrivent un à un. Fabien me présente à ses « amis », tout en me tenant la main. Il garde mes doigts croisés dans les siens, ou les maintient fermement contre ma hanche. Durant une bonne partie de la soirée, il s'amusera à me faire languir… Je ne suis pas la seule femme, mais Fabien a dit vrai : ma tenue est remarquée par la gent masculine. Je reste sagement près de Fabien pendant tout l'apéritif et lui s'affiche fièrement à mes côtés. Oui, un couple magnifique… jusqu'à ce qu'un des hommes s'approche de moi pour me parler d'un peu trop près. Sans penser à mal, je m'engage dans une conversation tout à fait banale, mais j'ose lâcher la main de mon époux. Sans attendre, Fabien me serre sèchement le bras, comme pour me raccrocher à lui. Je lui jette un regard incrédule : la gêne m'envahit, je ne comprends pas son geste. Veut-il en imposer, ou s'imposer à moi ? Je ne sais pas… Le pauvre garçon qui me fait face ne sait pas comment réagir et, dans son trouble, il baisse les yeux. Tout en faisant bonne figure, Fabien me susurre à l'oreille :

— Arrête ça tout de suite ! Va chercher des glaçons et prends-en un pour toi, ça va te rafraîchir l'esprit !

Je garde mon doux sourire, tout de façade, et m'éclipse sur ses ordres vers la cuisine. Je n'ai plus faim du tout. Comment notre relation peut-elle déraper ainsi ? Comme j'aimerais me cacher, passer le reste de la soirée dans cette cuisine ! Quelle honte… Mais Fabien ne me laisse pas le choix.

— Tu as oublié que nous avions des invités ? La moindre des politesses serait d'honorer mon travail… et de soutenir ton mari. Je te rappelle que c'est pour toi que je fais tout ça !

Je rejoins donc la salle à manger : cette fois, c'est lui qui discute avec la femme d'un autre… Je reste dans mon coin, honteuse de ma bêtise. Car, oui, tout cela est certainement de ma faute.

Quand, enfin, tout le monde est parti, Fabien tient sa promesse. La tendresse laisse place à un acte rapide, violent et sans amour. Non, il ne me frappe pas, mais je dois lui obéir au doigt et à l'œil, sans prendre aucun plaisir. J'ai droit à mon « dessert »… Je voudrais le vomir !

Voilà ce que qu'un rouge à lèvres rouge peut faire remonter à la surface.

♂

MARK HEINRISCH

29 ✣ Int. Jour - Bureau du « sergent » Altmann

J'entre sans frapper dans le bureau de Ralph et je m'affale dans un siège, face à lui. Je n'ai pas assez dormi, mais, chose rare un lendemain de soirée, je ne suis pas énervé. Je dirais plutôt que je suis... pensif

— Mark, la nuit, c'est fait pour dormir et la matinée, pour faire du sport ! Non, mais tu as vu ta tête !

Il m'agace quand il joue au papa avec moi.

— Oui, merci, je vais bien et toi ?

— Tiens, prends mon café, tu en as plus besoin que moi !

Un café, rien de mieux pour se remettre les idées en place. Ralph passe en revue les clauses d'un contrat qu'il compte faire modifier, il est très concentré sur son travail. Je le regarde et souris. Ça fait plus de dix ans qu'il est mon agent. Il a mauvais caractère mais, sans lui, je ne serais pas ce que je suis aujourd'hui. Lola du meilleur acteur au Deutcher Filmpreis, Ours d'argent à la Berlinale, prix Romy... et j'en passe. Films, séries, scénarios, je lui dois ma panoplie complète du parfait comédien. Le talent ne fait pas tout et forger ensemble Mark Heinrisch a fait de nous une équipe de choc.

Et si je n'avais pas eu Ralph ? Si je n'avais pas été acteur ? Je me pose souvent cette question, mais je n'ai pas trouvé la réponse… J'aime la vie au présent et suis un ami fidèle. C'est vrai que j'ai eu beaucoup de chance : je suis tombé tout jeune, grâce à mes parents, dans un métier que j'adore. Je n'ai jamais galéré. Quand je pense à ce que doit ressentir cette fille, qui est venue hier… Comment supporte-t-elle de ne pas arriver à ses fins ? C'est une battante, il faut déjà beaucoup de courage pour venir jusqu'ici ! Dans ce métier, on ne vient pas à l'improviste. J'aurais presque envie de la revoir, juste pour sonder ses motivations ! Je suis moqueur, un peu, j'avoue… mais c'est surtout par jeu. Séducteur, oui, et ça me plaît ! L'amour, c'est autre chose, je m'en moque… Je prends le plaisir où il est, pas besoin de s'engager. Un acteur a tout un tas de personnes qui s'accrochent à lui : on gagne du temps en ne s'attachant pas. C'est plus facile, aussi : les échecs sont plus vite oubliés. Ralph m'a beaucoup aidé à forger ce caractère… Je lui dois vraiment énormément ! Mais j'ai mon opinion sur les choses et je le fais entendre. Et ce scénario est plutôt bon, même très bon… Enfin, ce ne serait pas le premier qui finirait à la poubelle. Le personnage principal me ressemble beaucoup, quoique beaucoup plus romantique… Là-dessus, il n'y a pas de mal ! Elle a dû se renseigner sur moi, ce n'est pas possible autrement. Ou alors, elle a beaucoup d'imagination… Ça m'intrigue. Une chose est sûre : elle est folle de moi, ça se sent dans chacun de ses mots. Et ça, je savoure…

— Ma groupie n'est pas revenue ? À quelle heure est-elle est censée passer ?

— Je n'en sais rien, on s'en fout !

Ralph est toujours de bonne humeur ! 14 h 21 : je finis mon café, me lève et m'appuie contre la fenêtre. Je bâille mais, soudain, une pulsion me réveille : une sorte d'excitation mal intentionnée me traverse... Elle est là, elle arrive d'un pas rapide. Élégante, ponctuelle et mystérieuse. Quelle idée peut-elle avoir derrière la tête ? Ralph a toujours le nez dans ses papiers. Je scrute d'un côté et de l'autre, espiègle… Elle disparaît en entrant dans les studios. Je m'assieds sur le bord du bureau de Ralph, je le regarde innocemment et attends avec un sourire idiot. Ralph me dévisage, interloqué. Le téléphone sonne… comme prévu ! Je jubile.

Ralph décroche.

— Oui ?… Qui ça ?… NON !

Ralph raccroche. C'est du rapide.

— Ta groupie est revenue !

Ralph se replonge dans les clauses de notre contrat, sans accorder plus d'attention à cet appel. Je me lève vite pour aller à la fenêtre, je scrute, mais ne vois pas sortir la fameuse scénariste. Deux minutes après, toujours rien... Ça ne peut pas se terminer comme ça !

Où est-elle passée ?

♀

LILI FONTAINE

30 ⁘ Int. Jour - Accueil des studios Babelsberg

Je piétine : elle ne veut pas le rappeler.

— Je vous l'ai dit, M. Altmann ne peut vous recevoir maintenant.

— Rappelez-le ! C'est important !

— N'insistez pas, mademoiselle, c'est non !

— Écoutez : hier, je l'ai vu en rendez-vous. Regardez dans l'agenda, vous me trouverez… Je lui ai remis un scénario et devais lui apporter des indications aujourd'hui. Peut-être a-t-il oublié. J'en ai pour cinq minutes, c'est tout, et je redescends…

Je ne sais plus quoi inventer. L'hôtesse me regarde d'un œil noir et se remet à son travail en m'ignorant.

— Si je ne remets pas ce document en mains propres à M. Altmann aujourd'hui même, M. Heinrisch perdra une très grande opportunité pour sa carrière. Ce serait dommage que ce soit par votre faute !

La voici ennuyée et perplexe… Je croise les doigts. Elle soupire, me regarde avec colère puis prend son téléphone :

— Monsieur Altmann, je suis navrée de vous déranger à nouveau mais… Mlle Fontaine insiste pour vous voir… Elle souhaite vous remettre des documents importants… Je sais, monsieur Altmann, mais elle insiste vraiment… Très bien, monsieur Altmann… Oui, j'attends…

La pauvre ! J'entends M. Altmann crier à l'autre bout du téléphone. L'hôtesse devient toute rouge, elle me fusille du regard. Pourquoi doit-elle attendre… ? J'espère qu'il ne va pas prévenir la sécurité ! Je n'ai pas envie de me faire jeter dehors comme une malpropre. Si tous ces gens savaient pourquoi j'insiste tant, peut-être m'ouvriraient-ils plus facilement leurs portes ? Toujours pas de molosse à l'horizon…

— Oui, monsieur Altmann ?… Très bien, monsieur Altmann, je lui transmets le message.

— Alors ?

— J'espère pour vous que c'est vraiment important ! Il vous attend, frappez directement à sa porte !

Directement à sa porte ?… Euh… J'ai la gorge nouée, mon assurance est en train de s'envoler. La fusillade est pour moi ! J'ai ce que je voulais : je n'ai plus qu'à assurer. C'est quand même étrange…

— Merci beaucoup, mademoiselle !

Je regarde les escaliers du hall, j'évacue l'air de mes poumons, puis commence à monter, doucement. Une marche après l'autre, je peine, mais je gravis l'infranchissable. La facilité, c'est très subjectif. La preuve.

♂

MARK HEINRISCH

31 ∴ Int. Jour - Bureau de Ralph Altmann

Improvisation totale : première ! Clap !

Je suis tout excité.

— Laisse-moi faire, je te dis.

Je pousse Ralph et ses dossiers dans le bureau d'à côté.

— Tu nous fais perdre notre temps, Mark !

Je vois à son regard que ce que je m'apprête à faire ne lui plaît pas du tout.

— Allez ! Travaille, je gère ! On va bien rire !

Je laisse Ralph, ferme la porte, passe la main dans mes cheveux et m'assois avec assurance à la place de Ralph, les pieds sur le bureau. Non, je me relève. Je jubile !

Et j'attends avec un grand sourire.

♀

LILI FONTAINE

32 ❖ Int. Jour - Devant la porte du bureau de Ralph Altmann

Le nez presque collé à la porte, je respire profondément en fermant les yeux. Il ne faut pas que je réfléchisse trop… Je frappe. J'attends, anxieuse, mais personne ne répond.

Dix secondes plus tard – et c'est long ! –, je frappe une deuxième fois, un peu plus fermement. Je regrette aussitôt d'avoir frappé si fort et recule. Je me tords la main, celle qui a frappé, comme pour la punir…

Huit secondes. Toujours rien. Je m'approche pour faire une nouvelle tentative quand la porte s'ouvre brusquement ; un courant d'air m'aspire vers l'avant. Une mèche de cheveux s'échappe de ma coiffure que j'ai mis si longtemps à faire tenir. Je garde le cap, sur mes deux jambes… Personne ne m'accueille, c'est le silence complet ; pourtant je sens une présence… J'en ai la chair de poule. J'avance prudemment, deux petits pas. Mon cœur cogne dans ma poitrine et… Vlan ! La porte claque derrière moi ! Quelle frayeur ! Je me retourne vivement et mon corps se vide de son sang, le temps s'arrête…

La foudre fait voler en mille éclats le peu d'aplomb qui me restait. Le silence est palpable…

Il est là, c'est lui. Je n'ose même pas prononcer son nom dans ma tête.

Je me retrouve face à l'homme de mes pensées, l'homme que j'ai décrit dans les moindres détails. Il est tel que je me le représentais, mais il est bien réel ; je n'avais que son image, je peux à présent sentir sa présence, son aura, son odeur que le souffle de la porte a fait flotter jusqu'à moi. Je découvre sa peau, les contours de son visage et une expression que je ne lui ai jamais vue face la caméra : lui, au naturel. Mon bel acteur ! Mon fantasme secret… Mais la culpabilité m'envahit… Oh non, je n'avais pas prévu ça !

Il me regarde droit dans les yeux. Je suis abasourdie, les joues me brûlent. Je ne sais pas quoi dire… Il faut que je me ressaisisse. Mark Heinrisch est face à moi…

Sans un mot, il s'avance et me fait signe de m'asseoir. Il a l'air si sérieux… agacé, peut-être ? Je m'exécute tandis qu'il me suit de près. J'ai chaud, très chaud. Je m'assieds donc et lui me fait face, derrière le bureau de M. Altmann.

Il esquisse un sourire de convenance qui dérape vite vers un regard hypnotisant. Celui-ci m'est fatal… Je me dis que le voir à la télé m'aurait suffi : je suis morte de honte.

— Vous vouliez me parler : je vous écoute, j'ai *une* minute à vous accorder !

Il parle français. Et moi, vais-je réussir à sortir un mot ? Je triture mon sac que j'ai gardé sur mes genoux.

— Voilà… Je suis venue hier déposer un scénario à votre intention… auprès de M. Altmann… Je suis scénariste… Débutante, mais scénariste. Je me présente : Lili Fontaine.

Je me lève et lui tends la main. Il répond sans se lever et serre la mienne. Cela dure, quoi ? une seconde, une fraction de seconde, mais j'ai des frissons dans tout le corps. Je suis terriblement gênée : je baisse les yeux.

— Mark Heinrisch.

— Oui… Je vous ai reconnu… C'est une chance que vous sachiez parler français.

Charmée, je laisse échapper un timide sourire. Ma voix est à peine audible. Que je suis nouille ! Je me rassieds et laisse sa main avec regret. Je recentre mes idées sur mon objectif.

— Je n'ai plus que trente secondes à vous accorder !

Il fait tout pour m'intimider.

— Merci, je… je… suis désolée d'avoir tant insisté… Mais c'était très important pour moi et…

J'ai du mal à y croire : il regarde sa montre et se lève. Il ne va donc pas prendre la peine de m'écouter ?

— Ça y est, le temps est écoulé ! Je vous remercie d'être venue me dire bonjour. Je vous raccompagne ?

Je le regarde se diriger vers la porte, il l'ouvre… Je peux dire adieu à mes illusions. J'ai la tête qui tourne, le temps s'accélère tandis que mon corps est au ralenti. Mais il y a cette petite voix en moi qui me dit de me battre. Je me lève sans réfléchir, avance vers lui et referme la porte brusquement. Nous sommes à nouveau face à face et je le défie du regard, sans aucune arme ; il n'y a en moi que de l'inquiétude… et une petite flamme de courage, quand même.

— Deux minutes encore ! Hier, je… Hier, j'ai laissé à M. Altmann un scénario : vous l'a-t-il transmis ?

— Écoutez, mademoiselle : M. Altmann reçoit à peu près cinq scripts par semaine. Vous voyez ce tas ? C'est le retard accumulé ; donc, non, aussi jolie que vous soyez, je n'ai pas eu votre script !

Cet homme est imperturbable et ne détourne pas un seul regard ! Je n'arrive pas à savoir ce qu'il pense.

— Je vous en donne une copie, dans ce cas ?

Je commence à trifouiller dans mon sac, mais il me stoppe.

— Je ne veux pas vous vexer, mais mon agent me le donnera en temps et en heure – s'il vaut la peine d'être lu, bien sûr !

— Je m'y prends certainement très mal mais, je vous en prie, lisez au moins le résumé. J'ai beaucoup travaillé sur ce script et…

Oh, non ! Vite, il faut que je recule, je sens que je suis à bout de nerfs ; s'il continue, je vais me mettre à pleurer. Ma voix tressaute. Je retiens mes larmes du mieux que je peux, mais il est clair que mes yeux sont tout humides.

Fait suer ! Concentre-toi, et reprends calmement.

— Je suis désolée, je ne dois pas être la seule à demander une lecture…

— En effet…

— J'ai mis tant d'espoir dans… Je ne partirai pas tant que vous n'aurez pas lu au moins le synopsis !

Je le lui donne maladroitement, me redresse et me fige devant lui. Je ne le connais pas, j'ai tout à perdre ou tout à gagner, mais je ne vois pas du tout comment me sortir de cette situation. S'il devait me pousser du bout des doigts, je tomberais à coup sûr.

— C'est une menace ?

C'est la catastrophe : ma fierté en prend un coup. Je n'arrive qu'à lui faire un *non* de la tête. Il doit bien comprendre que je suis désespérée. Une larme m'échappe, je l'essuie du revers de mon doigt, relève les yeux vers lui et… miracle ! Je perçois de la tendresse dans son regard. Je finis par répondre à sa question d'une toute petite voix tremblante et émue :

— Non…

Je recule à nouveau pour ne pas m'imposer plus, son regard est toujours posé sur moi. Saisissant la poignée de la porte, résignée à devoir partir ou m'enfuir, je commence à ouvrir, doucement, en baissant mes yeux pour ne plus voir les siens. À ce moment-là, Mark Heinrisch, échappant à mon champ de vision, se dirige vers le bureau d'à côté. Que fait-il ? Il entre et lance rapidement :

— Je te rends ton bureau, je m'absente un instant !

Il revient alors vers moi d'un pas décidé. Morte de trouille, je reste immobile comme une statue. Mais il finit simplement d'ouvrir la porte entrebâillée et sort sans me regarder.

— Suivez-moi !

Sa voix, qui a changé de ton, me trouble et m'étonne. Surprise, soulagée, perturbée : je vais finir en miettes. Que veut-il ? Me raccompagner ? Me faire tomber dans les escaliers ? Mince, mes mains tremblent. Il avance vite, je le suis, comme il me l'a demandé, sans trop réfléchir.

33 ⁘ INT. JOUR - COULOIR DES STUDIOS

Je retire ce que j'ai dit : il ne marche pas vite, il marche très, très vite ! Il doit être pressé et moi, je lui fais perdre son temps. Il ne fait plus cas de moi : peut-être m'a-t-il déjà oubliée. Il m'a pourtant demandé de le suivre !... Ai-je bien compris ? Au moment où je le rattrape enfin, il s'arrête brusquement et se retourne. Stoppée net, j'évite la collision de justesse, les mains en avant pour amortir le choc.

— Café ?

Pardon ? Je n'y comprends plus rien. Il me sourit et me propose un café. Serait-il lunatique ? Je n'ai franchement pas envie de reboire un café, mais…

— Euh, oui, café ! Merci !

D'un geste, il m'indique la direction et reprend sa marche. Le long couloir débouche sur un espace de détente, où sont alignées trois tables hautes. Minibar, cafetière, croissants : tout y est.

34 ⁘ INT. JOUR - PAUSE-CAFÉ !

— Asseyez-vous !

Me voici renvoyée à mon rôle de femme soumise et bien obéissante ! Il me propose une des tables et tire une chaise pour m'inviter à m'asseoir. J'ai encore jugé trop vite : il est galant. À peine me suis-je assise qu'il me laisse seule. Il se dirige d'un pas déterminé vers le bar. Bien évidemment. Je ne sais pas comment me tenir sur cette chaise haute. J'oscille, posant tantôt une, tantôt deux chaussures sur le marchepied pour éviter de tomber. Je reprends mon souffle. Je n'ai vraiment pas envie de ce café… Mais il me permettra au moins d'avoir quelque chose entre les mains.

Je prends soudainement conscience de ce qui m'arrive : je vais boire un café avec Mark Heinrisch. Il me faudrait une douche froide, et vite ! Que l'on me pince pour me tirer de ce merveilleux rêve… Non, c'est un cauchemar, je vais me ridiculiser !

Je parviens enfin à me caler sur ma chaise, je suis on ne peut plus sérieuse. Il revient avec les deux cafés et les dépose sur la table. J'esquisse un sourire, mais ma lèvre se met à trembler.

— Merci !

— Si je vous écoute, qu'est-ce que vous m'offrez en échange ?

J'ai voulu boire une gorgée de mon café, je n'aurais pas dû. En entendant cette phrase, je manque de m'étouffer et, retenant ma toux, je déglutis péniblement.

— Pardon ?

— Je ne suis qu'un acteur, ce n'est pas moi qui choisis les scénarios : je ne lis que ceux qui intéressent mon agent. Et d'habitude, je ne sers pas non plus le café ! Alors, si j'accepte de lire votre script, j'aurai bien droit à quelque chose ?

Il me fait son sourire ravageur et en profite pour approcher sa main de la mienne. Il frôle ma peau ! Non, pas ça, il va trop loin ! Je retire ma main fermement mais avec douceur pour ne pas le gêner… Je suis une imbécile : c'est lui qui me gêne mais, comme toujours, je ne veux pas brusquer les gens. Je m'énerve moi-même, il mériterait une gifle. Sa réaction me blesse : il vient de rentrer par effraction dans mon espace personnel.

— Je suis désolée, mais je ne suis pas ce genre de femme. Je suis scénariste professionnelle et je vous offre un scénario ! C'est déjà bien assez, je crois !

Il pouffe de rire et me nargue d'un sourire en coin. Je voudrais me cacher sous la table. J'ai dit « professionnelle »… Oh mon Dieu…

— Une professionnelle arriviste ! Vous en avez écrit combien, des scénarios ? Quelqu'un l'a-t-il déjà lu, celui-ci ?

Sa façon de me parler n'est pas si méchante que cela. Et sinon, pourquoi me sourirait-il de cet air amusé ? Comment dois-je le prendre ? Inconsciemment, je croise les bras sur la table et me redresse. J'ai le droit d'être ici, à cette place, à cet instant ; acteur ou pas, il reste un homme, non ? S'il veut jouer, on va jouer… Mais j'ai déjà trop peur de perdre et je ne connais pas bien les règles du jeu dans lequel je suis embarquée.

— Vous n'aviez qu'une minute à m'accorder : si vous ne perdiez pas votre temps en paroles vaines, vous auriez déjà compris que ce script n'a été adressé qu'à vous !

Cette fois, ma voix est assurée, je garde mon calme. Il en reste bouche bée, mais sourit toujours malicieusement. J'espère qu'il ne croit pas que je cherche à le séduire... sinon je m'enfuis en courant !

— Bon… On verra plus tard pour les avantages en nature… Je vous écoute.

— Merci.

« Avantages en nature », je rêve ! Est-il mufle à ce point ou se moque-t-il encore de moi ? Les sourcils froncés, je l'interroge du regard mais, puisqu'il est disposé à m'écouter, je vais parler. Je sors donc de mon sac mon fameux scénario.

Je le fais lentement glisser vers lui : l'instant est, pour moi, solennel comme un rite d'offrande. Mes doigts pourtant ne peuvent se résoudre à lâcher le précieux imprimé… Mark Heinrisch avance une main pour s'en emparer. Au moment où celle-ci se pose sur le papier, je suis saisie d'émotion : mon scénario face à Mark Heinrisch. Mon cœur se gonfle : c'est fabuleux, c'est même miraculeux ! Cet instant se grave en moi, à tout jamais : les deux morceaux de mon puzzle côte à côte… Mais pas encore réunis. Concentration.

— Je commence par le synopsis. C'est parti…

Au bout de vingt minutes, je m'arrête enfin de parler ; il m'a écoutée sans dire un mot. De discrètes interjections et quelques mouvements de tête ont, seuls, accompagné mon discours. Mon café est tout froid, mais je suis fière de mon plaidoyer. Quand je reprends ma respiration, son regard reste posé sur moi : mon visage s'ouvre en un sourire de satisfaction ou, plutôt, de soulagement. Lui se retient, mais je vois son sourire dans ses yeux. Victoire !

— C'est pas mal… Il y a du travail !

« Pas mal », c'est toujours mieux que « nul » ! Je décide de prendre cela comme un compliment. Il se lève et je comprends que le tête-à-tête est terminé.

35 ∴ Int. Jour - Retour dans le couloir

Nous marchons côte à côte dans le couloir.

— Si je comprends bien, vous avez déjà tout prémédité : une gentille petite fille qui écrit un joli texte pour son acteur préféré et… Vous êtes en train de vivre votre scénario, c'est ça ?

Vivre mon… ? Que va-t-il chercher là ? Cependant, les apparences sont trompeuses : *mon* histoire, *ma* vie, c'est un peu ça… Une jeune femme qui met tout son espoir dans l'écriture d'un scénario pour son acteur préféré... Mais cela s'arrête là !

— Non, la similitude entre le début de mon scénario et la réalité est due au hasard, c'est tout. J'ai eu l'occasion de venir à Berlin, et voilà : je vous apporte ce script directement.

Je ne suis pas très crédible…

— En fait, vous êtes dingue de moi ! Vous êtes peut-être même une psychopathe et votre alibi, c'est le film.

En disant cela, il s'est arrêté face à moi : c'est insensé, cet homme est déroutant !

— J'ai moins d'imagination que vous !

Voilà que je me mets à le narguer… Je me remets en marche, il m'emboîte le pas.

— Excusez-moi, mais j'ai de quoi avoir peur… La scène où l'héroïne fonce sur le héros quand elle fait son jogging est complètement surréaliste…

La scène… ? Comment ? Je ne suis pourtant pas entrée à ce point dans le détail de mon scénario avec lui…

— Je ne vous ai jamais parlé de cette scène !… En réalité, vous l'avez lu… vous avez lu mon scénario ?!

Oh là là, c'est trop bon ! J'ai envie de danser, mais mon corps ne saurait être plus raide. Je le devance d'un pas, et le dévisage d'un air ébahi et interrogateur.

— C'est vrai, c'est ça ? Vous l'avez déjà lu ?

Mon visage devient lumineux : il ne peut plus mentir. MARK HEINRISCH A LU MON SCÉNARIO !… Mes mains sur les hanches, je me tiens immobile devant lui. Je suis remplie de fierté et, sans plus rien maîtriser, je lui adresse à mon tour un sourire charmeur.

— Alors, vous en avez pensé quoi ? Honnêtement ?

— Je parle trop !

— Mais encore ?

Il se remet à marcher pour éviter d'avoir à se dévoiler… Mais il finit par lâcher quelques mots.

— Je pense qu'il y a beaucoup de modifs à apporter : trop de répétitions, trop de fautes de débutante… Vous avez encore beaucoup de travail !

— Dites-moi ce qui ne va pas, alors !

— Demandez à l'accueil les coordonnées de M. Duncan, il pourra vous aider : c'est un scénariste. Avec votre culot, vous arriverez bien à décrocher un rendez-vous !

À nouveau, il s'esclaffe, visiblement très fier de sa plaisanterie : vraiment charmant, il n'y a pas à dire !

— Mais mon niveau d'allemand est minable ! Et je ne voudrais pas qu'il me vole des idées…

— Eh bien, commencez par protéger votre texte !

Je dois courir à petits pas pour tenter de le dépasser. Arrivée à sa hauteur, je me surprends à lui faire les yeux doux :

— S'il vous plaît, vous connaissez l'histoire, vous pourriez peut-être m'apporter votre savoir-faire et puis… je vous offre quand même le premier rôle !

Voilà ce que l'on arrive à dire en désespoir de cause !

— Holà ! Vous n'avez pas encore de producteur ni de réalisateur et je n'ai jamais dit que je voulais faire ce film ! Vous êtes donc réellement folle de moi ?

Est-il sérieux ? Ou bien plaisante-t-il ? Je ne sais pas sur quel pied danser… Moi, je fais le pari de l'humour : je préfère dédramatiser ma situation.

— Non… Je veux juste votre expérience !

Il n'a pas l'air convaincu, il me regarde, intrigué, et laisse planer le doute. Mince, loupé…

— Hum-humm !

— Pardon, je suis ridicule.

Bon, je ne rigole plus, je redeviens sérieuse. C'est embarrassant… Sa voix, sérieuse elle aussi, vient mettre fin à mes doutes.

— Rendez-vous au Café français, vendredi, à 21 heures. Je ne peux pas plus tôt.

Quoi ? C'est bien un rendez-vous professionnel, j'espère ! Il ne parle pas de l'avantage en nature ou d'autre chose, non ? Vendredi, 21 heures, Café français… Oh punaise, j'ai rendez-vous avec Mark et c'est un rendez-vous professionnel ! Je tente de cacher mon excitation et surtout mes craintes. Tout va trop vite.

— C'est parfait pour un rendez-vous professionnel. Merci !

Je lui tends la main pour clore cet entretien et je m'en vais comme une reine tandis qu'il recule de trois pas avant de s'éclipser ! Je prends garde de ne pas m'écrouler dans l'escalier. J'ai une boule dans la gorge. Je crois que toutes les deux, nous allons devenir de bonnes amies : dans la joie comme dans la peine, elle est toujours avec moi.

36 ∴ Ext. Jour - Devant les studios Babelsberg

Je sors comme dans un songe. L'air sent bon, le soleil me caresse le visage, tout est doux en cet après-midi. Si seulement ma vie pouvait être à l'image de cet instant ! Mais je saurai m'en contenter pour un jour seulement. Peu à peu, je me réveille de cette extase. Mon corps est moite et je suis essoufflée comme après un jogging matinal. Je respire profondément en regardant vers le ciel. Pas une larme à l'horizon : je rends à l'azur son sourire. J'ai du mal à atterrir, j'évite un vélo qui manque de me faucher. Je m'arrête un instant pour reprendre mes esprits et repars, paisible, vers mon hôtel.

Ce qui m'arrive est incroyable !

♂

MARK HEINRISCH

37 ∴ Int. Jour - Bureau de Ralph Altmann

À nouveau appuyé à la fenêtre, je suis des yeux ma « scénariste ». Je ne peux m'empêcher de sourire en la voyant faire. Cette femme est un concentré d'émotion.

— T'es un idiot sadique, les femmes auront ta peau !

Ralph a les pieds sur son bureau et me regarde désespérément.

— Quelquefois, il faut suivre son instinct.

Je profite de sa position pour lui envoyer le scénario sur les genoux. Il l'attrape en râlant.

— Lis-le ! Et on en reparle !

Je retourne à mon poste d'observation… Elle est partie.

♀

LILI FONTAINE

38 ∴ Int. Nuit - Chambre d'hôtel - Jours 7-8

Un jour, deux jours s'effilochent lentement et péniblement. La redescente émotionnelle est dure. Pour éviter de trop penser, je travaille d'arrache-pied à mon scénario. Au bureau, sur le lit, par terre : je ne tiens pas en place, j'ai mal à la tête, je suis épuisée. Je reprends mon texte page par page, il y en a partout autour de moi. Des nouvelles de Fabien me parviennent par SMS. Tout ce qu'il y a de plus courtois pour le moment : il m'aime, il veut me voir. Le calme avant la tempête. Je lui ai répondu que je n'étais pas prête à lui parler, mais il insiste… Ne pas lui parler ne changera rien. J'ai mis du temps à me décider mais, finalement, je m'arme de courage : on verra bien. Il doit m'appeler après son boulot, il va rentrer tard, il avait un dîner d'affaires. J'y vois un peu plus clair nous concernant, mais je ne sais pas comment lui pardonner sans me faire violence. Dois-je lui pardonner ? Comment pourrait-il en être autrement ? J'ignore dans quel état d'esprit il sera, j'appréhende d'entendre sa voix. Il va me demander où je suis ; il y a peu de chances qu'il prenne bien le fait que je lui cache des choses. Cela pourrait mal tourner… mais il faut qu'il comprenne que, même si nous sommes mariés, j'ai le droit d'avoir un jardin secret. J'arrête les corrections : cela m'apaisait jusqu'ici, mais je suis à présent si anxieuse que je risque d'y mettre plus de bêtises qu'il n'y en a déjà. Je dois attendre cet appel, ça ira mieux après… j'espère.

Il est 20 h 32 : le téléphone sonne. Je sursaute ; « Fabien » s'affiche. C'est étrange, il appelle très tôt. Je respire un grand coup, et réponds.

— Allô…

— Lili ?

Après un silence, c'est lui qui reprend la parole.

— Je suis content que tu me répondes enfin… Comment vas-tu ?

— …Bien…

— Tu me manques !… Tu es où ?

— …Laisse-moi du temps, Fabien…

Je l'entends souffler dans le téléphone et il se met à m'implorer.

— Pardonne-moi, Lili. S'il te plaît, rentre à la maison. Je t'aime…

— Tu m'as fait tellement mal…

Je ne peux plus me retenir : ma voix déraille, j'ai du mal à aligner deux mots.

— Je ne veux pas rentrer ! Pas maintenant !

— Dis-moi au moins où tu es. Et je te rejoins !

— Je suis quelque part où je peux enfin être moi-même… Tu comprends ? Et réaliser mon rêve !

— Tu me trompes, c'est ça ? Tu veux te venger ?

— Non !… Fabien, je t'ai toujours respecté, je ne t'ai jamais trompé, contrairement à toi… Et… malgré tout ce que, toi, tu m'as fait… Je t'aime… Fais-moi confiance, mais laisse-moi du temps…

Ce « je t'aime » est un cri de désespoir : j'y crois, je n'y crois pas, je ne sais plus. Je pleure tellement que mes mots sont entrecoupés. Nouveau silence…

— Lili, reviens-moi, je t'en supplie…

Je n'ai rien à répondre.

— Je ne pouvais pas attendre pour te rappeler… Réfléchis et rentre vite… Je dois rejoindre mes collègues. Je te rappelle plus tard, si tu veux.

— Non, j'ai besoin de dormir. Je voulais juste te dire… C'est… c'est très dur pour moi, mais j'ai besoin de m'éloigner un peu, j'espère que tu comprendras.

— Il faut que j'y aille, ne t'éloigne pas trop longtemps : on ne peut pas vivre l'un sans l'autre et tu le sais. Pense à moi, c'est tout ce que je te demande.

— Bonne nuit, Fabien.

— …

Pas un mot pour me dire au revoir : il veut, une fois encore, que je me sente coupable d'être partie. Cet appel était inutile. Je suis presque déçue, je reste dans l'attente. L'attente d'un geste de sa part… Je suis jalouse, à présent, du fait qu'il sorte sans moi, loin de moi. Rien, dans ses paroles, ne me montre qu'il se sent coupable. Il continue sa vie, comme si de rien n'était. Et moi, je m'enlise. Où est-elle, la détresse de ses derniers messages ? Son calme me fait du mal. Quelque chose m'échappe.

Je ne peux pas rester là à me morfondre, je n'ai plus sommeil, il faut que je sorte. C'est bien ce qu'il va faire, lui, sortir ! Son dîner d'affaires est certainement une excuse et je sais très bien que l'alcool le réconfortera très vite. J'ai envie d'oublier… moi aussi, j'ai envie d'alcool !

39 ∴ EXT. NUIT - QUELQUE PART DANS LES RUES DE BERLIN

Je suis emmitouflée dans mon manteau. Je ne sais pas si c'est la fatigue, mais je suis frigorifiée. Ce n'est pas le cas des passants. Le nez au chaud dans une écharpe, je longe les rues animées de Berlin. Cette ville a l'air superbe, mais je n'y prête pas vraiment attention. Il faudrait que je prenne le temps de la découvrir… Le cœur n'y est pas.

Mon portable se manifeste à nouveau. Je crains le pire… C'est un message de Fabien. Il est 21 h 24.

SMS de Fabien : *Rentre à la maison. Rentre, sinon je suis capable du pire !*

Qu'est-ce que ça veut dire ?! C'est lui qui me frappe et me traite comme une merde, et il faudrait que je m'inquiète pour lui ? Je n'en peux plus. Le pire, c'est qu'il arrive toujours à me faire céder. Il y a dix minutes, il paraissait calme, à la limite de l'indifférence… Je ne dois pas me laisser faire ! Adossée contre un mur, je ferme les yeux un instant pour tenter de faire le vide en moi. Je le connais : il ne va pas s'arrêter là… Mais j'ai de l'avance sur lui : il ne sait pas où je suis et cela me rassure. Mon besoin d'alcool se fait plus pressant, je n'ai pourtant jamais cherché à y noyer mes nombreux chagrins. Mais j'ai envie de lâcher prise… Je décide d'éteindre mon portable et, surtout, je ne lui réponds pas. Enfin, pas tout de suite… Il y a pas mal de bruit dans les cafés aux alentours, j'en choisis un au hasard et j'arrête de réfléchir.

Éviter d'être seule… tout en évitant la compagnie… Installée au fond de la salle, je tourne le dos à la porte et aux gens : je ne veux voir personne et ne veux aucun regard sur moi. Je relève la tête pour libérer mes cheveux, coincés dans mon écharpe, et tombe nez à nez avec mon double dans un grand miroir. C'est moi… je fais peine à voir. Peu importe. Un serveur arrive et je commande un whisky. Je fais décidément n'importe quoi : je n'en bois jamais, je n'aime pas ça… Je rectifie, je n'aime *plus* ça. Quand j'étais plus jeune, les baby-Coca rythmaient mes soirées, mais à force de respirer cette odeur sur le visage de mon mari, j'ai fui cet alcool comme la peste, le rendant coupable de mon malheur. Mais ce soir, ça va me réchauffer !

En attendant, j'enlève manteau et écharpe, sors mon script *dernière version*, imprimé grâce au service de copie de l'hôtel, et le pose devant moi. J'ai des choses à fêter avec lui.

Mon whisky arrive : je le regarde sans grande conviction, le porte à hauteur de mes yeux, puis trinque avec mon reflet et mon scénario – équipe de choc ! L'odeur me rebute, mais je le bois cul sec. Houlà, j'avais oublié ! Je sens le liquide descendre le long de mon œsophage. Ça me brûle la gorge, je me retiens comme je peux de tousser.

À ce moment-là… Non, pas lui !…

Mark entre dans le bar avec des amis, une femme et deux hommes. Je l'appelle *Mark*, maintenant ? L'alcool me fait déjà de l'effet… Je voudrais être une souris. Pourquoi mes parents m'ont-ils faite si grande ? Je suis toujours en train de me faire toute petite pour me cacher…

Le serveur, qui me regarde étrangement, revient me voir. Il a dû comprendre que, ce soir, ça n'allait pas fort… Sans que je ne lui aie rien demandé, il m'apporte un autre whisky. C'est formidable !

À présent, je fais de mon mieux pour dissimuler mon visage. Je ne suis décidément jamais tranquille ! Je ne peux m'empêcher de le regarder… Mark et son groupe parlent fort et ont l'air joyeux. Ce miroir tombe finalement à point nommé… Je réitère le cul sec, mon esprit se relâche, mes jambes se décrispent : c'est bon d'arriver enfin à se détendre ! Ma vigilance reste tout de même intacte. La relecture de mon scénario est entrecoupée de quelques regards discrets vers le reflet… Mark attrape son amie par le cou et lui donne un tendre baiser sur la joue.

— Veinarde…

Ce n'est pas de la jalousie, enfin presque… C'est plutôt qu'elle a de la chance, et c'est une belle blonde… Ah l'alcool ! J'ai envie de rire de ma situation, je m'abandonne un peu à cette douce ivresse : je ne me suis pas autorisé de tels moments depuis que je suis mariée. Alors, je philosophe sur quelques questions existentielles… Qu'est-ce que ça peut bien faire de sortir avec une superstar ? Il est si séduisant ! Qui êtes-vous vraiment, M. Heinrisch ? Il faut que je fasse attention, l'alcool me monte à la tête et je serais capable de me ridiculiser. Ce n'est pas le moment ! L'image que je donne de moi en cet instant est si éloignée de ce que je suis ! Mince ! il faut que j'aille aux toilettes… Pas maintenant… Impossible de me lever : s'il me voyait, je ne serais pas capable de me justifier… Mais pourquoi devrais-je me justifier, après tout ?... Si je me lève, je ne vais pas marcher droit.

Lili, arrête ! Tu n'as rien à lui prouver…

Enfin si, un peu quand même. Bon, je reste assise.

Je ne sais pas depuis combien de temps je me parle toute seule, toujours est-il que Mark et ses amis font mine de partir. Je regarde l'heure, il est déjà 23 heures… Je bois un dernier verre cul sec et me mets à rire. Je me suis saoulée toute seule ! Je me cache pour qu'il ne me voie pas de la rue, ce serait bête de se faire repérer au dernier moment !

Sur le chemin du retour, l'ivresse libératrice laisse place à l'alcool mauvais avec son lot de regrets… Cela ne sert à rien. Je me trouve minable… Il faut que je dorme.

40 ∴ Int. Jour - Chambre d'hôtel, lendemain de cuite - Jour 9

Le jour me réveille… Et qui a la gueule de bois ? Je regrette d'avoir tant bu… J'ouvre un œil en direction du réveil : il est 13 heures !

Je saute du lit et file sous la douche. Je hais le whisky ! Je suis vraiment déraisonnable. Je ne connais pas mes limites, faute d'expérience. Mes proches disent que je suis coincée, trop polie, trop gentille… Mais à qui la faute ? Plus jeune, je n'étais pas comme ça. J'aimais faire la fête, voir des amis, sauter à l'élastique… Vivre, quoi ! Ma douche et mes songes terminés, je me mets au travail, une serviette nouée autour de mes cheveux. Les heures défilent : 15 heures, 17 heures… 19 heures. J'éteins l'ordinateur, angoissée.

SMS de Fabien : *Lili, pense à moi, j'ai envie de toi… de te toucher… sentir ta peau… plutôt mourir que de te perdre…*

Il fut un temps où un tel message m'aurait enivrée… Mais à présent, c'est du dégoût qui me saisit, car sous ses belles paroles se cache la manipulation. Veut-il vraiment que je revienne ? Par amour ? Ou est-ce tout simplement la solitude qui le gagne ? Je jette mon téléphone sur le lit : j'ai un rendez-vous important, j'ai besoin de me concentrer. Oui, j'ai rendez-vous ce soir, et avec Mark Heinrisch. Ma main tremble…

Respire !

J'ouvre l'armoire, prends une de mes nouvelles tenues et file dans la salle de bains.

Une demi-heure après, je me regarde dans le miroir, apaisée. Je me trouve même jolie.

41 ∴ Ext. Nuit - Devant le Café français

Il est 20 h 50. Je suis en avance.

Je scrute discrètement l'intérieur du café, mais je ne vois pas Mark. J'espère qu'il ne plaisantait pas ? Je me sens stupide… Non, il avait l'air sérieux. Ou alors, je n'ai pas bien compris ? Si, il m'a dit 21 heures, Café français… Et il est à présent 21 h 02.

Gênée d'attendre seule devant la porte, je traverse la rue pour patienter de l'autre côté ; je guette, au loin, en me cachant presque derrière un lampadaire. J'ai peur qu'il ne vienne pas et, en même temps, cela me semblerait normal… C'est bizarre, quand même : j'ai du mal à imaginer un acteur inviter une fille qu'il ne connaît pas pour parler d'un scénario. C'est complètement irréel !

Une belle voiture se gare enfin devant le café. C'est lui ! Il est là. Mince ! Et moi qui suis plantée là, de l'autre côté ! J'ai peur de traverser. Il ferme sa voiture et, très décontracté, il entre.

Agacée, je regarde ma montre : il est en retard, mais il va croire que c'est moi qui ne suis pas ponctuelle…

Tant pis : je suis là pour mon scénario, je suis sûre de moi ! J'avance d'un pas décidé.

42 ∴ INT. NUIT - CAFÉ FRANÇAIS

Mark Heinrisch m'attend à une table. J'en ai le souffle coupé. Je referme la porte derrière moi, relève la tête et croise son regard. Il me fait signe de la main. Je m'approche, un petit sourire timide sur les lèvres, mais ne peux soutenir son regard. Mes yeux dévient, errant au hasard des tables pour faire ralentir mon pouls. Arrivée devant lui, je lui tends la main. Il se lève et me rend le geste.

— La ponctualité n'est pas votre fort, à ce que je vois !

Je suis sidérée : que puis-je répondre ? Je perds mes moyens… Voyant ma détresse, il laisse apparaître un petit rictus.

— Cela fait vingt-cinq minutes que je parle avec le lampadaire d'en face !

Je choisis l'humour malgré mon trac, on verra bien !

— Vous avez une relation très particulière avec les lampadaires, c'est étrange…

Je ne comprends pas du tout ce qu'il raconte. Je reste muette, il passe à autre chose.

— Vous m'attendiez donc avec impatience !

— Effectivement, j'ai hâte de travailler sur mon script !

— C'est votre fierté ou votre timidité qui vous a fait rester vingt minutes dehors à m'attendre ?

M'aurait-il vue ?... Oh non ! Je deviens toute rouge, sa perspicacité m'agace. Je tâche de m'asseoir calmement, lui me sourit poliment.

— Je vous offre un verre, monsieur Heinrisch ?

Mark s'assoit d'un air satisfait.

Il fait signe de la main au serveur qui ne tarde pas à venir. A-t-il souvent l'occasion de servir une star ? Je me sens tout à coup privilégiée et me dis que toutes les femmes du bar doivent m'envier. Mark passe la commande sans me consulter.

— C'est moi qui offre. Deux whiskies, s'il vous plaît !

Oups…

— Pardon, mais je ne bois pas de whisky !

— À d'autres !

Qu'est-ce qu'il me raconte là ? Ça grince dans ma tête… Je fais comme si de rien n'était.

— Alors… ? Berlin vous plaît ?

— Oui, beaucoup… même si je n'ai pas beaucoup quitté ma chambre d'hôtel ces derniers jours !

Les whiskies arrivent. Mark lève son verre.

— Cul sec ! C'est comme ça qu'on boit le whisky, chez vous ?

Je vais défaillir… Je dois être affreusement pâle ! Avec son sourire narquois, Mark boit son verre. Je suis incapable de répondre quoi que ce soit tant je suis mal à l'aise ; lui a l'air de prendre du plaisir à me voir ainsi. Il m'a vue la veille : à présent, c'est certain. Je me frotte le front, pas très fière de moi : comment la situation va-t-elle pouvoir s'arranger ? J'ai la gorge sèche, mais je ne me risquerai pas à boire une seule goutte.

— Faut-il que je vous serve de guide après nos séances de soutien… ?

Voilà autre chose ! Je me souviens subitement de notre discussion dans les studios… J'espère qu'il ne va pas me reparler des avantages en nature, sinon je déguerpis. Mais ce changement de sujet arrive à point nommé, sans doute a-t-il compris mon désarroi. Diplomate et légèrement taquine, je lui rétorque :

— Mais je ne suis là ni pour le tourisme ni pour vous faire perdre votre temps !

— Vous ne buvez pas votre whisky ?

— Cela me donne mal à la tête !

Et parce que j'ai vraiment mal à la tête, je me frotte les tempes.

— Gueule de bois ?

Je rage en moi-même, mais finis par avoir un petit rire. On dirait qu'il me plaint : son regard est devenu si doux… Je baisse piteusement la tête. Ce serait bien que l'on parle du scénario maintenant !

— Vous aviez quelque chose à oublier ou c'est habituel ?

Qu'est-ce qu'il cherche à la fin ?… Je ne suis pas chez un psy ! Je croyais pourtant avoir été discrète, hier soir…

— Ce n'est pas habituel !

— Donc, quelque chose à oublier !

Ça suffit ! Je relève la tête et le regarde droit dans les yeux.

— Faire plus de 1 500 kilomètres pour tenter de réaliser son rêve, ce n'est pas sans risque, monsieur Heinrisch ! C'est tout !

J'y suis allée un peu fort, là… Mais il n'a pas l'air impressionné.

— Une alliance… Vous êtes mariée ?

Non, je n'ai pas envie de parler de ma vie privée !

— Oui ! Bon, on se met au travail ?

Mark sourit, intrigué, et tend sa main pour avoir le script. Je le lui donne et il redevient sérieux.

J'espère que je ne l'ai pas froissé, mais je préfère rester prudente. Cette relation doit rester strictement professionnelle, il ne peut en être autrement.

— Très bien, on commence ! Si vous n'avez jamais parlé de votre script à un professionnel, cet entretien risque d'être un peu déroutant, je vous préviens ! Il ne faudra pas m'en vouloir : je ne suis pas là pour évoquer ce qui va dans votre scénario, mais tout ce qui ne va pas !

— Comme ça, c'est clair : je n'en attendais pas moins de vous !

— Alors j'y vais ! Votre scénario est trop long pour un premier, vous auriez dû commencer par un court-métrage. Le début s'éternise en descriptions, il va falloir en enlever : on n'est pas dans un roman. Et trop de dialogues tue le dialogue ! Dans un film, c'est le visuel qui prime.

— Comment fait-on alors pour parler des sentiments ? Il faut bien l'aborder, si on veut que les acteurs jouent comme il faut !

— On y viendra après, on s'en tient à une vue d'ensemble pour l'instant. Vous vous êtes lancée dans une comédie dramatique, et j'avoue que c'est assez convaincant : le ton ironique avec lequel vous traitez ce que vit l'héroïne est vraiment réussi. Grâce à cette touche d'humour, on s'attache à votre héroïne. C'est un bon point. Les scènes III à X sont à revoir : j'ai failli m'arrêter là. En revanche, la suite m'a intrigué, je me suis enfin plongé dans l'histoire, et j'ai tout lu d'un trait. Vous faites vivre des choses simples à vos héros, mais avec une grande intensité dans les sentiments ! C'est donc essentiellement la forme et les dialogues qu'on va reprendre : c'est primordial dans un scénario. Il y a des règles à respecter, c'est ce qui fera que votre script sera lu… ou pas ! Vous avez de la chance : j'ai récupéré le vôtre dans la poubelle !

— *Dans la poubelle ?*

— Ne soyez pas vexée, ça arrive souvent !

— Vous vous rendez compte du temps qu'il faut pour écrire un scénario ?

— On ne peut malheureusement pas tout lire et tout jouer ! C'est pour ça qu'il existe les romans.

J'en ai mal au cœur, je déteste ce Ralph ! C'est ignoble de jeter ainsi le travail de tant d'années.

— Qu'est-ce que vous voulez dire ? Qu'il est improbable que ce film soit tourné un jour ?

— Je dis que vous avez eu de la chance que je sois dans la pièce d'à côté quand vous êtes venue, la première fois !

Il a donc tout entendu… Tout cela me rend triste. Mon avenir s'est joué à si peu de chose… et je ne suis pas encore sûre d'aller plus avant... Certes, Mark va m'aider ce soir, mais après, je devrai continuer seule et ce ne sera pas facile. C'est déconcertant : je ne m'étais jamais projetée aussi loin. Il était question de faire lire mon scénario à mon acteur préféré… C'est fait mais, maintenant, j'ai envie de continuer l'aventure, je veux que cette histoire prenne vie. Et je veux que ce soit Mark qui interprète mon héros, et personne d'autre. Il va falloir que j'arrive à le lui dire… Mais comment ?

— Vous m'écoutez ?

— Oui.

Pendant plus de deux heures, Mark rature des feuilles, modifie des dialogues, mais toujours dans le respect de mes idées. Il ne porte pas de jugement, me conseille simplement : je passe un moment formidable. Ma première confrontation avec ce monde-là me réjouit et je m'y vois déjà : moi, Lili Fontaine, *scénariste* ! Je laisse de côté mon whisky et Mark commande pour nous deux une grande bouteille d'eau avec une assiette remplie de bonnes choses que l'on peut manger avec les doigts. À plusieurs reprises, nos regards se croisent, mais il ne me pose plus de question indiscrète. Ce rendez-vous partait donc d'un bon sentiment ! Je suis ravie qu'en plus d'être très bon acteur, cet homme soit si professionnel.

Nous finissons par ranger toutes les pages éparpillées sur la table et sortons du café : j'avais besoin d'air ! Galant, il me laisse passer la première et, sans doute pour accompagner ma sortie, il pose sa main sur mon épaule… Malheur ! Il n'en fallait pas plus pour me contrarier… Mon trouble a dû se sentir. J'essaie malgré tout de le contenir en répondant à la question qu'il vient de me poser.

— Je reconnais que c'est compliqué ! Et mon inexpérience ne m'aide pas !

— Et vous êtes venue toute seule ? C'est courageux !

Moi, courageuse ? Sa main toujours sur mon épaule, je n'ai plus le courage de parler : j'acquiesce d'un signe de tête.

— Demain soir, il y a une réception aux studios Babelsberg, ça vous dirait de venir ?

Non, il recommence ! Ça doit être dans sa nature. Je me rappelle soudain la phrase du serveur qui m'avait apporté ma première bière allemande : « C'est un grand séducteur, faites attention ! » Il faut détourner sa question.

— Je ne veux pas vous faire perdre votre temps. Je ne préfère pas !

— Ce n'est pas un rendez-vous galant !

Mince, c'est peut-être moi qui me fais des films. À ce moment-là, il enlève enfin sa main de mon épaule et se montre rassurant tout en finissant son explication.

— Il y aura des gens du métier : producteurs, chefs-opérateurs, réalisateurs… Ça vous donnera une excuse pour me revoir !

Bang ! Il est fier de lui, et moi, je m'offusque et vire à l'écarlate.

— Mais je ne cherche pas à vous revoir ! Enfin, si, pour mon scénario… Bref, vous m'avez compris… n'est-ce pas ?…

Je me tais, je m'enfonce.

— OK, je prends ça pour un *oui* !

— Vous prenez toujours les décisions pour les autres ?

— Vous savez, j'ai des fans de toutes sortes : des dingues folles de moi, des perverses prêtes à tout pour me toucher, des discrètes qui m'envoient des lettres d'amour… Mais des comme vous, je n'en ai jamais eu ! J'aurais même du mal à vous classer : dingues, perverses ou discrètes… ?

— Vous rigolez, là ?

— Absolument pas ! Pour aller jusqu'à m'écrire un scénario qui prédit une histoire d'amour entre nous, il faut que vous soyez folle de moi !! Alors, j'attends de voir…

— Pensez ce que vous voulez, mais je suis mariée !

Et je montre mon alliance… Que je suis nulle ! Il le savait déjà. Je n'ai aucune répartie et n'arrive pas à lui clouer le bec. Mais hélas, je continue….

— Je vous appelle demain dans la matinée pour vous dire si je viens ou non. D'accord ?

Eh oui… il m'a donné son numéro de téléphone ! Je ne lui ai pourtant rien demandé. Le mien était en plein milieu de la page, il m'a noté le sien sur une serviette.

Je lui tends la main pour amorcer mon départ et, surtout, pour le couper dans son élan de parole. Il a soudain l'air stupéfait par mon aplomb.

— À demain, monsieur Heinrisch !

— À demain, madame Fontaine !

Et voilà qu'il me refait son sourire ravageur ! Moi, avec un sourire poli, je lui tourne le dos et pars calmement. Ne l'ayant plus en face, je me sens tout à coup très fière de moi. Une fois suffisamment éloignée et légèrement cachée par le mobilier urbain, je me retourne. Adossé à sa voiture, une main dans sa poche, il a allumé une cigarette et rigole tout seul. Quel charisme !

43 ∴ INT. JOUR - CHAMBRE D'HÔTEL - JOUR 10

Je n'ai pas beaucoup dormi, mais mon repos a été réparateur. Je reste concentrée sur le travail d'hier soir et sur mon objectif. Je me garde, tant bien que mal, de penser à Fabien. Ce soir… Une invitation attend toujours ma réponse. Toujours en pyjama, je tourne en rond dans la chambre, mon portable à la main. Hier soir, j'ai parlé trop vite : j'aurais dû rester sur mon *non* et ne pas lui dire que je le recontacterais. Ou alors, ne pas hésiter et lui dire *oui* tout de suite ! Si je l'appelle, que va-t-on se dire ? Nous ne sommes ni des collègues ni des amis, et rien ne dit que j'aie un avenir dans ce monde-là. Prise de panique, je tremble. Mes mains sont moites et je n'arrête pas de les essuyer contre le lit. Mon angoisse est tellement dense, elle pèse si lourd sur ma poitrine… Elle tente une sortie par ma bouche : je me mets à parler toute seule.

— Merde ! Mais pourquoi j'ai dit non ?

Je n'ai plus le choix : pour y aller, je vais devoir le supplier et j'ai horreur de ça. Prenant mon courage à deux mains, je cherche dans mon répertoire le numéro de Mark et lance l'appel. La serviette, devenue collector, est partie rejoindre précieusement la dernière page de mon scénario.

Messagerie. Quel soulagement ! Ce sera plus facile… mais il ne faut pas que je me mette à bafouiller.

— Bonjour monsieur Heinrisch, c'est Lili Fontaine. Je vous rappelle pour la réception de ce soir. Après réflexion, si c'est toujours bon pour vous, je viendrai ! Ce sera, je pense, très intéressant de rencontrer toutes les personnes dont vous m'avez parlé… Voilà, merci de me préciser l'heure à laquelle il faut que je sois au studio… Merci et bonne journée.

Je raccroche et suis horrifiée par ce message. Oh, mais quelle nulle !!

Je me jette sur le lit pour hurler dans un coussin. Maintenant, il faut attendre sa réponse. Si j'en ai une ! Et s'il n'avait pas mon message ? D'un coup je me relève. Si je dois aller à cette soirée, comment faut-il que je m'habille ? Je file vers l'armoire et scrute mes habits. J'espère que ma nouvelle robe noire fera l'affaire. Est-ce une soirée habillée ou juste une soirée de travail ? Quelle poisse ! Je panique pour un rien.

La sonnerie d'un SMS me sort de ma torpeur et me saisit au ventre. Désespérée, j'avance, inquiète, vers mon portable.

— S'il te plaît, Fabien, pas maintenant…

SMS de Mark : *Je passe vous chercher à 19 heures !*

Rassurée ou paniquée, je ne sais plus, mes sentiments tourbillonnent, c'est insupportable ! Il ne m'appelle pas, il m'envoie un SMS. Il ne doit pas savoir quoi me dire non plus. Il passe me chercher. C'est vrai qu'hier je lui ai dit le nom de mon hôtel ! Après tout, c'est une personne comme une autre, mais je n'ai pas forcément envie qu'il vienne me chercher. D'une part, c'est trop bizarre, c'est quand même une star ; et d'autre part, je suis gênée, je ne sais pas pourquoi. Si Fabien savait ça…

Je ne peux pas y aller avec lui.

Il faut que je lui réponde.

Mon SMS : *Je peux y aller toute seule, ça vous évitera le détour.*

J'attends sagement la réponse et frissonne quand elle arrive.

SMS de Mark *: Je passe vous chercher à 19 heures, ça me laissera le temps de vous parler de quelques détails.*

Encore des détails ? Il y a trop de détails ! Mais je suis heureuse, j'entrevois soudain de belles perspectives… Et puis c'est moi qui décide. Fabien n'en saura rien et je ne fais rien de mal, après tout.

Mon SMS : *Bon, OK. Merci. Faut-il porter une tenue particulière ?*

SMS de Mark *: Je peux venir vous aider à vous habiller, si vous voulez. Je viens donc vers 18 h 30 !*

— Quoi ?! Il n'est pas sérieux, là !

Bizarrement, ce dernier SMS m'amuse !

Mon SMS : *Non merci ! Rdv à 19 heures.*

Je suis toute retournée, mais ne sais pas pourquoi. Excitée, un peu, coupable, beaucoup.

— Pfff, ça ne me dit toujours pas comment je dois m'habiller !

Mon téléphone toujours en main, je reprends ma respiration et mon sérieux. Sans réfléchir, je cherche le numéro de Fabien et l'appelle. Oui, je culpabilise.

— Fabien, c'est moi.

— Bonjour mon amour.

La discussion s'engage très calmement et ça me rassure. Mais il ne faut pas que je me laisse manipuler…

— Tu vas bien ?

— Oui, mais tu me manques et je m'en veux… Je t'aime, Lili.

C'est étrange, ce romantisme soudain, après tous ses SMS agressifs. Je n'ai pas envie de douter de sa sincérité, je n'en peux plus de lutter. Ma volonté était de partir définitivement, mais sa voix est si apaisée que mes doutes s'envolent et ma réponse est instinctive.

— Moi aussi, je t'aime, Fabien…

Ce soir-là, la discussion ne s'éternise pas, car je ne veux pas encore lui dire où je me trouve. J'évite les questions. Je lui demande des nouvelles de son travail, des amis, mais nous ne parlons pas de notre dernière dispute. Ni lui ni moi ne sommes prêts à cela. Nous faisons comme si de rien n'était. C'est peut-être un tort, mais cela a le mérite de me rassurer… Et j'en avais grandement besoin !

44 ∴ Aparté - Fabien, mon mari

La manipulation consiste à construire une image du réel qui a l'air d'être le réel[17].

Philippe Breton

Recherche internet : *manipulation.* Parmi les premiers résultats proposés, Wikipédia. Un article est consacré à la « manipulation mentale »… Rassemblant harcèlement moral et séduction, propagande et ingénierie sociale, ce phénomène psychologique est décrit comme une « méthode qui mène au contrôle des actions d'une personne sans son accord, via un rapport de pouvoir ou d'influence ».

Oui, une *méthode*…

Une foule de rapports peuvent être mobilisés (« de séduction, de suggestion, de persuasion, de soumission non volontaire ou consentie ») dans le but d'intervenir sur la perception de la réalité. Ruse, mensonges, manipulations psychiques : rien n'est trop dégradant pour modifier cette perception et soumettre la personne visée.

L'article parle aussi d'un « consentement fabriqué » : dans le rapport de pouvoir qui s'installe, le manipulateur parvient à altérer l'état mental de la personne qu'il peut, dès lors, mener à faire ce qu'il veut.

Oui, j'ai longtemps consenti…

---

[17] Philippe Breton, *La Parole manipulée*, Paris, La Découverte, coll. « Poche », 2000, 221 p., p. 18.

Mais ce qui me glace le plus, dans cet article, c'est le paragraphe intitulé « Fonctionnement » :

« Le but de la manipulation est de réduire à néant la liberté du manipulé sans se dévoiler, en identifiant la résistance à vaincre puis en construisant un message artificiel pour s'imposer[18]*. Elle s'oppose à l'argumentation qui dévoile à la fois son but et sa méthode*[19]*.*

« La manipulation agit sur les besoins fondamentaux, en particulier les besoins d'appartenance et de reconnaissance. Elle joue ainsi sur tout « ce qui fait de nous des êtres humai : la communication, les rapports sociaux, les sentiments, les émotions… »[20]*. Elle tire profit des comportements sociaux, comme la preuve sociale qui fait qu'une personne ne sachant comment réagir va suivre les autres, parfois aveuglément au risque de se mettre en danger*[21]*. Un autre levier très puissant est l'engagement : c'est une conséquence du besoin de cohérence, c'est-à-dire du comportement social qui pousse à continuer dans les voies dans lesquelles on s'est engagé, par souci de stabilité et de continuité. […] »*

Selon ma vision d'aujourd'hui, je pourrais m'arrêter à cela. Mais Fabien, c'est aussi Fabien, l'homme que j'aime, et contre cela, je ne peux rien. Notre mariage, c'est mon engagement envers lui.

---

[18] Id. *Ibid.*, *op. cit.*, p. 24, 26.
[19] Id. *Ibid.*, *op. cit.*, p. 27.
[20] Marie-Laure CUZACQ, *Les Manipulateurs : Les identifier, déjouer leurs pièges*, Paris, Edigo, 2011, 161 p., p. 15.
[21] Id. *Ibid.*, *op. cit.*, p. 16-19.

Nous étions dans le même lycée, mais je ne lui avais jamais adressé la parole : j'étais bien trop timide ! Mes amies et moi étions toutes, je crois, folles de lui. Il était beau, brun avec les yeux bleus ; sûr de lui, il était toujours accompagné de sa bande. Je ne pouvais pas lui plaire : j'étais trop discrète, pas assez jolie ; je ne mettais pas assez en valeur des formes qui tardaient à venir. Il ne m'a sans doute jamais remarquée : je me fondais dans les murs pour éviter les regards. Ses conquêtes, toutes plus belles les unes que les autres, le disaient romantique, charmeur et charmant. Aux petits soins avec l'heureuse élue tant que durait leur fugace relation, il la faisait reine du lycée, mais elle n'avait pas droit à l'erreur. Ainsi pouvait-il aisément la quitter pour en retrouver une autre plus docile. Ce fonctionnement me déplaisait et j'ai voulu me libérer de cette fascination. Mais le voir me faisait rechuter… Il aurait fallu tenter de lui adresser la parole : j'en étais incapable. Il avait deux ans de plus que moi, mais avait redoublé : j'ai donc pu l'admirer en secret pendant deux ans. Étrangement, la terminale a été une délivrance : il n'était plus là et je me suis sentie libre de penser à d'autres garçons. Au cours de l'été qui a suivi le Bac, je me suis enfin ouverte aux autres. Mon premier job d'été hors de l'épicerie familiale m'y a beaucoup aidée ; j'ai découvert les joies des fêtes du week-end, qui se prolongeaient souvent en semaine, et les premières amours sans conséquences. J'adorais faire la fête ; enfin sortie de ma chrysalide, je prenais plaisir à aller vers les gens pour faire de nouvelles connaissances. Je me sentais bien, vivais librement et mes parents étaient fiers de moi. Malgré mes bons résultats scolaires, je ne savais pas vraiment quoi faire de ma vie. J'ai donc opté pour un BTS Commerce, dans l'idée de reprendre l'épicerie de mon père. Sans doute était-ce choisir la facilité, mais ce boulot, que j'ai exercé pendant six ans, m'a comblée.

Je n'avais encore jamais revu Fabien. Suivant la voie de ses parents dans les affaires, il avait quitté la région pour faire de grandes études. Ce n'est que bien plus tard que nos chemins se sont à nouveau croisés. Le 13 septembre 2003, alors que j'avais entrepris de faire de grands changements dans la gestion de la boutique de mon père, je poussai la porte d'une banque… J'avais pris rendez-vous pour faire des devis ; lui, déjà promis à une belle carrière, avait été embauché un mois auparavant.

Je me souviens l'avoir reconnu tout de suite ; lui a simplement reconnu mon nom en prenant les devis de la concurrence. Toujours aussi charmeur : « Lili Fontaine ? Ça me parle… On se connaît ? »

La vie m'avait transformée : j'étais devenue belle et bien dans mon corps. Je prenais plaisir à m'habiller, à me mettre en valeur. J'aimais rire et n'hésitais pas à rigoler fort, j'étais à l'aise.

Je lui rappelai que nous avions fréquenté le même lycée, en vain : il ne se souvenait pas de moi, mais faisait mine d'être désolé pour ne pas me blesser. Je pense lui avoir fait un grand effet… Les rôles s'inversaient : je n'étais plus timide, lui était sous le charme. Et j'en profitai allègrement ! Je n'ai pas donné suite aux devis de sa banque, mais il a voulu me revoir rapidement. Un café, puis un resto, puis il m'a présenté ses amis. Tout est allé très vite. Mes sentiments pour lui sont revenus d'un seul coup, comme si, à son départ du lycée, je les avais soigneusement rangés pour plus tard. Fabien avait rompu avec sa copine du moment pour être avec moi. Notre histoire d'amour était belle : il m'aimait passionnément et même ses amis ne le reconnaissaient pas. Nous avons vécu ces débuts intensément. Il ne voulait que moi, je ne voulais que lui, nous sortions de moins en moins. Nous avons emménagé ensemble à peine huit mois après notre premier flirt : il ne voulait pas attendre et sa jalousie me plaisait.

Puis il m'a demandée en mariage. J'ai alors voulu ralentir le rythme, prendre le temps ; il n'a pas apprécié que je temporise et a pris mon « non » hésitant comme une preuve de doutes. Pour lui, c'était une évidence : nous ne pouvions vivre l'un sans l'autre et le mariage allait de soi. Ce fut notre première grosse dispute. Je n'ai jamais autant craint de perdre quelqu'un. Je découvris l'autre facette de Fabien : sa peur du rejet, son manque de confiance sur le plan affectif. Tout à leur carrière, ses parents n'avaient pas été très présents pendant son enfance et les filles au pair changeaient trop souvent pour un petit garçon… Ce fut aussi la première fois qu'il posait sa main brusquement sur moi ! Il me tordit simplement le poignet, ce fut sans conséquence. Ce sont ses accusations qui me blessèrent le plus. Il me reprocha ma façon d'être avec les autres hommes – « Tu es trop gentille et tu fais ta belle devant eux ! » – et mon manque d'amour pour lui : je ne devais certainement pas l'aimer assez pour le mariage.

Je ne doutais absolument pas de mon amour : il était sincère et profond. Cette altercation n'a fait que renforcer mon attachement ; je ne désirais plus qu'une seule chose : le protéger et l'aider à avoir confiance en moi, en lui. Cette première dispute se termina par une intense réconciliation et, le lendemain, je lui disais *oui*. Je ne pouvais pas vivre sans lui, il avait raison ; je ne voulais pas prendre le risque de le décevoir et de le perdre. Il n'avait jamais vécu de relation aussi longue, moi non plus. Cela ne faisait plus aucun doute… Je me suis donc donnée à lui, corps et âme. Le jour de notre mariage, il lut un petit mot qu'il avait écrit pour la cérémonie religieuse.

Ma Lili, mon Amour,

Sans toi, je n'étais rien ; aujourd'hui, je suis le plus comblé des hommes. Ce mariage nous unit pour la vie et rien, vraiment rien, ne pourra rompre ce serment que l'on s'est fait.

Henri-Frédéric Amiel écrivait : C'est quand il se change en douleur qu'on peut d'un sentiment juger la profondeur[22]. J'ai eu peur de te perdre et j'ai ressenti cette douleur, la douleur de mon amour pour toi. Nous allons donc nous aimer ainsi jusqu'à la fin de notre vie, et cette douleur, nous la transformerons en bonheur.

Nos souffrances et nos joies seront les mêmes : nous partagerons tout ! Rien ne saurait nous séparer. Cette alliance te rappellera le chemin à suivre et les erreurs à éviter.

Tu es à moi et je suis à toi, à la vie à la mort…

Je t'aime si fort.

J'étais tellement émue que je me suis blottie dans ses bras, en pleurs, devant tout le monde. Les convives ont applaudi. Aujourd'hui, quand je relis ce texte, j'en comprends toute la portée : elle est effrayante. Le jour de mon mariage, je me suis enfermée toute seule dans une cage, il n'allait plus y avoir que lui, et moi pour lui… uniquement.

---

[22] Henri-Frédéric AMIEL, *Journal intime*, « le 20 juin 1868 », 12 vol., dir. Pr Bernard GAGNEBIN et Philippe M. MONNIER, Éditions L'Age d'Homme, Lausanne, 1976-1994.

Les festivités du mariage passées, le merveilleux voyage de noces consommé, nous avons vécu paisibles et heureux, un certain temps. Je me suis astreinte à une vie au service exclusif de mon mari et j'y ai pris du plaisir : j'y voyais un jeu de séduction, il était tout à moi. Je tenais l'épicerie : c'était le seul moment de mes journées qu'il ne maîtrisait pas. Mon travail le gênait et, à plusieurs reprises, il m'a demandé d'arrêter. Nous n'avions pas besoin de mes revenus pour vivre… C'était vrai, mais cette activité me faisait du bien : je voyais du monde, et mes parents, qui m'avaient transmis l'épicerie, travaillaient avec moi pour me soutenir. Mes amis venaient me rendre visite pour un café ou un déjeuner ; je les voyais rarement dans d'autres occasions. Je ne sortais que très peu, afin d'être avec Fabien quand il était à la maison. Lui était souvent en rendez-vous ou en voyage d'affaires, parfois même le week-end. Il m'appelait alors jusqu'à quatre fois par jour sur le téléphone fixe de notre maison. Il disait me surveiller pour rigoler et je trouvais cela mignon… Il avait sans cesse besoin d'être rassuré.

Nous allions faire les boutiques ensemble : il adorait que je lui dise qu'il était sexy dans telle ou telle tenue, il me conseillait les miennes et il payait tout. C'était une contrepartie… mais je m'en moquais.

Ma mère m'avait une fois alertée : elle me trouvait changée. Il fallait, selon elle, se ménager des moments pour soi… Fabien m'accaparait même pendant les repas de famille. L'unique personne encore capable de lui imposer du respect était mon père : lui seul parvenait à détacher Fabien de moi pour que je puisse passer un moment seule avec ma mère. Toutes deux, nous allions alors au cinéma ou faire les boutiques.

Mais un jour, mon père nous a quittés. Arrêt cardiaque : les médecins n'ont rien pu faire. J'ai eu du mal à m'en remettre. Heureusement, Fabien était là pour ma mère et moi. Il s'est occupé des rendez-vous pour l'arrangement de famille. Il a même proposé que ma mère vienne vivre quelques jours avec nous quand elle était au plus mal. Sombrant dans une sévère dépression, elle refusait de s'alimenter. Six mois après la mort de mon père, elle fut hospitalisée ; pendant des semaines, je m'acharnai à lui redonner courage, mais rien n'y fit. Je dus fermer l'épicerie quelques jours, je n'y arrivais plus. Et un matin, le verdict est tombé : elle était partie, elle aussi. Morte de chagrin.

Fabien s'est une fois de plus occupé de tout, mais a insisté, cette fois-ci, pour que je ferme l'épicerie. J'ai refusé : ce lien avec mes parents m'était nécessaire et je me devais de continuer, pour eux. Mais il s'est obstiné : j'étais épuisée, il voulait que l'on pense à nous deux. Il m'a même laissé entendre qu'il était enfin prêt pour devenir papa. Jusqu'à présent, il ne voulait pas d'enfant, ou du moins, il n'était pas pressé. J'avais vraiment besoin de me reposer, mais ne voulais pas céder. La vie s'en est mêlée, pour mon plus grand bonheur. J'avais à peine arrêté de prendre la pilule que mon premier test de grossesse était positif. Cela a été un choc pour Fabien et j'ai ressenti une grande angoisse en lui. Ce n'était plus le moment pour lui : « Tu aurais pu faire attention ». Ce soir-là, je n'ai pas compris. Il m'a tout de même embrassée pour me féliciter et il est parti de la maison. Quand il est rentré vers 3 heures du matin, alcoolisé au possible, j'ai dû subir ses caresses terribles. Il était comme changé, sans tendresse, et je n'ai pu fermer l'œil de la nuit. Avoir un enfant était tout ce qu'il me fallait, il m'avait gâché ce bonheur. Le lendemain soir, après avoir fait comme si de rien n'était, il était rentré à la maison avec une bonne nouvelle.

Un de ses clients commerçant venait de lui faire une offre pour reprendre l'épicerie. Fabien avait tout prévu, je n'avais qu'à signer, l'affaire était faite. Ainsi la perspective d'avoir un enfant devenait une bonne excuse pour que j'arrête de travailler. J'eus beau lutter, je n'avais pas raison et c'était à lui de prendre ce genre de décision pour *sa* famille. La vente fut signée au plus vite et, ce même jour, je découvris un numéro de téléphone suivi d'un prénom féminin, « Laure », tout simplement dans la poche de sa veste. Je ne dis rien, le petit être qui vivait en moi méritait mieux. Ma colère était grande, mais pour que les choses s'arrangent entre Fabien et moi, je compris vite que c'était à moi de céder pour tout. Pour la vente et pour sauver mon mariage. Je fis donc mon troisième deuil. N'étant pas au mieux de ma forme, je ne fus pas très docile pendant quelque temps et, un soir, cela a mal tourné. Les violences physiques sont devenues sérieuses.

Ce fut le début de l'enfer. Comprenant que j'avais besoin de temps pour me remettre, Fabien a même convié mes copines à venir me voir à la maison. Mais pas question de leur annoncer ma grossesse, c'était trop tôt. Il n'était pas encore prêt à en parler et à recevoir des félicitations qu'il n'assumait pas. Petit à petit, j'ai dû apprendre à relativiser. Sans mon travail, je me suis beaucoup ennuyée au début. Comme je n'aime pas passer mon temps devant la télé, je me suis mise au tricot, puis j'ai testé le crochet, mais je n'avais pas la patience. Alors, en bonne femme d'intérieur, je me suis fixé des objectifs : le matin avant 10 heures, la chambre et la cuisine devaient être nickel ; je commençais ensuite à cuisiner pour le déjeuner – quand Fabien rentrait manger – et pour le dîner ; l'après-midi, je nettoyais à nouveau la cuisine, puis j'alternais entre le salon, le bureau ou le garage. Notre maison était très grande : 140 mètres carrés. Notre jardin aussi était grand et je m'étais lancée dans une opération de fleurissement et de création d'un potager. Je me suis donc faite à ce nouveau rythme, et ma vie amoureuse s'en portait bien. Fabien n'avait aucune contrariété me concernant. Il rentrait le soir, me félicitait pour mon travail accompli et j'étais contente. Un côté de moi était soumis, tandis que l'autre bouillonnait. La seule façon que j'avais trouvée pour m'exprimer sans mettre à mal notre quotidien était l'écriture. Mes malheurs se posèrent ainsi sur du papier au fur et à mesure des années. Des poèmes, des chansons, des histoires. Mais je n'arrivais pas à tenir un journal intime, pour la seule et unique raison que je me cachais la vérité : écrire et relire mes souffrances aurait été trop dur. Et puis je ne voulais surtout pas que Fabien tombe dessus. Ses soirées alcoolisées devenaient mensuelles, elles étaient fixées par avance. Ces nuits-là, je ne dormais pas, car je savais ce qui se passait ensuite. Un soir, il n'est pas rentré, et je me suis inquiétée. Vers 8 heures du matin, il a passé le pas de la porte et est allé se coucher sans me parler. J'ai tenté d'aborder le sujet, mais je n'ai jamais réussi à avoir de réponses à mes questions. Je n'ai pas insisté. Nous avons commencé à faire des sorties d'affaires ensemble. Au début, j'étais contente d'être mise en valeur et cela me faisait du bien de sortir un peu. J'ai découvert l'univers professionnel de mon mari. Souvent accompagné de belles assistantes, il prenait plaisir à m'embrasser et me caresser devant elles et je voyais leur regard jaloux. Il jouait avec elles en m'utilisant. Je ne l'ai pas compris tout de suite. Là aussi, j'ai voulu aborder le sujet : ma jalousie l'a rassuré et il m'a persuadée de sa fidélité. Je sentais bien que je devenais sa simple femme.

Un soir où il était sorti, j'ai voulu moi aussi en profiter : j'ai appelé une vieille amie pour dîner en ville avec elle. Malheureusement, ce soir-là, il était revenu plus tôt que moi. Il m'attendait face à la porte, une bouteille de whisky dans les mains. Moi, innocente et sans aucun reproche à me faire, je suis rentrée toute souriante, mais son regard m'a stoppée net. Les phrases qu'il a prononcées ensuite, juste après m'avoir giflée, sont restées gravées dans ma mémoire.

— Tu t'es bien amusée, petite salope ? Il était comment, ce mec qui t'a baisée ?

Face à moi et passant sa main entre mes jambes, il m'a violemment attrapé les fesses et m'a fait basculer vers lui. J'ai poussé un cri de frayeur.

— Il t'a baisé ? Dis-le-moi !

Il criait fort et empestait l'alcool.

— Déshabille-toi, dépêche-toi ! Je veux te voir, je veux voir si ce salaud t'a touchée !

J'avais beau lui dire que j'étais simplement allée manger avec mon amie Sophie, il ne voulait rien entendre. Il me parlait de preuves qu'il avait contre moi. Mais il était impossible qu'il puisse avoir la moindre preuve de quoi que ce soit, puisqu'il ne s'était rien passé ! Je voulais qu'il me lâche et qu'il se calme. Pour moi, l'alcool était l'unique responsable. J'ai tenté de lui caresser le visage pour l'apaiser, mais au lieu de cela, je me suis retrouvée par terre, à moitié dénudée. Il m'a repoussée d'un bras, tout en me tenant toujours de l'autre par les fesses. Il a tant tiré sur ma jupe que la fermeture a cassé. Dans ma chute, ses ongles ont arraché un morceau de peau au bas de mon dos. Je n'ai pas compris ce qu'il m'arrivait, je n'ai même pas pleuré, j'étais sonnée. Il est parti dans la chambre, me laissant seule ainsi et me hurlant de ne jamais recommencer. Mais je n'avais rien fait. Quand j'eus repris ma pleine conscience, j'ai voulu le persuader de mon innocence. La peur au ventre, je suis allée me coucher à ses côtés. Il m'a alors attrapée désespérément dans ses bras. J'étais à deux doigts de l'étouffement tant il me serrait. Il m'a couverte d'excuses en me disant qu'il ne pouvait pas me perdre, qu'il n'était rien sans moi. Je l'ai rassuré, lui affirmant que j'étais incapable de le tromper, que je n'étais qu'à lui. Je suis tombée en plein dans son jeu. Je m'en suis sortie presque indemne. J'avais eu tellement peur que c'était pour moi presque une satisfaction.

La manipulation est devenue mon quotidien, l'engagement de notre mariage est devenu le pilier central pour éviter ses crises. Je faisais attention à tout ce qui aurait pu le rendre soupçonneux envers moi. Je n'aspirais qu'à notre paisible vie de couple.

Ces scènes se sont répétées, même si elles étaient tout de mêmes espacées. C'est mon amour pour lui qui m'a fait tenir. J'étais la première à lui trouver toutes les excuses et jamais personne n'a rien su de ce qui rythmait mon quotidien.

Je me suis mise à regarder la télé, cela me permettait de m'évader un peu et de rêver. Un jour, je suis tombée sur une série dont je n'ai jamais pu voir la fin. Une série allemande, délicieuse et plein d'humour, avec un acteur franchement séduisant, beau parleur mais craquant. Un certain Mark Heinrisch. Au cours d'une discussion, j'ai voulu en parler à Fabien, afin de parler un peu d'autre chose que du travail. Je n'aurais jamais dû, car cette fois-ci, il n'a pas été violent physiquement, mais très dur en parole. « Tu n'as rien d'autre à faire que de regarder ces conneries débiles à la télé ? » Le câble télé n'a pas résisté et a volé dans le salon. Après cette altercation, je ne sais pas comment il s'y est pris, mais je me suis rendu compte qu'il savait presque à l'avance tout ce que je faisais en temps réel dans la maison. Il me fliquait, mais je ne savais pas comment. Je me suis bien gardée d'attiser le diable, j'ai tout simplement suivi ses règles à lui.

Je ne le trompais pas, je ne regardais plus les séries romantiques à la télé, mais il y avait toujours une raison pour qu'il ne soit pas content de moi. Toujours des suspicions.

Un jour, alors qu'il prenait sa douche, j'ai voulu moi aussi fouiller sa vie privée. Je croyais qu'il me faisait subir tout cela tout simplement par amour, mais ma vie s'est effondrée quand j'ai compris que le plus coupable des deux, c'était lui. Il me trompait. Je suis tombée sur plusieurs SMS de filles différentes. J'ai pu remonter jusqu'à trois mois de messages avant qu'il ne sorte de la salle de bains. Il n'en avait supprimé aucun. Tous étaient plus immondes les uns que les autres. J'étais écœurée, atterrée et j'ai préféré sortir de la chambre avant qu'il ne me voie dans cet état. J'ai mis deux semaines avant de lui en parler, et j'ai bien regretté. Selon lui, ce n'était que des histoires de sexe virtuel, parce que cela se faisait, tout le monde le faisait. Bref, j'étais idiote et il fallait me mettre à la page, il fallait me décoincer, être un peu plus coquine. Je l'ai menacé de partir, mais je suis restée de force avec, bien sûr, ses belles promesses de ne plus jamais recommencer. Tout cela était ma faute : je lui donnais du souci avec mes comédies romantiques, mes sorties nocturnes (il n'y en a eu qu'une !), il ne sentait plus assez d'amour envers lui et il avait eu besoin de se prouver des choses. Bref, j'en étais au point d'agonie. Je me suis juré de ne pas recommencer à fouiller dans ses affaires.

J'allais continuer à l'aimer en silence, puisque je n'avais pas le choix et, surtout, éviter au maximum de le décevoir, tout en espérant qu'il ne s'invente pas tout seul des secrets que je lui aurais cachés.

C'est là que j'ai réellement commencé à écrire. J'ai imaginé cent fois la fin de cette série allemande, faisant ainsi naître ma propre histoire avec cet acteur. Pas pour moi, mais pour cette femme qui vivait à l'écran cette relation avec lui. Car même imaginer une histoire d'amour avec le beau Mark Heinrisch, je me l'interdisais ! Ma soumission allait au-delà des limites que j'avais pu me fixer. Mon engagement envers mon mariage était inscrit en moi. Je ne pouvais déroger en quoi que ce soit. Je n'étais plus rien à part pour Fabien. Même écrire me faisait peur, cela faisait partie des interdits. Mon mari maîtrisait à présent tout mon être. Seule une petite voix intérieure, parfois, me disait de continuer.

Sans ce scénario, je serais morte.

Le jour où la dispute fut trop violente pour que je puisse la supporter, je suis partie sans réfléchir en prenant le minimum, mais surtout mon scénario. Sans jamais l'avoir prémédité, je vivais à présent l'histoire que j'avais écrite. J'étais incapable de suivre un autre chemin. Ce chemin était des plus risqués : mon objectif était que ce scénario soit lu, mais uniquement par Mark Heinrisch ; il était à lui. Comme si ma vie pouvait d'un seul coup paraître plus belle si ce scénario devenait un jour un film. Je tentais le tout pour le tout, uniquement pour qu'il reste cette trace de moi. Cette mission accomplie, je pourrais partir en paix. Il n'y avait pas d'autre issue à cette situation. Se soumettre ou disparaître.

45 ∴ Int. Tombée de la nuit - Salle de bains - Moi aujourd'hui

Cette soirée est peut-être la soirée de ma vie, en tout cas celle de mon héroïne. De celles où l'on rencontre la personne qui va changer notre destin. Dans mon imagination, je fais sensation avec ma jolie robe noire et j'ose discuter avec des gens que je ne connais pas ; je leur parle de mon projet sans avoir peur. Et il y a Mark Heinrisch.

Je ne dois surtout pas penser à Fabien. J'ai la nausée : c'est à un ping-pong infernal que la vie joue avec moi.

Avant de partir, je redescends sur terre : la réalité ne sera certainement pas telle que je l'ai rêvée. J'ai mal au ventre, je suis tout excitée, mais prends un grand plaisir à me préparer. Avec cette élégante robe de cocktail et des talons hauts, je suis sur mon trente et un. Je savoure cet instant. Un dernier coup de mascara et… Mon portable se met à vibrer, sur le bord de l'évier. Je le rattrape de justesse avant qu'il ne tombe. Sauvée. Sans ce téléphone, ici, je suis perdue.

SMS de Mark : *Je suis en bas !*

Déjà ?! Il n'est que 18 h 50… Je me dépêche de lui répondre.

Mon SMS : *Vous êtes en avance… Je descends !*

SMS de Mark : Besoin d'aide ?

Mon SMS : *Non, j'arrive !*

Un ultime trait de rouge à lèvres, je sors en trombe de la salle de bains et attrape mon sac à main. Il est rempli à ras bord : mon synopsis en trois exemplaires pliés en quatre y a trouvé une place, au milieu de tout le reste.

Deux pschitts de mon parfum, dans le cou et sur les poignets, je prends mon manteau et m'engouffre en toute hâte dans le couloir en claquant ma porte.

46 ∴ Ext. Nuit - Devant mon hôtel

Mark m'attend devant sa superbe voiture noire. Il tire la dernière bouffée de sa cigarette, l'écrase et la jette.

La vitre du hall nous sépare et me protège encore. Je respire et sors enfin de l'hôtel. Perchée sur mes talons trop hauts pour moi, j'avance en essayant de jouer les grandes dames. Plus je m'approche de Mark, et plus je me sens intimidée.

Il est beau comme un dieu : costume noir et nœud papillon. Quelle classe ! Le véritable cliché de l'acteur de cinéma !

Il me regarde béatement. Si, de mon côté, je cache ma gaucherie, lui, en revanche, ne cache pas son admiration ! Je souris bêtement et lève les yeux au ciel. Je suis encore à trois mètres de lui qu'il m'ouvre déjà la portière. De la main, il me fait signe d'entrer. Je pouffe de satisfaction.

— Bonsoir madame !

Il me sort le grand jeu ! Je vais me liquéfier sur place.

— Bonsoir monsieur Heinrisch !

— Humm… Le parfum français, c'est envoûtant…

Il ne peut s'empêcher de faire des remarques perturbantes ! Je décide de ne pas en tenir compte et continue mon chemin. Non, ça, c'est la version « film hollywoodien ». La version « Lili Fontaine » est moins grandiose : au même instant, je sens mes jambes flageoler et mes talons me font défaut. Ma cheville vrille et je n'ai que la voiture pour me raccrocher : je ne voudrais surtout pas tomber dans les bras de Mark ! Malheureusement, elle est encore trop loin. Mark joue de ses réflexes pour assurer ma chute. Je fais tout mon possible pour éviter son contact, mais… loupé ! C'est lui qui me rattrape ! Qu'on me donne sur-le-champ une corde pour me pendre ! Quelle honte ! Je suis si proche de lui… entre ses bras… Mon cœur se met à battre la chamade. Si je n'étais pas aussi gênée par cette situation – moi, femme mariée –, je dirais que je ne me suis jamais sentie aussi en sécurité que près de lui. Je m'en veux immédiatement d'avoir de telles pensées.

D'abord très crispée, j'attrape ensuite le fou rire.

— Je suis désolée, ça devait arriver !

— Votre cheville ? Ça va ?

Mark me regarde étrangement tandis que je ne maîtrise plus mes réactions. Je vais finir par pleurer si je n'arrive pas à arrêter de rire. Semblant apprécier mon humour, il se détend tout en me remettant sur pied. Amusé, il commence à rire avec moi et ne me quitte pas des yeux jusqu'à ce que je me calme.

— Ça va, c'est le stress !

— C'est une excuse pour me tenir le bras toute la soirée ?

— J'ai une canne dans mon sac, si besoin !

Quand une soirée commence comme ça, je suis lancée pour un moment. Et cela faisait belle lurette que cette occasion ne m'était pas arrivée ! Je suis ivre de joie. Quelle agréable sensation !

— Bon, tournez-vous, pour voir… et sans tomber !

Je m'exécute et virevolte avec ma robe.

— Bon, ça peut aller !

— Quoi ? « Ça peut aller » ? C'est tout ? Je peux encore me changer, s'il le faut !

Mi-vexée, mi-gênée, je sens ma respiration se suspendre l'espace d'une seconde. Et je n'ai surtout rien d'autre à me mettre.

— Oui, allez-y et remettez vos pantoufles ! Je ne veux pas vous ramasser sur le tapis rouge !

Affolement général dans l'hémisphère droit de mon cerveau !

— Quoi ? Il y aura un tapis rouge ? Et je suis si désastreuse que ça ?

J'ai l'air d'une petite fille qui va au bal. Quand je commence à parler sans m'arrêter et à bouger dans tous les sens, ce n'est pas bon signe. J'amorce un départ rapide vers la porte de l'hôtel, avec l'espoir de trouver une solution, mais Mark me rattrape par le bras.

— Non, c'est bon ! Je plaisantais, vous êtes parfaite. Montez dans la voiture. Ayez confiance en vous, sinon le monde du cinéma va vous manger toute crue !

Mark contourne sa voiture tandis que je ferme ma porte en grimaçant. Que cela peut être vexant de ne pas être prise au sérieux ! Il s'installe à son tour et se passe la main dans les cheveux. Un vent de parfum allemand me traverse les narines : ce n'est pas mal non plus !

La voiture démarre dans le plus grand des silences. Me voici donc dans la voiture de Mark Heinrisch et je me fais conduire. Étrangement normal ! J'ai envie de rire, mais ce silence me dérange, il faut que je trouve quelque chose à dire… D'intéressant, si possible.

— Vous n'avez pas de chauffeur ?

— Votre collant est filé !

— Quoi ?

Horrifiée, je regarde mes jambes. Mon collant est intact. Mark se met à rire aux éclats. Je tourne brusquement ma tête vers lui, j'hallucine ! Il n'arrête pas de me lancer des piques, il veut me déstabiliser ! Je suis outrée. Mais, en même temps, son rire est contagieux.

— C'est une habitude, chez vous ? Rien ne peut m'arriver, je suis armée !

— Oh oh, j'ai peur !

Je sors de mon sac une boîte de collant que je brandis devant ses yeux, puis la range et me réinstalle confortablement dans mon siège. Je n'ai plus rien à dire. J'évite de le regarder, mais j'ai encore envie de rire. Lui ne se gêne pas.

— Excusez-moi, c'est trop drôle !

Il rit de plus belle et tente de se contenir sous mon faux regard inquiet. Il se calme enfin et je réfléchis, pensive, à la soirée qui arrive.

— Sérieusement, je vais paraître ridicule ! Mon allemand est lamentable, je ne sais pas ce que je fais ici.

— Leur français est meilleur que le vôtre ! Soyez tranquille, je ne vous laisserai pas dans un coin : je vous présenterai à des personnes influentes, et vous serez persuasive comme vous savez si bien le faire !

Je le regarde, désespérée, et il me sourit. Il est beau et rassurant à me couper le souffle.

Mon téléphone me fait sortir de mes pensées. Je jette un œil furtif sur le SMS reçu. C'est Fabien qui se manifeste encore. Il a perdu son romantisme et broie du noir à présent.

Ne fais rien que tu pourrais regretter. Tu es en train de me briser…

Sans m'en rendre compte, je souffle pour évacuer ces paroles dures à avaler.

— Mari jaloux ?

— Jaloux ? Non ! On se fait entièrement confiance !

Qu'est-ce que je mens bien ! Je me donne de la contenance pour tenter de croire à mon mensonge. Mais un autre SMS arrive, puis un autre. Au total, ce sont cinq SMS coup sur coup. Tous aussi déprimants les uns que les autres. Je tente de dissimuler mon portable sous mon sac pour atténuer le son des notifications. Finalement je le ressors : stop, il finira la soirée en silencieux ! Et je le range dans mon sac.

— Vous ne m'enlèverez pas de l'esprit que, pour vous harceler de SMS, il ne vous fait pas confiance.

Mark me teste et s'amuse de cette situation. J'ai du mal à me contrôler. S'il savait la vérité, il se tairait. Mais il ne se doute de rien et c'est très bien ainsi. La voilà, ma parade, pour tenir le beau Mark éloigné : je suis amoureuse et mariée à l'homme idéal ! Je n'ose même pas lui répondre. Et pour lui dire quoi ? « Je lui manque trop… Il s'ennuie de moi… » C'est ridicule, mieux vaut se taire. Une grande tristesse m'envahit sous un joli sourire.

— On est arrivés !

Je suis soulagée de changer de sujet, et curieuse de découvrir ce que me réserve cette soirée.

Mark sort de sa voiture, un portier ouvre ma porte. Quand Mark me rejoint, il donne les clefs au voiturier…

— Merci, monsieur Heinrisch !

… qui part garer sa voiture.

— Eh bien, il connaît le nom de tous les invités !

— Mais je ne suis pas n'importe quel invité !

Évidemment que le voiturier connaît M. Heinrisch ! Qui ne le connaît pas ici, dans ce pays ? Il faudra d'ailleurs que je pense à lui demander quelle est sa cote de popularité. En parfait gentleman, Mark m'offre son bras, mes joues se mettent à chauffer lorsque je me rends compte de la chance que j'ai ! Je suis sur un petit nuage.

— C'est complètement dingue !

— Quoi ?

— Je tiens le bras de Mark Heinrisch, le célèbre Mark Heinrisch, et tout paraît normal !

— Vous êtes folle de moi ! Vous avouez ?

— Je suis mariée et très fidèle !

Je ne peux m'empêcher de lui mettre une petite tape amicale sur l'épaule. Un regard complice s'installe et nous continuons d'avancer vers la salle de réception.

47 ⁘ Int. Nuit - Salle de réception - Studios Babelsberg

Cette salle est magnifique, je suis subjuguée. Heureusement que Mark me guide, mes yeux ne savent où regarder. Lui, bien sûr, est très à l'aise. Il m'emmène au milieu de la foule, les gens viennent à sa rencontre. Mark lâche soudain mon bras et pose sa main sur ma hanche. Cela semble l'amuser. Mon regard noir le ravit davantage. Je n'ose rien lui dire devant tout ce monde, alors mes regards deviennent accusateurs et il s'en rend compte. Il me présente en Allemand et je ne comprends rien à ce qu'il dit. On me serre la main, on le regarde, on me regarde, les gens s'interrogent. Que peut-il bien leur dire ? Il resserre son étreinte : c'en est trop, mais que faire ?

Monsieur feint de ne pas comprendre. Je tente discrètement de lui enlever la main, mais il résiste et m'envoie son plus beau sourire narquois. Je plonge sans hésiter dans le vert de ses yeux et perds la notion du temps. À quoi joue-t-il ? On n'est pas ensemble et il n'a nul besoin de prouver sa virilité devant cette assemblée. Sa réputation est déjà faite, d'après ce qu'on m'a dit.

— Mark ! Tu t'es décidé à venir ! Et accompagné !

Oh non ! c'est Ralph Altmann. Pour qui doit-il me prendre, ainsi placée dans les bras de Mark ? Ma surprise de le voir, en plus de me gâcher ou de me sauver de ce moment intense, ne me fait pas oublier la politesse. Même si ce monsieur a été des plus hautains, il pourra constater que, depuis notre dernière rencontre, j'ai beaucoup avancé professionnellement. J'espère qu'il ne se fiera pas trop aux apparences.

— Ralph, je ne te présente pas Mme Lili Fontaine !

— Monsieur Altmann !

— Madame Fontaine, incroyable, quelle joie de vous revoir ! Votre ténacité a donc fait ses preuves !

— Ma ténacité, et un bon scénario !

— Je n'en doute pas, Mark m'a confié ses impressions. Il reste néanmoins encore pas mal de travail pour en faire un chef-d'œuvre !

Vraiment, ses remarques sont irritantes. Il n'a pas besoin d'être méchant, je ne lui ai rien fait. Sa façon de me regarder de haut est insupportable.

— Je voulais justement présenter Mme Fontaine à Jo Andrews, le réalisateur de *Petites maladresses* : tu sais où je peux le trouver ?

Merci Mark ! Je n'aurais pas pu rester une minute de plus avec lui !

— Mark, mein lieber Mark, ich bin so froh, dich wiederzusehen[23] !

Qui c'est, cette fille, aussi ravissante qu'impolie, qui prend Mark par les épaules et lui fait une bise sur la joue ? C'est tout juste si elle ne m'a pas poussée !

— Cynthia, du siehst heute Abend wunderschön aus ! Bist du allein gekommen[24] ?

Cynthia… Je ne la connais pas, mais je sens que je ne l'aime pas. Je n'ai pourtant pas l'habitude de juger au premier regard, mais il paraît qu'il faut sortir ses griffes si l'on veut survivre dans ce monde. En vérité, je suis bien incapable de sortir les miennes. Oh non, il lui fait les yeux doux ! Au secours, je veux partir : je sens que je vais bientôt tenir la chandelle !

— Nein, eben nicht allein. Ralph, ich stehle ihn kurz von dir. Mark, ich möchte dir jemanden vorstellen[25].

Eh oh, je suis là ! Elle ne m'adresse même pas un regard… Et sans lui laisser le choix, elle entraîne Mark, qui se laisse faire.

Il aura fallu moins de trente secondes à cette blonde pour l'éloigner de moi… et me laisser seule avec Ralph ! Quelle poisse ! Je vais passer une super soirée : je suis tellement gênée par cette situation…

— Je reviens, Madame Fontaine. Ralph, tu t'occupes d'elle !

---

[23] Mark, mon cher Mark, je suis ravie de te revoir !

[24] Cynthia, tu es magnifique, ce soir ! Tu es venue seule ?

[25] Non, justement, pas seule. Ralph, je te le vole un instant. Mark, je voudrais te présenter quelqu'un.

Mme Fontaine ! Et il m'a montrée du doigt, en plus, comme si j'étais une chose ! Je n'ai franchement pas envie de passer la soirée avec cet ours de Ralph Altmann ! Je n'ai rien à lui dire.

— Et voilà, à peine arrivé et déjà parti ! Il adore les blondes !

Et il se met à pouffer : il doit se trouver très drôle. Il pense certainement que je suis jalouse. Quel imbécile ! Je ne réponds pas. Mais il reste à côté de moi.

— Vous connaissez du monde ici ?

— Non, personne encore…

— La soirée va être longue pour vous…

Il roule le verre entre ses doigts et semble me défier du regard. Mes yeux balayent la salle pour trouver une échappatoire, j'ai la gorge serrée. Mais il me tend le bras.

— Venez, je vous offre un verre, et vous amène à Jo Andrews. Je ne vais pas vous chaperonner toute la soirée ! J'ai autre chose à faire !

Il aurait pu m'éviter ce commentaire, mais je décide de rester courtoise et civilisée. Je me laisse guider : puisqu'il m'offre un verre, la politesse est de l'accepter. Et je n'ai de toute façon rien d'autre à faire. Je jette un œil curieux vers Mark qui m'a déjà oubliée. Qu'il s'amuse, après tout ! Moi, je suis là dans un seul but : tout tenter pour faire mes preuves !

48 ⁘ Ext. Nuit - Jardin des studios

La soirée bat son plein, il est déjà 22 h 30 et je discute à la fraîcheur de la nuit avec un producteur, une coupe de champagne à la main. La discussion est animée et ce monsieur est très intéressant.

Finalement, en bonne compagnie, la soirée passe assez vite. *Ma très chère Lili, vous avez un pied dans ce monde*… Enfin, c'est permis de rêver !

Tiens donc, revoilà le joyeux luron ! Mark apparaît sur la terrasse et semble chercher quelqu'un. Nos regards se croisent et je crois déceler dans le sien un petit air rassuré. Refusant de lui laisser penser que je l'attendais, je tourne très vite mes yeux vers le producteur. Mark s'approche de nous.

— Oui, j'espère que nous aurons l'occasion de nous revoir, monsieur Bern, cela voudra dire que mon projet avance !

— Je vous laisse ma carte : appelez-moi, je serai ravi de vous inviter à dîner !

Sous les yeux de Mark, il me glisse sa carte de visite et me baise la main, puis s'en va vers un autre groupe.

Je me sens bien. Faisant mine de ne pas l'avoir vu, je tourne le dos à Mark qui arrive. Cela lui fera les pieds ! Je déguste une gorgée de champagne et souris en regardant le ciel. J'entends ses pas derrière moi et me retourne.

— Monsieur Heinrisch, je croyais que vous m'aviez oubliée !

— J'étais occupé par des affaires urgentes !

— Blondes… les affaires urgentes !

Le champagne me monte à la tête et c'est moi qui deviens taquine. Je me surprends même à lui faire du charme. Mais ma retenue reprend le dessus et je ne peux m'empêcher de regretter. Je m'excuse donc platement… avec le sourire, bien sûr.

— Pardon !

— Jalouse ?

— Cela vous ferait plaisir que je le sois, n'est-ce pas ?

Bêtement, je colle mon épaule contre la sienne et le bouscule tout doucement. Mes lèvres sur le verre que je tiens à deux mains, je le regarde droit dans les yeux, mais je n'arrive pas à tenir mon sérieux.

Je constate – enfin je pense – que Mark a cru à mon jeu de séduction : il a du mal à décrocher son regard de mes lèvres. Mince ! Je ne vais pas commencer à faire comme lui ! Si c'est le cas, c'est sûr, tout va encore se retourner contre moi et je n'arriverai pas maîtriser la situation.

— Jouer à mon jeu ne vous va pas du tout ! Vous êtes mauvaise actrice !

— Normal, je suis scénariste. Vous allez m'apprendre !

— À quoi ?

— À être une bonne actrice !

— Pourquoi ?

— Si ce film se fait, je veux jouer mon propre rôle !

Bien évidemment je plaisante, et ça marche ! Les quelques rendez-vous de ces derniers jours m'ont pesé et demandé beaucoup d'énergie, alors jouer les actrices… surtout pas ! Mais dans une autre vie, oui, pourquoi pas ! Ce soir, j'ai l'esprit à la fête.

— Houla ! Ça se complique ! Vous n'en êtes pas capable !

— Bien sûr que si !

— Alors, allez-y, jouez quelque chose !

— Ici ? Maintenant ?

— …Une scène d'amour ! Ce soir ! Là ! Avec moi !

— Non, jamais ! Vous êtes fou !

Je ne sais pas jusqu'à quand j'arriverai à jouer la comédie, je vais finir par rire jaune. J'ai la tête qui tourne et ma « folie » va crescendo.

— Vous voyez : vous n'en êtes pas capable !

— Je ne connais pas mon texte !

— Improvisez !

Sans que je puisse anticiper, ses bras m'enlacent, beaucoup trop près de lui. Il me regarde droit dans les yeux et, délicatement, prend le verre de mes mains et le pose sur le rebord de la terrasse. Mes bras, serrés contre sa poitrine, ne peuvent plus bouger. Doucement, il approche son visage du mien et se met à souffler dans mon cou. Hypnotisée et incapable de réagir, je retiens ma respiration. Il glisse alors son doigt le long de mon épaule, déclenchant en moi un frisson délicieux, puis me susurre un mot à l'oreille…

— Il n'y a pas de texte, embrassez-moi…

Je me doute bien qu'il me teste, mais j'avoue que je ne sais plus trop si je suis dans un rêve, dans la réalité ou en train de jouer un quelconque rôle. Le temps est suspendu. Le démon qui est en moi me pousserait presque à rester là, à profiter, à oser faire ce qu'il me demande pour lui prouver que j'en suis capable. Ma raison me dit d'arrêter cela tout de suite, que je suis mariée et fidèle, quoi qu'il arrive, et mon cœur me rappelle que n'importe quel baiser doit être donné par amour. Si je suis sûre de ne pas être amoureuse, la tentation est proche, mais ma raison l'emporte. Pour faire bonne figure, je prends ce jeu comme une plaisanterie et simule un fou rire… Mais Mark garde son sérieux. Je ne sais plus, j'ai un vrai moment d'hésitation. Je m'enflamme de l'intérieur, mais je m'oblige à revenir à la réalité. Ce n'est pas du romantisme, c'est du cinéma, mais je suis bien incapable de jouer à ces jeux-là !

— Hors de question !

Je me force à reculer d'un pas, mon sourire est crispé, mais il est là, encore, ouf !

— Donc c'est ce que je disais : vous n'êtes pas une bonne actrice !

Sans prévenir, il me lâche, me laissant dans le manque. Le self-control de cet homme est incroyable. Monsieur met les mains dans ses poches et en sort une cigarette qu'il allume ! Non, c'est simplement un très bon acteur et c'est pour cela qu'il faut que je reste sur mes gardes. J'ai vraiment du mal à savoir quand il joue la comédie ou pas.

— Peut-être, tant pis ! Je resterai scénariste ! Vous me ramenez, maintenant ?

— Une question… Vous avez dit « jouer mon propre rôle » : vous avez donc réellement écrit ce scénario en anticipant la réalité… ?! Les coïncidences sont décidément de plus en plus nombreuses !

— Je ne suis pas voyante et surtout pas calculatrice. Honnêtement, ce soir, je n'arrive plus à réfléchir, le champagne me monte à la tête !

— Erick Bern…

Son ton est lent et inquisiteur.

— … Encore une fois, vous avez tapé à la bonne porte ! Vous êtes aussi tombée sous son charme ?

— Non !

— Il vous a fait une proposition ?

— Non, je lui envoie juste mon scénario pour lecture, après on verra… J'ai son adresse mail !

— Je voulais dire *indécente* ?

— Pardon ?

— Vous a-t-il fait une proposition indécente ?

— NON !

Mais où veut-il en venir ? C'est vexant à force.

— Envoyez-le-lui au plus vite, et uniquement à lui dans un premier temps. Allez, je vous ramène !

Je n'ai pas tout saisi… Mark met sa veste sur mes épaules sans que je le lui demande, mais j'en suis ravie. Lui met ses mains dans ses poches et commence à partir. Je n'ai plus qu'à le suivre.

Le trajet de retour est heureusement court et se fait dans le silence. Mark a l'air pensif et moi, je suis épuisée. Quand il coupe le moteur, je sens un frisson. Pourquoi arrête-t-il le moteur ? Il est juste censé me déposer. Je détache ma ceinture, pour faire quelque chose de mes dix doigts, et aussi parce que je dois quitter cette voiture au plus vite. Cette soirée était extraordinaire et il a vraiment droit à un remerciement. Je lui rends sa veste pour créer un dernier contact avec lui.

— Merci pour cette soirée, elle a été très enrichissante… Maintenant, j'ai plein de contacts grâce à vous ! Merci pour tout.

Effectivement, mon sac est rempli de cartes et je les montre à Mark avec fierté. C'est sincère et j'espère qu'il mesure vraiment l'ampleur de tout ce qu'il a fait pour moi. Mais comment le lui faire comprendre ? Un merci n'est pas assez, le prendre dans mes bras serait trop. Maintenant qu'il m'a ouvert certaines portes, je n'ai plus de raison valable de rester à Berlin. Et de toute façon mes finances sont à sec. J'ai une vie en France, elle est ce qu'elle est, mais je dois la remettre en ordre. Alors je le gratifie de mon plus sincère et joli sourire.

— Avec plaisir, Madame Fontaine !

Tout naturellement, je sors de la voiture. Il n'y a pas de nouveau rendez-vous fixé et c'est très bien ainsi.

— Bonne nuit, monsieur Heinrisch !

— Bonne nuit, Lili

Tout en tenant son volant, il me fait un petit signe de la main. Il m'a appelée Lili, c'est la première fois !

Je ferme la porte, Mark redémarre et part. Je me recule légèrement pour le regarder s'éloigner. Entre rêve et mélancolie, je regagne alors ma chambre d'hôtel.

49 ❖ Int. Jour - Chambre d'hôtel - Jour 11

Je me réveille doucement, je souris à la vie. Je m'étire et mets les mains sous ma tête. Je suis heureuse sans savoir pourquoi !

Mon portable vibre, je vois l'heure : 8 h 55… un SMS.

SMS de Fabien : *10 jours que tu es partie. Tu ne m'aimes plus ! Si tu veux divorcer, plante-moi direct un poignard dans le cœur !*

Adieu mon bonheur, la réalité est parfois massacrante. Je m'assieds brusquement sur le lit, décontenancée, apeurée, l'angoisse m'a rattrapée. C'est un éternel recommencement, je redeviens la fille soumise en proie à des angoisses face à son manipulateur. Il n'est pas là, et pourtant… Mes épaules serrées entre mes bras qui se croisent, les yeux fermés, il n'y a que ce mouvement répétitif d'avant en arrière que j'arrive à exprimer de mon corps fermé à tout. Puis, comme un fantôme, je me lève, le regard dans le vide, et me place devant le miroir. Je soulève mon tee-shirt au niveau de mon épaule pour voir si mon bleu est toujours apparent. Même quasi effacé, l'apercevoir me fait froid dans le dos. Je recule d'un coup net et heurte le lit, me retrouvant à demi assise. Je sombre dans les pleurs, me recroqueville sur le lit pour me faire toute petite, et j'agrippe le drap contre ma bouche pour atténuer le son de mon chagrin. Fabien pourra-t-il changer ? Hier, j'étais prête pour rentrer dans notre maison, et là j'ai horriblement peur.

50 ∴ EXT. JOUR - TERRASSE DE L'HÔTEL

Il faut que je sorte un peu de cette chambre. Je descends donc prendre mon petit déjeuner sur la terrasse de l'hôtel. Le soleil est là et il fait bon. Mes lunettes noires cachent mes yeux gonflés et mon ordinateur me dispense de regarder les tables d'à côté, m'évitant ainsi toute discussion avec mes voisins. Il est déjà 11 h 20 et les gens ont tendance à s'asseoir pour prendre l'apéritif plutôt qu'un petit déjeuner, mais je m'en moque. Moi, je me retrouve face à un délicieux *brötchen* accompagné de fromage et de charcuterie. Et bien sûr, je bois un indispensable café. Je laisse tomber le rollmops qui ne m'inspire pas du tout. Je cale très vite, c'est trop copieux pour moi. Après une courte pause pour emmagasiner de la vitamine D au soleil, je me décide à rappeler le producteur rencontré la veille. Je sors toutes les cartes de visite, en fais un tas et pose celle de M. Bern sur le dessus. Il ne faut pas que j'oublie : Mark m'a indiqué que le « allô » était fortement déconseillé en allemand. Habitude difficile à perdre !

— Monsieur Bern, Lili Fontaine à l'appareil, nous nous sommes rencontrés hier soir à la réception… Oui, merci… Je tenais à m'assurer que vous aviez bien reçu mon scénario, je viens de vous le transmettre par mail… Oui, je comprends… Eh bien, je serai patiente… Non, c'est très gentil, je vais devoir retourner en France pendant quelque temps… Très bien, tenez-moi au courant. Merci beaucoup, monsieur Bern.

Je suis soulagée, cela s'est très bien passé. Il ne m'avait pas oubliée depuis hier soir ! Carte Erick Bern : OK ! Je la range sous la pile. Par le plus grand des hasards, la suivante est celle de Mark. Je l'attrape et la fais tourner entre mes doigts, pensive. Qu'est-ce que j'aurais fait sans lui ? Lui qui est à la base de tout. Il doit bien y avoir quelqu'un là-haut qui veille sur moi pour qu'il me soit arrivé tout cela. Ce qui semblait d'avance très improbable. Si, dans ma jeunesse, je croyais à la religion et aux miracles, cela fait maintenant longtemps que je n'y crois plus. Comment Dieu ou un quelconque être céleste aurait-il pu exister en me laissant vivre tout ce malheur ? J'ai souvent cru, au début, que je devais être punie de quelque chose, mais sans jamais savoir pour quoi. Mon gourou, c'est Fabien, il est ma seule religion depuis bien longtemps. Et je vais tout faire pour que cela change. S'il reste une chance qu'il redevienne simplement mon mari, je vais la saisir et je dois rester forte. Je repose la carte sur la pile, referme l'ordinateur et je finis mon café tranquillement. Je n'ai plus envie de réfléchir. Mais ça cogite dans ma tête. Je dois rentrer chez moi, je ne peux pas rester en fuite éternellement. Ce n'est pas mon style et je compte bien affronter mon mari, il doit y avoir une solution. Ce voyage m'aura fait le plus grand bien et j'espère que je ne craquerai plus. Je ne sais pas ce que va penser M. Bern de mon scénario. Mark me disait au tout début que je devais le transmettre au plus grand nombre de producteurs ou réalisateurs pour avoir une chance. Et hier soir, il m'a persuadée de ne le transmettre qu'à cet homme précisément. Si c'est négatif, quand j'aurai accusé le coup, je me déciderai peut-être à en faire un roman. Cela me laissera le temps de replonger dans cette histoire encore quelques mois. Si ce n'est pas Mark qui joue dedans, je ne vois pas l'intérêt que ce film existe. Je trouve mon idée ridicule, mais je suis comme ça, je n'ai pas décidé : cette idée fixe, je l'ai depuis cinq ans, et je suis persuadée que je ne changerai pas d'avis.

12 h 30, je n'ai pas faim après ce petit déjeuner d'ogre. Je vais sauter mon repas et remonter dans ma chambre pour m'y ennuyer paisiblement. Je pourrais peut-être faire une visite éclair de Berlin. Ou commencer à préparer mes bagages… Oh non, j'ai le blues. Quitter Berlin ? Devoir rentrer chez moi ? Ne plus voir mon nouvel ami ? Flemmarde, je décide de prendre l'ascenseur.

J'appuie sur le bouton pour monter et commence un SMS à l'attention de Mark :

Merci pour tout ! Votre aide m'a été d'un grand soutien ! Je rentre en France, le producteur vient de recevoir mon scénario ! Il n'y a plus qu'à attendre ! Amitiés, Lili

Je trouve ça nul et l'efface.

Merci de votre aide ! Mon projet est entre les mains d'Erick Bern ! À bientôt, je rentre en France

Là, je m'agace. Écrire un scénario a coulé de source et un simple SMS me pose tant de problèmes ! Je ne sais pas comment lui exprimer ma gratitude, sans en faire trop. Notre relation a été naturelle, mais puis-je appeler ça de l'*amitié* ?

— Pfff, c'est nul, c'est nul, c'est nul !

J'efface tout, je sors de l'ascenseur, et claque la porte de ma chambre !

51 ∴ Ext. Jour - Dans un parc

Évacuer mon stress, ma priorité. Je finis par conclure que rester seule dans ma chambre, toute la journée, ne ferait qu'aggraver mon cas. Cela fait une éternité que je n'ai pas couru : cela me fera un bien fou ! Un jogging, en voilà une bonne idée !

De la musique dans les oreilles, je fonce tout droit, très concentrée. Demain, mes muscles vont en baver.

Je ressasse encore le passé. Mes pensées m'accompagnent en courant. Tant que je n'aurai pas revu Fabien et parlé avec lui franchement, elles seront toujours là.

Des souvenirs s'affichent devant moi comme sur un écran. Mon mariage, mon père qui m'accompagne à l'autel, ma mère qui me sourit tout en essuyant ses larmes. Mon mari, notre attachement infini et l'évolution de ce bel amour vers quelque chose de tellement compliqué. Mon père me donnant les clefs de sa boutique et de mon émancipation. Ma rencontre avec Fabien dans son bureau à la banque. Le coup de foudre, les jambes qui vacillent et nos belles années. Et nos années plus dures… Mon départ précipité, tant de fois imaginé avant d'oser franchir le pas, ma première rencontre avec Mark, son regard, qu'il faut que j'oublie. Le paysage devant moi s'éclaircit et devient enfin réel.

L'or de mon alliance me lance soudain son reflet dans les yeux, comme un signe. Je la porte à ma bouche pour l'embrasser. La clef est là : j'aime Fabien, c'est lui mon bonheur et il faut que je me batte pour lui. Mon courage revenu, je relève la tête et cours de plus belle.

Et là, c'est le choc !

Je me fais plaquer de plein fouet par un coureur qui arrive en sens inverse. Je suis projetée en arrière, puis retenue par les épaules par ce même abruti qui vient de ruiner mes efforts. Je ne suis pas tombée, mais de justesse. Mes fesses sont à deux doigts du sol. Ma tête pend en arrière et des mains puissantes tentent de la ramener. Je suis dans les vapes, même si je pense que ça va à peu près. Quel idiot ! Complètement sonnée mais furieuse, je reviens à moi et ouvre la bouche pour incendier cet homme… qui n'est autre que…

Mark !

En le voyant, le choc n'est que plus grand, je ne comprends plus ce qu'il se passe. Le temps semble s'arrêter sous la violence de cet affrontement. Un mélange de bonheur et de souffrance. Euphorique mais tellement troublée, voire angoissée par l'émoi que je ressens. Je suis dans tous mes états. Ma main s'agrippe naturellement à son cou, tandis qu'il me relève pour que je reprenne mon équilibre. Nous sommes si proches. Un doux picotement titille le bout de mes lèvres. Comme une envie, qui redescend en un éclair au plus profond de moi. L'orage gronde, mais la foudre ne doit surtout pas tomber !

— Eh bien, jeune fille, il faut regarder devant soi ! Ça aussi, c'était écrit ! C'est dingue, toutes ces similitudes !

Qu'est-ce qu'il me dit ? Avec le plus grand soin, il redresse mes lunettes de soleil sur ma tête, puis il m'aide à me remettre bien droite. Il me baise la main en me scrutant de son regard de braise et repart en courant, souriant, content de lui. Je reste sur le bord du chemin, perplexe, sans voix. Qu'est-ce qu'il m'a dit ? « Ça aussi, c'était écrit »…

Oui, ça aussi, c'était écrit dans mon scénario ! Mais à part dans un film, c'est quelque chose qui ne se produit jamais. Je comprends alors qu'il l'a fait exprès pour suivre à la lettre le fil de mon scénario. C'est effectivement cette scène qui m'a fait comprendre que Mark l'avait lu, la première fois que l'on s'est vus. La scène, ô combien de fois imaginée, et cette fois provoquée par Mark. À bout de souffle, je me penche, les mains sur les cuisses, pour reprendre ma respiration et des forces. Incroyable ! J'ai dû rêver. Je lâche un rire nerveux, un rire heureux d'incompréhension la plus totale. Je tente de me remettre à courir et commence par aller dans la même direction que Mark, avant de me rendre compte que mon chemin est de l'autre côté. Je me moque de moi-même et fais demi-tour, amusée. Je repars légère, je ne réfléchis plus. Est-ce la dernière fois que je le voyais ?

52 ∴ Int. Jour - Chambre d'hôtel

Je rentre épuisée dans ma chambre et file directement sous une longue douche. Chaude pour mes muscles, puis froide pour mon esprit. Je ressors en pleine forme tout en m'essuyant encore le visage. Machinalement, je lance la serviette à terre et ouvre mon armoire pour sortir tout ce qu'il y a dans la penderie. Encore nue, je ressors ma valise et la jette sur le lit. Pensive, j'essaie d'organiser mon rangement, mais j'ai l'esprit ailleurs. Je n'ai pas le cœur à le faire et laisse tout en bloc sur le lit. Je finis par m'habiller, mais mon sang bouillonne d'émotions. Mes mèches de cheveux mouillés ne parviennent pas à me rafraîchir. J'ouvre la fenêtre et appuie mes mains sur la rambarde du balcon pour souffler un peu. Berlin devant mes yeux. Un jour, peut-être, je reviendrai et prendrai le temps de te visiter. Mon portable en main, j'immortalise ce moment avec un selfie, cette ville inconnue et pourtant à présent si familière en toile de fond. L'envie d'envoyer un SMS à Mark me fait perdre patience et je m'y risque, un sourire en coin tout en me pinçant les lèvres !

Mon SMS : *Vous êtes un dingue !*

Amusée et contente de mon message, je retourne à mes bagages, encore plus impatiente qu'il me réponde.

J'entends un bip, je saute sur mon téléphone. Je suis folle de joie comme une ado !

SMS entrant : *SOLDES FOLLES, 50 % dans tous nos magasins*

Oh, la poisse, quelle déception ! Je supprime aussitôt ce SMS. Tout en tenant fermement mon téléphone en main, je ferme la valise, j'ai perdu toute motivation. Je m'assieds toute penaude sur le lit et attends… Pas longtemps, par chance ! Bip-bip ! Mon cœur fait un saut.

SMS de Mark : *Le choc a été violent, je m'en excuse, mais l'occasion était trop belle… Je l'ai fait exprès !!! Lol*

Tu m'étonnes qu'il l'a fait exprès, il n'avait pas besoin de le préciser ! Je me sens revivre et lui réponds illico presto.

Mon SMS : *Brutal, en plus ?!*

Ce mot « Brutal » ne me plaît pas, mais rien d'autre ne me vient à l'esprit. Il me répond et les SMS s'enchaînent. J'adore !!

SMS de Mark : *Non, jamais, mais je pensais que vous courriez vers moi !*

Mon SMS : *Complètement dingue !!! Lol*

Je me sens apaisée et rassasiée de mots doux ! Pourtant ce ne sont que des mots pour s'amuser, mais cela fait tellement longtemps que je n'ai pas fait ça ! Je souffle et me regarde dans la glace de l'armoire. Je me trouve radieuse, les joues rosées. Je porte ma main à mon visage pour lisser ma peau, puis remets en ordre une mèche. L'image de Fabien s'immisce dans mon esprit comme pour me rappeler à l'ordre.

SMS de Mark : *Dingue de moi... Je sais... Ce soir je passe vous chercher à 21 heures, j'ai un lieu culte de Berlin à vous faire découvrir !... J'ai failli à mon rôle de guide touristique !*

Mince, ça se complique et je suis presque déçue. Comment vais-je m'en sortir ? Je ne me sens pas de me retrouver toute seule avec lui. Notre relation est tellement bizarre, je ne sais pas comment m'y prendre. J'étais censée partir avec mes regrets. Je ne dois plus créer aucun souvenir avec cet homme. Brusquement, une image me vient en tête. Si quelqu'un nous prenait en photo ensemble ? L'idée que Fabien puisse la voir me fait froid dans le dos. Je ne dois pas prendre ce risque. D'autant plus que ce genre de soirée ne peut que me perturber davantage. Je veux dire sentimentalement. Je suis si confuse avec moi-même. Il faut que je sois claire avec lui.

Mon SMS : *Je dois vous dire non, je repars demain matin très tôt pour la France !*

SMS de Mark : *Et vous partiez sans me dire au revoir... 21 heures ce soir !*

Ça m'aurait étonnée que ce soit aussi simple !

Mon SMS : *Une autre fois, si je reviens... À bientôt Mark et merci infiniment pour tout.*

J'appuie lourdement sur la touche envoi. Ma gorge est sèche et un flot de tristesse inattendue m'envahit.

— Lili, mais qu'est ce qui t'arrive ! pfff...

J'ai envie de pleurer, mais il ne faut pas. Pas pour ça. Je me lève brusquement pour me secouer. Je pars dans la salle de bains m'asperger le visage d'eau froide et claque la porte pour ne plus entendre mon téléphone… Qui ne sonne plus, à mon grand regret.

53 ∴ INT. NUIT - CHAMBRE D'HÔTEL

Le calme revenu dans ma chambre, mes bagages fin prêts, je prends le temps d'envoyer un message à Fabien pour le prévenir de mon retour. Je ne souhaite pas lui faire de grands discours, mais lui me répond quatre messages. Tous aussi gentils et rassurants les uns que les autres :

Tout va bien se passer mon cœur

C'est un nouveau départ

Cette épreuve nous aura rendus plus forts

Mon Amour…

… Et ils produisent l'effet escompté. Demain je rentre chez moi pour un nouveau départ avec Fabien ! Je n'arrive pas à croire que je puisse encore l'aimer, mais c'est un sentiment puissant et inexplicable.

Je suis affalée sur le lit avec mon nouveau jean et mon nouveau tee-shirt, mes seules affaires encore à peu près propres. Je suis en train de lire le dictionnaire allemand tout en tortillant mes cheveux coincés dans une queue-de-cheval. Mais oui, lire un dictionnaire, c'est possible… quand on n'a rien d'autre à faire… et qu'on attend désespérément une réponse à un SMS ou que le sommeil vienne. Je décide de manger le plat que le service d'étage vient de m'apporter et j'allume la télé. J'avale trois bouchées et éteins la télé, parce qu'à la télé allemande, on ne parle qu'allemand, évidemment. Et mon cours de dictionnaire n'a servi à rien ! Je me lève pour mettre le reste de l'assiette à la poubelle, jette un œil furtif à travers la vitre, Berlin s'illumine. Je ne sais plus quoi faire, alors je regarde l'heure, blasée : 20 h 30. Pour dormir maintenant, il faudrait que je m'assomme ! Bon, je vais me laver les dents pour passer cinq minutes et faire un brin de toilette. De retour dans la chambre, je m'étire et baille. C'est bon signe, je vais me coucher. Je commence à enlever mon tee-shirt quand quelqu'un frappe à la porte.

Je sursaute, prends peur et me rassure. J'arrange mon tee-shirt et me mets à râler : si je loupe mon moment de sommeil, je vais ruminer toute la nuit. Persuadée de me retrouver nez à nez avec un garçon d'étage, je ne prends pas le temps de me recoiffer et ouvre la porte d'un coup sec.

— Mark ?!?

Euh… comment dire ? Je dors et je vais me réveiller !

— Oui, c'est moi ! Bon, vous êtes prête ?

— Je ne pense pas vous avoir dit oui…

— Vous m'avez dit « je dois vous dire non », j'en ai donc conclu que vous vouliez me dire oui !

Comment ne pas sourire… de désarroi ! Surtout quand il me regarde avec ses yeux doux de chien battu. Je suis fichue. Je peux toujours persévérer dans ma quête d'avoir le dernier mot avec Mark, mais il est très doué à ce jeu-là.

— Je pars très tôt demain… J'ai beaucoup de route à faire…

— Un verre, ça vous changera les idées. Rien de tel qu'une bonne bière allemande quand on déprime !

— Mais je ne déprime pas !

Mark me prend délicatement par les épaules pour que je me regarde dans la glace située à l'entrée de la chambre.

Je suis horrifiée par mon reflet, honteuse ! Mes yeux sont tout rouges, je ne peux que me cacher avec mes mains. Je suis certainement en face d'un des plus beaux mecs de la terre et moi je suis une tomate gonflée, en jean et les cheveux en bataille !!

— Oh non… Raison de plus pour rester cachée, je suis désolée !

— Allez, venez ! Enfilez un pull, et mettez vos baskets, c'est plus prudent !

Il devient gentil et compatissant : je dois vraiment faire peur ! J'arrive à lui retourner son sourire et me dis qu'après tout, *rien de tel qu'une bonne bière allemande quand on déprime !* De toute façon, le mal est fait, il m'a vue telle que je suis. Je n'ai plus rien à cacher… Enfin si ! Mieux vaut sortir au plus vite, car sa présence dans ma chambre me gêne.

— Deux minutes alors, juste pour faire un tour dans la salle de bains !

— Non, vous êtes parfaite !

Il décroche le pull suspendu au portemanteau et me pousse vers la sortie.

— Je ne voudrais pas qu'un paparazzi vous prenne en photo à mes côtés et que cela nuise à votre carrière !

— Je lui demanderai une retouche photo vous concernant… Car cela nuirait surtout à ma réputation… Je préfère les blondes !

Étonnamment décontractés, nous sortons tous les deux en rigolant. Mais je lui lance un air exaspéré : ça, c'est pour *ma* réputation !

C'est étrange, cette sensation de liberté, les choses se font naturellement. Si j'avais un frère, ce pourrait être Mark. Les frères doivent être comme ça, taquins avec leur sœur, protecteurs. Mais je ne sais pas, je suis fille unique.

54 ∴ Ext. Nuit - Dans les rues de Berlin

Nous traversons Berlin pour rejoindre ce bar mythique. Mark en profite pour me faire faire une visite rapide des sites historiques et culturels qui sont illuminés la nuit : Alexanderplatz avec sa tour en forme de pique, la Cathédrale, la tour de la Victoire que je revois dans d'autres circonstances que celles du jour de mon arrivée, le mur de Berlin et son East Side Gallery, l'église du Souvenir, des lieux empreints d'histoires tragiques, des histoires d'hommes tout simplement, racontées par Mark qui, en bon acteur, sait mettre de l'émotion quand il y en a besoin. Je bois ses paroles, tout ce qu'il m'explique est passionnant et j'avoue que j'aimerais bien avoir l'occasion de revenir dans ces lieux et les visiter comme il se doit.

— Nous allons bientôt arriver, je vais devoir me garer un peu loin du bar, il faudra marcher.

— Pas de soucis, j'ai mes baskets. En espérant bien sûr que personne ne me fonce dessus !

Je cherchais le moment opportun pour reparler de cet épisode. Ça y est, c'est dit ! Je me tourne, attentive, vers Mark pour voir sa réaction.

— Ces histoires n'arrivent que dans les films… Ou quand l'occasion est trop bonne pour ne pas la rater !

Il reste très sérieux : il me cherche, là !

— Vous appelez ça une *occasion* ?

— J'ai parlé d'une occasion, moi ? Détachez votre ceinture, on est arrivés !

Oui, il me cherche ! Il affiche à présent un air jubilatoire mais, de toute évidence, il ne souhaite pas en parler plus. Dommage, j'aurais bien voulu savoir comment il s'y est pris pour organiser sa farce. Ou peut-être pas ! Parfois, plus on en sait, plus on est mal à l'aise. Ou moins on en sait, mieux on se porte, c'est comme on veut !

Nous attaquons une marche rapide. Mark me propose une cigarette que je refuse.

— Vous devriez arrêter !

— Vous avez raison ! Demain peut-être ! J'espère que le bruit ne vous gêne pas, c'est un bar de fou !

— Non, c'est trop cool !

55 ∴ Int. Nuit - Dans un pub de Berlin

Je me crois quinze ans en arrière, jeune, célibataire, fêtarde ! Mark me fait entrer la première dans le pub bondé et évite de lever la tête : il doit craindre qu'on le reconnaisse.

— Venez, on va aller au fond, il y a des cabines privées où on sera tranquilles !

Cabines privées ? J'ai peur… Je n'ai pas le temps de dire quoi que ce soit, il me prend par la main et m'entraîne vers le fond du bar en zigzaguant entre les personnes. Je ne parle pas : avec le bruit, on ne s'entendrait pas. Nous arrivons dans cette cabine privée qui n'est autre qu'un petit coin sympa plus au calme que le reste du bar. Il me lâche la main et les papillons de mon ventre s'envolent. Il y a du monde autour de nous, mais il avait raison, on sera plus tranquilles et ma peur s'estompe. Un karaoké est en cours et des gens dansent un peu partout !

Et voilà : mes craintes reviennent ! Nous sommes assis l'un en face de l'autre, la table est toute petite et trop basse pour que mes coudes reposent dessus. Je resserre ma queue-de-cheval, dans le style « je-suis-super-à-mon-aise-et-trop-cool ! » Ça le fait sourire.

— Ça vous plaît ?

— Oui, c'est génial ! Vous venez souvent ici ?

— Oui, enfin avant, avec ma bande de potes !

— J'ai l'impression qu'on nous scrute du regard.

— Ce n'est pas une impression, c'est d'ailleurs pour ça que j'évite habituellement ces endroits-là. Mais j'ai envie de continuer à vivre normalement. Ça va leur passer, ne vous inquiétez pas !

J'observe tout autour de moi, jusque dans les moindres recoins, et souris de voir tous ces gens en train de faire la fête. Ce genre de soirées me manquait. Sans que je l'aie vu venir, Mark pose trois de ses doigts sur les miens. Mes yeux se posent sur sa main. Cette main qui a atteint la zone à ne pas franchir. Puis mon regard se dirige timidement vers Mark, pour ensuite dévier sur le personnage haut en couleur arrivé pour prendre notre commande et qui se tient juste à côté de moi. Ce n'était donc qu'un geste pour me sortir de ma rêverie ! Oui, une bière sera la bienvenue. Je laisse Mark choisir pour moi, car je ne connais aucune des bières proposées… et il y en a beaucoup ! La Paulaner Hefe-Weissbier – Paulaner, ça me parle mais sans plus – la Köstritzer Schwarzbier, la Augustiner Edelstoff… Je suis incapable d'en prononcer aucune.

Le serveur se fraie un chemin compliqué pour que nos bières arrivent entières. Je dégaine vite fait un billet pour avoir enfin une occasion de remercier Mark.

— Ne me contredisez pas, sinon je vais m'agacer !

— Dans ce cas, je paierai la suivante !

— À votre santé et pour vous remercier de tout ce que vous avez fait pour moi !

— Prost ! À votre détermination et à votre folie !

Nous levons nos bières et buvons gaiement. Cette bière est un délice, mais sa teneur en alcool doit être assez élevée…

Nous parlons ainsi de tout et de rien pendant une grosse demi-heure : le tourisme en Allemagne, les mœurs du pays et ses traditions, quelques mots allemands utiles à savoir pour la vie courante. Finalement, nous avons vraiment l'impression d'être deux copains en bringue. Il paie sa tournée et je remets la mienne. Sous l'effet de la bière, je dois me rendre aux toilettes, ce qui me donne l'occasion de contrôler ma bonne mine : le résultat s'avère positif. Je me sens légère et rayonnante, et cela sans aucun maquillage ! Je ne m'attarde pas trop devant le miroir, pour ne pas faire attendre Mark trop longtemps. Cet homme à une aura ! Ce n'est pas tant son physique qui est attirant : il dégage un magnétisme incroyable. C'est d'ailleurs certainement ce qui m'a plu chez lui quand je le voyais à travers mon écran de TV. Le voir « en vrai », c'est l'apprécier tout de suite.

Puis la conversation dévie sur le cinéma et sa carrière. Tant qu'il n'en parlait pas, je ne voulais pas lui imposer ce sujet. Et pourtant, Dieu sait que cela m'intéresse ! Le pauvre doit passer son temps à répondre toujours aux mêmes questions ! Mais comme c'est lui qui en parle le premier, j'en profite : son début de carrière, a-t-il galéré au début, comment voit-il son avenir dans le cinéma, ses meilleurs et pires souvenirs de tournages… ? C'est ainsi que j'apprends que, pour un film qui se passait dans les années quarante, Mark a malencontreusement pulvérisé la voiture de collection louée pour les besoins du tournage. Il me confirme ne pas avoir été blessé et je ne peux m'empêcher d'éclater de rire. Les larmes me montent aux yeux, c'est plus fort que moi. Non loin de nous, tout un groupe de filles, qui observaient Mark avec beaucoup d'insistance depuis un bon moment, se retourne d'étonnement en entendant mon rire, leurs regards remplis de jalousie.

— J'aurais trop voulu voir ça !!

— Mais elle se moque, en plus !

— Non, je ne me moque pas, mais…

Impossible de parler, impossible de maîtriser l'écoulement de mes yeux, impossible de stopper ce rire de plus en plus nerveux. Je finis par ne plus savoir où me mettre. Et comme les fous rires sont contagieux, Mark montre des signes de faiblesse quand des spasmes le prennent à son tour.

— Alors buvons à votre bonne humeur retrouvée !

Et nous trinquons une fois de plus avec la nouvelle bière qui vient d'arriver.

— Je vais finir alcoolique, avec vous !

Enfin calmée, toutes mes larmes séchées, je dépose mes mains sur mes joues pour tester leur température : au moins 40 °C, c'est sûr ! Tout mon sang m'est monté à la tête !

— Bon alors, c'est quoi ce qui vous déprime ?

Mince, il n'a pas oublié. Dommage de devoir reparler de cela, maintenant que je suis bien détendue et saoule ! Peut-être aurais-je plus de courage pour affronter ses questions.

— Je croyais que ce soir on devait boire des bières et passer une super soirée ?

— Bien joué, le détournement de question !

— Vous croyiez vraiment que j'allais vous répondre ?

— Oui

— Je vous connais à peine !

— Justement : confiez-vous !

— Vous êtes originaire de Berlin ?

— OK, vous le prenez comme ça !!

Il reprend une gorgée de bière et son regard devient espiègle. Moi, je jubile de ma réussite qui, je le sais, ne va pas durer. Mais ce soir, je suis en grande forme !

— Pour répondre à votre question, non, je ne suis pas originaire de Berlin. Mais d'un petit village plus au sud. J'ai répondu à votre question, donc à vous ! Vous êtes mariée depuis combien de temps ?

— OK !!

Comme lui et dans le simple but de l'imiter, je bois une bonne gorgée de bière avant de lui répondre.

— Depuis douze ans et treize ans de vie commune. Et vous, célibataire ? En couple ?

— Personne de fixe ! Treize ans ! La vache, il vous a prise au berceau ! Et aucun nuage à l'horizon ? Des enfants peut-être ?

— Cela fait deux questions ! Et curieux en plus ! Non, pas d'enfants, et aucun nuage à l'horizon, et en plus je réalise un de mes rêves !

Finalement, je gère. Et pour lui montrer que je suis parfaitement à l'aise, tout en parlant de mon rêve, j'ouvre les bras comme pour dire que ce rêve, je suis en train de le vivre… manquant de faire tomber mon verre qu'il sauve in extremis.

— Vous savez que vous êtes complètement folle ?

— Ah ben merci ! Et pourquoi ça ?

— Votre projet, votre ambition, votre culot : fallait oser débouler dans le bureau de mon agent comme vous l'avez fait ! Vous en avez d'autres, des rêves fous ? J'ai peur d'avance !

— Oh oui !

Allez, je rebois une petite gorgée, prête à déballer mes rêves les plus dingues. Étant donné qu'il me prend déjà pour une folle… Un peu plus ou un peu moins ne changera plus rien.

— Mais ne vous moquez pas de moi ! En fait, mon rêve de petite fille serait d'aller danser une valse avec une grande robe d'époque, à Vienne comme Sissi, ou à Versailles, peu importe, du moment que je suis dans un château et dans une grande et belle salle de bal ! Ce n'est pas très loin d'ici, Vienne ?

C'est lui qui ne peut se retenir de rire, maintenant, il s'en cache les yeux. Mais il fait attention de ne pas me vexer.

— Madame, vous avez un sacré souci avec la géographie ! Alors déjà, Vienne, c'est en Autriche ! Et si vous voulez qu'on y aille, il faut partir tout de suite, car nous avons au moins huit heures de route en passant par la Tchéquie !

Et là, le fou rire le reprend. Mais il est attendrissant.

— Vous êtes incroyable ! Fallait y penser !

— Huit heures de route ? Ce n'est rien, huit heures de route.

Et tout naturellement, je lui fais un clin d'œil ! Ben voyons, ce soir, tout est permis ! La boule de ma gorge n'est plus là, elle a dû partir en vacances ou doit être aussi saoule que moi ! Je suis bien, à l'aise, libre. Je ne pense « presque plus ». J'existe, je vis.

— Bref, un jour je le ferai !

— Reste un truc qui cloche. Vous vivez une vie parfaite, un amour parfait, vous buvez une bière avec en face de vous un homme plus que parfait ! Alors pourquoi je vous retrouve les yeux gonflés, alors que demain vous rentrez chez vous ?

— Vous m'avez percée à vif, docteur !

Que dire d'autre ? Je ne sais pas quoi lui répondre. Une idée me traverse l'esprit. Je le regarde droit dans les yeux sans rien dire, j'entrelace mes doigts sous mon menton et laisse ma tête reposer sur eux. La psy qui suivait ma mère faisait ainsi. Cela me donne l'air sérieux. Mais il reprend la parole avant moi.

— Vous ne voulez plus me quitter, c'est ça ? C'est dingue, je fais ça à toutes !!

C'est quoi, ce sourire ravageur qu'il me fait ? Il cherche certainement à me faire rire, mais il n'y arrivera pas.

Toujours dans la même position, je retiens un fou rire. Sauvée par le gong : la chanson *L'Hymne à l'amour* de Piaf est en cours de passage au karaoké. Alors, comme si c'était parfaitement normal, je me mets à chanter en prenant un air dramatique.

— « Si un jour la vie t'arrache à moi, si tu meurs, que tu sois loin de moi, peu m'importe si tu m'aimes, car moi je mourrai aussi… »

Mark, très étonné par ce show improvisé, est sous mon charme et use de son humour pour le cacher – enfin, je pense. Il s'installe confortablement sur son siège et écoute. Moi, je suis morte de rire et perds mon sérieux.

— Aïe, vous vous improvisez chanteuse maintenant ?! Si vous continuez, demain vous risquez d'avoir une tempête de pluie sur la route.

Comme une reine, je continue ma prestation et le fais taire en posant mon index sur ses lèvres. Mon Dieu, je suis dingue ! Je n'aurais jamais dû faire ça, mais c'est fait. La surprise se lit dans ses yeux. Et je me lève, quitte à me mettre bien en valeur ! La chanson défile et je chante en mimant les sentiments, tout en marchant vers Mark à côté duquel je finis assise, tout près de lui.

— « … dans le ciel, plus de problème, mon amour, crois-tu qu'on s'aime ? » … « Je me ferais teindre en blonde, si tu me le demandais… »

La musique continue, et moi je suis bien embarrassée de me trouver ainsi, si proche de lui. Car je viens de lui prendre la main. *Crois-tu qu'on s'aime ?* Je voudrais me fouetter pour cet acte complètement stupide. C'est l'alcool qui m'a mise dans cette situation, et c'est l'alcool qui va m'en sortir. Heureusement, mon verre de bière me fait un clin d'œil au moment où mes yeux étaient en train de se perdre dans ceux de Mark. Troublante scène. Très gênée, j'attrape donc mon verre avec la main qui tenait celle de Mark. Je bois puis trinque avec lui en finissant par un petit sourire factice qui voudrait lui faire croire que j'assume entièrement mes actes. En vérité je suis très mal et je m'enfonce.

— Je suis très douée comme comédienne, n'est-ce pas ?

Comble de l'ironie, pour me sortir de ce pénible moment de ma vie, je ne trouve qu'une phrase idiote que je prononce gaiement avec de la mousse sur les lèvres. Sans un mot, Mark me l'enlève du bout du doigt. Dans ma tête, la musique s'arrête. Le vide fait place aux battements sourds de mon cœur. J'ai l'impression de vivre un moment érotique. Ce geste est si délicat et si sensuel. Puis mes yeux glissent sur son visage et je le vois se mordiller la lèvre. Cet acte n'est pas anodin et je sais très bien ce qu'il veut dire. Ma conscience revient à elle, ma peur la suit de très près, j'ai tout à coup honte de moi. C'est ce que j'appelle « un moment où tout peut basculer dans la vie » et je n'aime pas ces moments-là. Des destins sont modifiés par des actes irréfléchis. Et ces actes-là peuvent causer notre perte. Je suis mariée et n'ai jamais eu l'intention de tromper mon mari. Cela n'arrivera pas, car je l'aime. Quoi qu'il puisse me faire… J'ai été trop loin et ma punition est déjà tombée. Je dois refouler ce qui vient de se passer et toutes ces émotions interdites, ou je vais en souffrir.

— Je suis complètement pompette, je suis désolée, ce n'est plus moi… Et il est tard, demain j'ai de la route…

Incrédule, déçue, je ne veux pas savoir. Je crois qu'il a compris mon désarroi.

— Vous voulez rentrer ?

Je réponds oui de la tête et il me fait une grimace pour me faire sourire.

— Eh bien, je vais conduire ! Car notre Gauloise ne tient pas la bière !

Il est adorable et arrive à me rassurer. Ma gaieté refait surface. Nous laissons tous les deux des verres à moitié pleins et prenons nos affaires. Au même moment, la dernière phrase de la chanson du karaoké arrive et, comme une imbécile, je ne peux m'empêcher de la fredonner, dans un état d'inconscience totale.

— « Dieu réunit ceux qui s'aiment… »

Je jette un coup d'œil rieur à Mark, qui me regardait déjà tendrement mais sans sourire. Je sens alors sa main dans mon dos me pousser gentiment vers la sortie. Il baisse le regard et nous quittons le pub.

56 ∻ Ext. Nuit - Devant l'hôtel

Mark se gare. Il a conduit comme un Dieu et moi j'ai oublié ma peur. Légère comme une plume, je me suis laissé guider, un sourire au coin de la bouche. Il m'observe, me taquine du regard, puis il sort pour m'ouvrir la portière et m'aider à descendre de voiture.

— Vous êtes saoule !

— C'est votre faute !

— Ben voyons ! Demain, évitez les contrôles routiers au moins jusqu'à la frontière française. Je n'ai pas l'intention de devoir venir vous chercher en prison pour alcoolémie au volant. Je m'en voudrais.

Deviendrait-il ironique ? Et moi je glousse, telle une ado ! Je ne suis pas saoule, je suis gaie et tellement bien.

L'air pur me ramène sur terre. Ma tête tourne, mais ça devrait aller. Le ciel est magnifique, ce soir. Des millions d'étoiles voguent au-dessus de nos têtes. Ou peut-être que je vois double.

— Waouh ! Le ciel est magnifique !

Pendant que je contemple la voûte céleste, je sens les yeux de Mark posés sur moi. Il faut que je dise quelque chose. Il faut tourner la langue sept fois dans sa bouche avant de dire des bêtises, c'est ça ? Ce soir, j'en suis incapable…

— Dire que demain, je verrai les mêmes étoiles, mais à plus de 1 500 kilomètres d'ici !

— Et moi, je serai celle-là !

Tout en plaisantant, il me montre une étoile. Alors que je ne peux détacher mon regard du sien, un rire communicatif force mes yeux à suivre la direction qu'il indique. Ma course se finit au bout de son doigt et je plonge jusqu'à cette étoile. Un frisson me parcourt. Elle est si loin. Je n'ai pas envie de penser à demain. C'est une belle et joyeuse conclusion. Au moins il aura détendu l'atmosphère. Je ne crois pas avoir jamais autant rigolé pendant une soirée.

— Vous êtes un vrai lover !! Merci pour cette soirée, c'était… génial !

Quelques dernières larmes enivrantes emplissent mes yeux : elles me font du bien, après avoir tant ri. Je sors un mouchoir pour les essuyer.

— Vous repartez avec le sourire alors ?

— Oui, ce séjour à Berlin a été grandiose et je crois que, pour une fois, la vie m'a beaucoup gâtée.

— Alors il n'y a plus qu'à vous souhaiter bon courage pour votre retour, Lili… En espérant que tout se passe bien.

Il devient bien intrigant. Je ne suis plus apte à analyser ce qu'il dit, l'alcool déverse ses derniers effets sur moi et il faut que je m'allonge au plus vite si je ne veux pas m'endormir au pied de l'hôtel.

— Merci !

Sans réfléchir, j'ouvre mes bras et sers amicalement mon cher Mark. D'abord surpris, il me serre en retour et je l'entends souffler, non, expirer. Certainement déçu de ce simple geste amical, mais il le respecte. Pourquoi je dis ça ? Je ne suis pas dans sa tête. Ma parole, il faut que j'arrête d'interpréter tout ce qu'il fait !

— Tschüß !

— Tschüß !

Le temps des au revoir est arrivé. Je fige dans ma mémoire cet instant. Lui si beau, la douceur du temps, sa main qui frôle la mienne. Je recule et lui envoie un signe de la main. Puis je pivote d'un demi-tour pour arriver jusqu'à l'hôtel. Je ne me retournerai pas. Je sens une angoisse monter en moi. Me manque-t-il déjà ? Derrière la porte, il ne peut plus me voir, mais moi je l'observe. Le regard dans le vide, Mark glisse les mains dans ses poches. Les sort. Les porte dans sa chevelure. Il tourne le dos. Puis se risque à jeter un dernier coup d'œil dans ma direction. Après un court instant, il rentre dans sa voiture en lançant un dernier regard aux étoiles. Je le vois sourire et il part.

57 ∴ Ext. Jour - Dans la plus jolie des voitures - Jours 12-13

Longues ont été les heures de conduite, et plus longues elles étaient, mieux c'était. Je n'imagine pas du tout ce qui m'attend à mon retour. Une partie de ma tête est restée à Berlin. Plus les routes deviennent familières et plus je deviens nerveuse, mes ongles en pâtissent. La boule au fond de ma gorge est bien là, mes yeux sont lourds, mais aucune larme. Je suis terrifiée et à la fois excitée, c'est inexplicable. Le soleil est au rendez-vous, les gens sont de sortie dans mon village. Sont-ils au courant ? Que savent-ils vraiment de ce qu'il s'est passé ? Même Sophie, ma meilleure amie, a eu droit aux mensonges pour expliquer mon départ. Pas que des mensonges, mais presque. Et voilà qu'apparaît le clocher, puis la petite rue qui mène à ma maison. Je mets le clignotant. Mon cœur est très lourd, mitigé entre l'envie et le déni. Ça y est, l'heure a sonné et ma 4L se gare toute seule devant le garage. Je ne peux plus reculer.

58 ∴ Ext. Jour - Ma maison

Panique à bord, j'ai la gorge sèche comme une enfant qui redoute le pire en espérant le meilleur. Je respire profondément. J'ai les yeux rivés sur cette bâtisse qui a toujours couvert mes secrets.

Cette maison où je suis née, cette maison où j'ai grandi, cette maison où j'ai pleuré mes parents, cette maison dans laquelle j'ai voulu mon bonheur, celle dans laquelle il y a tout mon malheur. C'est affreux d'en arriver là. Ce symbole familial, ma maison, qui est devenu petit à petit le lieu de mes pires cauchemars, ceux que l'on ne peut décrire à personne. Je retourne dans cet endroit même où je m'étais promis de ne plus jamais revenir. Je reviens voir celui que j'ai tant aimé avant de le haïr, celui dont je pensais pouvoir me libérer. Il n'y a qu'une vérité à tout cela. L'Amour. Ce sentiment profond d'appartenance. Ce sentiment profond de ressemblance. Ce sentiment profond de dépendance… L'Amour…

La porte d'entrée s'ouvre tout à coup, et moi j'observe, figée dans ma 4L. Fabien sort, mon cœur s'emballe entre le coup de foudre et le coup de sang. Il est sur le pas de la porte, surpris de me voir. Il esquisse un léger sourire et passe sa main dans ses cheveux. Il n'y croit pas, moi non plus. Il est beau comme un dieu. Toujours aussi bien habillé. 18 h 12, il est rentré tôt du travail. Son costume-cravate dont j'ai tant pris soin… Qui a bien pu s'en occuper pendant mon exil ? Je coupe enfin le moteur et prends le temps avant d'ouvrir ma portière. Fabien s'est déjà rapproché de la voiture, il m'ouvre la porte. Ces gestes sont lents, peut-être a-t-il compris qu'il ne faudra pas me brusquer. Je sors, car maintenant je n'ai plus le choix. Je garde la portière entre nous deux comme un bouclier. Il ne faut pas que j'oublie pourquoi je suis partie. Pas de mots, juste un long regard. Ses yeux bleus, ses beaux yeux bleus si fascinants, m'enveloppent tout entière. Je voudrais tant revenir douze ans en arrière, tout recommencer et ne pas répéter les mêmes erreurs.

Fabien tente une approche tout près de mon visage, mais je le freine. Mes sentiments changent tout à coup et je me renferme, agressive, ce qui ne me ressemble pas du tout. Une haine tant alimentée par les années, qui ressort en éclats. Je le regarde fixement et me concentre pour ne pas bafouiller. Pouvoir sortir le premier mot est un vrai calvaire, mais il faut que je me lance.

— Je n'accepterai plus que tu me frappes. Je… je veux que tu arrêtes de boire et jamais plus tu ne me forceras à faire quoi que ce soit !

Les mots sont durs à avouer, et un sanglot me prend à la gorge. Je dois continuer, et lui dire tout ce que j'ai sur le cœur, alors que j'aurais tant besoin de tendresse.

— Je n'aurai plus le courage de te pardonner.

À ce moment-là, ses yeux s'adoucissent et je ressens une lueur de compassion. Malgré ma réticence à ce qu'il s'approche trop près de moi, il ose et m'attire tendrement dans ses bras. À bout de forces et en manque d'affection, je fonds et me laisse guider. Je sens sa main me caresser le dos tandis que l'autre soutient ma tête. Une chaleur bienveillante me remplit. Mes nerfs lâchent et c'est moi à présent qui le serre fort. J'explose en pleurs. Son premier geste est de vite me faire rentrer dans la maison et je l'en remercie. Nous n'avons, ni lui ni moi, besoin du jugement et du regard des autres. Je suis épuisée et sans défense. Contre toute attente, Fabien fond aussi en larmes et m'inonde de pardons en m'embrassant sur les joues, les yeux, le nez, les oreilles. Inerte, je le laisse faire et reprends peu à peu mes esprits.

— Pardon, pardon, ma Lili, je ne pouvais plus vivre sans toi. On va recommencer à zéro, je te le promets.

Nos larmes se mélangent sur nos visages et les caresses réapprivoisent nos deux corps. Mais qu'il m'embrasse sur les lèvres, non, je n'accepte plus, pas pour le moment. Je le sens arriver, je le vois me regarder, et il s'approche doucement en déliant ses lèvres, mais comment lui dire non ? *Le pouvoir de dire NON appartient aux courageux.*

— Laisse-moi du temps…

Mes doigts tremblants se posent alors sur ses lèvres pour lui indiquer mon refus, mais à ce jeu, je suis toujours perdante. Avec aplomb, il enlève mes doigts, les embrassant un à un, et tente ainsi de gagner du terrain. Malgré mon geste de recul, il insiste et, de son autre main, rapproche mon visage du sien. Je suis impuissante. Je le sais, il aura ce qu'il attendait et que je redoutais tant. Il m'embrasse langoureusement dans un baiser puissant et fort de sens. Je lui ai manqué et il me le prouve. Je ne pourrai m'enfuir, sa technique est bien rodée. Perdue dans mes pensées, j'avoue avoir besoin de ce moment. Car même forcé, cela faisait longtemps qu'un de nos baisers n'avait pas été si fusionnel. Des milliers de picotements envahissent ma poitrine et je me laisse transporter. Puis Fabien dépose une dizaine de baisers sur le contour de mes lèvres avant de me serrer fort contre lui. Il me relâche sans desserrer totalement son étreinte, et je sens ses mains tenir fermement mes bras. Le moment de rêve est passé, la réalité me revient en pleine face. C'est encore lui qui commande. Je le regarde dans le vide, toujours remplie de colère, mais je ne dis rien. Je n'aurai pas le courage de le provoquer, pas le courage de devoir me battre. Je m'inflige moi-même la punition. Je ne peux que baisser les yeux et me mordre les lèvres à m'en faire mal.

59 ∴ INT. NUIT - NOTRE NID DOUILLET OU CE QU'IL EN RESTE

Finalement Fabien n'est pas trop insistant. Il m'aide à vider la voiture et à ranger mes affaires… Certainement pour restaurer sa maîtrise sur moi. J'essaie d'oublier au plus vite ce doute qui plane au-dessus de ma tête. Il veut voir mes derniers achats vestimentaires.

— Pas maintenant, je suis épuisée.

— Tu ne veux pas me les montrer ?

— Ça peut attendre demain, non ?

— Je veux t'imaginer dedans.

Le pouvoir de dire NON appartient aux courageux. Je lui donne le tas de vêtement et m'assieds sur la chaise face à lui.

— Il y en a beaucoup. Tu avais fait des économies ? Tu avais tout prévu ? Je suis ton banquier, Lili, et ton mari, ça me fait mal. Très mal.

Je cherche quoi répondre à cela, mais c'est impossible. Je me sens épiée, jugée.

— Non, je n'avais rien préparé.

Il me voit me refermer comme une huître. Il s'approche de moi et dépose un baiser sur ma joue. Cela n'est pas un geste d'excuses, non. Il fait un pas vers moi pour que ma culpabilité soit plus grande encore. Et parce qu'il attend autre chose de moi ensuite. Il tend la robe noire et me demande gentiment de l'essayer. J'en suis incapable. Je retiens mes larmes, prétextant une trop grande fatigue. *Le pouvoir de dire NON appartient aux courageux.* Je ne peux tout simplement pas me retrouver nue devant lui. Cette robe noire, c'est aussi un beau souvenir que je ne peux partager.

Je ne devais jamais revenir. Enfin c'est ce que je m'étais promis. Et je suis là, en train de discuter avec ce mari qui m'a fait tant de mal ! J'espère que ce regard extérieur que je parviens à porter sur ma propre situation va m'aider à y voir plus clair. Je sais que, si ma lucidité me lâche, je vais vers de gros soucis, et cela en moins de deux jours. Je suis épuisée de réfléchir.

Sur son conseil, je me repose une heure pendant laquelle je peux souffler un peu et tenter de trouver une stratégie de réconciliation durable.

Puis nous préparons le repas ensemble, chacun d'un côté de la table. Lui coupe des tomates tandis que j'écale des œufs. Nous mangeons et, étrangement, Fabien me laisse m'exprimer, très attentif. Je ne réussis pas à rentrer dans ses pensées, et je retarde au maximum le sujet de mon scénario et de ma virée à Berlin. Mais secret avoué est à moitié pardonné, non ?

— J'ai commencé à l'écrire il y a à peu près cinq ans. Tu sais, je n'ai à aucun moment parlé de nous, c'est une histoire imaginée de toutes pièces. Cela faisait tellement longtemps que je voulais me mettre à écrire.

— Pourquoi un scénario ? Tu aurais pu tout simplement commencer par un roman.

— C'est venu comme ça, c'est tout. Je n'ai rien calculé d'avance, je t'assure. Et puis, je suis partie. Berlin était le lieu où se déroulait mon histoire, parce que j'ai toujours rêvé de découvrir cette ville. J'y suis allée sans connaître personne, et mon travail a été récompensé. J'étais fière de moi, tu comprends ?

Parler me permet de vider ma poitrine d'un poison qui me ronge de l'intérieur : est-il furieux ou a-t-il simplement peur de ce que je vais lui annoncer ? Volontairement, je lui épargne certains détails, notamment ceux de ma dernière soirée festive. Non pas pour les lui cacher, mais pour éviter qu'il s'imagine des choses qui auraient pu nuire à nos retrouvailles. Je n'ai rien fait de mal, je suis partie à cause de lui, je ne suis pas fautive. Voilà les pensées qui se bousculent entre deux de mes phrases. Il ne faut pas que je perde le fil, il ne faut pas que j'en dise trop ou pas assez. Quand mon récit se termine, il y a un blanc puis Fabien s'exprime enfin. Mon cœur se remet à battre.

— Et donc, tu vas devoir y retourner, c'est ça ?

— Oui, d'ici deux ou trois mois, je ne sais pas trop… J'ai rencontré des professionnels du cinéma, là-bas. Un acteur connu a même lu mon scénario et il est à présent entre les mains d'un producteur. Donc oui, si mon scénario lui plaît et qu'il trouve le financement… Bien sûr, il faudra que j'y retourne pour céder mes droits.

Anesthésiée par le regard froid qu'il me jette, je sens mon sourire se figer timidement.

— Pourquoi tu ne m'as rien dit ?

Le moment des explications est arrivé. Je suis bloquée. Pour faire diversion et me donner le temps de réfléchir à ma réponse, je m'essuie la bouche avec une serviette. Puis, tout en rangeant les couverts dans mon assiette, je lève mes yeux vers lui. Mon cerveau ne répond plus, me faisant subitement perdre la totalité de mes capacités tactiles : mon couteau heurte l'assiette et m'échappe dans un fracas. Ma réaction est immédiate : je sursaute et laisse Fabien reprendre le pouvoir sur mes émotions. L'anxiété me saisit aux tripes.

— J'avais sans doute peur de tes réactions…

Il ne me laisse pas finir et se lève brusquement. Sa chaise est propulsée en arrière. L'ambiance est pesante. Mes mains posées sur la table replient leurs doigts par méfiance. Mon corps se désolidarise. Je vois cette main, j'entends battre un cœur, je sens ces orteils se recroqueviller dans cette chaussure. Ce n'est plus moi. La peur me glace. Le bruit de mes ongles qui frôlent le bois rompt le silence. Se ronger les sangs ne m'aidera pas à garder mon self-control, mais mon cœur s'emballe et je sens la panique me submerger. Fabien se place derrière moi puis, doucement, met ses mains sur mes épaules. Je me raidis inévitablement, prête à affronter le choc… Mais rien. Rien. Juste une caresse circulaire avec son pouce sur mes omoplates. Une caresse pour me rassurer. Sa respiration est saccadée, je n'entends plus qu'elle, qui se rapproche de mon oreille. Je sens son corps se baisser vers le mien. Son souffle atteint mon oreille, je ferme les yeux et pince mes lèvres.

— À partir de maintenant, fais-moi confiance. D'accord ? J'espère qu'ils mettront plus de deux mois pour te rappeler, ou qu'ils oublieront, tout simplement.

Je ne peux plus parler et lui fais un oui de la tête.

Mais où veut-il en venir ? Je suis toujours assise et il se met à ma hauteur, tout proche de moi. Il dépose lentement une main sur ma cuisse. Elle me paraît lourde et mon corps voudrait la rejeter. Mais je ne bouge pas et regarde sa main pour éviter son regard.

— Je te veux pour moi. Tu peux écrire toutes les histoires que tu veux, mais je veux que tu restes près de moi… Tu m'as tellement manqué…

Je ne sais pas si c'est un ordre ou si c'est une déclaration d'amour. Sa voix est si douce et tellement autoritaire à la fois. La main gauche de Fabien commence à remonter lentement dans mon cou, puis sa main droite se dépose sur ma poitrine et me caresse délicatement. Elle ne s'attarde pas là et amorce une lente descente vers mon bassin pour finir au creux de mes cuisses. Ce geste, si banal d'un mari à sa femme, me replonge dans mes incertitudes. À la fois terrifiée et tentée. Si je cède, tout cela n'aura servi à rien. Si je me refuse à son amour, je vais devoir affronter Fabien et me mettre en danger. *Le pouvoir de dire NON appartient aux courageux.*

— Non ! S'il te plaît…

Ma réponse est claire et me provoque un frisson dans le dos. Je me lève avec perte et fracas. Cela fait l'effet d'une électrocution chez Fabien. Réaction tellement inattendue de ma part que je me cache les yeux. Je voudrais que le temps s'arrête pour me permettre de reprendre mes esprits. Qu'est-ce que je viens de faire… ?

Sa réaction ne se fait pas attendre longtemps et m'enfonce dans la torpeur. Fabien se lève lui aussi. Il en impose, avec sa tête de plus que moi ! Il est nerveux, je ne vois que ça. Les veines de ses tempes commencent à se remplir. Mes yeux fixent son visage transi. Et sa voix tout à coup orageuse me fait sursauter.

— Alors, nous y voilà ! Tu pars quinze jours et tu m'as déjà oublié ! Ils sont où, les « je t'aime » dont tu m'as parlé ?

Je recule d'un pas, lui ne bouge plus.

— Arrête ! Ne commence pas à t'énerver !

— Je ne m'énerve pas !

— Comprends-moi, je ne t'ai pas oublié en quinze jours, mais… Tu me fais peur !… Je ne sais plus ce qu'il faut que je fasse pour que tu me respectes… N'oublie pas tout ce qui s'est passé : c'est à cause de toi si je suis partie !

Le ton monte. Mais, pour une fois, je ne me défile pas. Je dois me justifier. Jusqu'à présent, je ne l'avais jamais défié ainsi. Malgré cela, il ne réagit pas comme d'habitude. Il est plein de tensions intérieures et extérieures, mais il n'est pas dans la violence tactile.

— Tu parles de *respect* ? Je ne peux même plus te toucher ! Toucher ma femme !!

Il se contient en remettant un peu brutalement une chaise à sa place.

— Qu'est-ce qui me prouve que tu n'es pas allée voir ailleurs ?

— Moi, je ne t'ai jamais trompé !

Quand j'y pense ! Il me renvoie au visage ses propres erreurs ! Typique et logique. Je suis partie quinze jours, cela ne me serait même pas venu à l'idée, tandis que lui, sans que j'aie le moindre doute, m'avait trompée sur son lieu de travail. *Rien qu'une fois*, m'a-t-il juré ! Ça me dégoûte.

— Ça ne prouve rien !

— Je ne te tromperai jamais, Fabien !

À ce moment-là, je ne peux faire autrement que de me rapprocher de lui pour prendre ses mains dans les miennes.

Le 18 juin 2005 fut certainement le plus beau jour de ma vie. Avec Fabien, nous nous sommes dit oui, devant Dieu et devant M. le Maire. Déjà douze ans ! Ce jour-là, nous nous sommes promis fidélité et, en disant oui, j'ai juré devant Dieu, devant Fabien et surtout à moi-même que, quoi qu'il arrive, je l'aimerais jusqu'à ma mort et que rien ni personne ne pourrait me détourner de ce chemin. À quoi bon se marier si l'on n'est pas sûre de cela ? Le quitter serait aussi un échec. Mes parents m'ont toujours prouvé qu'il fallait se battre pour garder ceux que l'on aime. Ayant grandi dans cet univers de l'amour inconditionnel, je ne peux, aujourd'hui, qu'être sûre de ce que j'avance. Non, je n'ai pas trompé mon mari et cela n'arrivera jamais.

— Fabien, regarde-moi. Fais-moi confiance ! Je t'aime, mais… j'ai eu très peur… Et il faut que tu comprennes que ça me bloque… On va prendre le temps… Tout redeviendra comme avant.

Ma main tremblante effleure la peau de son visage si dur. J'essaie de le rassurer en même temps que je me rassure. Tout va bien se passer, cette fois-ci. Un sourire ému et sincère se dessine sur ma bouche et cela adoucit les traits de son regard.

— Je t'ai fait du mal, tu m'as fait du mal… Nous sommes quittes, n'est-ce pas !

Comme s'il existait une échelle de comparaison du mal que l'on peut se faire... Comment ose-t-il ? Il faudra donc toujours qu'il ait le dernier mot pour se prouver qu'il a raison. Mais pas maintenant.

— Ce soir, je dormirai seule dans la chambre d'amis... Et demain tout ira mieux.

Sur son torse, ma main tente de calmer sa nervosité. Obligée à hisser le drapeau blanc, je cède et l'embrasse pour le sécuriser, mais cela ne suffit pas à Fabien et je ne peux que le constater. Nos regards s'assombrissent, mais nos sourires apaisent momentanément la tempête. Ses yeux se détachent de moi, m'arrachant mille questions. Il recule, puis attrape brusquement les verres et les assiettes. Il s'enfuit dans la cuisine, énervé. Mais ne dit rien. Le courant d'air qu'il provoque me glace et je culpabilise. Je l'entends me lancer quelques derniers mots.

— Va te coucher, je rangerai.

J'ai envie de pleurer. On se couchera donc fâchés.

60 ∴ INT. JOUR - CHAMBRE D'AMI

J'ai mis deux heures avant de m'endormir. À tourner en rond d'un côté et de l'autre, tantôt pour apaiser mes courbatures du trajet, tantôt pour alléger ma souffrance psychologique de ce duel plutôt bien terminé. Cela peut toujours être pire. Entre un repos tout en pensée allant vers Mark et un rêve bienvenu d'un doux moment avec Fabien, la nuit est passée. Et je me réveille ce matin chez moi, dans la chambre d'ami. J'entends des pas qui se rapprochent dans le couloir. Fabien ouvre tout doucement la porte et je sens qu'il me regarde dormir. Alors que je simule un faux réveil, je le vois me sourire tendrement. Ses beaux yeux bleus, ce matin, ne me font plus peur. Ils me rappellent ô combien je dois me battre pour eux. Il est assis près de moi, et passe sa main au-dessus de mon corps sans me toucher, puis il réveille mes sens par un doux baiser et par la bonne odeur d'un thé.

— C'est l'heure de se réveiller !

Une parole toute douce, avec un sourire pour la dire. Il enfile ses doigts dans mes cheveux et les caresse d'un va-et-vient tout en soufflant sur une mèche qui retombe sur mon visage.

De quoi pourrais-je avoir peur ? Je ne dis mot, je le regarde.

— J'ai pris ma journée au bureau, j'ai une surprise pour toi ! Déjeune et habille-toi !

Un plateau remplit d'amour : du thé (dans une tasse du service offert par mes parents pour notre mariage), un verre de jus de pomme, deux tartines de pain beurré, un ramequin rempli de confiture, un kiwi et une rose rouge. Tout ce que j'aime ! Oubliés, les doutes de la veille. Il prend soin de moi comme d'une poupée. Sans me brusquer, sans me commander, en m'effleurant du bout des doigts comme un objet précieux. De tendres baisers sur les tempes. L'esprit léger, je me laisse transporter. Il me fait couler un bain, je mets une jolie robe et, main dans la main, nous quittons la maison. Même le voisin a droit à un bonjour cordial. Pourtant, ni l'un ni l'autre ne le portons dans nos cœurs. Mais à cet instant, nos regards se croisent et un sourire complice me réchauffe le cœur. Se pourrait-il que, finalement, ce soit notre voisin qui nous rende ce petit service ? Ce rien du tout qui fait que notre couple redevient légitime. Fabien me cueille alors une fleur qu'il glisse derrière mon oreille, puis dépose son bras autour de mes épaules et j'ai soudainement très envie qu'il m'embrasse.

61 ∴ Ext. Jour - « Notre havre de paix »

Après une vingtaine de minutes de trajet en voiture pendant lesquelles nous avons fredonné la playlist de notre jeunesse, le moteur s'arrête enfin. Fabien m'a bandé les yeux et je n'ai aucune idée de notre destination. Il m'aide à sortir en me tenant la main. Je le sens fier de sa surprise et j'avoue que ne rien voir exacerbe mes sens. Sous mes pieds, je sens une texture souple et fine. Plus nous avançons, plus nous descendons, et plus le bruit de l'eau s'impose à nous. Un lac, une rivière, une cascade ? J'ai du mal à évaluer la distance parcourue, car ce bandeau me donne des haut-le-cœur. Mais je m'abandonne à Fabien en totale confiance. Son corps est là, tout près de moi, il me soutient, il me guide, il me porte et cela me fait du bien. Puis Fabien s'arrête et je calque cette pause. Après un moment de trouble où je suis comme paralysée par cette attente que je ne sais analyser, il me prend la main et découvre délicatement mes yeux de sa main libre. D'abord éblouie par la lumière, je ne regarde que lui. Puis j'ose aventurer mes yeux à droite et à gauche. Je suis heureuse. Nous y sommes ! Dans ce lieu chargé de souvenirs : le Trou du Diable. Drôle de nom pour un lieu si romantique ! Mais ce lieu nous correspond tellement. Un paradis éclaté. C'est un endroit perdu au milieu des bois, où s'égrènent de petites cascades formées par un chaos de rochers que l'on peut escalader. Les eaux tourbillonnantes des crues qui s'y sont succédé ont creusé au fil des siècles des « gourds », des trous profonds remplis d'une eau très sombre. Nous venions souvent nous réfugier ici, avant notre mariage, et c'est ici que Fabien m'a embrassée pour la première fois. Je le regarde et lui adresse un sourire sincère en guise de remerciement. Je ne sais que dire, mais il n'y a pas besoin de mot. Nous continuons la descente jusqu'au bord de l'eau, il me tend la main et m'aide à gravir un escalier naturel. Nous nous retrouvons sur une petite plateforme rocheuse et il me fait signe de m'asseoir. Je n'avais pas fait attention au sac à dos qu'il portait. En s'asseyant, il le pose à même le sol et en extrait un pique-nique.

— Et voici votre plateau-repas, Madame Fontaine.

Il me regarde et hésite.

— Es-tu heureuse, Lili ?

Que pourrais-je répondre à part oui ? Ce matin, tout va bien…

— Oui, à cet instant précis, je le suis…

Ma voix est à peine audible tant les sentiments ont pris le dessus. Il le remarque et se contente de cette courte réponse.

Sans me brusquer, il me caresse le visage. Et c'est ainsi que je retrouve l'homme que j'ai jadis aimé. Charmeur, doux, prévenant, protecteur. Un besoin indéfinissable se fait sentir au plus profond de moi, une douce chaleur dans le creux de la poitrine. Doucement je lui prends la main et la caresse. Je la regarde puis, plongeant mon regard dans le sien, j'embrasse sa paume. Il me sourit et me prend tendrement dans ses bras.

— Je t'aime, Lili, tu ne peux pas savoir comment je t'aime.

— Pardon, Fabien, pardon.

Et je me mets à pleurer… Je l'ai dit ! Ce mot qu'il ne fallait pas que je prononce. Pardon. Pardon de quoi ? De tout le mal qu'il m'a fait ? Je suis complètement perdue, ma tête dans son cou, dans l'odeur enivrante de son parfum. Je m'en veux, et pourtant… À cet instant, je ne peux que me rassurer d'être là, entre ses bras. J'ai l'impression de l'avoir lâchement quitté. Peut-être aurais-je dû simplement lui écrire une lettre expliquant mes ressentiments, au lieu de m'enfuir. Nous aurions dû en parler, comme le font des milliers de couples. Lui ne dit mot et semble jouir de mes remords.

Sans m'en rendre compte, je viens de reprendre ma place de femme soumise. Fragile et docile femme soumise. Quelque chose vient de changer. Je ne suis plus à l'aise, je ne sens plus mon pouvoir, je ne suis plus que sa femme amoureuse. La vie reprend son cours.

Nous mangeons, nous discutons, nous rigolons. Il me détaille ses dernières missions de travail. Nous reparlons de notre souhait d'adopter un chat. Enfin, plus précisément, il me propose d'adopter le chat que je souhaite depuis si longtemps et qu'il m'a si souvent refusé. Voudrait-il se racheter et céder à tous mes caprices ? Je veux juste qu'il redevienne comme avant… Il fait resurgir tous nos plus beaux souvenirs. J'ai l'impression d'écouter un livre ouvert. Ma vie me paraît soudain belle : de quoi pourrais-je me plaindre ? Je suis dans ses bras à l'écouter. Quand il s'arrête de parler et que le vent se lève, nous restons là, à saisir le bruit des feuilles au-dessus de nos têtes. Les jeunes pousses volent et le bois des arbres grince. Je veux que ce moment ne s'arrête jamais. Il est doux, ce vent lourd, quand on est au frais de l'eau qui coule. Je me sens si bien.

Mes cheveux s'envolent et Fabien les discipline. Ses mains parcourent mon visage. Des frissons m'envahissent. Le temps devient orageux et mon corps s'électrise au contact du souffle de Fabien dans mon cou. Il ne cherche pas à m'embrasser et suscite en moi l'envie de lui. La tentation par le manque pour renouer avec le désir. Mon rythme cardiaque s'accélère et ses mains passent de l'effleurement à un modelage profond et lent. Il s'amuse à suivre la courbe de chacune de mes formes. Son souffle est court et retenu. Son pouce vient subtilement s'immiscer entre mes lèvres. Le bas de mon ventre brûle, mais seule ma respiration me trahit. Les bras et les jambes de Fabien m'enlacent et me serrent. Il maîtrise mon corps et je ne bouge pas. Le ciel noircit et une bourrasque vient briser le silence environnant. Nous sommes tout à coup l'un et l'autre réveillés par la nature qui s'agite. Des myriades de gouttes fines et fraîches commencent à tomber. Cette pluie est divine. Fabien rit doucement et m'enlace pour me protéger. Ses mains se sont ancrées autour de moi et ne bougent plus. Mon corps se remet de ce sursaut de sensualité et se calme peu à peu. L'envie est là et je resserre mes jambes. Mes mains se sauvent de cette douce emprise et je m'autorise à caresser les siennes. Le tonnerre gronde au loin et une averse nous force à nous lever en toute hâte.

— Vite, lève-toi !

Ce n'est pas un ordre, mais une invitation. Une phrase glissée dans le creux de mon oreille et qui irradie mes sens jusque dans ma poitrine. Il se lève et m'aide. Son regard intense me déshabille. Rapidement, il ramasse nos affaires et me tend la main pour entamer une course folle entre les rochers sous la pluie. Il s'approche dangereusement de l'eau en courant et m'éclabousse en sautant d'un rocher. L'eau fraîche frappe ma peau brûlante et mon corps dévoile ses atouts. Je découvre alors dans le regard de Fabien le désir. Ses yeux s'enflamment et je me venge en lui lançant la prochaine vague. L'eau le mouille jusqu'à la tête. Un fou rire communicatif débute et je m'enfuis vers la voiture en prenant plusieurs détours pour faire durer le suspense. Il me suit et tente de m'attraper. Et nous rions comme des enfants. Les arbres me servent de boucliers et lui s'agite pour passer d'un côté et de l'autre. La pluie tombe et efface mes doutes. Je n'ai plus qu'une envie : me jeter dans ses bras. Alors je triche et le laisse gagner. Il m'agrippe tout entière. Nos corps mouillés par la pluie qui s'intensifie se mettent à fondre. Je sens toute la force de Fabien se dresser face à moi. Je ne peux plus résister, le désir est là et m'étrangle. Je m'accroche à son cou alors qu'il me regarde. Il retient tout mon poids quand mes jambes s'entortillent autour de ses hanches. Ses mains caressent mes fesses et me serrent contre lui. Son corps me plaque contre la voiture. Ses lèvres s'emparent des miennes dans un baiser langoureux.

Mes doigts s'agrippent et décoiffent sa chevelure. Depuis combien de temps ne nous sommes-nous pas aimés ainsi ? A-t-on déjà vécu un moment aussi passionnel ?

Le temps s'arrête et l'orage gronde. Fabien lâche mes lèvres endolories et, tout en me maintenant contre lui, il ouvre la porte de la voiture et nous nous engouffrons dans l'habitacle. Il est sur moi, mes jambes sont toujours serrées autour de lui. On se regarde, avides d'amour charnel. Il referme la porte. Les gouttes de ses cheveux tombent sur moi. Il prend le temps d'essuyer de son doigt le tour de mes lèvres, puis il descend vers ma poitrine. Un gémissement sort de ma gorge et je vois dans ses yeux de la satisfaction. Il continue à titiller mes seins. Je me cambre et demande sa présence en moi. Il s'empare de ma bouche et me fait patienter. Ses mains descendent alors le long de ma robe et ma délivrance arrive. Nos corps s'embrasent et nous jouissons dans le grondement sourd de la foudre. Je ne veux plus que lui, je ne peux plus lutter. Je lâche prise et je crie son nom comme la plus belle des preuves d'amour. Dehors la pluie se calme et nous sommes là, tous les deux, à moitié dénudés, blottis l'un contre l'autre.

62 ∴ INT. NUIT - NOTRE CHAMBRE CONJUGALE

Fabien dort tout près de moi et je regarde le plafond. Soulagée, ma pression des derniers jours s'est apaisée. Mon corps est rassasié par les dernières heures passées.

Faire l'amour par amour. Sans penser au sexe. Sans obliger l'autre, mais parce que c'est un moment de partage entre nous. Pas pour faire plaisir à l'autre, mais parce qu'on veut vivre cet instant ensemble. Naturellement, sans artifice, sans tromperie. Par amour.

Il dort, je le regarde. Il est beau et j'embrasse son visage du bout des lèvres pour ne pas le déranger.

La lumière de mon portable me sort de ce rêve éveillé. Je dégage doucement mon bras du poids de mon mari et attrape le téléphone. Voilà que mon cerveau s'accuse en lisant ce SMS. Non ! Pourquoi maintenant ? Rien que l'apparition du nom me fait culpabiliser : Mark ! Je l'ouvre quand même, tout en veillant à contrôler le sommeil de Fabien.

SMS de Mark : *Alors, bien rentrée ? La folie vous va si bien. J'ai passé une très bonne soirée, et ça fait du bien ! À très bientôt. Bis*

C'est vrai, cette soirée… C'était dans une autre vie, il y a combien : trois, quatre jours ? Je ne sais plus. Une vie parallèle irréelle à laquelle il faudra que je mêle ma vraie vie si je veux voir mon rêve aboutir. À l'instant T, j'avais oublié cet épisode. Car si tout avait été comme ces dernières heures dans mon existence, jamais je n'aurais eu ce besoin d'écrire, ni celui de partir. Et jamais je n'aurais eu à m'enfuir.

Que penser ? Je ne peux m'empêcher de sourire, car ce moment-là, passé avec Mark, a été fabuleux lui aussi. Mon sourire se fige, béat. Je m'en rends compte et me ressaisis. Je lui réponds.

Mon SMS : *Oui bien arrivée ! C'était une super soirée anti-déprime ! Merci ! À bientôt oui, si mon scénario plaît au producteur ! Bises*

« Bises » !!! Non mais ça ne va pas ?! J'efface vite ce mot en apparence anodin mais qui, pour moi, ne l'est pas vraiment. On dit « Bises » à un ami, à une copine, à son amoureux. Pas à un acteur de cinéma que je connais à peine ! Et pourtant, en moins de quinze jours, j'ai déjà l'impression de bien le connaître. Cela a été court mais si intense. Est-il un ami ? Étant donné sa célébrité, il ne doit pas avoir les mêmes valeurs que moi concernant l'amitié. Je n'en sais rien, je me triture l'esprit pour rien. J'envoie ce SMS, sans le « Bises ». Point final. Mon cœur a le trac et je le sens battre dans ma poitrine. Il faut que j'efface toute la conversation entre Mark et moi. Je voudrais la relire, mais là, je ne peux pas. Je me place sur la conversation et… un nouveau SMS arrive… Je me tourne vite vers Fabien, qui dort paisiblement, ouf !

SMS de Mark : *Il lui plaira. À très bientôt.*

Il lui plaira ? S'il pouvait être devin ! Ce message me fait un effet bizarre. J'ai envie qu'il lui plaise, mais s'il lui plaît, ma vie sera bouleversée et je n'ai pas besoin de ça. Aurai-je encore envie d'écrire après tout cela ? Ai-je réellement du talent ? Il est tard et ces questions existentielles me fatiguent.

Quoi qu'il en soit, Mark a l'air sûr de lui ! Je suis soulagée et gênée à la fois, je ne sais pas pourquoi. Bon, maintenant, je supprime à regret tous les messages. Fait ! Un tendre baiser à mon époux. Fait ! Et je dors… enfin *j'essaie* !

63 ⁖ Ext.-Int. Jour-Nuit - Le temps passe vite

Et ma vie reprend son cours.

C'est presque agréable de retrouver son quotidien. Me faire plaisir en lui faisant plaisir. Comme si rien n'avait changé. Ou du moins, comme si un passage de notre vie avait été supprimé.

Le matin, Fabien part à son travail. De mon côté, je fais le ménage et prépare le repas du midi. Fabien a décidé de me rejoindre tous les midis pour que l'on soit ensemble, chez nous ou au restaurant, peu importe : il me gâte. L'après-midi, j'écris de façon plus libre. Oui, j'écris, j'y arrive, je suis inspirée et soulagée.

Je me suis aménagé un coin officiel. Fabien le sait, mais ne me pose aucune question. D'ailleurs nous n'avons pas reparlé de mon scénario, il n'en connaît pas l'histoire. Il n'a même jamais émis le souhait de la lire. Je lui ai dit qu'il la découvrirait quand le film sortirait, si cela arrive un jour. C'est bizarre de se dire cela : si mon film sort un jour ! En vérité, ce ne sera pas *mon* film, mais celui d'un réalisateur. Sur ce point, je ne me fais aucune illusion, car Mark m'a bien prévenue : mon histoire peut à tout moment prendre une autre tournure si le réalisateur le décide. Et cela jusqu'à ne plus ressembler du tout à mon histoire d'origine… Je ne veux pas y penser, cela me fait du mal ! Bref, Fabien ne connaît pas cette histoire et j'en suis ravie. J'aurais trop peur qu'elle ne lui plaise pas du tout et qu'il l'interprète mal. D'après Mark, l'héroïne me ressemble. Trop peut-être. Physiquement sans doute, et psychologiquement, ça, c'est sûr. Et cela, c'est moi qui le pense. Mark ne connaît pas mon côté sombre. Mon héroïne m'a certainement permis d'exprimer mes douleurs. Mais la vie que je lui ai inventée, tellement idéalisée, est loin d'être la mienne.

Écrire… Et me remettre aux fourneaux, un peu après 18 heures, avant que Fabien ne rentre. Nous mangeons, nous regardons un film ou nous lisons, et nous avons notre moment à nous, exquis. L'amour par amour.

Il suffit de deux semaines pour que les premières remarques fassent leur réapparition. Mais qu'ai-je bien pu faire de toute ma journée ? Oui, j'ai laissé de côté les carreaux, le repassage, le jardinage, pour l'écriture. Un soir, j'ai le malheur d'ouvrir une boîte de conserve ! « Je bosse toute la journée pour payer les factures de la maison et t'entretenir, ça ne compte pas pour toi ? Tu n'as pas l'impression de me délaisser et de ne penser qu'à toi ? » Je dois alors réduire le temps passé à écrire pour éviter de devoir me justifier. Je passe deux jours complets à faire les tâches négligées, et plus encore pour que cela paraisse bien aux yeux de Fabien. « Tu es une fée du logis, mon amour. Tu es parfaite. C'est comme ça que je t'aime. Ça te dit, un petit ciné en amoureux, ce soir ? Et après je te fais couler un bon bain et je te rejoins. » Je fais moins de courses au drive, pour me resociabiliser. Il arrive un moment où, plus on s'enferme et plus il devient difficile de ressortir. Je me force donc. Je revois de vieilles connaissances que j'aurais préféré éviter au début. Les gens sont tellement curieux ! Et je finis par changer de supermarché : pour pouvoir faire mes courses tranquille, je fais alors quarante minutes de trajet aller et retour. Je ne prends plus aucun plaisir. Mais comme il fallait s'en douter, cela suscite des questions sans aucun fondement : « Tu étais où ? » « Pourquoi là-bas ? » « Tu vois quelqu'un ? » « Tu as croisé des gens que tu connaissais ? Tu leur as parlé ? » Je dois me justifier du moindre de mes actes. Les heures sur les tickets de caisse me blanchissent plusieurs fois. Je pars au supermarché en même temps que Fabien pour son travail afin qu'il puisse vérifier l'heure à laquelle je finis mes courses. Bien sûr il ne me le demande pas ouvertement : depuis toujours les tickets de caisse vont dans le cahier de comptes, tout y est noté. Je mets longtemps à comprendre.

Et je limite ainsi de plus en plus mon temps d'écriture quotidienne, désormais réduit à deux heures : c'est si peu ! Trop peu pour moi, trop pour lui. À peine le temps de me replonger dans ma nouvelle histoire.

Au bout de quatre semaines, Fabien ne me rejoint plus le midi. Trop de travail. « Faut que je bosse moi, tu ne te rends pas compte. Quand tu pourras ramener le même salaire que moi à la maison, je reviendrai manger avec toi le midi. » Moi, j'en oublie de manger, mais cela ne me gêne pas du moment que je nourris mes pages de jolis mots. Mais l'envie n'y est plus. Je me démène pour que la maison soit nickel, que les petits plats soient faits avec amour et que mes épilations soient à jour. Tout cela dans l'unique but de lui faire plaisir et qu'il garde son regard amoureux quand il me voit.

Entre la fatigue et les repas d'affaires tardifs, il honore mes efforts un certain temps, mais très vite il abandonne les belles paroles au profit du sexe brut, pour son seul plaisir. « Ce soir, je n'ai faim que d'une seule chose, déshabille-toi et laisse-toi faire… Tourne-toi et ne bouge plus… Tu es belle quand tu es en colère. » À croire que du moment que je suis à lui, il ne craint rien et il n'a plus besoin de soigner notre relation intellectuelle.

Et un soir, alors que je l'ai attendu deux heures devant mon assiette en me faisant un sang d'encre, il rentre vers 21 h 30, sans prévenir, exhalant une odeur familière. Celle de l'alcool. Non… Je me dis qu'il faut en parler tout de suite et briser ce tabou. Mais cela ne lui plaît pas. « Ne me dis pas que je gâche ma santé, alors que toi, tu me gâches la vie avec tes conneries d'écriture ! Tu pars, tu fous tout en l'air. Et c'est moi qui gâche tout ? » Quoi qu'il arrive, quoi que je fasse, il revient toujours à mon départ, je finis toujours fautive et l'écriture est sa bête noire ! Cette fois encore, j'évite la catastrophe en lui laissant exprimer sa libido… En dépit de mon dégoût, mais je m'en sors indemne. C'est le prix à payer.

Quelques jours plus tard, au petit déjeuner, je réussis à lui parler calmement de ses agissements des derniers jours. Il s'excuse à demi. « Comment est-ce possible d'être aussi bête ! Lili, je t'aime et c'est pour sauver notre couple que je te dis tout ça. C'est à toi de faire un effort pour que le soir, quand je rentre, je sois tout à toi et que tu sois toute à moi. » Et les choses redeviennent à peu près normales.

Mes efforts et les siens sont réduits à néant deux soirées entre collègues plus tard. Il rentre très tard et ivre. Heureusement trop pour que j'aie à en subir les conséquences. Mais les lendemains sont difficiles. Sautes d'humeurs, réprimandes, accusations pour ne pas être accusé lui-même… « Mon collègue m'a dit t'avoir aperçue lundi avec un gars : c'était qui ? Tu te moques de moi ?… C'est un con, ce type, ne lui parle plus, OK… » Un ancien client de l'épicerie, rien de plus. « Tu es trop naïve… » Et toujours cette envie obsessionnelle de devoir me posséder, avec ou sans mon consentement. « Viens, bordel ! Tu ne m'aimes plus ? Prouve-le. »

Pour lui, dès le surlendemain tout est oublié et la vie reprend son cours. Il ne m'en veut plus.

Je n'ai toujours pas mon chat, finalement ce n'est plus le moment. Et je n'ai toujours pas de nouvelles d'Erick Bern, le producteur. Je scrute mes mails et les spams deux fois par jour.

Le temps me semble avoir ralenti. J'ai perdu deux kilos : ce n'est pas énorme, mais sur moi cela se voit très vite.

Après avoir goûté à la « belle vie » à Berlin, je trouve à présent la mienne bien fade. Non, pas fade, mais tellement solitaire. Sophie m'appelle pour parler d'un mariage auquel nous sommes invitées toutes les deux dans un mois. Parler de tout et de rien, et surtout rire avec elle, me fait du bien. Je l'adore. Je voudrais la voir plus souvent, mais elle habite assez loin et je ne veux surtout pas lui parler de mes problèmes. Car voilà bien mon plus gros problème ! Je n'arrive toujours pas à m'avouer la vérité, je n'ai pas le droit de trouver ma vie fade. Je retourne directement dans la spirale infernale de la culpabilité. Et je me dis que ma vie n'est pas fade, que je devrais m'estimer heureuse, car certaines femmes doivent vivre des choses bien pires. Puis je suis à court d'inspiration : je ramène tout à mes soucis et je m'y perds. À quoi bon continuer d'écrire… Pourrais-je seulement retourner à Berlin et finir ce qui avait si bien débuté ? Mark et ses sorties géniales me semblent si loin. Je n'ai plus de nouvelles de lui non plus.

Est-ce que je n'ai pas eu trop de chance d'un coup ? Et je me replonge dans mes beaux souvenirs, et je retrouve le courage de continuer. Je m'autorise alors à pleurer le matin, pour que mes yeux aient le temps de reprendre une apparence normale pour 18 h 30. Mais le soir : « T'as encore chialé, c'est sûr, quand on a que ça à foutre ! »

Il faut que je m'estime heureuse. Du moment qu'il ne me frappe plus, même si je dois affronter son narcissisme et sa manipulation, ai-je le droit de me plaindre ?

Non, il ne m'a pas frappée.

Juste serrée trop fort pour en garder quelques marques sur mes bras.

Tiré les cheveux, à m'en donner mal à la tête. Ça, ce n'est rien.

Craché dessus quand il a trop bu. La faute à l'alcool.

Poussée contre un mur, pour lui faire passer sa colère. Au mauvais endroit au mauvais moment.

Serré la mâchoire entre ses doigts pour que je le regarde m'accuser en face. Une vieille habitude.

Imposé le sexe pour que je sache que je lui appartiens. Je me dégoûte.

Et pendant ce temps… le temps passe… je redeviens l'ombre de moi-même, triste. Je me déteste.

***

Personne ne peut comprendre.

Personne ne peut imaginer.

***

64 ∴ Ext. Jour - Mariage et fête en perspective

Enfin je vais voir du monde, mettre la belle tenue achetée avec Fabien, et surtout, revoir Sophie.

Sophie, ma meilleure amie depuis toujours. Et toujours là pour moi et moi pour elle. Mais ça, c'était avant. Depuis, les choses ont changé : je me suis mariée, elle a eu un enfant sans forcément vouloir le père. Elle a dû partir loin de notre village pour vivre sa vie trépidante et moi, je suis restée là. Nous avons fait les quatre cents coups, toutes les deux. Il y a aussi Julie qui s'était jointe à notre duo, mais ma préférence revient sans conteste à Sophie. Peu importe que l'on s'appelle peu : avec elle, nous suspendons le temps et faisons défiler les années sans problème, et notre amitié n'en pâtit pas. Et aujourd'hui, je vais la revoir et rien n'aura changé.

Nous arrivons les derniers. Un soi-disant « gros dossier client en retard »… Un samedi après-midi… J'ai honte d'avoir loupé et la mairie, et l'église. Je suis sur les nerfs, mais je me retiens. Je pense que tout cela a vraiment arrangé Fabien, qui ne porte pas Laure, la mariée, dans son cœur. Je sais que, par le passé, elle lui a donné du fil à retordre. Au collège, Fabien l'a draguée de la 6e à la 5e, mais elle n'a jamais succombé à son charme. Elle avait déjà trop de caractère pour lui. En 4e, il en a fait son bouc émissaire, mais cela n'a pas beaucoup gêné Laure. C'est au lycée qu'elle et moi nous sommes rapprochées, et nous avons fait ensemble deux ans d'internat. Elle s'était régalée à me raconter l'insistance de Fabien et tous les plans qu'il avait pu monter pour arriver à ses fins. Je l'avais écoutée avec attention, pensant que cela pourrait me servir un jour. À cette époque, Fabien ne me regardait pas et était déjà parti pour ses études supérieures. Je n'ai jamais mis en pratique les conseils anti-macho de Laure… j'aurais peut-être dû.

Je suis donc très agacée. Je ne supporte pas d'arriver en retard, surtout à un mariage, et surtout quand je sais que le retard est calculé par avance. Il l'a fait exprès. Les invités boivent déjà à la santé des jeunes époux et nous nous faufilons dans la foule. Fabien en profite pour attraper un verre avant même d'avoir dit bonjour aux mariés. Les excuses et les félicitations adressées à nos hôtes, je me détends enfin et me lance à la recherche de Sophie. Fabien, qui a du mal à s'intégrer aux groupes déjà formés, se colle à moi et trouve le prétexte de m'offrir un verre pour me garder auprès de lui. Après tout, j'ai toute la soirée pour en profiter. Il finira bien par trouver un ami à qui parler, et moi j'ai besoin de retrouver ma Sophie. Il est tout mielleux et a déjà les yeux qui brillent. Je lui accorde le bénéfice du doute, tout en le surveillant de près. Lui aussi a le droit de décompresser et de lâcher prise. Nous trinquons donc ensemble et un baiser langoureux s'ensuit. Je n'en demandais pas tant devant tous ces gens. Fabien aime s'afficher devant les autres. Moi, je suis plutôt du style à m'empourprer et à trouver cela gênant. Mais je prends ce moment de tendresse comme une promesse.

— Tu es belle !

Cela fait du bien de l'entendre. Je le remercie en lui caressant la joue, puis je l'embrasse en lui mordillant discrètement la lèvre. Quand je m'éloigne de sa bouche, nos sourires sont synchronisés.

— Je t'aime. Mais, s'il te plaît, arrête de boire !

Il y a du monde autour de nous. Je l'entends qui grince sournoisement des dents, mais il ne dit mot. Nous nous regardons droit dans les yeux. D'un air arrogant, il fait tinter son verre contre le mien, m'adresse un clin d'œil et boit d'un trait. Parle toujours ! C'est désespérant. On verra bien…

Sans que je l'aie vue venir, Sophie arrive derrière moi et me saute dessus. Je me retourne, pousse un cri de joie comme à l'habitude et nous nous enlaçons. Ensemble, nous faisons un petit tour sur nous-mêmes et nos mains se posent d'instinct sur le visage de l'autre. Comme je suis heureuse de la revoir !

— Non mais, c'est quoi, cette robe ?! Où est-ce que tu l'as encore dégotée ?!

— Ben tu vois, j'adore toujours me faire remarquer !

Incroyable ! Sophie est habillée d'une robe, mais d'une robe… indescriptible ! Très colorée forcément, comme d'habitude. L'adjectif « explosive » ira très bien pour la décrire. Étrange pour un mariage mais, en même temps, je n'imagine aucun événement où porter une telle robe soit adapté. Cactus jaunes et verts pour les motifs, col Claudine, un dos à moitié nu et du bouffant pour la jupe, beaucoup de bouffant. Ça, c'est Sophie ! Et ses éternelles lunettes rondes rouges !

— Ma Lili, je suis contente que tu aies pu venir ! Mais qu'est que vous foutiez ? Vous avez loupé la moitié de la cérémonie.

— Sophie, il y en a qui ont un vrai boulot.

— Ça y est, Monsieur la ramène ! Donc c'est ta faute !

Sophie et Fabien se connaissent depuis que nous sommes en couple. Les débuts n'ont pas été simples, mais Fabien a trouvé en Sophie une alliée. Même si elle a un caractère bien trempé, tous deux trouvent un terrain d'entente quand il s'agit de me taquiner. Il arrive toujours à la mettre de son côté pour me pousser dans mes retranchements. Sophie a une très bonne situation, elle aussi. Elle fait de la vente à domicile et a très vite dépassé toutes ses collègues. S'imposant comme une vraie chef, elle a vite gravi les échelons. Il est vrai que, quelquefois, son travail consiste à se promener d'un site à l'autre pour organiser des événements pour les salariés de son entreprise. Fabien se régale de lui dire que son boulot est une mascarade ! Mais avec elle, il n'a jamais le dernier mot. Elle est bon public, surtout très rigolote et, pour Fabien, l'avantage est qu'elle habite loin de chez nous. Souvent, il me parle d'elle comme d'une gamine avec un gosse, ajoutant qu'elle n'arrivera jamais à se caser. C'est le mauvais exemple à ne pas suivre. Sa plus grande crainte est, bien sûr, que j'aille la voir pour faire des soirées de folies. Car elle est, en effet, une vraie fêtarde excentrique !

— Vous n'allez pas commencer, tous les deux !

— Non, tu as raison, je vous laisse entre nanas. Le niveau est trop bas pour moi !

— C'est ça, va voir ailleurs si nous y sommes !

Fabien tire la langue à Sophie qui lui répond de même. Ensemble, ces deux-là sont infernaux ! Je suis soulagée qu'il nous laisse seules ! Une fois qu'il est parti, on ne peut s'empêcher de jubiler et de sauter sur nous-mêmes. De vraies gamines ! Un banc, qui se trouvait non loin de là, accueille tout notre poids. Il fait chaud, on a soif et on se détend ! Génial !

— Ça fait du bien de te voir, Sophie ! On s'était dit au minimum une fois par mois ! Pourquoi n'y arrive-t-on pas ? Ça fait combien de temps ?

— Trop longtemps et j'ai un million de choses à te dire ! Bon, ça va mieux ? Je n'ai rien compris à ton départ. Qu'est-ce qu'il nous a fait, le Fabien ?

— J'avoue que ça a été compliqué, mais là, il a l'air tellement serein… J'ai envie d'y croire ! On a eu un passage à vide, c'est tout, ça arrive !

— Les hommes sont chiants, je t'avais prévenue ! Et pire si c'est un banquier ! *(Ma Sophie, toujours le mot pour rire et détendre l'atmosphère !)* Tu m'as fait très peur, ça ne te ressemble pas de partir comme ça !

— Ne t'inquiète pas, je suis une grande fille et puis je suis mariée pour le meilleur et pour le pire !

— Je sais que tu ne veux pas en parler, mais tu peux tout me dire, tu le sais, ça…

Vite, vite, il faut esquiver toutes ses interrogations. J'essaie de me souvenir de tout ce que je lui ai dit la dernière fois où je l'ai eue au téléphone. Elle sait donc que Fabien boit de temps en temps, qu'il passe beaucoup de temps à son travail et dans des soirées d'affaires. Qu'il ne souhaite pas que je travaille et qu'un jour, oui, un jour il a levé la main sur moi, mais je n'ai pas parlé de coups réels. Cela avait été le prétexte de mon départ. Mais je lui avais dit de ne pas s'en mêler pour me laisser la possibilité d'arranger les choses. Puis on s'est appelées après mon retour, il y a deux mois environ, et je lui ai parlé de mon scénario qui avait été l'autre prétexte de mon départ. Jusque-là, c'est bon, j'assure, je ne vais pas me mélanger les pinceaux. Il faut que je lui parle d'elle !

— Tout va bien, Sophie ! Raconte-moi plutôt ces millions de choses… On a du temps à rattraper !

Sauvée par le gong ou vraiment jamais tranquille… Mon téléphone sonne. Je regarde Sophie, l'air désolé. Je farfouille dans mon sac pour l'attraper : si ce n'est pas important, je rappellerai plus tard.

Mais… Je suis tout à coup saisie par le nom qui apparaît. Un flot de chaleur m'envahit tout entière et ma main se met à trembler.

Sophie me parle, mais je n'entends rien.

— Hé oh, Lili, ça va ? Tu es blanche comme un linge. C'est qui ?

— Comment ?

Je réagis enfin. Le nom qui s'affiche sur mon téléphone est celui d'Erick Bern, le producteur que j'ai rencontré à Berlin à la réception des studios. Le téléphone en est à sa troisième sonnerie. Vite, il faut que je réponde !

— C'est le producteur… C'est le producteur que j'ai rencontré à Berlin et qui a dû lire mon scénario…

— Ben qu'est-ce que tu attends ? Réponds-lui !

— Oh non, il a raccroché, merde, merde, merde !

— Rappelle-le, vite !

— Mais… Je… Je ne suis pas sûre d'être prête !

Je cherche désespérément Fabien du regard, il a disparu. Non pas pour me rassurer, mais pour qu'il n'entende pas cette conversation. Il n'y a pourtant rien à cacher. J'ai besoin de calme, j'ai très chaud, je panique.

— Prête pour quoi ? Tu ne sais pas ce qu'il va te dire !

— Oui mais… Sophie, j'ai la trouille, j'ai l'impression de jouer ma vie, là. Selon ce qu'il va me dire, j'aurai des choix importants à faire et je ne suis pas sûre de… Oh non, il rappelle !

— Ne panique pas ! Réponds, sinon je le fais !

— Bon, bon, OK.

Sans m'en apercevoir, je me lève et m'esquive dans un endroit calme pour répondre.

— Allô ?... Monsieur Bern, bonjour !...

Tout en écoutant ce qu'il me dit, je me sens épiée. Je regarde aux alentours et tombe les yeux dans les yeux avec Fabien. Il m'observe et rôde à dix mètres de moi, un verre à la main. Son regard est noir, il serre les dents puis vide son verre cul sec ! Il faut que je me concentre sur cet appel, même si ce qui me terrorise le plus en ce moment, c'est l'expression destructrice de Fabien.

— Oui, je vois ça !... Oh mon Dieu, c'est... c'est super !

Je passe de la terreur à un petit nuage, je ne sais plus ce qu'il m'arrive. Il lui a plu ! Mon scénario lui a plu ! Fabien a disparu, je redescends de mon nuage.

— Je... je ne sais pas quoi dire ! Merci, merci infiniment !... M. Heinrisch ? Comment ça ?... Ah bon ?...

Il faut que je me tienne la tête, je suis tout à coup gênée par tant d'attention. Je suis heureuse ? Oui, je suis heureuse. Mais perdue, complètement perdue. J'ai l'impression qu'on me propose d'aller sur la Lune et que, bêtement, je dis « oui, j'y vais tout de suite et j'y vais en 4L ! » Stupide. Je distingue au loin la silhouette de Fabien : il est au bar, il boit et prend sa réserve avant de disparaître. Que fait-il ?

— Merci, vraiment, je n'y croyais pas, c'est complètement dingue !... Jeudi, *ce* jeudi ?! C'est dans cinq jours ! Oui, oui, je vais m'organiser... Mais... Je serai là ! Super !... On fait comme ça ! À bientôt, monsieur Bern.

Quand je raccroche, le temps s'arrête un instant.

Puis je n'arrive plus à contenir ma joie. Pour tenter de canaliser tout cela, je mets ma tête et mes bras contre le grand chêne qui règne au milieu du parc. Il faut que je fasse disparaître ce fichu sourire greffé sur mon visage et que je me concentre. Je n'y arrive pas. Je me mets à sautiller. Je regarde aux alentours, la vie est belle. Les oiseaux chantent, Sophie discute au loin avec une autre amie, les mariés s'embrassent et… Fabien ! Il arrive au loin, un autre verre à la main, la mine grise. Douche froide. Je me fige un instant. Comment lui annoncer ça ? *Chéri, je pars pour je ne sais combien de temps, à Berlin, pour tourner un film !*

Non, après tout, c'est mon mari, c'est une bonne nouvelle pour moi et pour nous, il faut qu'il comprenne. Mon sourire réapparaît et je me mets à courir vers lui. Il doit être heureux pour moi. Je ralentis à peine et le prends dans mes bras. Il ne me retient pas et laisse ses bras ouverts, comme s'il avait voulu m'éviter et protéger son verre. Son regard noir est intact et tellement perplexe. Moi, je suis en nage, en mode mi-ange, mi-démon. Il m'arrive une chose extraordinaire et j'ai l'impression de faire la plus grosse bêtise de ma vie !

— Fabien, ils m'ont dit oui ! Ils m'ont dit oui !! Mon scénario va devenir un film !!! Tu te rends compte ?!…

De sa main libre, Fabien desserre violemment mon étreinte et me fait faire un pas en arrière, en prenant soin de me pincer la peau du poignet. Il marque une pause et boit son verre cul sec sans me quitter des yeux. La déception doit se lire sur mon visage. Mais que peut-il bien penser à ce moment précis ? Une angoisse me terrasse de haut en bas.

— C'est quoi cet appel, c'est TON producteur ? Je suis compréhensif, Lili, mais ne me prends pas pour un con ! Montre-moi ton fichu portable !

Sa voix est dure. Il m'arrache le portable des mains et regarde les appels. Il est tout à coup furieux. Il s'acharne sur les touches.

— C'est du whisky que tu bois ? Tu en as bu combien ?

Mon visage se fige quand il pose ses yeux sur moi. J'ai peur.

— C'est ce connard qui t'a retenue pendant quinze jours ?! Ou c'en est un autre ?! Y en a eu combien, Lili ?! Réponds !! Combien ?!

Fabien jette son verre vide qui va se briser contre le grand chêne. Je sursaute et regarde discrètement autour de moi pour tenter d'étouffer ce qui se passe. Sophie tourne la tête vers nous, mais je ne pense pas qu'elle ait vu le verre éclater. Je lui adresse un sourire d'apparat. Elle me fait un clin d'œil et reprend tranquillement sa discussion avec la mariée. Ouf ! Je me reconcentre sur Fabien. J'avance mes mains sur sa poitrine pour l'apaiser, puis tente de l'attirer dans un coin plus discret.

— Fabien, calme-toi, tu savais qu'il devait m'appeler. Ils veulent simplement me revoir pour parler du contrat et lancer le tournage… C'est tout, je ne partirai pas longtemps… C'était convenu comme ça, Fabien, on en avait déjà parlé, tu te rappelles…

— Tu aimes me faire du mal, n'est-ce pas ? On s'en va !

Je ne peux qu'être désolée du mal que je semble lui faire. La culpabilité m'envahit. Pourtant, je ne l'abandonne pas. Il ne bouge pas et je me fais toute petite en penchant légèrement la tête. Un geste bienveillant, me semble-t-il.

— On en reparlera calmement demain, d'accord ? Fabien, profitons de cette belle journée ensemble, s'il te plaît. Tu passes tes journées au boulot, on ne se voit plus.

Je lui caresse le visage et lui adresse un tendre sourire. Mais lui, sans que j'aie le temps de réagir, m'attrape violemment le bras et prend le chemin du départ.

— On - s'en - va !

Les mots sont détachés avec une insistance malveillante. Le glas sonne dans ma tête.

Pour éviter qu'une scène éclate devant mes amis, je ne dis rien et marche au plus près de Fabien, afin que cela semble naturel. J'ai honte, comme j'ai honte ! Au passage, Fabien reprend un verre de whisky et l'engouffre aussitôt…

— Fabien, tu ne devrais pas…

Je ne peux pas être plus douce qu'à cet instant-là, mais cela ne l'empêche pas de me jeter un regard des plus agressifs. Et notre marche à pas rapides reprend jusqu'à la voiture, garée heureusement à l'écart de la réception.

— Je vais conduire, il vaut mieux…

— Assieds-toi !

Fabien ouvre la portière côté passager. Il pousse mon épaule sans ménagement pour me faire entrer, puis referme brutalement la porte. Je suis là, à chercher un peu d'air dans mes poumons. Je ne comprends pas comment la situation a pu se dégrader aussi vite.

65 ⁘ Int. Jour - Huit minutes interminables

Huit minutes. C'est le temps de trajet entre le lieu du mariage et notre maison. Angoissée, je regarde Fabien passer devant la voiture. Il chancelle, les nerfs le tiennent et il heurte le rétroviseur. Mes yeux le suivent sans décrocher. Je n'ose pas bouger. J'entends mon cœur battre. J'ai la gorge sèche. Moi aussi, j'aurais dû boire un alcool fort.

Il rentre violemment, claque sa porte et je sursaute. Je ne pense même pas à m'attacher. Il démarre en trombe. Je m'accroche des deux mains au siège. Les pneus expulsent quelques cailloux du parking et la voiture alterne trois secondes entre la droite et la gauche. Fabien reprend un semblant de contrôle et accélère une nouvelle fois.

— Fabien, va moins vite… S'il te plaît…

Je n'arrive pas à attraper la ceinture tellement je tremble. Je dois rester concentrée sur la route. Pour quoi faire ? Si on doit sauter dans le vide ou percuter de plein fouet une autre voiture, je serai impuissante. Il prend un virage serré. Je ne peux pas regarder le compteur. J'ai l'impression de ressentir tous les défauts de la route. À chaque à-coup, ma respiration saute. Après un autre virage où je vois le fossé s'approcher de trop près, je ne retiens plus mon angoisse et je hurle de panique.

— Tu vas nous tuer, arrête-toi ! Tu as trop bu !

Fabien freine brusquement et dérape sur le bord de la route. Le choc fait cogner ma tête contre la vitre et mes côtes heurtent le tableau de bord dans un bruit sourd. Je perds ma respiration l'espace de deux secondes, puis je crie de peur en me cachant le visage. Je tremble de tout mon corps. Et c'est le silence le plus complet. Celui qui annonce la foudre.

— Ferme-la ! Tu as peur de quoi ? De mourir ou de ne plus revoir l'autre con ? Tu ne repartiras pas en Allemagne ! Bordel !

— Mais…

Un mal de tête irradie mes tempes, je m'enfonce dans mon siège et m'appuie contre la portière, prête à m'enfuir, mais j'hésite. Ma vision est instantanément très objective. Je le crains. Je crains mon mari, et je ne supporte pas de devoir penser ça. J'agrippe mon siège et l'accoudoir de droite.

— Tu ne partiras pas ! Tu ne lui dois rien, à ce type ! Il te prend pour son jouet : quand il se sera amusé avec toi, il se trouvera une autre imbécile rêveuse et il te jettera. À moi, tu me dois tout, tu entends ?

Il brandit son bras et, avec la paume de sa main, il repousse mon visage comme une vulgaire porte. Je résiste autant que je peux, mais son geste est trop violent : une intense douleur irradie ma nuque et je cède. Ma tête tape contre la vitre. Une vulgaire porte… Je ne suis donc rien pour lui, pour qu'il me fasse subir cela. Je suis terrifiée.

— Ta vie est ici et, je te le redis, tu ne partiras pas ! Si j'apprends qu'il t'a baisée, je te tue, tu m'entends ?

Il empoigne ma mâchoire, approche son visage du mien et me repousse en arrière. Tout se passe tellement vite. Je tremble, je suffoque de peur.

Fabien redémarre, fait grincer une vitesse et accélère. Je suis projetée contre mon siège. Je ferme les yeux puis les rouvre, une larme coule. Plus besoin de m'attacher : à cet instant, je préfère mourir.

Presque léthargique, je fixe la route, le visage blême, immobile. Mon corps suit à présent les mouvements de la voiture, je ne lui réponds pas. À quoi bon ? Une image me traverse l'esprit. Je m'imagine nous écraser contre un arbre ou tomber dans un ravin, cela ne me fait aucun effet. Ma mâchoire me brûle. J'ai plus peur de ce qui m'attend en rentrant chez nous que de la mort. L'ambiance est lourde, pesante et je vois apparaître le toit de la maison…

Avec la télécommande, Fabien ouvre le garage et nous y entrons. La porte se referme et plus personne ne peut nous entendre.

66 ∴ INT. JOUR - LA MAISON DU BONHEUR

Fabien se jette hors de la voiture et passe rapidement de mon côté. Il ouvre ma porte, mais oublie la galanterie. Il m'attrape le poignet et me fait sortir de force. Cela m'arrache un cri étouffé. Mes pieds se prennent alors dans le tapis de sol et je tombe. Fabien continue de tirer ma main, je sens l'angle de la portière me cisailler la hanche puis le mollet. J'ai beau râler de douleur, il ne s'arrête pas et je m'aide de mon autre main pour me relever.

Il ouvre alors les portes en force, toujours en serrant mon poignet. La porte allant du garage à la buanderie. Puis la porte allant de la buanderie à la cuisine. Et nous voilà arrivés dans le salon. Il s'écarte de moi, lâche son emprise et me balance à terre. Il se met à m'ausculter. Je me sens nue, comme une bête de cirque. Je le regarde, tremblante, larmoyante, impuissante. Je baisse les yeux en signe de soumission, puis le dévisage en frottant mon poignet endolori. Il est tout rouge. Il se rapproche de moi, je me lève en toute hâte et recule jusqu'à buter contre le mur. Mon souffle se coupe. Il me plaque au mur et se colle à moi. Je ne peux plus bouger, je suis terrifiée… Et j'attends ma sanction. Je sens son souffle sur mon visage tandis qu'il prend le temps de faire durer le suspense. Il pue l'alcool. Il faut que je réagisse, mais je n'y arrive pas. D'un geste rapide, sa main saisit mon visage et me contraint à lever la tête pour que nos regards se croisent. Il me domine ! Il serre et me fait mal. Ses lèvres s'approchent et s'emparent des miennes. Sa langue force le passage et je lutte. Il affiche un sourire machiavélique. J'essaie de tourner la tête, mais c'est peine perdue : je suis maintenue de tout bord.

— Je crois que j'ai des bonnes raisons d'être jaloux… Et j'ai attendu assez longtemps…

Sans transition, il passe une main entre mes seins puis sur mes fesses. Il respire fort comme un animal. Il fait remonter ma jambe contre sa hanche.

Je le regarde, horrifiée, et n'ose pas bouger. Je respire à peine.

— Je n'ai rien fait de mal…

J'ai du mal à parler et sanglote sans bruit. Il se met à hurler. Surprise, je cligne des yeux.

— Ce n'est pas *moi*, le fautif, dans l'histoire ! Tu es à *moi*, Lili ! Tu es ma femme et tu vas rester avec *moi*…

Il insiste bien sur les « moi », au cas où je n'aurais pas compris, et attend une réponse en me dévisageant.

Je ne suis pas capable de rivaliser… Je baisse les yeux.

— Tu vas rester avec *moi*, tu as entendu ?…

Je ne réponds toujours pas et regarde par terre. Avec son doigt, il dirige mon menton vers lui. Je me débats et tente de le repousser.

— Lâche-moi…

— Pauvre petite biche égarée !

Il recule sans protester et ricane en levant les bras. J'en profite pour me réfugier de l'autre côté d'une chaise.

— Fabien, je t'aime ! Pitié, tu vas tout gâcher ! Je ne t'ai jamais trompé et je ne compte pas le faire. Mais je dois partir, je dois saisir cette chance pour moi, pour nous… Ne me fais pas regretter d'avoir cru en toi… S'il te plaît…

Je le supplie en gémissant. Par pure folie, je me rapproche, fébrile, avançant ma main pour tenter une caresse. Fabien semble prêt à attaquer, il est bouillant de colère.

— Tu as de la rage dans les yeux.

J'arrive jusqu'à son visage. Mes doigts le frôlent en tremblant. Et là, bêtement, je sors le drapeau blanc…

— On va régler ce problème ensemble, je vais t'aider, on va se faire aider ! Et on redeviendra heureux comme avant…

J'esquisse un léger sourire d'espoir, rempli de larmes. Mais je n'ai pas gagné et je le sais. Quand il est dans cet état, je comprends que je vais avoir mal, très mal. Je sais que je vais pleurer. Je sais que je vais vouloir mourir.

— T'es une belle salope !

Il s'approche de mon visage en postillonnant et il me crie dessus. Je sursaute et recule.

— Ton mari ne te suffit plus ?! Maintenant que tu peux te faire enculer par ton producteur !… Mais tu es à moi !

Mon sang se glace. Ma respiration s'arrête. Et il ose. Il ose, en me regardant droit dans les yeux. Il ose lever sa main pour bien me la montrer. Je n'ai pas le temps de fermer les yeux pour éviter l'impact. Sa main vient déjà de claquer sur ma joue de toute sa puissance. Choquée, déboussolée, je tombe à terre. Ma main tente de soulager ma joue et ma nuque que j'ai sentie craquer en voulant résister. J'ai mal. La douleur est saisissante et ma main ne peut qu'apporter un peu de fraîcheur. À quoi bon chercher à ne plus avoir mal ? Je sais qu'il ne va pas s'arrêter là. Il me regarde d'en haut et m'assigne un coup de pied dans le tibia. Comme ça, gratuitement. Et mon visage se lève vers lui. Il y a la douleur physique et la douleur de se rendre compte d'un tel geste. C'est dégradant pour l'âme entière. Je me recroqueville alors qu'il s'agenouille à côté de moi pour déchirer sans ménagement le haut de ma robe. Je suis effrayée.

— Tu es à moi, rien qu'à moi… Il t'a prise comment ?! Il t'a fait jouir ?! Putain, Lili, il t'a prise comment ?!

Il hurle.

— Arrête, Fabien ! S'il te plaît !

Je crie. Je me débats. J'essaie de me relever, il me secoue. Et je vois arriver le coup de trop.

— Non, non, ne fais pas ça !

Mais il me fait retomber à terre et mon front percute un angle du mur. Je suis complètement sonnée… Je n'ai plus le temps de réagir. Il se jette alors sur moi et commence à m'embrasser partout… J'entends ma robe se dissoudre sous ses mains et il y prend du plaisir. Je ne comprends plus ce qu'il se passe. Je sens qu'un liquide chaud coule près de mes yeux. Mais ce ne sont pas des larmes. Mon visage va de droite à gauche, selon les mouvements de Fabien. Je ne suis plus maîtresse de moi-même. Une simple chose. Je suis là, semi-inconsciente, et il ne s'arrête pas. Alors je rends les armes, ma tête se met à tourner et c'est le trou noir.

Ce soir, il fera ce qu'il voudra de moi…

67 ⁘ INT. JOUR - CHAQUE JOUR SUBIT SA PEINE

J'ai mal, je voudrais être morte. C'est le silence autour de moi. Je suis seule dans mon lit. Je tâtonne... Oui, je suis seule. Péniblement, j'essaie d'ouvrir mes yeux, mais ils sont trop lourds et collés par le sang. Je suis fatiguée, sans force. Une porte claque, je n'ai plus le choix. Je suis réveillée et très inquiète. Je m'assieds, à l'affût, j'observe autour de moi, j'écoute sans bouger. La porte de la chambre est ouverte, il faut que je la ferme à clef. Je me lève tant bien que mal. C'est douloureux. Je ne me vois pas, mais j'ai la sensation bizarre d'être bouffie. Je passe un doigt près de ma bouche. Ma lèvre inférieure est toute gonflée et surtout très sensible. Cela m'arrache un cri étouffé. Je suis là, debout, je n'arrive pas à avancer, pourtant il faut que je ferme cette porte à clef. J'ai mal à la tête et ma main froide ne soulage rien. Je prends soudain conscience que la soirée de la veille m'a laissé de graves marques. Je baisse mon bras et mon poignet me fait horreur : il est tuméfié, bleu, rouge. Oh non... Il ne faut pas que je pleure. Tremblante, j'attrape une robe de chambre pour cacher mon corps dénudé. Je chancelle et j'avance en passant difficilement devant la glace de ma chambre. Le spectacle est horrible et je fonds en larmes en voyant du sang sur mon visage. Je perds la notion de la réalité, je ne pense plus à cette porte que je dois fermer de toute urgence. Je me vois, moi, je ne me reconnais plus. Je voudrais être morte et ne plus jamais avoir à revivre cela. Je suffoque, je sens ma voix enrouée d'avoir trop crié. Je réagis enfin, me concentre sur ma mission et, en deux pas, je vais fermer cette fichue porte à clef. En prenant garde de faire doucement, au cas où.

Puis un bruit m'attire vers la fenêtre, celui de la voiture de Fabien qui sort du garage.

Il part ! Terrorisée ou soulagée pour un temps, je reprends mes esprits et je scrute derrière les rideaux. La voiture part au loin. Sans réfléchir, mon instinct de survie se réveille. Il faut que je m'en aille d'ici ! Premier réflexe, je ressors ma valise, et je mets dedans tout ce que je peux y rentrer. Le temps est compté. Où est-il parti et pour combien de temps ? On est dimanche, il ne va pas au travail. Je l'imagine revenir avec un bouquet de fleurs ou des croissants. Je le déteste. Tout en réfléchissant, je m'habille en hâte. J'ouvre la porte que je viens de fermer et me dirige dans la salle de bains. Je fais glisser mon nécessaire de toilette dans la valise sans regarder. Mon scénario et mon ordinateur me rappellent à l'ordre. C'est vrai : si je suis dans cet état, c'est parce que j'ai un rendez-vous dans quelques jours à Berlin. Je n'y arriverai jamais. Je n'ai plus envie. Mais il faut que je parte d'ici, et vite.

Je descends les escaliers et fonce vers la porte d'entrée, mais mon épaule se heurte au bois dur. Fermée ! J'insiste, tandis que mes yeux constatent que la clef n'est pas dans la serrure, contrairement à l'habitude. Je regarde alors le porte-clefs accroché au mur : vide !

Je ressens une forte douleur dans mes joues crispées. Il m'a enfermée dans ma propre maison ! Je panique et m'adosse deux secondes à la porte pour réfléchir. Puis je reprends mes bagages et me précipite vers le garage.

Je fais claquer la porte contre le mur en l'ouvrant. Je chancelle, mes jambes me lâchent. Je tente d'ouvrir la grande porte du garage puis celle de service, mais elles sont toutes les deux fermées. Désespérée et en quête d'une idée, je touche du bout des doigts le porte-clefs pour les voitures : vide, lui aussi ! Mais ma voiture est dehors ! Ma tête glisse lentement contre le mur. Je me frictionne le visage et je remonte dans ma chambre.

Je fouille partout, je me moque de ce qui devra traîner par terre, et je trouve dans le fond de ma boîte à bijoux le double des clefs de ma 4L. Elle porte encore le ruban de satin que mes parents avaient accroché pour me l'offrir. C'est mon dernier espoir. Je redescends en toute hâte, toujours accompagnée de mes bagages. J'ouvre la première fenêtre à ma portée, passe mes bagages dehors et sors à mon tour. J'ai tellement mal.

Je ne me retourne plus, je regarde fixement ma voiture et la rejoins d'un pas rapide. Je l'ouvre et lance toutes mes affaires sur la banquette arrière. Je démarre. Je pars. Il m'aura fallu douze interminables minutes. Pourvu que je ne croise pas Fabien !

68 ∴ Ext. Jour - Retour à la case Berlin

Je ne prends pas le risque d'aller en ville retirer de l'argent, je m'arrête au distributeur d'une banque à une quarantaine de kilomètres de chez moi. Et me voilà repartie à la case Berlin ! Ce qui a changé, c'est que Fabien va se douter de l'endroit où je suis partie, mais je n'ai pas d'autre choix que d'y retourner. Oui, maintenant je veux y retourner. Je ne sais pas vraiment pourquoi. Je me force à penser à l'histoire de mon scénario. La vie rêvée que j'aurais voulu avoir. Et, forcément, mes pensées vont vers Mark. Et là, tout de suite, je voudrais qu'il sorte de ma tête. Tout s'embrouille, je suis malheureuse, je suis perdue, je me hais, ma vie est un échec et je refais sans cesse les mêmes erreurs. Ma vie rêvée, c'est du passé. Aujourd'hui, je suis défigurée par l'homme que j'aime tant. Peut-être a-t-il raison ? Ma vraie place est à ses côtés. Si je lui avais parlé de tout cela avant, peut-être m'accompagnerait-il aujourd'hui… Pourtant je sais bien que tout cela est impossible avec Fabien. Mais j'y pense, et je culpabilise.

Je ne me sens pas libre de faire ce que je suis en train de faire et, dès que je m'arrête, je rase les murs et évite les regards. Je ne sors pas de ma voiture sans ma capuche. À la première aire d'autoroute, j'ausculte mon état. Il est lamentable. Cachée dans un w.-c. pour ne pas attirer l'attention et munie d'un miroir de poche, j'efface les traces de sang sur mon visage. J'ai l'impression de puer la mort. La sueur de Fabien, l'alcool, mes sueurs froides me répugnent, mais je ne pourrai pas me nettoyer intégralement maintenant. Il faut que je reprenne la route. Je sors de ma cachette et me regarde dans la glace pendant que je me lave les mains. Finalement, mon visage n'est pas si horrible que cela, je devrais pouvoir cacher une partie des bleus. Quand je me rends compte qu'une femme me dévisage, incrédule, je prends mon sac et repars dans ma voiture. Je ne supporte pas le regard des gens. Je suis une sorte de chien en fuite et cette image m'anéantit.

Après un arrêt de trois heures où je me suis assoupie, j'arrive enfin. Je suis un zombie effrayé. Je décide de changer d'hôtel. Dans ma tête se tourne un film d'horreur où mon mari aurait été capable de me retrouver grâce aux précédents tickets de carte bleue. Heureusement que je ne l'ai pas utilisée ! Je ne suis pas experte en film policier, alors je me fie à mon instinct. De toute manière, je ne devrais pas rester longtemps à Berlin. J'irai au rendez-vous fixé par M. Bern et ensuite, s'il m'achète les droits du scénario, je n'aurai plus rien à faire dans cette ville. À qui vais-je donner tout cet argent ? Que puis-je bien en faire, moi ? Mon rêve sera réalisé, je n'aurai plus rien à attendre de cette vie. Je veux mourir. Je sens une vague de dépression au-dessus de ma tête. C'est l'enfer ! Dormir et oublier, je ne pense plus qu'à cela. On est lundi, il est 22 heures. Je règle mon réveil sur jeudi matin à 8 heures. J'espère dormir jusque-là.

Quand mon réveil sonne, je suis encore tout endolorie. J'ai beaucoup dormi, beaucoup pleuré, je n'ai fait que grignoter, j'ai eu mal.

Je me décrasse, mais ma honte n'est pas partie. Je suis faible mais crispée. Je bois un café, je tente de reprendre mes esprits. Je m'inflige de l'eau glacée sur le visage pour dégonfler au maximum mes yeux. Je me maquille soigneusement et m'habille de façon à cacher ce qu'il ne faut pas voir.

Revoici Lili Fontaine, scénariste. Elle marche dans les rues de Berlin, prenant un bain de soleil sous des lunettes noires et un barbouillage anticernes et antibleus réalisé à la perfection.

De l'extérieur, Lili Fontaine tient son rôle magistralement bien. Elle arrive même à sourire. De l'intérieur, je suis horriblement mal. Je ne sais pas vraiment à quelle sauce je vais être mangée. J'ai peur de me retrouver seule avec cet homme qui, malgré sa grande gentillesse, m'avait donné l'impression d'être un parfait dragueur. Ou je me fais des idées, je ne sais pas. Objectif : lui vendre mon scénario, vendre mon scénario, vendre mon scénario. J'ai la boule au ventre. J'ai envie de tout laisser tomber.

J'arrive devant l'immeuble du holding. Il y a un bel écriteau à l'entrée : « Erick Bern. PRODUCTEUR ». C'est bien là. Ma vie parallèle me gâte, quand même ! J'ai rendez-vous avec un producteur, je devrais être folle d'impatience. Mais je ne ressens pas ce gloussement intérieur que j'avais ressenti quand j'avais obtenu le rendez-vous avec Ralph Altmann. Quelque chose a changé en moi. J'ai perdu le goût. Mon reflet me fait un clin d'œil. Je rabats soigneusement mes cheveux sur le devant pour cacher la marque que j'ai sur le front. J'esquisse un faux sourire : ça, c'est bon, je sais faire. Je le fais disparaître immédiatement. Je respire et je rentre.

C'est parti pour six étages. Je m'adosse contre la paroi de l'ascenseur, la tête baissée, prostrée. Quand la voix annonce le sixième étage, je relève la tête, sûre de moi, et j'avance, bien décidée à réussir ce rendez-vous.

69 ∴ Int. Jour - Bureau d'Érick Bern, producteur

Là où il y a de la vie, il y a de l'espoir !

Je frappe, et comme je suis attendue et pile à l'heure, c'est Erick Bern en personne qui vient m'accueillir. Il affiche un sourire radieux et moi aussi.

— Bonjour, Mme Fontaine, ravi de vous revoir !

— Moi de même, merci de me recevoir.

Tout en me serrant la main, il avance et entrouvre une deuxième porte. Il m'invite à entrer la première.

— Passons dans le salon d'à côté, si vous le voulez bien. J'ai pris la liberté de convier M. Heinrisch à notre entretien…

Oh non, quoi ? Mark ?! Je ralentis, je ralentis, mais il me pousse…

— … vu que nous serons tous les deux coproducteurs…

Je vais m'étouffer ! *Quoi ?*

— … et lui, bien sûr, valeur sûre de notre film en tant qu'acteur.

Erick Bern semble très fier de ses annonces, tandis que je me décompose en voyant… le sublime Mark, en costume cravate, homme d'affaires guindé… Il est là. Comme dans un ralenti, j'avance vers lui tout en freinant au maximum alors qu'il vient à ma rencontre. Je sens le rouge me monter aux joues et, pour cacher ma surprise et mon désarroi, je lui tends la main brutalement. Il s'arrête net, m'observe, dubitatif, et me serre la main. Son regard perçant m'ausculte et il finit par afficher un petit sourire satisfait. Que va-t-il encore s'imaginer ? Cela commence mal, que je suis bête ! Si je me rappelle bien, la dernière fois que l'on s'est vus, j'étais saoule et je lui ai chanté une chanson d'amour. Lui avait joué le lover et on s'était amicalement serrés dans les bras l'un de l'autre. Un marteau pour que je m'assomme, et vite ! J'arrive, je ne sais comment, à sortir un mot. J'ai la gorge sèche.

— Mark ! Bonjour. Coproducteur ?

Mon regard soupçonneux cherche une explication.

— Bonjour, Lili.

Et son regard soupçonneux cherche aussi une explication.

S'il pouvait arrêter de me regarder ainsi ! Il ne me lâche pas la main, mais je ne veux pas croiser son regard. Il insiste… et me lâche enfin. Ma main perd son support et est éjectée vers le bas. Aïe ! Je l'ai vexé ! Maintenant, c'est moi qui cherche ses yeux et lui qui m'évite. *Vendre mon scénario, et rien d'autre ! Ne pense à rien d'autre...*

— Asseyez-vous, je vous en prie ! Une chose avant de parler du contrat : Mark m'a informé de votre souhait de jouer le rôle féminin principal.

Une onde de choc traverse mon corps tout entier ! Incrédules, tous mes regards – ironiques, effrayés, nerveux... – se tournent subitement vers Mark. Le sien est occupé ailleurs. L'espace de deux brèves secondes, j'entre enfin dans son champ de vision. Il sourit, c'est un sadique ! Erick Bern ne s'arrête plus de parler. Je fonds sous la chaleur qui m'envahit. J'écoute sans écouter ce flot de paroles.

— Je ne tiens pas trop à mélanger les fonctions dans les films que je produis et je laisse d'habitude mes équipes s'occuper des castings. Mais ce choix ayant été motivé par Mark, je ne vais pas douter de votre talent. Nous vous aiderons à suivre cette voie, étant donné que c'est un premier film pour vous, n'est-ce pas ?

Comment me sortir de là ? Je ne comprends plus rien. Mark, coproducteur et moi, actrice... Impossible !

— Écoutez... Je suis confuse, je n'ai jamais dit vouloir...

— Tentez-le, je suis sûr que vous pouvez le faire !

« Tentez-le » ! Non, Mark se moque de moi ! Il me vide de toute la confiance que j'avais réussi à engranger depuis trois jours. Flop ! Pourquoi fallait-il qu'il soit là aujourd'hui ? Je suis en train de perdre tous mes moyens...

— Je ne suis pas actrice, et je ne veux surtout pas ruiner mon film... Non, non, c'est une blague rigolote, mais c'est évidemment hors de question !

— Je vous laisse une semaine à tous les deux, pour y réfléchir. Prenez le temps de relire le script ensemble et donnez-moi votre réponse.

— Mais…

De la main, Mark me fait signe de me taire.

— Bon, parlons du budget et du contrat…

Je n'en crois pas mes oreilles ! Je suis dans le flou, je regarde Mark, puis Erick, et ainsi de suite, je ne comprends plus ce qui se passe. On est en train de parler de mon avenir alors que je n'étais pas censée en avoir un. J'ai tout à coup peur en pensant cela. L'espace d'un instant, je m'imagine avec Mark en train de tourner ce film. Ce serait dans une vie idyllique, mais pas dans la mienne. Bizarrement, le fait de me dire que je risque de perdre cette opportunité me fait vivre un moment d'excitation inattendue. Je suis en train de retrouver le goût. Mais pourquoi ? Il faut que je me concentre. Avant de décider de mon avenir, nous y sommes : mon scénario est quasi vendu ! Je lis le futur contrat que je signerai dès que l'avocat de M. Bern l'aura validé. Une avance de 15 000 € me sera versée, le reste viendra en fonction du nombre de billets d'entrée vendus. J'avoue ne pas prendre le temps de tout lire : je suis perdue et mon but est atteint, je n'en espérais pas tant. Mais l'aventure ne s'arrête pas là ! Mark a exigé qu'il soit ajouté au contrat de garder le scénario tel que je l'ai imaginé. Ce qui signifie que j'aurai mon mot à dire sur la réalisation et qu'une autre rémunération sera prévue.

S'ensuit l'exploration des chiffres exorbitants qui défilent sous mes yeux. Je n'ai pas écrit un film d'époque avec costumes et effets spéciaux, pourtant ! Comment le tournage de l'histoire simple d'une pauvre fille comme moi peut-il coûter si cher ? 3,5 millions d'euros…

Pour fêter la conclusion de nos affaires, nous buvons une coupe de champagne. En regardant monter les bulles à la surface, je me demande pourquoi tout cela me semble si facile… Je me visualise monter moi aussi à la surface du verre et me replonge quelques mois en arrière quand j'ai écrit la dernière ligne de mon scénario. Je me souviens avoir alors formulé un vœu dans l'euphorie des sentiments déclenchés par le mot « FIN ».

« Faites que je rencontre la bonne personne au bon moment pour que cette histoire se réalise ! »

Sans Mark, rien de tout cela ne serait arrivé.

70 ∴ Int. Jour - Ascenseur : on monte et on descend

Que d'émotions divergentes ! Erick Bern nous raccompagne enfin jusqu'à l'ascenseur. À me forcer à sourire, j'en ai oublié de profiter de ce moment. Je ne réalise pas.

— Une bonne chose de faite ! Ayez confiance en nous, Mme Fontaine, ce film sera un succès ! À très bientôt.

Les portes de l'ascenseur se referment alors sur Mark et moi, nous laissant seuls. Je ne peux pas oublier qu'il est en face de moi mais, dans un geste de soulagement, je jette ma tête entre mes mains et souffle un grand coup.

Pendant tout ce temps, Mark ne détourne pas son regard de moi, ni quand je relève la tête, ni même quand je plonge mes yeux dans les siens. Il est là, devant moi, contre la paroi d'en face, très à l'aise, les mains dans ses poches et un pied contre le mur. Beau à couper le souffle avec son sourire charmeur qui semble pourtant cette fois-ci cacher une petite interrogation sur son visage. De mon côté, je comprends que ma vie va prendre un tournant radical, mais que ce n'est pas le bon moment. Une angoisse indescriptible s'empare de moi et je ne peux la retenir.

♂

MARK HEINRISCH

71 ✣ INT. JOUR - L'HEURE DE VÉRITÉ

J'adore les ascenseurs ! Est-ce qu'elle va me sauter au cou ? Est-ce qu'elle va me hurler dessus ?

Qui êtes-vous vraiment, Lili Fontaine ? Maintenant que vous êtes arrivée à vos fins et que je vous offre un rôle sur un plateau doré, comment allez-vous me remercier ? Je jubile d'avance ! Elle reste collée contre la paroi, je me demande bien ce qui se passe dans sa tête. Seraient-ce des larmes, au coin de ses yeux ? Des larmes de joie ?... Mais qu'est-ce qu'elle a encore ?

— Tout va trop vite... Je vais vous tuer !

— Pas tout de suite, ce serait dommage !

— Ce n'était pas prévu comme ça !... Et puis, pourquoi ? C'est quoi, cette histoire de coproducteur ? Je n'y comprends plus rien !

J'hallucine, elle est furieuse ? Je n'ai pas à me justifier, non plus ! Combien de filles rêveraient d'être à sa place ? Oui, j'ai eu envie de produire ce film, et alors ?! J'avoue, cela m'a pris comme ça. Je ne pensais pas le faire maintenant, mais... Oui, ce scénario... enfin, cette fille... je ne sais pas... je sens un truc énorme. Et il faut savoir suivre son instinct ! Elle est forte et fragile à la fois, je ne la maîtrise pas et cela me met en appétit. Mystérieuse Lili… Je suis prêt à prendre ce risque.

— Cela faisait longtemps que l'aventure de la production me tentait et j'avais les moyens de le faire. J'attendais juste la perle rare ! Vous n'allez pas refuser une telle occasion ?

C'est quoi ? De la timidité ? Ou est-elle vraiment mal, là ? Merde, elle a l'air désespérée ! Un sourire charmeur, un regard en coin, ça marche toujours, d'habitude…

— Je n'ai jamais fait de cinéma, moi, je n'y connais rien. Je refuse de passer à la télé ou de faire des interviews. Je ne demande pas ça… J'ai juste écrit un script et… D'ailleurs, je me demande comment j'en suis arrivée là…

Houlà, sa voix tremble ! Elle va pleurer, je sens qu'elle va pleurer ! Bon, il faut trouver quelque chose à dire, elle va me faire perdre mes moyens !

— Pas de panique, c'est la chance de votre vie ! C'est vrai que ce n'était pas écrit dans votre scénario : est-ce pour cela que ça vous perturbe autant ?

Je tente de m'approcher d'elle, elle est transie de peur. Merde ! Elle m'évite et s'éloigne, alors que j'ai envie de la prendre dans mes bras. Je ne suis pas certain que ce soit la meilleure solution. Je tente de lui prendre délicatement la main. Elle paraît tellement fragile et sa peau est si douce. Elle me regarde, surprise. Ses yeux sont magnifiques… Ils sont remplis de larmes qui les font briller encore plus qu'à l'habitude.

— C'est vous qui avez appuyé mon projet, n'est-ce pas ?

— Oui, j'avoue : j'ai couché avec le producteur !

— Vous êtes impossible !

Je ne sais plus si elle est énervée ou si elle s'est calmée, elle ferme les yeux. Ce qui est sûr, c'est qu'elle se retient de pleurer et une larme s'échappe. Les commissures de ses lèvres tremblent. Mais elle finit par sourire, et j'ai même droit à un petit gloussement de rire. Je suis soulagé. Ça y est, elle rigole vraiment.

— Pfff, enlevez-moi cette image de la tête !

— Que les choses soit claires : je n'ai rien fait de particulier, sinon mon métier de convaincre un producteur de lancer un film génial ! Vous ne vous rendez pas compte de la chance que vous avez ? Ce genre d'ascension fulgurante dans le monde du cinéma n'arrive jamais dans la vraie vie ! Jamais, mais à vous, oui.

— Détrompez-vous, j'ai bien conscience de tout ce qui m'arrive, mais c'est peut-être trop… Et tellement imprévu…

— Vous le méritez, tout simplement ! Ayez confiance en vous et mettez toutes les chances de votre côté. Si je tourne dans ce film, je veux que ce soit un succès. Alors faites en sorte que l'on ait un oscar !

— Un oscar ?

Et c'est reparti ! Son regard change brusquement et affiche la déprime la plus absolue. Une angoisse immense se lit sur son visage. Elle lève les yeux au ciel et, sans bruit, une autre larme coule. Mais qu'est ce qui peut bien la mettre dans cet état ? Elle se mord les lèvres. La douleur qu'elle dégage est insoutenable. Il y a un truc qui cloche, elle ne m'a pas tout dit ou je ne comprends vraiment rien aux femmes.

— Ola ! Qu'est-ce qui ne va pas ?

C'est maintenant moi qui suis gêné d'avoir créé ce malaise.

— Rien… Je… je suis épuisée, tout est arrivé si vite… Mais ça va… Ça va aller

Et elle s'effondre en sanglots. Deux, trois secondes, juste deux ou trois secondes où je suis impuissant. Elle se reprend et se cache les yeux, attrape un mouchoir pour les essuyer. Je m'approche d'elle, hésite, puis pose mes deux mains sur ses épaules. J'ai envie de faire tellement plus, mais je ne contrôle pas ses réactions. J'ai envie de la serrer dans mes bras, tout simplement.

— Et après ça, vous vous dites mauvaise actrice…

Tenter l'humour est mon dernier espoir. Pourvu qu'elle me sourie ! Je veux tellement la voir sourire. Cela me rassurerait.

— Vous m'épuisez déjà.

Ouf, elle me sourit ! Qu'est-ce qu'elle est belle !

— Alors je vous offre un verre pour décompresser… Non : je vous offre un dîner et comme ça, je suis pardonné !

— Je suis vraiment épuisée…

C'est un non ferme ou un non hésitant ? Elle est désolée et s'apitoie sur son sort. Mais… Je n'ai pas envie de la voir déjà partir. Au risque de prendre un refus définitif, je retente ma chance…

— Il vous faudra quand même manger et je vous dois bien ça ! C'est grâce à vous si je vais être payé pour le reste de l'année. Enfin non, grâce à moi aussi, un peu !

— Vous êtes un enfant gâté !

La porte s'ouvre. L'espace confiné de cet ascenseur avec Lili me manque déjà. Tout naturellement, je pose ma main dans le dos de Lili et nous avançons vers la sortie. Elle ne m'a toujours pas répondu.

— Un enfant gâté, ah bon ? Qu'est-ce qui vous fait dire ça ?

— On doit toujours tout vous céder !

— Alors c'est oui ! Bonne réponse !

Lili me regarde et me fait fondre. Je préfère retirer ma main de son dos. Je me sens pousser des ailes. Et nous sortons, elle tenant sagement son sac à main et replaçant une mèche de cheveux derrière l'oreille, et moi qui enfile mes deux mains dans les poches de mon pantalon.

Elle m'a manqué.

♀

LILI FONTAINE

72 ⁘ Int. Nuit - Un bon restaurant et au lit

C'était finalement une bonne idée. Je retrouve ma joie de vivre. Même si c'est encore une petite joie de vivre. Ma flamme se rallume doucement, et je le dois à cette soirée paisible passée avec Mark. J'essaie tant bien que mal d'oublier mes derniers moments avec Fabien. Mais comment le pourrais-je ? J'ai tellement mal ! Et la pire des douleurs n'est pas physique mais psychologique. Qu'est-ce que je fais là ? C'est la question que je me pose quand je sens mon sourire s'agrandir en regardant Mark. Est-ce qu'il pourrait me comprendre si je lui disais que je suis affreusement malheureuse ?

Nous sommes assis, tranquilles, à une table un peu retirée des autres clients. Et c'est mieux ainsi, car notre arrivée dans ce restaurant n'est pas passée inaperçue. Les gloussements exagérés d'une blonde pulpeuse et les « oh je vous adore… Je vous présente ma fille… » m'ont laissée entrevoir le quotidien de la vie de vedette. Mark n'a pas d'autre choix que de faire bonne figure, mais j'ai apprécié sa façon de les congédier gentiment. « Ce soir, je dîne tranquillement avec une amie que je n'ai pas vue depuis longtemps, si vous voulez bien m'excuser. » Une « amie » : je prends du grade ! Mais ce qu'il a laissé sous-entendre à tous les regards quand il m'a prise par la taille en m'embrassant au-dessus de l'oreille leur a cloué le bec. « Ne vous gênez surtout pas ! », lui ai-je susurré. « Mais je suis tout à fait à l'aise ! Et je recommencerai si la situation m'y oblige ! » m'a-t-il répondu sans aucun scrupule.

Quel toupet ! Et quel charmeur.

Le serveur, royal, gère cette situation de main de maître. Il doit être habitué. Tous les clients sont très bien habillés, certains sont même huppés. Les menus sont horriblement chers : c'est sans doute le prix à payer pour un peu de calme et de respect. Mark n'est peut-être pas le seul acteur connu dans le restaurant, mais comme je ne connais aucun autre acteur allemand, je ne saurais le dire.

Il est formidable, j'ai vraiment l'impression d'être avec un vieil ami. Il est intarissable et sait me mettre à l'aise… sauf quand il sort son jeu de séducteur. Dans ces moments-là, je mets mes œillères et préfère me protéger ! Après une coupe de champagne et une entrée déjà trop copieuse arrive le plat principal. J'ai enfin l'occasion de lui poser toutes les questions qui me sont passées par la tête ces cinq dernières années.

— Vous avez joué dans combien de films ?

— Humm… Quatorze, je crois, enfin de connus. Une dizaine de téléfilms quand j'étais jeune et une série.

— Oui, « Urgence Berlin » ! J'ai adoré cette série, même si je n'ai jamais réussi à voir la fin ! Vous étiez génial ! Ne me dites pas la fin, je ne supporte pas les spoils !

— Je dois pouvoir retrouver quelques DVD. Je vous les dédicacerai !

— Pour ma grand-mère, oui, pourquoi pas !

— Pour votre grand-mère ? Petite effrontée !

— Je plaisante ! Non, pas besoin d'autographe. Maintenant que je vous connais, je pourrai facilement vendre votre numéro de téléphone à des fans en furie. Ça rapportera plus ! Et puis Ralph m'a déjà donné votre superbe photo dédicacée, donc c'est bon : je ne vais pas me lancer dans une collection à votre effigie !

— Ah, ça y est ! Je ne vous impressionne déjà plus ?

Quel bon comédien ! Sa petite moue est attendrissante.

— Mince, j'ai vexé mon acteur préféré ! Si cela peut vous rassurer, vous êtes le seul acteur allemand pour qui j'ai écrit un scénario. Et pour revenir à cette série télé, oui j'avoue, j'étais sous le charme ! D'ailleurs, c'est la seule fois où je vous ai vu à la télé française, bien dommage !

— Ah, c'est donc ça ! Toujours aussi folle de moi, à ce que je vois ?

— Même pas ! Vous préférez les blondes et moi, je préfère les bruns !

Oups, j'y suis allée un peu fort, là ! Cependant, je ne fais que dire la vérité, même s'il n'est pas toujours nécessaire de l'entendre. Pourtant, je n'ai bu que deux verres de vin blanc… et la coupe de champagne… Déjà trop. Je dois être prudente, car j'ai atteint un niveau dangereux d'euphorie… Mais j'ai trop envie de le taquiner ! Qui m'en voudrait, à part moi ? Nous ne sommes que tous les trois. Lui, moi et ma conscience, qui tire la sonnette d'alarme.

Quatre : il y a aussi mon portable, à côté de moi sur la banquette et qui ne cesse de vibrer. Il me fait prendre conscience qu'à l'autre bout du réseau Fabien et toute sa manipulation m'observent et me tétanisent. J'y jette un coup d'œil. Je n'aurais pas dû : la violence des mots me saute aux yeux. Je le pousse vers mon sac, mal à l'aise.

Comment puis-je encore sourire ? Je ne pourrai jamais oublier. Mon cerveau s'engourdit et j'ai la tête qui tourne.

— Il est brun, votre mari ?

Mon mari, quoi ? J'ai des sueurs froides. Je prends une grande gorgée d'eau glacée.

— Oui, un beau brun ténébreux aux yeux bleu clair. Grand, et musclé !

— Et ce dieu de la nature n'a pas voulu vous suivre jusqu'à Berlin ? Il n'a pas peur que vous tombiez dans les bras d'un séducteur ?

Je parviens à lui adresser un grand sourire.

— Aucun risque, je suis une femme fiable !

S'ils savaient l'un et l'autre à quel point je suis fiable ! Tellement fiable que cette histoire va me tuer…

— Non, il ne pouvait pas, avec son boulot. Il viendra peut-être plus tard !

Je ne crois plus du tout à ce que je dis. Il fut un temps où j'aurais été ravie et si fière que Fabien me suive dans cette folie. Mais si j'en suis là, c'est parce que rien ne s'est passé comme prévu.

— Et sinon, à part écrire, vous faites quoi dans la vie ?

Et on y arrive ! Les questions que je redoutais : la vie personnelle. Je viens d'écrire un scénario, je réussirai bien à m'inventer une belle vie. Jusque-là, j'y suis bien arrivée.

— Femme au foyer pour le moment… Avant de me marier, je tenais une épicerie de village héritée de mon père, mais mon mari a préféré que je m'économise !

Je ne me sens pas bien en disant cela. Femme au foyer quand on n'a pas d'enfants… La vérité est dure à dire.

— Pour que vous ayez le temps d'écrire ?

Cela aurait été une merveilleuse preuve d'amour… Douloureux à entendre.

— Pas vraiment… Simplement, son salaire à lui seul nous le permettait largement : il est banquier !

Je baisse les yeux, j'ai honte. Je me trahis.

— Et vous ne voulez pas d'enfants ?

Flèche dans le cœur ! Je ne veux plus parler de moi. Je ne me sens pas bien, j'ai un haut-le-cœur et je sens un flux de larmes remonter vers mes yeux. Je dois me contrôler.

— Oh si, mais ce n'est pas à l'ordre du jour…

— C'est lui qui n'en veut pas ?

— On peut dire ça comme ça, oui ! (Je suis crispée.) On verra… Un jour, peut-être !

Il faut que je change de sujet. Et mon portable qui n'en finit pas de vibrer ! Oui, justement, mon portable… Je le prends et feins de devoir répondre.

— Excusez-moi, je dois répondre. Je vous laisse deux minutes, je reviens.

Je me lève sans réfléchir et me dirige vers les toilettes avec mon sac à main. Je porte le téléphone à mon oreille sans prendre le risque de répondre réellement à l'appel. Plus j'avance, plus j'ai la nausée. Ma tête tourne et mon regard se perd. Qu'est-ce qu'il m'arrive ? Ma gorge est sèche. Mon visage se vide de son sang. Les gens deviennent flous autour de moi, les sons aussi. Je distingue enfin la porte des toilettes, je la pousse et entre, à bout de souffle. Je prends une grosse bouffée d'oxygène, mais des sueurs froides m'enlisent. Une femme qui entre me regarde étrangement. Je n'ai plus le courage de faire l'effort de sourire. Je mets mes mains contre le mur frais des toilettes pour me rattraper et je ressens un soulagement qui me provoque des frissons tant ma peau est brûlante. Je pose doucement ma tête et, malgré mes efforts, je me perds dans mes songes tout en résistant pour ne pas tomber dans les pommes.

73 ∴ Int. Soir - Chez moi – Quatre ans en arrière

Mes bras frappent le sol et mon corps tombe lourdement au bas des escaliers. Des grésillements résonnent dans ma tête. J'ai mal, mais je suis là. C'est le trou noir, je ne sais pas ce que je fais là, à moitié allongée sur le sol. Je relève difficilement la tête, ma respiration se coupe. Je ne sais plus ce qui s'est passé, mais j'ai terriblement peur. Je m'assieds tant bien que mal et la vision du sang au bas de mon ventre me glace.

Oui, je me souviens.

J'étouffe un sanglot remplit de frayeur. Ma main tremblante se pose doucement sur mon ventre qui se vide.

Un son me hante. Le bruit des chaussures qui claquent contre le bois de l'escalier. Le pas de Fabien qui descend lentement, marche après marche, en chancelant. Après cela, rien de ce qu'il pourrait me faire ne saurait être pire. Je le regarde, mes yeux craintifs et pleins de haine levés vers lui, j'étouffe et tombe en arrière, à l'agonie.

Le pire des deuils est venu me frapper de plein fouet. Un accident, c'était un accident ! Pourquoi cela me hante-t-il encore… Je dois ôter ce souvenir de mon esprit. Ne plus y penser… Ne plus y penser…

74 ∴ Int. Nuit - Dans les toilettes du restaurant

Quelqu'un tape dans une porte. Je suis toujours appuyée contre ce mur qui m'a retenue pendant ma chute dans le passé. De nouveau, quelqu'un tape dans la porte et je reviens enfin à la réalité. Je me redresse. Mon portable vibre encore et encore. Douze appels en absence. Je fonce vers le lavabo en titubant et m'asperge le visage d'eau. Je me regarde dans le miroir tandis que je m'essuie avec un mouchoir attrapé dans mon sac : je suis livide. Depuis combien de temps suis-je là ? Pas longtemps, la personne que j'ai vue entrer dans les toilettes ressort à présent et se lave les mains. Elle sort, sans même prêter attention à mon état, et je me retrouve seule. Je souffle et me force à sourire en regardant le plafond. Mon œil tressaute. Cela commence à aller mieux. Je respire un grand coup et je vais faire comme d'habitude. Peu importe ce qu'il se passe, il faut faire semblant et avancer. Je me recoiffe rapidement, me pince les joues pour leur redonner un peu de couleur, rajuste un peu mon fond de teint et sors des toilettes tout en tentant de retrouver le fil de ma conversation avec Mark.

75 ∴ Int. Nuit - 2e round - Ne parlons plus du passé

Je le vois au loin et cela me rassure. Il croise mon regard et ne le lâche plus jusqu'à ce que je sois assise en face de lui.

— Tout va bien ?

— Très bien !

À présent, c'est moi qui engage la discussion et c'est moi qui décide de la tournure des choses.

— Bon, parlons des choses qui fâchent. Comment vont se passer les répétitions de cette actrice en herbe ? Qu'on soit bien d'accord : vous avez insisté, j'essaie ! Mais si je change d'avis, ce qui est très probable, on n'en parle plus, d'accord ? Je vous promets de faire de votre vie un enfer après cette farce douteuse ! Cette situation est complètement absurde.

Je ne m'attendris pas sur son regard rieur qui laisse ses premières rides apparaître et je reste déterminée.

— J'attends de voir ça !

Il semble amusé comme un enfant.

— Eh bien, pendant une semaine, nous allons lire et jouer la comédie, manger, dormir ensemble…

Mais bien sûr ! Il rêve, là !! Joignant le geste à la parole, il me regarde langoureusement. Je vois ses doigts glisser vers les miens sur la table. Je ne bouge pas, même quand son index vient frôler mes phalanges. C'est un supplice exquis, je résiste. Il y a trop d'émotions contradictoires pour moi ce soir. Mais ce n'est qu'un jeu et je ne suis pas dupe ! S'il veut s'amuser, alors moi aussi, je vais m'amuser.

— Se mettre dans la peau des personnages, quoi ! Par contre, je ronfle : cela ne pose pas de problème ?

— Non, j'adore !

— Pfff… Et plus sérieusement ?

Il m'agace, je dois être rouge comme une pivoine, mais lui semble imperturbable.

— Je suis sérieux : demain, rendez-vous à 9 heures au studio. On lit le script et on attaque par la scène d'amour… Comme ça, ce sera fait !

Je manque de m'étouffer et tousse dans ma serviette. Il n'a donc rien compris à mon scénario ?

— Il n'y a pas de scène d'amour dans mon script !

— On va réécrire le texte, alors !

— Hors de question !! Vous auriez dû faire du cirque, pas du cinéma !…

Je m'étouffe encore une fois : je ne fais pas le poids, face à lui. Et, manque de chance, je perds mon sérieux et attrape un immense fou rire.

Il attend mon retour au calme et me regarde, intrigué. Moi, j'en ai des larmes qui coulent et ne sais plus où me mettre. Mes lèvres tressautent. C'est pénible de perdre le contrôle. Pourtant, j'ai tellement envie de continuer à rire : cela fait un bien fou et ma gorge ne demande qu'à s'exprimer. Je n'en peux plus, je dois reprendre mon souffle. Psychologiquement, je passe d'un extrême à l'autre tant mon corps doit expulser de tensions.

— Excusez-moi, c'est nerveux !

— Pas de scène d'amour, pas de baisers : pourquoi ? Ce n'est pas très vendeur !

Autant cette dernière phrase me jette un froid, autant le visage de Mark, avec ses yeux écarquillés, fait remonter en moi ce besoin de rire. Je me reconcentre, car je vais finir par vraiment pleurer de rire. Je m'essuie les yeux, je souffle et lui réponds.

— C'est un style ! Prenez *Raison et sentiments*, d'après le roman de Jane Austen : c'est un très grand film et il n'y a rien de tout ça !

— Mouais…

Il n'a pas l'air convaincu et commence à faire la moue. A-t-il vraiment cru que j'allais changer mon scénario pour ses beaux yeux ? Et pendant ce temps, je m'enflamme dans un discours passionné. Je me rends compte que c'est la première fois que je m'exprime ainsi librement sur les sentiments.

— Je trouve tellement plus beau de seulement évoquer l'amour sans le montrer, effleurer l'autre sans le toucher, sentir l'envie sans passer à l'acte, la retenue conjuguée à la passion, c'est…

Je n'arrive plus à trouver les mots. Voilà ce qui m'a toujours fait défaut : l'expression orale ! Mark termine alors la phrase pour moi.

— Déconcertant !

— Avec moi, vous n'avez pas fini de l'être !

— Déconcertante, c'est ce que vous êtes ! Ça vous va bien !

Il n'insiste pas et rit gentiment. Cette discussion s'arrête là et nous replongeons le nez dans nos assiettes en parlant de tout et de rien. J'adore cette soirée. Je finis même par éteindre mon portable. Mon esprit cesse de divaguer et je me concentre exclusivement sur Mark. Cette complicité naissante est devenue très importante et me nourrit. Je dirais même qu'elle me réchauffe le cœur. Je reçois ce petit plaisir, car je sais que, de retour dans ma chambre d'hôtel, je vais devoir faire face à mes pires démons. La dernière bouchée de mon dessert avalée me fait revenir à la réalité. Cette parenthèse est terminée. Je vais rentrer seule, j'ai besoin de marcher un peu. Mon coffre est rempli de mes bagages : ce soir, je change d'hôtel, par précaution. Je rallumerai mon portable, car à l'autre bout de la ligne, j'ai laissé ma vraie vie en suspens. Nous nous disons au revoir comme deux amis, et Mark n'insiste pas pour me ramener. Nous nous reverrons demain. Demain est dans une éternité, et demain arrive trop vite. Mes appréhensions reviennent les unes après les autres. Dans quelle galère me suis-je encore mise ?

76 ∴ EXT. NUIT - BALCON DE MON HÔTEL

Une heure que je suis à l'hôtel. Frigorifiée, je reste assise par terre, dehors, sur le balcon de ma chambre. Toute recroquevillée, je regarde Berlin illuminée pour tenter d'oublier mon portable qui vibre dans ma main. Non, je ne lui répondrai pas. Je le hais, je le hais, je le hais ! Si j'osais, je jetterais ce maudit portable dans le vide. J'aurais toutes les raisons de le faire, mais je ne suis pas assez courageuse. Ma vie est une catastrophe. Fabien est au plus profond de mon être. Je voudrais pouvoir l'arracher de mes tripes et de ma tête. Il est partout : dans mes pensées, dans les bleus qui recouvrent mon corps, dans ma façon d'être et de l'aimer. Mes sanglots m'empêchent de respirer. Je suis seule, mais je ne dois pas faire de bruit. Personne ne doit m'entendre. Les vieilles habitudes sont dures à oublier. Mon regard triste est figé dans un flot de haine et de détresse. Sans réfléchir, je me lève soudain. Le paracétamol ingurgité pour résister à cette journée ne fait plus aucun effet. Mon corps engourdi est raide et je sens le poids des années. Trente-six ans et je me sens vieille ! La légère brise qui glisse dans mon cou me glace le sang. Lentement, je m'avance et mon regard tombe dans le vide qui se profile. Le vide m'attire et m'appelle, mon corps se balance en tentant de fixer le sol. Je dépose doucement mes mains tremblantes sur la rambarde. Je m'agrippe pour avoir la sensation de tenir bon. À quoi bon ? Je regarde désespérément en bas et ferme les yeux pour me donner un moment de répit. Devrais-je sauter, m'écraser sur le sol et me tuer ? Serait-ce la meilleure solution ? J'ai envie d'oublier, de tout oublier. Dans ce monde-ci, ce que mon avenir me propose est trop dur pour moi. D'un côté, je suis mariée, femme battue, amoureuse et malheureuse ; de l'autre, je suis mariée, femme libre et passionnée en façade, mais en vérité pieds et poings liés. Le choix est infernal et aucun des deux côtés n'a d'issue possible. La fin sera la même. Depuis quelque temps, l'idée que je puisse mourir jeune est une évidence. Vivre mon rêve en vaut-il vraiment la peine ? Ce n'est pas la première fois que je doute de ma volonté et de ma capacité à vivre. Je suis tellement fatiguée. En s'ouvrant, mes yeux se posent sur une fillette brune : elle porte deux couettes et se promène dans la rue, trois étages plus bas. Je vois flou, je dois halluciner. Elle me regarde, inquiète, et son regard est si intense qu'elle capte mon attention. Nos yeux se fixent un instant, puis elle me sourit. Hypnotisé, mon regard se fond dans le sien. Elle me renvoie trente ans en arrière. Je me demande si je suis en train de rêver : que ferait-elle seule à cette heure dans la rue ? Je m'interroge : suis-je déjà partie en bas la rejoindre en frappant le sol ? Un profond sentiment d'amour m'envahit. Ce sentiment que l'on ressent, blotti dans le creux des bras de sa Maman, bien au chaud. Là où rien ne peut nous arriver et où l'on se sent rassurée. Peu à peu je reviens à moi. Je suis toujours là, sur ce balcon, tenant la rambarde pour ne surtout pas tomber. Ce petit être me regarde toujours et je lui souris. Comme apaisée à son tour, elle continue son chemin et disparaît. Un frisson me surprend et je recule. Je souffle et me rends compte de ce qui vient de se passer sans trop chercher à comprendre. J'aurais pu sauter. Perturbée, je jette un petit coup d'œil vers cet ange. Je souris et regarde le ciel en pensant à mes parents : me protègent-ils, de tout là-haut ? Je prendrai cela comme un signe. Je vais assumer jusqu'au bout et on verra bien. Je réalise mon rêve et le reste n'aura plus aucune importance…

77 ❖ Int. Jour - Un nouveau jour se lève

Ce matin a un goût différent. Mes yeux cernés me rappellent la chance que j'ai d'être là où je suis. Et un SMS de Mark me rappelle qu'à partir de cet instant mon avenir va changer. Ce matin, je suis heureuse de découvrir la belle journée qui s'annonce.

Comme prévu, je rejoins Mark au studio et nous commençons, face à face devant un café, à lire mon scénario en jouant nos rôles. Je connais mon texte par cœur, pour l'avoir lu et relu mille fois, mais c'est étrange : j'aurais pensé que je jouerais mon rôle, écrit sur mesure, à la perfection, mais devant Mark, le trac me prend... Une sensation de déjà-vu pour l'avoir rêvé mille fois aussi. C'est perturbant de voir tous ces détails que j'ai imaginés prendre maintenant vie entre les lignes. Écrire est facile, mais être comédienne, c'est une autre histoire ! Je crois bien qu'il va s'arracher les cheveux. Mark est patient, très patient. De mon côté, je prends réellement un malin plaisir à le torturer là où il n'a pas l'habitude de tenir ce rôle. Il est en quelque sorte devenu l'assistant conseiller de la future starlette arriviste ! Toutes mes attitudes, mes gestes, mes manies sont passés au crible dans le scanner optique de Mark : arrêter de sourire, arrêter de me triturer les doigts quand je parle, relâcher mes épaules, me détendre... Qu'il en abuse, j'en suis sûre ; que j'en profite, c'est certain. Quel air délicieux, ce jour-là ! Et moi, légère comme une plume, sans plus aucun complexe, ou presque. Ce matin, oui, je retrouve ma force et ma bêtise. Incapable de tenir mon sérieux ! Pour jouer, je surjoue même ! L'humour est une arme.

Mais quand cet homme se retrouve face à moi, quand il prend sa place d'acteur en me donnant les répliques que j'ai écrites pour lui, son charisme se décuple. Ma confiance, elle, lâche prise. C'est encore plus fort que ce que j'avais pu imaginer. Son pouvoir de séduction monte d'un cran et, de ma vie, jamais je n'ai eu autant les jambes en coton. Son regard vert me transperce, nos mains doivent se frôler et ce peau à peau m'envahit d'un sentiment de culpabilité. Un geste tellement banal ! Mais il s'agit là de Mark. Mark Heinrisch, l'acteur de cinéma, en chair et en os !

Les murs du bureau deviennent trop petits pour pouvoir supporter tous mes fous rires, qui tentent de masquer ma gêne, et l'air devient électrique. Décision est prise par le chef qu'un grand bol d'air nous ferait du bien ! Mais attention, la journée de travail n'est pas finie : hors de question de baisser les bras maintenant !

78 ∴ Ext. Jour - Dans un parc - Début août

Mark m'entraîne à pied dans un petit parc situé à l'intérieur des studios. Un homme habillé d'une chemise bleue et d'un bermuda beige, une femme en robe légère, côte à côte, une musique dans ma tête : cette scène est parfaite. Mais son silence pendant le trajet me fait presque peur. Se rend-il compte que je ne suis pas capable de tenir le rôle ? Se peut-il qu'il soit autant perturbé que je le suis moi-même par ce rapprochement professionnel ? Non, pas lui ! Je préfère me sortir cette image de la tête. Ce n'est vraiment pas le moment de penser à des sentiments qu'il n'aura jamais et des sentiments que je ne pourrai jamais recevoir. En passant devant un marchand de glace, la vie reprend son cours.

— Vanille, fraise, chocolat ?

— Humm, chocolat.

— C'est fou, j'aurais parié sur la fraise ! Vous n'êtes donc pas une petite fille sage ?

— Rien à voir : j'adore le sirop de fraise mais, pour la glace, c'est chocolat !

— Alors un cornet au chocolat et un à la vanille.

— Vanille ? J'aurais parié chocolat !

— Le chocolat, c'est pour ceux qui aiment les tentations. La vanille, c'est pour ceux qui n'aiment pas les surprises !

— Vous allez lu ça dans une rubrique psychologique ?

— Non, c'est la réplique d'un de mes films !

Tout naturellement, nous prenons nos glaces et allons nous asseoir dans l'herbe au soleil, pour goûter comme des enfants. Je sens soudain que l'acteur est sorti de son rôle et que je retrouve enfin le Mark abordable qui me plaît tant. Tout en dégustant notre glace, nous continuons à répéter, tranquillement assis dans l'herbe, sans prise de tête. Le soleil nous chauffe le corps, la sensation est divine. Autour de nous, les autres personnes ne prêtent pas attention à notre petit jeu qui semble habituel. L'air est doux, nous parlons sans pousser nos voix et l'alchimie entre nos deux rôles se présente enfin. Cela n'est pas simple, mais en me concentrant un peu et en arrêtant de faire l'idiote, je prends du plaisir à donner la réplique. Pas certaine de ce que cela pourrait donner à l'écran, je ne préfère pas encore y penser. De temps en temps, du coin de l'œil, ou peut-être ne se cache-t-il pas vraiment, Mark me porte des regards tendres et doux. Il est perturbant, ce Mark, et énervant ! Ou peut-être est-il en train de jouer son rôle ? Fatiguée par cette journée, je n'arrive plus à réfléchir. J'évite son regard au maximum pour que mes joues ne virent pas au rouge. Arrive la scène où nous devons nous chamailler gentiment, un trap-trap romantique à l'eau de rose. Une scène de séduction des plus platoniques, mais pour moi forte en émotion. Inlassablement, en y prenant un certain plaisir, nous rejouons cette scène en l'améliorant des propositions techniques de Mark. Plan caméra, lumière, etc. Alors nous courons, nous nous chamaillons, recommençant jusqu'à épuisement. Font-ils comme cela, les vrais acteurs ? Je suis persuadée que non. Il y a quelque chose qui cloche dans cette scène. Pas dans mon scénario, mais dans la vraie scène que je suis en train de vivre, là, avec Mark. Profiterait-il de la situation ? À cet instant, les propos du barman me reviennent en pleine figure :« Faites attention, c'est un vrai séducteur ! » Puis ce sont les paroles de Fabien, et là, je ne veux soudain plus jouer :« Il te prend pour son jouet, quand il se sera amusé avec toi, il se trouvera une autre imbécile rêveuse et il te jettera ! »

Perdue, je m'arrête de courir la première en prenant comme refuge les racines d'un arbre. Mark me rejoint en s'allongeant par terre devant moi.

— Un problème ?

— Je suis épuisée.

— Et ce n'est qu'un début !

— C'est quand même étrange : on joue la comédie, pourtant les sensations sont super fortes. Pour tous vos films, c'est comme ça ? Vous répétez avec les autres acteurs ? Ou vous étudiez vos textes chacun de votre côté ? Comment ça se passe sur le tournage ? Vous devez être complètement lessivé quand vous terminez le film !

— Heureusement que toutes les comédiennes ne sont pas aussi bavardes que vous !

Ça, s'est dit ! Je riposte en lui mettant une tape sur l'épaule.

— Aïe !

Pauvre chou, aurait-il mal ? Non, il arrête de se plaindre et s'allonge sur le dos, les poignets sous sa tête, les pieds croisés. Il reste ainsi, à regarder le ciel, sans dire un mot. Une minute s'écoule, peut-être deux, sans qu'aucun de nous ne prenne la parole. Un de ces silences réparateurs qui font du bien. Ma tête appuyée contre ce grand arbre, sous le soleil, je suis bien. Je préfère ne plus chercher à savoir ce que peuvent penser les autres. À mes pieds gît un bel acteur. Il est parfait. De la tête aux pieds, mon regard suit la ligne de son corps.

Ses mèches de cheveux châtains qui tanguent avec le vent, sa petite cicatrice sur le nez dont je voudrais connaître l'histoire, ses épaules musclées et sa taille svelte, ses jambes d'athlète…

Je rougis : heureusement, personne ne me voit. C'est une faute inexcusable, mais je n'arrive pas à détacher mon regard. Quand je baisse enfin mes yeux, je vois mes mains trembler. Je décide alors de rompre le silence pour revenir à un sujet terre à terre : la bonne chère…

— Ah, si j'avais une cuisine à Berlin, je nous préparerais un bon repas ! J'en ai marre des glaces chimiques, des sandwichs et des restos !

— C'est noté ! Demain, répétition 14 heures chez moi, et vous faites à manger le soir !

J'ai dit cela comme ça, juste pour parler et sans arrière-pensée. Je passe au rouge écarlate, je ne sais quoi répondre. Car, bien évidemment, je ne me vois pas du tout aller cuisiner chez Mark, dans sa cuisine, pour manger en tête à tête avec lui ! Oh non, pitié, quelle idiote !! Mais maintenant, ai-je le choix ?

— Chez vous ?

— Je n'ai qu'une cuisine à Berlin et c'est chez moi !

Il y a un nouveau silence, mais pas de ceux qui reposent. Ce blanc est des plus gênants. À son regard, je constate qu'il a remarqué mon trouble. Son petit sourire sincère calme mon inquiétude. Dans ces moments-là, surtout en cas de silence importun, il faut que je me mette à parler. Mais c'est souvent à mes risques et périls.

— Je peux vous poser une question indiscrète ?

— Oui, posez toujours !

— Enfin, vous n'êtes pas obligé de répondre !

— Allez-y !

Et je suis pénible !

— … Ça vous est déjà arrivé de tomber amoureux lors d'un tournage ?

Il faudrait vraiment que je pense à remuer ma langue sept fois dans ma bouche avant de parler ! Mark pivote rapidement la tête vers moi, surpris. Je me hais. Que va-t-il penser ? Il se redresse et me jette un œil interrogateur avant de répondre. Il fait en plus durer le suspense.

— Désolée, ma question est bête… Ne croyez pas que je parlais pour nous, pas du tout. C'est une question comme ça ! C'est toujours ce qu'on imagine quand on regarde un film : est-ce que les acteurs sont tombés amoureux ou pas ?

Pitié, j'aggrave mon cas ! Mark a l'air ravi de me voir gênée.

— Ça arrive, mais… c'est plus une attirance passagère…

— Et le grand Amour ?

Et j'insiste, mais quelle idiote ! C'est naïf, rien de plus, j'espère qu'il a bien compris.

— … Non… Je n’y crois pas, je ne sais pas. Je ne m’attache pas, c’est mieux !

Tout en regardant par terre, Mark se tourne sur le côté, face à moi. Il jette un coup d’œil dans ma direction pour voir ma réaction. Nos regards se croisent.

— Je me contente du moment présent ! Et vous ?

Il a l’air sincère et parle avec sérieux.

— Moi ?… Ben, je suis mariée ! À partir de là, oui, c’est le grand Amour. C’est un acte pur et symbolique, sur lequel on ne revient jamais !

— Il y a pourtant beaucoup de divorces !

— Il suffit d’y croire, c’est tout. Et j’y crois !

Je ne peux être plus sincère, mais je suis tellement gênée de parler de mes sentiments. Je replie mes jambes devant moi, j’attrape un brin d’herbe et le découpe en mille morceaux. J’évite de croiser son regard.

— Alors, il vous fait encore vibrer ? Il effleure vos lèvres ?

Comment ose-t-il parler ainsi ? Je me crispe et mon ventre se met à frémir. Surprise, je lève les yeux vers lui et le regarde, incrédule. Je bois ses paroles, mais les refuse. Son regard est si triste. Pourquoi ?

— Il vous touche du bout des doigts ?

Il continue sa description érotique et mime en frôlant ma jambe. Je suis figée sur place.

— Il vous fait donc frissonner comme dans les livres de Jane Austen ?

Puis il se rapproche de moi comme un prédateur. Non, délicatement, c’est bien le pire. Je ne peux plus subir ce calvaire. Jusqu’où va-t-il aller ainsi ?

— Ce n'est pas correct ce que vous faites !

D'instinct, je le repousse avec un faux air fâché. Je veux qu'il arrête, mais sans le vexer non plus ! Mince, qu'il est perturbant ! Je ne suis pas faite pour vivre cela ! Quitte à paraître sainte nitouche, je veux qu'il me respecte !

— Vous ne croyez donc pas au mariage ?

Mark me regarde étrangement, tandis que j'attends ma réponse qui ne vient pas. Il retire sa main. Qu'est-ce qui peut bien se passer dans sa tête ?

— Quoi ?

C'est terrible, je voudrais qu'il me parle ! Cette situation est insoutenable. On se regarde, les yeux dans les yeux, et il ne bouge pas. Je vais mourir…

— Ça vous ferait quoi si je vous disais que vous me plaisez et que je suis convaincu que je ne vous laisse pas indifférente ?

Temps mort, arrêt sur image ! Finalement, j'aurais préféré qu'il se taise ! Non, pas ça, ça va tout gâcher ! La gorge nouée, je ne me démonte pourtant pas et, pour détourner son affirmation en plaisanterie, je penche la tête avec un rictus pincé et moqueur face à son sourire espiègle. Mais de mon côté, les mots ne sortent pas.

— Vous ne dites rien ?

Il n'est quand même pas sérieux ? Je prends une grande inspiration.

— Ce serait… très embêtant pour vous et…

— Et ?

— Et rendrait très compliquée notre collaboration ! Tout ça n'est que du cinéma !

— Aucune pitié, en plus !! Mais vous ne contredisez pas pour autant mon affirmation !

Panique à bord ! Je ne peux plus rien répondre.

— Allez, déstressez ! De toute manière, je préfère les blondes !

Douche glacée ! Mais à quoi joue-t-il ? Il se relève brusquement tel un athlète et s'assoit à côté de moi contre l'arbre. Il me sourit fièrement et bêtement. Je pense que je l'ai quand même vexé, autant que je le suis moi-même, malheureusement.

— Ça, on le sait que vous préférez les blondes ! Quel mauvais goût et quel mauvais acteur en plus !

La tension s'apaise peu à peu et, tendrement, nous échangeons un sourire. Pour mettre un terme à sa taquinerie, il exerce une légère pression sur le centre de mon épaule avec son index. Là où il ne fallait pas.

— Aïe…

— Quoi ?

— Rien, en plus d'être folle, je suis maladroite ! J'ai un vilain bleu.

Tout est bien qui finit bien ! J'esquisse un petit rire et relève mon tee-shirt pour lui montrer l'objet de ma douleur. Pour continuer sur ma lancée et finir sur une touche d'humour, je lui mets un petit coup de script sur le nez en guise de diversion : affaire classée ! On n'en parle plus.

J'ai eu chaud. Et il commence à faire frais. C'est la fin de la journée. Nous relisons une dernière scène, mais la fatigue a raison de nous. Demain, répétition chez lui. Il faut que je réfléchisse au plat que je vais lui préparer.

79 ∴ Int. Nuit - Vivement ce soir qu'on se repose

On ? Je voulais dire *je*.

J'ai besoin de repos après cette journée de fou.

J'ai besoin d'une bonne douche pour me remettre les idées en place.

J'ai besoin de tout, sauf du harcèlement de mon mari. Cela fait six jours que je l'ai quitté. Cela parait une éternité quand je regarde tout ce que j'ai vécu, mais cela fait bien trop court pour oublier. Je suis sous la douche qui n'en finit plus de couler sur moi. Le téléphone sonne, et moi je suis recroquevillée sous cette cascade d'eau, les cheveux sur mon visage, mais je m'en fiche. La tête entre mes mains qui n'arrivent pas à écraser ma peine, je n'en finis pas de faire ce mouvement de va-et-vient de panique. Trente minutes qu'il n'arrête pas. J'ai compté douze appels en absence et autant de bips annonçant un message. A-t-il aussi mal que moi, derrière son téléphone ? Il va me détruire. Dix minutes doivent s'écouler sans que la sonnerie ne retentisse. Je refais surface dans la salle de bains embuée par la vapeur d'eau et parviens à éteindre le mitigeur. Je sens mes yeux bouffis par les larmes dans lesquelles je me suis noyée. J'attrape tant bien que mal une serviette pour me sécher, mais je n'ai plus de force, je suis vidée. Au moment où je prends mon téléphone pour quitter la salle de bains, un SMS arrive. La sonnerie me fait l'effet d'une bombe et je lâche mon portable. Je me ressaisis et le ramasse. Je découvre alors ce que me réserve mon avenir.

SMS de Fabien : *Il va falloir que tu fasses un choix. Soit tu pars très loin, mais je te retrouverai ! Soit tu assumes et tu reviens chez nous. Tu n'as pas le droit de tout abandonner. Réponds-moi !*

Il n'a pas besoin de signer, sa touche personnelle est reconnaissable entre mille.

Avant de sombrer dans le sommeil, je tente de me vider la tête en déculpabilisant. Je ne suis pas la fautive, dans cette histoire. Je suis partie pour mon bien et parce qu'il aurait fini par me tuer de sa main. Je suis convaincue d'une chose : je l'aime toujours et c'est cela qui me fait le plus mal. Aimer un homme qui vous frappe, et quitter un homme que l'on aime. Un problème impossible à résoudre. Cela étant acquis dans mon esprit, je verrouille mon cerveau et réussis à m'endormir sans penser à rien. Vider mon esprit : il y a une éternité que cela ne m'était pas arrivé.

Cette nuit-là, étrangement, je dors bien.

80 ∴ Int. Jour - Chambre d'hôtel

J'ouvre les yeux, en pleine forme, avant la sonnerie de mon réveil. Formidable : une minute de répit acquise pour me réveiller tranquillement avant de me lever. Encore couchée, les mains sous la nuque, je souris à la vie. Non, je me force à sourire en pensant à mes nouvelles résolutions : chaque chose en son temps. Je vis mon rêve, ensuite je réglerai mes problèmes avec Fabien. *Après*. Ne pas lui donner de nouvelles est une première pour moi. Du moins, je n'avais jamais tenu aussi longtemps. Je m'interdis de le faire et je ne pense qu'à une chose à la fois.

Et ce matin, je dois aller faire des courses pour préparer mon meilleur filet mignon. Mon réveil sonne.

Je me fais jolie pour le plaisir, une belle tenue et un rouge à lèvres discret, mais qui me met en valeur. Je veux paraître sûre de moi. Ô combien j'en ai besoin !

81 ∴ Ext. Jour - Courses et currywurst

Étant en ville, je ne vais pas aller courir les grandes surfaces. Je décide donc de privilégier les petits commerçants pour pouvoir aussi prendre mon temps. Boucher pour un filet mignon ; boulanger pour un pain tendre et délicieux ; primeur pour des échalotes, quelques champignons frais et une belle salade ; caviste pour deux bouteilles de vin blanc pour remercier Mark de son invitation. Il manque quelque chose… Je retourne chez le boulanger et choisis deux fondants vanille-chocolat. Ce sera parfait.

Même si c'est moi qui dois tout préparer, je suis ravie de retrouver une vraie cuisine où je vais pouvoir cuisiner avec amour. Amour parce que la cuisine est dans ma culture : ma mère a fait de moi une passionnée de cuisine traditionnelle. Mais je ne voulais pas proposer de truffade ou d'aligot à Mark au premier repas, je garde ces jokers pour plus tard. Une expression de ma mère me revient en mémoire : « Un homme comblé est un homme qui se régale avec les bons petits plats de sa tendre épouse. » C'est vrai que mon père était comblé, et j'ai tout fait pour que Fabien le soit aussi. De ce côté-là, il n'a rien à me reprocher. Quant à Mark, pas question qu'il prenne ce repas pour un dîner romantique ! Voilà que les doutes réapparaissent ! J'ai vraiment eu une mauvaise idée en proposant ce repas.

Je soliloque ainsi dans ma tête et je m'énerve à culpabiliser de ce que je dis. *Arrête de parler comme ça, on dirait que tu vas à un rendez-vous galant !* Mais non, on peut faire un bon repas sans arrière-pensée. Un simple repas entre amis. Ma parole, nous devons être plusieurs dans ma tête, pas étonnant que je perde un peu la boussole !

Mes achats sont terminés. Cela a été difficile de communiquer en allemand, quoique je m'améliore. Une grande surface aurait été plus simple, mais peu importe. Il est 12 h 15 et je profite du soleil pour m'asseoir à la terrasse d'un restaurant et commander un *currywurst*. Je n'ai aucune idée de ce que c'est. J'aime le curry : je fais donc confiance à mon intuition. Mon smartphone m'indique que c'est une spécialité de Berlin à base de saucisse bouillie servie avec des frites et une sauce ketchup-curry. Eh bien, cela me semble pas mal ! Gras et consistant, mais appétissant. Exactement ce qu'il me faut pour tenir jusqu'à ce soir.

Il est 13 h 10, je commence à avoir une boule dans la poitrine. Est-ce que je repasse à l'hôtel pour me changer ? Le temps me paraît court. Il ne faut pas que je tarde à partir chez Mark : je n'ai qu'une adresse et je ne connais pas la route. D'après Google maps, il y aurait quinze à vingt minutes de trajet. Je décide de tenter le retour à l'hôtel, pour changer de tee-shirt. Je ne voudrais pas sentir la frite !

82 ∻ Int. Ext. Jour - De mon hôtel à la maison de Mark

Une fois à l'hôtel, c'est la course. Vite un nouveau tee-shirt, un pschitt de parfum, non deux ! Un coup de brosse dans mes cheveux, et du rouge à lèvres ? Non, juste un peu de gloss. Mince : 13 h 30, je vais être en retard ! Branle-bas de combat, le stress monte. Toutes les courses sont déjà dans la voiture. Un dernier coup d'œil dans une glace, allez, je file ! Arrivée devant l'ascenseur : « Mince, les clefs de la 4L ! » Je bous ! Le stress me fait faire n'importe quoi. 13 h 34, je démarre. 13 h 52, je suis dans sa rue ou plutôt dans un chemin. Il n'y a qu'une maison au bout, c'est forcément la sienne. Je ne peux pas arriver en avance, cela ne se fait pas. Je me gare près de quelques arbres pour patienter et me cacher les six interminables dernières minutes. 13 h 58, je démarre, je ne vais pas maintenant arriver en retard, cela ne se fait pas non plus. Il ne me faudra pourtant pas deux minutes pour parcourir 500 mètres ! Je m'énerve toute seule. Je roule donc doucement. Quand je coupe le moteur devant la maison de Mark, il est 14 heures pile. Je suis trop forte !

Et voilà, j'y suis. Mon cœur bat très vite. On va juste manger ensemble… Et répéter seuls chez lui… *Arrête d'y penser !*

83 ∴ EXT. JOUR - L'ANTRE DE L'ACTEUR

Les bras chargés de courses, je sonne à la porte et tourne le dos pour regarder le jardin et les environs. Comme c'est beau et tranquille ! Je n'attends pas deux secondes, Mark ouvre la porte. Je me retourne. Qu'est-ce qu'il est beau, même les cheveux en pagaille ! Deux mèches rebelles qui lui vont à ravir. Je serais prête à parier qu'il a encore la marque de l'oreiller sur sa joue. Trop chou ! J'ai envie de rire. Il me regarde à peine et dévie tout de suite le regard vers ma voiture.

— C'est quoi cette voiture ?

Et il éclate de rire. Ça commence bien ! Je suis subitement prise d'un doute : j'espère qu'il n'avait pas oublié que je venais. Je tente l'autodérision.

— Attention à ce que vous dites, c'est ma plus fidèle alliée !

Taquin, Mark me fait signe d'entrer dans la maison.

— Ne me dites pas que vous êtes venue de France avec ça ?! C'est un miracle que vous soyez vivante.

— Je peux aussi repartir immédiatement d'où je viens !

— OK, je ne dis plus rien ! Bienvenue chez moi !

Ouf, il s'en souvenait !

— C'est très… À vrai dire, je pensais que la déco serait plus masculine ! Une femme est passée par là.

— Ma mère est la seule femme autorisée à entrer chez moi. Mes parents habitaient ici il y a encore trois ans. Ils travaillaient aussi dans le cinéma. Depuis, rien n'a vraiment changé. On va dire que c'est ma résidence secondaire ! La villa à la déco masculine est ailleurs !

Il a donc une autre villa. Forcément ! Ses parents travaillaient dans le cinéma ? C'est la première fois qu'il en parle.

— Ils faisaient quoi, vos parents, dans le cinéma ?

— Perchiste pour mon père et accessoiriste pour ma mère. Ils se sont rencontrés sur un plateau de cinéma et j'ai grandi dans ce monde-là !

— Hum hum, ceci explique cela ! La nuit a été courte, non ?

— On ne peut rien vous cacher !

— Eh bien, eh bien, c'est du beau travail ! Si M. Ralph Altmann savait ça !

— Êtes-vous de la police, madame Fontaine ?

— Absolument pas, je plaisantais ! Vous aviez compris que je plaisantais ?

— Hier soir, nous fêtions les quarante ans de mon meilleur ami, Karl. Il y avait sa femme, Sofia, et un autre ami, Paul. Je suis rentré ivre mort vers 23 heures, donc pas si tard que ça ! C'était une très belle soirée entre copains ! Mon explication vous convient-elle ?

— Je n'ai posé aucune question ! Je peux déposer les courses dans la cuisine ?

Ça commence bien ! Avec son petit sourire en coin, il me fait signe de la main d'avancer. Il me suit de près. Nous passons devant une superbe baie vitrée. Je dépose vite les courses et retourne devant cette splendide vue de Berlin.

— Waouh, la vue est magnifique ! C'est la tour de Ferns… Fernest… turm ?

— Oui, *Fernsehturm* !

— Ce doit être agréable de vivre ici, à la campagne avec vue sur la capitale ! Piscine, en plus ?

Mark ouvre la baie vitrée du salon et me laisse passer. Nous nous dirigeons vers la véranda de la piscine. Son jardin est impeccable : ce n'est pas possible, il doit avoir un jardinier ! Moi qui suis une vraie maniaque avec mon jardin et mes fleurs, je n'arrive pas à ce résultat. Je ne lui en parle même pas : je le vois mal à genoux par terre pour s'occuper de ses plantes ! J'ai envie de sourire.

84 ∴ Int. Jour - Dans une étuve

À peine ouvre-t-il la porte coulissante de sa piscine qu'une vague de chaleur nous envahit. Il doit faire 40 °C ! J'ai du mal à respirer et mes cheveux vont se mettre à friser et se relever comme des cornes sur le côté : formidable !

— C'est un sauna !!

Je ne supporte plus mon gilet fin. C'est une horreur, cela prend à la gorge. Mark se met à ricaner, je ne saurais dire pourquoi. Il ouvre tout un côté de la piscine, celui qui donne sur Berlin. C'est absolument magique ! Je le regarde, il me regarde… et je me dis que cette petite ride au coin de son œil indique qu'il a une idée derrière la tête. Il s'avance vers moi, pieds nus : il est tellement charmant !

— Vous savez nager ?

— Non !

Non, pas ça ! En vérité, l'idée me traverse l'esprit et je ne peux m'empêcher de rire : ce serait amusant, mais ne tentons pas le diable. Je n'ai aucun rechange, encore moins de maillot de bain.

— Menteuse !

L'espace d'un instant, je deviens une proie qui recule face au lion. Ses yeux sont coquins et j'ai beau lui tenir tête, mon sourire persiste et me trahit !

— Je vous interdis de faire ça, non !

Sans que je puisse anticiper, je suis prise au piège. Il me pousse en arrière et je me retrouve en équilibre sur le rebord de la piscine. Il me tient à bout de bras. Nous nous retrouvons tout à coup très proches, tout en étant très loin l'un de l'autre. Je ne tiens que par la puissance de ses bras. Je n'ai plus qu'une envie : m'agripper à lui et le faire basculer. Mais cela pourrait être mal perçu.

— J'hésite !!

— Ne faites pas ça !

Je tente de garder mon sérieux. Soudain, je pense que je suis habillée en clair et que mes sous-vêtements sont noirs : si je tombe à l'eau, je vais mourir de honte !

Mark me rapproche de lui pour me retenir, mais je me prends au jeu et pivote pour le faire tomber. Erreur fatale : il me tient toujours et bascule en m'entraînant dans sa chute ! Quel beau plat ! Quand nos têtes refont surface, nous rions comme des enfants. Mark ne m'a pas lâchée un seul instant. J'ai toujours les mains liées et plein de cheveux devant les yeux. Nous rions, nous nous observons, tout mouillés, comme mis à nu. Que pourrions-nous nous dire dans un tel moment ? C'est le genre d'instant où le temps s'arrête et la magie opère. Le soleil et l'eau révèlent des reflets irisés dans ses yeux et je plonge dedans sans m'en rendre compte. En un battement de cils, son regard change : si j'osais, je dirais qu'il est sous le charme. Sous *mon* charme ? Je ne vois personne d'autre entre ses mains. La situation devient gênante quand je m'aperçois que je le fixe également et que je suis, moi aussi, sous son charme. Comment pourrait-il en être autrement ? Il est beau comme un dieu. Mon cœur bat la chamade. Mes pensées s'agitent, je voudrais, j'ai envie, je désire… Mais… Il faut que je rompe cela, mais je ne sais pas comment ! Je m'en veux, je n'ai pas le droit. Un frisson s'échappe, et je me lance.

— Vous pouvez me lâcher, maintenant !

— Je ne veux pas que vous vous noyiez !

— J'ai pied !

Mark me lâche d'une main et vient la poser sur mon front. Délicatement, il enlève une mèche de cheveux qui retombait sur mes yeux. Je suis clouée au sol, les pieds dans l'eau : il vient de me toucher le visage ! Ce simple geste est une véritable caresse. J'entends battre mon cœur dans mes tempes. Faites qu'il arrête tout de suite ! Son regard devient timide et c'est pire que tout... Puis il devient indiscret, je ne saisis plus.

— Vous vous êtes encore cognée, petite maladroite ?

Ma cicatrice sur le front...

— Oh ça ? Ce n'est rien !

Je profite de ce changement d'humeur pour m'esquiver. Je m'approche des escaliers et sors aussi naturellement que possible. Autant dire que je n'y arrive pas ! Je dois avoir l'air de prendre la fuite. Panique à bord !

— Bon, il va falloir me prêter des vêtements de rechange, je suis toute trempée par votre faute !

Une fois hors de l'eau, je me retourne en tiraillant mes vêtements qui dégoulinent. Mark m'observe étrangement.

— Tout de suite, je n'en ai pas franchement envie ! Et puis, c'est votre faute !

Mes sous-vêtements noirs !! Je deviens toute rouge et me jette sur un tas de serviettes qui se trouve sur une chaise longue. Que faut-il faire ? Rire ou pleurer ? Je décide d'opter pour le rôle de la fille outrée et je finis par badiner. Il faut que je fasse attention, je dois reprendre les choses en main. Mark s'amuse, mais moi je ne suis pas là pour m'amuser. Je décide de clarifier les choses.

— Et si on allait travailler ? Je suis venue pour ça, non ?

— Oui, dans deux minutes.

Et il effectue quelques longueurs. Je lui tourne le dos, feignant de contempler le paysage, et j'en profite pour prendre le temps de me calmer.

85 ∴ Int. Jour - Retour dans le salon

Cinq minutes pour me sécher, une minute pour m'habiller, huit minutes pour contempler l'intimité de sa salle de bains. Les cheveux mouillés, je rejoins mon hôte, habillée façon Mark Heinrisch : tee-shirt de l'équipe allemande de foot et short. Je sors penaude du couloir tout en pensant au nombre de filles qui rêveraient d'être à ma place. Le plus pénible est que je n'arrive pas à savoir s'il se moque de moi. Je me suis fourrée toute seule dans cette pagaille. Que me suis-je dit, il y a moins de vingt minutes ? Je vais clarifier les choses ?

— Ne me regardez pas !

— Ça va être dur !

— Allez, donnez-moi un plat, que je commence à faire mariner mon filet mignon ! Et après, on répète !

Mark s'exécute et je le suis dans sa cuisine ouverte. C'est une belle cuisine… mais qui est restée en l'état : dans les années quatre-vingt ou quatre-vingt-dix, ce devait être une cuisine dernier cri.

Mon plat en main et une planche à découper plus tard, je commence à émincer mes échalotes et à parer mon filet mignon de toutes les bonnes choses que j'ai achetées… sous le regard de Mark qui s'est assis en face de moi sur un tabouret de cuisine. Je ne fais pas cas de lui et il finit par attraper son script. Je passe du frigo à la planche à découper, de l'évier au tiroir des couverts, je ne tiens pas en place.

Je me retourne une fois pour voir ce que fait Mark. Il est muet comme une carpe. Et moi aussi. Je l'entends tourner et retourner les pages derrière moi, puis il s'agite. Pour finir, il repousse le scénario et commence à parler de la façon dont il imagine la réalisation de ce film. Il devient alors intarissable et j'ai même droit à des confidences sur les moments qu'il a préférés à la première lecture. Puis à l'opinion négative de Ralph lors de notre première rencontre. Je suis un peu dépitée par ses révélations qui font chanceler ma légitimité de jeune scénariste. Mais il arrive à me rassurer. D'après lui, si je n'avais pas d'avenir dans ce milieu, je ne serais pas là en ce moment.

Cela étant dit et entendu, je remarque que les aiguilles de l'horloge ont déjà bien avancé.

— Il faudrait peut-être commencer à répéter, non ?

— C'est important de parler de tous les détails aussi. Votre film, il faut savoir le vendre !

Et c'est reparti pour une longue discussion où il me demande mon avis sur ses idées. Il prend des notes et on se fixe des objectifs à respecter pour le tournage. Étant donné que je n'y connais rien, je lui fais confiance.

— Voilà, on a bien avancé ! C'était nécessaire ! Bon ! Page 89, vous êtes dingue de moi et je suis dingue de vous, mais on doit tout faire, sauf s'embrasser !!

Comment passer du coq à l'âne ! Non, pas cette scène, pas maintenant ! C'est *la* scène de mon scénario, c'est la pause poterie de *Ghost*, le porté dans l'eau de *Dirty Dancing*, le moment magique sur le pont du *Titanic*… Bref, c'est *le* moment intense ! Je sais que je ne suis pas capable de jouer cela. Voilà pourquoi je savais que tout cela était une très mauvaise idée. Il ne m'aura fallu que deux jours pour l'admettre, mais si je n'avais pas été aussi lâche, j'aurais refusé tout de suite. Je dois faire marche arrière. Je me retourne, troublée et paniquée. Je vois Mark prendre sa tête entre ses mains tout en soupirant. Il fixe le scénario. Quoi ? Lui aussi est en panique ? Il arrive à me faire rire alors que je n'en ai pas du tout envie. Je me pince aussitôt les lèvres. Je me concentre au maximum : il ne faut pas que je passe pour une idiote. Cette scène, c'est moi qui l'ai écrite, j'en connais les moindres recoins : il n'y a aucun baiser. Au pire, je n'aurai qu'à le frôler, mais il va falloir accepter qu'il me touche. En serai-je capable ? Ma petite voix intérieure se réveille et me jette la vérité en pleine figure. *Dis donc, cette scène, ne l'as-tu pas écrite pour pouvoir la vivre ? N'as-tu donc jamais rêvé de la jouer avec Mark ?* Oui, bon, la vraie vie, c'est différent ! Je ne suis obligée de rien, mais la tentation est plus forte que ma peur.

— Bon sang… Mais qui a écrit cette scène ?!

— Quelqu'un de formidable !

Qu'est ce qui lui arrive ? Il râle ? Il est énervé ? En faisant bien exprès de hausser les épaules devant lui pour le narguer, je respire très fort et me mets en mode actrice battante ! J'enfourne mon filet mignon qui a eu suffisamment le temps de mariner. Sûre de moi et tout en le regardant, je me dirige ensuite vers la baie vitrée.

— Bon… ! On y va ?

Mark se lève à son tour et me rejoint. Il s'arrête juste derrière moi et me frictionne les épaules. Puis je sens son souffle dans mon cou.

— Déstressez…

C'est lui qui me stresse ! Je tourne légèrement la tête vers lui, tout en évitant son regard.

— Ne me déconcentrez pas ! Scène en un seul essai et une seule prise ! OK ?

Mark sourit et jubile : il fallait s'en douter. Il fait glisser le scénario sur la table jusqu'à lui, puis commence à lire simplement le texte.

— Alors, « Emy regarde par la baie vitrée en pleurant. »

Je suis très concentrée… trop concentrée et Mark le remarque. Il tente de trouver mon regard et, quand enfin mes yeux noirs cèdent, il se met à mimer mon rôle de la fille en larmes et commence à chouiner contre la baie vitrée. L'effet de surprise est immédiat pour moi. Et pour lui, c'est le début d'un fou rire magistral. Il devient fou ! Mais il ne s'arrête pas et sa voix déraille à rire jusqu'aux larmes. Je résiste !

— Non mais c'est fini, oui ?

— Vous n'êtes pas rigolote : si on ne peut même plus s'amuser !

— Ne vous moquez pas de mon héroïne, la pauvre !

Il se calme et recommence sa lecture en reprenant son sérieux. C'est un ton très romanesque qui prend le relais : nous voici au XIXe siècle ! Bon, cela a le mérite de me détendre et c'est sans doute sa méthode pour ne pas se laisser prendre au jeu.

— « Emy tourne le dos à Thomas, qui s'approche d'elle. Il n'ose pas la toucher. L'échange est électrique. Thomas effleure les épaules d'Emy et rapproche doucement son visage de sa tête. Elle ferme les yeux. Thomas retire les cheveux des épaules d'Emy et respire son cou sans la toucher. Emy tourne sa tête vers Thomas, mais celui-ci lui indique de son regard noir de ne pas bouger. Il met son doigt sur sa bouche. Thomas contourne Emy, il se retrouve alors devant elle. Long regard yeux dans les yeux. Puis Thomas frôle le visage d'Emy de sa main, elle ferme les yeux et penche sa tête pour la poser dans la main de Thomas… »

Au début, c'est amusant, puis le ton romanesque se fait sérieux et cela devient troublant. Tellement réel, alors que nous ne sommes pas encore en train de jouer ! Mark me regarde. Je le regarde furtivement, puis je préfère l'éviter. Je l'écoute tout en regardant mes pieds, puis notre reflet dans la baie vitrée. Je mets mes mains dans les poches, je ne sais plus quoi en faire. Il lit ce que j'ai écrit pour lui, et il me regarde…

— « La main de Thomas frôle les lèvres d'Emy qui frémit. Elle ouvre ses yeux et met ses deux mains sur le torse de Thomas sans le regarder. Ils respirent tous deux difficilement. Elle lève enfin les yeux vers Thomas. Il approche ses lèvres des siennes, mais elle retire légèrement sa tête en arrière. Leurs lèvres sont proches, mais ne se touchent pas, ils se regardent. Thomas pose doucement sa main sur le bas du dos d'Emy, elle se cambre. Elle ouvre la bouche et frémit de nouveau. Elle remonte sa main derrière la tête de Thomas et serre une poignée de ses cheveux. Ils se mettent front contre front, se regardent profondément et résistent pour ne pas s'embrasser. Thomas se rapproche à nouveau, mais elle met sa main sur son torse et le fait doucement reculer. Elle recule d'un petit pas et retire sa main. Emy baisse les yeux et détourne légèrement sa tête. »

Un silence s'installe, la scène est terminée.

Comme à l'école, je souhaiterais qu'à cet instant l'alarme incendie se déclenche pour éviter de devoir passer à l'oral qu'on redoute tant.

Je regarde Mark à la dérobée. Ma gêne est palpable.

— Vous êtes prête ?

— Et si nous gardions cette scène pour le jour du tournage ? Elle en serait d'autant plus forte du fait de la nouveauté, non ?

— Vous vous débinez ?

— Non, pas du tout ! Mais… Je ne suis pas sûre d'y arriver dans ce contexte !

Tout en parlant, je hausse les épaules. Mark jette le scénario sur la table et se dirige vers le frigo pour attraper une bouteille de vin. Voudrait-il me saouler ?

— Vin blanc… Moelleux… Vous aimez ? Ça va vous détendre !

Je n'ai pas le temps de formuler une véritable réponse que la bouteille est déjà ouverte. Oui, j'aime le moelleux, et oui, cela va très certainement me détendre… mais jusqu'à quel point ? Le moelleux me fait aussi rapidement tourner la tête. Mark me tend un verre. Je regarde le liquide comme si c'était un poison. Puis je le sens, ne sachant que faire à cet instant. Ma main tremble.

— Humm, il sent bon !

— Buvez… Mais avec modération !

Je le prends au mot et goûte le vin pendant qu'il se sert un verre. Je ne sais pas ce qui me passe par la tête tout à coup mais, à la deuxième gorgée, je décide de le boire cul sec. Je respire et souffle. Je suis en surchauffe instantanément. Je n'aurais évidemment pas dû.

Mark, surpris, me regarde avec des yeux ronds. Il ne touche même pas à son verre.

— Il fallait me dire que vous aviez soif !

Avec un rictus en coin et un regard charmeur, il me ressert et j'en profite pour m'essuyer délicatement le coin de la bouche du bout du doigt. Quand je relève la tête, Mark me regarde, figé, la bouche légèrement ouverte. Il déglutit, les yeux dans le vide. Je me retourne face à la baie vitrée.

— C'est parti !

— Mark et Lili première !

Il claque avec ses mains. Je me sens mieux et plus sûre de moi, les effets de l'alcool en plus. Instinctivement, je me retourne et lui souris… – un rêve dans un rêve…

— Ne souriez pas : vous êtes en train de pleurer !

Aussitôt mon sourire s'efface et je reprends mon sérieux, pendant que Mark me quitte un instant pour allumer la musique.

— Ça va nous aider !

Ou pas : je trouve cela trop romantique ! Trop… ringard ! Nous allons donc jouer en musique.

Nous soufflons au même moment. La répétition commence.

Il s'approche de moi, me frôle doucement, je fais semblant de pleurer, mais ce n'est vraiment pas simple et je me mets à ricaner.

La scène s'arrête. Je me retourne vers Mark avec un grand sourire d'excuse. Lui, pas content du tout, se tient les mains sur ses hanches. Oh, ça va : je ne fais que copier ce qu'il a fait tout à l'heure !

— Pardon…

Il ne pourra pas m'en vouloir longtemps. L'élève va dépasser le maître. Je souffle, reprends une gorgée de vin blanc et me mets en position face à la baie vitrée. J'entends Mark qui boit lui aussi avant de se replacer.

Et c'est reparti ! Nous recommençons ce début de scène, mais c'est plus fort que moi, je ne peux m'empêcher de rire. Cette fois-ci, je le vois s'amuser de la situation, il me tend mon verre, et nous trinquons…

— Pour qu'elle arrive à jouer son rôle sans rire !

Je n'avale qu'une goutte, parce qu'il faut tout de même que j'y arrive. Je respire profondément, je suis concentrée. Je le sens.

Mark effleure donc mes épaules et rapproche doucement mon visage de sa tête.

Je ferme les yeux machinalement, je suis dans mon rôle et ne laisse pas transparaître mes vraies émotions.

Il retire mes cheveux de mes épaules. Il semble avoir un moment d'hésitation, puis il s'approche plus près encore pour respirer dans mon cou sans me toucher. Comme dans le texte, je tourne ma tête vers lui.

Mon ventre se crispe, le trac revient.

Mark, non, Thomas m'indique de son « regard noir » de ne pas bouger et met son doigt sur ma bouche.

Ma lèvre sursaute. C'est horriblement troublant. On ne maîtrise pas tout. Un sourire m'échappe, mais je parviens à le retenir. Je respire et marque une courte pause.

« Thomas » contourne « Emy », nous sommes face à face. Nous devons nous regarder longuement les yeux dans les yeux. Ce que nous faisons. Lui, maintient son regard, alors que moi, je vire une fois à droite, une fois à gauche et, entre les deux, il y a ses troublants yeux verts.

Sa main vient frôler mon visage, je dois fermer les yeux et pencher ma tête pour la poser dans la main de Mark.

J'ai l'impression que, dès qu'il me touche, mon corps frissonne et le repousse. C'est un défi à la tentation inverse. Moi, Lili, je suis tentée, mais je ne dois pas le faire. Dans mon rôle, Emy est tentée et est obligée de le faire ou de se laisser faire. C'est contre tous mes principes.

L'autre main de Mark vient frôler mes lèvres.

J'ouvre mes yeux et un rire nerveux s'impose. Ça chatouille, je n'y peux rien. Je me contiens en mettant mon doigt sous mon nez.

♀	♂
Je lève enfin les yeux vers « Thomas »... Mark... Mes mâchoires se contractent et cela me fait mal.	Je continue, j'arrête ? Emy vient de disparaître et Lili a les joues toutes empourprées.

Je reprends une profonde respiration. C'est à moi de toucher Mark.

Mes mains hésitantes viennent se poser sur le torse de Mark.

Je n'arrive pas à le regarder. Si, il le faut, c'est de la fiction !

Comme dans le script, il approche ses lèvres des miennes et je retire légèrement ma tête en arrière. Nos lèvres sont proches, mais ne se touchent pas. Nous nous regardons. Mark pose doucement sa main sur le bas de mon dos.

♀	♂
Non, je ne peux plus ! J'ai beau regarder ailleurs, c'est trop, trop réel. Et je recule. C'est quoi, cette odeur ?	Mais pourquoi fait-elle ça ? C'est moi qui la trouble ainsi ? Ce n'est que du cinéma ! C'est quoi, cette odeur ?

Mince, le filet mignon !

L'alarme incendie ou un filet mignon raté ! Je cours pour éteindre le four et sortir le filet. C'est brûlé, il ne manquait plus que ça ! Quelle idiote, pourquoi n'ai-je pas programmé un minuteur ? Je fais n'importe quoi. Je suis tellement déçue…

♂

MARK HEINRISCH

86 ⁘ Int. Jour - En plein désarroi

Je ne comprends plus rien. Oui, cette fille, si elle n'était pas si vulnérable, je l'aurais draguée, c'est sûr, jusqu'à arriver à mes fins, mariée ou pas ! Mais quelque chose m'échappe. À certains moments, elle paraît forte, et à d'autres, elle semble complètement démunie. Je n'ai pas fait de hautes études de psychologie, mais je mettrais ma main à couper que je lui plais et que cette scène la perturbe. Et elle me plaît, bon sang, oui, elle me plaît ! En vérité, je suis désemparé. Je suis assis sur ma chaise, face à elle qui me tourne le dos, toute penaude, ne sachant que faire de ce plat qui fume. Elle est différente des autres, mais pourquoi ?

Le téléphone de Lili, qui se trouve juste sous mon nez, sur la table, se met à clignoter en silence. Un message vient d'arriver. Ce n'est pas de l'indiscrétion, mais ce message s'est imposé à moi et disparaît assez lentement pour que je puisse en lire une bonne partie sans toucher au portable.

SMS de … : *Pardon pour tout ce que je t'ai fait. Je me tue si tu me quittes. Je ne supporte pas de te savoir si loin de moi…*

Je n'en crois pas mes yeux. Je suis sous le choc. C'est quoi, ça ? Du chantage affectif ?! Je jette un œil à Lili qui ne s'est aperçue de rien, toujours affairée à rattraper son filet mignon.

Le portable se rallume et affiche un SMS à lire. Merde, il y a un truc qui ne va pas !

— Bon, eh bien, le repas est prêt !

Je lève les yeux vers Lili et me force à lui sourire. Que cache-t-elle ?

Ce n'est évidemment pas l'heure de se mettre à table, mais je ressens un profond mal-être chez Lili. Je n'insiste donc pas avec cette scène. Je lui sors de ma bibliothèque des livres sur le cinéma : il faut changer de sujet, autant pour elle que pour moi. Je retrouve le coffret de la série *Urgence Berlin* et le lui offre. Je vois dans ses yeux que ce simple coffret est d'une valeur inestimable. Elle ne m'explique pas, me dit simplement « merci beaucoup, je le regarderai d'un œil différent, c'est sûr ». Elle le tient un moment contre elle, puis le dépose sous son portable. Ensuite, nous parlons scénario et écriture, forcément, et je lui décris aussi les autres métiers du cinéma. Elle n'arrête pas de prendre des notes, sans jamais me regarder.

Vers 19 h 00, nous décidons de préparer quelques toasts pour nous ouvrir l'appétit. L'atmosphère se détend, aidée par le fond de la bouteille de vin blanc. Elle recommence à rire, cela me fait du bien. J'avais peur d'avoir cassé quelque chose en elle. Mais je ne pense pas que je sois le plus fautif. Ce SMS venait de son mari, à coup sûr. Qui d'autre pourrait lui envoyer un tel message ? Étant donné sa façon de faire avec moi, je ne la vois pas avoir un amant. Elle a l'air bien au-dessus de tout ça. « Pardon pour tout ce que je t'ai fait. » L'a-t-il trompée ? Et elle aurait fui sans rien dire ? Mais entre-temps, elle est bien retournée chez elle ? Où est-elle allée en attendant ? Est-ce qu'il la frappe ? Ce qui expliquerait ces bleus qu'elle tente de cacher par sa maladresse. Je n'arrête pas de penser qu'elle pourrait être vraiment en danger. J'ai beaucoup d'affection pour Lili, je ne vais pas pouvoir ne pas me mêler de ses problèmes. Et elle ne doit pas gâcher son avenir. Il faut qu'elle arrive à jouer cette scène, sinon sa carrière de jeune actrice est terminée. Et celui que ça gênerait le plus, c'est moi. Si elle ne joue pas dans ce film, ce sera autant d'heures passées loin d'elle et je n'en ai pas envie. J'ai besoin d'elle.

87 ∴ EXT. TOMBÉE DE LA NUIT - SUR MA TERRASSE

Vers 20 heures, nous nous installons sur la terrasse et commençons le repas. C'est rare que j'invite chez moi, qui plus est une fille. Je suis plus souvent chez mes amis Karl et Sofia, voire chez Paul, mais celui-là ne sait pas cuisiner ! Sinon, je préfère le resto : il n'y a pas le ménage à faire le lendemain. N'ayant pas eu de relation amoureuse stable depuis longtemps, je n'invite aucune fille à passer ou à dormir à la maison. Cela m'évite de donner mon adresse à n'importe qui. C'est une sécurité, car j'aime aussi ma tranquillité, même si je reconnais que je ne troquerais ma vie d'acteur pour rien au monde. Mais j'aimerais parfois pouvoir sortir et être un parfait inconnu. Et ce que j'aime chez Lili, c'est cette fraîcheur et cette façon qu'elle a de me traiter comme un homme normal. Avec elle, je suis bien, tout simplement.

On parle de tout, elle me fait rire, elle est curieuse. C'est peut-être une manière de ne pas trop en dire sur elle.

Des oiseaux chantent, une légère brise souffle dans les cheveux de Lili. Elle me parle et je n'entends plus ce qu'elle me dit, je la regarde et cela me suffit. Elle lève la tête et sourit toute seule. Et moi, je suis surpris en train de la dévorer des yeux.

— Quoi ?

— Le vin était trop bon et je suis pompette !

Ses yeux pétillent, tout son visage s'illumine. Et son sourire… C'est la seule fille que je connaisse qui arrive à sourire tout le temps, même quand elle pleure. Le jour de notre rencontre, puis dans l'ascenseur… Mais quand il disparaît, ce sourire, cela devient inquiétant. Pendant la répétition de cette fichue scène, j'ai eu peur… Et je n'arrête pas de penser à cet étrange SMS… Je veux profiter de chaque instant avec elle. Et même si l'on ne se connaît que depuis peu, j'adore la faire mariner !

— Folle et alcoolique, mais malgré tout, bonne cuisinière ! C'est délicieux.

— Merci !

Une lueur de fierté éclaire son visage, puis un nuage noir se pose sur ses yeux, elle devient inquiète. Je sens qu'elle va me poser une question qu'elle est en train de ruminer dans sa tête. Le regard baissé vers son assiette, elle continue de manger, maintenant très sérieuse. Elle pose sa fourchette, triture sa serviette…

— Mark ?… Je… je ne suis pas certaine de vouloir continuer à jouer les actrices…

Non, pas ça ! Elle n'ose même pas me regarder en face.

— Ce serait vraiment dommage de ne pas aller jusqu'au bout, vous ne croyez pas ? Vous vous débrouillez très bien. C'est ma faute, j'insiste trop.

— Je… je ne sais pas, je ne suis pas à l'aise, c'est tout. Une vraie actrice ferait beaucoup mieux que moi !

— Dans votre scénario, je suis déjà un acteur connu et Emy est une actrice novice, comme vous ! C'est vous qui l'interpréterez le mieux ! C'est encore cette scène qui vous gêne ?

Lili hausse les épaules et acquiesce avec des yeux de chien battu. Elle n'est pas fière d'elle. J'essaie de rester calme.

— Ce n'est pas contre vous, mais… Il faut que ça paraisse tellement vrai que… J'ai l'impression de… d'aller à l'encontre de…

À l'encontre de quoi ? Je rêve ! J'ignore quels sont ses penchants religieux, si tant est qu'elle en ait, mais là, c'est inquiétant. Quel genre de fille arrive à écrire un scénario, le proposer à l'acteur de son choix, avoir la chance de pouvoir jouer le premier rôle, et choisir de dire non, sous prétexte qu'elle a peur ? Mais peur de quoi ? On ne s'embrasse même pas ! Quelque chose m'échappe !

— C'est du cinéma, Lili ! Vous n'allez pas tromper votre mari pour autant.

Je me lève, je ne tiens plus assis. Je passe la main dans mes cheveux et me frictionne le visage, je dois rêver !

— Ne laissez pas cette scène tout remettre en question ! Ce n'est même pas une scène d'amour, il n'y a même pas de baiser ! C'est juste une scène… romantique. Et alors ? J'ai embrassé je ne sais combien d'actrices sans tomber amoureux d'elles, et sans qu'il y ait le moindre sentiment ! Si vraiment vous vouliez m'embrasser, je comprendrais que vous soyez gênée, mais c'est du cinéma !

Je la regarde en face, il faut que je sache.

— Vous avez peur de quoi ?

Elle reste muette comme une carpe. Je sais qu'elle connaît la réponse, mais aucun mot ne vient, cela semble même être une torture. Je la laisse réfléchir et, sans rien dire, je pars chercher une autre bouteille. Je l'observe à travers la fenêtre, elle se tape le front et marmonne quelque chose. Elle bouge sur sa chaise sans savoir où se mettre. Cela me fait mal de la voir ainsi. Ma fierté en prend un coup. Je voulais faire ce film avec elle. Je la rejoins, nos regards se croisent rapidement, elle a l'air désespérée. Je lui sers un verre de vin qu'elle commence à boire.

— Merci…

Sa voix est à peine perceptible. Je me rassieds, je bouillonne. Je n'en peux plus, il faut que j'agisse. Sans réfléchir, j'attrape la chaise où est assise Lili et la fais glisser jusqu'à ce que ses genoux touchent la mienne, pour qu'elle soit en face de moi. Elle se retrouve coincée entre mes jambes. Elle est d'abord surprise et se fige. Elle tente de garder son calme, mais la couleur de sa peau la trahit.

— Maintenant, et sans réfléchir, embrassez-moi ! Il faut rompre la glace, c'est du faux ! Embrassez-moi !

Lili passe du blanc au rouge et me regarde avec de grands yeux apeurés. Sa tête oscille alors de droite à gauche pour me dire non, mais aucun son ne sort de sa bouche à demi ouverte.

— Embrassez-moi, sinon, c'est moi qui vous embrasse !

— Non ! Ne me touchez pas !

Elle se lève brusquement et prend un air sévère et méfiant. La chaise en tombe par terre.

Je suis surpris de cette réaction, mais je comprends vite que je viens de ruiner mes dernières chances. Imbécile que je suis ! Elle était censée m'embrasser fougueusement, parce que je pensais à ce moment qu'elle en avait envie. Je suis en dessous de tout ! Je me lève doucement, sans geste brusque. Elle, devant moi, comme une biche fébrile, sans défense, au bord des larmes… Et sans sourire…

— Je ne vais pas vous sauter dessus, c'est un jeu…

J'essaie d'apaiser cette tension soudaine en parlant doucement. J'avance à tâtons, comme pour calmer un chien qui a peur.

— Justement, ce n'est pas un jeu !

Elle se met à parler fort et commence à s'agiter en faisant plein de petits pas. Elle m'inquiète.

— Vous pouvez penser ce que vous voulez de moi, que je suis frigide ou sainte nitouche, je ne vous embrasserai pas ! Je ne peux pas !!

Son ton m'écorche l'âme : qu'elle ne *veuille* pas m'aurait fait mal, mais…

— Vous ne *pouvez* pas ???

— Écoutez, il n'y a pas de baiser dans ce fichu script, donc le problème est clos !

Elle attrape son verre, le porte à sa bouche brusquement, mais le repose immédiatement et le pousse sur la table. Elle se contient de toutes ses forces. Ce que je ressens à ce moment-là est indescriptible. J'ai peur de la perdre. Elle ne me regarde plus. Je tente une rémission.

— Je suis désolé, je n'aurais pas dû. Traitez-moi de tous les noms, vous avez le droit, je l'ai mérité.

— Il est tard, je vais rentrer !

Elle se frotte les épaules, elle a un frisson. Le glas sonne en moi. Je suis en dessous de tout, je ne sais pas comment me faire pardonner et surtout la retenir.

— Vous avez trop bu pour conduire, et moi aussi.

Elle détourne sa tête et ferme les yeux pour retenir ses larmes. J'ai envie de la serrer contre moi, mais quelle conséquence cela pourrait-il avoir sur elle ? Je m'approche d'elle, elle a froid. Ce n'est qu'un geste tendre et je ne supporte plus de la voir ainsi. Je vais vers elle et la guide tout simplement au creux de mes bras. À ma grande surprise, elle se laisse faire sans rien dire. Ses larmes coulent en silence, elle résiste pour ne pas éclater. Mais son corps tressaute et mes mains font tout pour la calmer. Au bout d'un petit moment, elle s'apaise et je peux enfin la rassurer… et me rassurer. Je sens sa main, qui était serrée contre son cœur, se tourner et se poser sur ma poitrine. Elle agrippe mon tee-shirt. Je la serre un peu plus fort, je ne peux plus m'en empêcher. Je ferme les yeux car, moi aussi, j'en ai gros sur le cœur.

— Hé, tout va bien !… Ce que je m'apprête à dire n'est pas opportun, mais… j'ai une chambre d'ami et un très joli pyjama à vous prêter.

Je m'écarte légèrement d'elle sans la lâcher et je vois qu'elle sourit. Je ne peux pas résister : je la blottis à nouveau dans mes bras. Et le temps s'arrête. Elle se laisse dorloter et finit par parler en relevant sa tête. Elle se dégage un peu et me regarde.

— Pardon.

Elle sourit, gênée, et baisse à nouveau ses yeux.

— C'est moi qui vous demande pardon. On efface cette dernière scène, on rembobine et on ne parle plus cinéma. Enfin, si : on va regarder un bon film, et au lit !

Ma Lili revient à elle et son espièglerie me ravit et me donne le sourire.

— Je n'ai pas vu de télé dans votre salon !

— Ce n'est pas une invitation indécente, mais je n'ai qu'une télé… et elle est dans ma chambre !

C'est la pure vérité, mais je n'y avais pas pensé avant de lui proposer de regarder un film. Bon, elle ne paraît pas s'effaroucher.

— Ben voyons !

Malgré le non qu'elle fait avec sa tête, le sourire complice qu'elle m'adresse vaut pour un oui.

Sans attendre, je donne la bouteille à Lili et embarque nos deux verres. Nous rentrons dans la maison. Lili me suit avant de s'arrêter.

— Je suis désolée pour tout. Ce scénario, je voulais simplement qu'il arrive entre vos mains… Et que cette histoire prenne vie. Mais tout ça va trop loin, je n'en voulais pas tant… Je n'ai pas la carrure pour faire partie de ce monde, je n'ai rien à faire ici…

C'est un mea-culpa mélangé à des prémices d'explications. Je ne cherche pas à en savoir plus. Je ne veux plus de tensions entre nous, même si elle paraissait vouloir se confier. Je ne crois pas qu'elle m'aurait de toute manière tout expliqué ce soir. Elle est bien trop secrète et j'accepte d'attendre.

— J'ai parfois du mal à vous cerner : folle, alcoolique et indescriptible ! N'en parlons plus ! Allez-y, c'est la deuxième à gauche. Je vais chercher le dessert.

Lili s'efface et je la regarde s'éloigner. Je prends deux minutes au calme pour tenter de faire le point. Les deux mains sur mon bar, la tête basse, je repasse en boucle cette journée. Mais ce que je ressens m'empêche d'y voir clair. Il faut que je lui parle, mais plus tard. Demain peut-être. Je me ressaisis, j'ouvre le frigo et sors le dessert. Gâteaux vanille-chocolat, quel parfait mélange ! Cette femme est en train de me faire tourner la tête.

88 ⁘ Int. Nuit - Une fille dans ma chambre

Je suis soudain pris de panique. Je me retrouve dans ma chambre avec une jolie fille qui me plaît vraiment… Beaucoup. Qui me fait de l'effet, c'est sûr… Et je n'ai le droit de rien tenter. Vais-je pouvoir résister à cet interdit qui vibre à l'intérieur de moi ? Je m'affaire à allumer la télé. Je me sens comme un jeune con d'étudiant qui reçoit pour la première fois une copine dans sa chambre. J'évite son regard, je perds toute mon aisance masculine. Je suis agenouillé devant mon écran, à me demander quelle proposition de film je vais bien pouvoir lui faire pour qu'il n'y ait aucune ambiguïté. Je sens la tension de Lili qui vient de s'asseoir sur mon lit. Je n'ai pas de fauteuil ou de pouf où elle pourrait s'installer et se sentir certainement plus à l'aise. Elle tourne la tête et observe tout autour d'elle. Elle n'ose pas s'aventurer vers les photos de l'étagère. Elle les regarde de loin, plisse les yeux, mais ne pose aucune question. En me retournant et en la voyant ainsi vulnérable sur mes draps, je m'aperçois que la lumière tamisée nous offre un cadre peut-être trop romantique pour notre « soirée pyjama entre amis ». Lili est là, assise sur ce que j'appellerais une demi-fesse dans le coin de mon lit, ne sachant que faire de ses mains et de ses jambes tant elle est gênée. Pour attraper son verre, elle est obligée de tendre le bras et de poser sa deuxième fesse sur mon lit au prix d'un grand effort. Et moi, dans la même position, je m'installe de l'autre côté du lit. Pour paraître à l'aise, je m'allonge à moitié, le dos contre l'oreiller, et mets une de mes jambes sur l'autre. Je saisis mon verre, rapprochant ma main de son corps qui se détend enfin. Elle est à présent installée en tailleur. Une gorgée de vin chacun plus tard, je lance le film via la télécommande.

— Un film d'action, comique, et sous-titré spécialement pour vous : ça vous ira ?

Ouf, elle me sourit !

— C'est parfait ! C'est un de vos films ?

— Cela serait trop d'émotion pour vous dans la soirée ! Je ne veux pas courir le risque que vous succombiez à mon charme, là, ce soir, dans ma chambre !

Mark Heinrisch, sors de ce corps !! Non, elle a compris que c'était une plaisanterie !

— Alors ça, impossible ! Vous devriez faire attention à vos chevilles !! Elles gonflent !

— Je vous donnerai mes plus grands succès : vous en mourez d'envie !

— Oui, ça, je veux bien ! Comme vous êtes quasi inconnu en France, vos films sont impossibles à trouver.

— Vous me narguez, là ?!

Je me relève maladroitement pour lui faire face et continuer ce petit jeu qu'elle a entamé. Malheureusement, ma fougue manque de compromettre notre soirée cinéma. Mon saut sur le lit fait trembler notre plateau grand cru. Les mains de Lili viennent heureusement rattraper nos deux verres et les miennes choquent les siennes pour sauver la bouteille. La même expression de peur mêlée à la surprise se pose sur nos visages. Ses lèvres se pincent pour éviter de rire de ma bêtise. Et c'est cette expression que je préfère chez elle, quand ses lèvres se laissent aller au fou rire. Elle me tend alors mon verre et trinque avec le sien.

— Veuillez rester à votre place, monsieur Heinrisch, vous êtes sur un terrain glissant !

Elle me lance cette phrase avec la plus grande innocence. Si elle ne m'offrait pas en même temps ce large sourire, j'en aurais à coup sûr retenu le double sens. Et il m'aurait blessé.

— Je ne bouge plus, promis, mais arrêtez de me chercher !

— Oh !

— Plus un mot, maintenant, le film commence !

Je lui adresse un petit clin d'œil amical mais charmeur ! Je reste un homme, et cette femme a le don de me mettre dans tous mes états. Avec un petit sourire narquois, elle se replace sagement au creux de son coussin, les jambes contre ses cuisses. Et je ne peux m'enlever cette image de la tête. Dans quelques heures, je vais dormir sur ce même coussin qui portera son odeur. Une ivresse m'envahit et je tente de la calmer par celle que m'offre mon verre de vin. Lili me regarde étrangement, étouffe un bâillement et tourne son visage vers la télé. Avec toujours cette esquisse ravissante aux lèvres.

Des lèvres qui me tentent, irrésistiblement…

Et le film se met doucement entre nous. Les gâteaux sont consommés, l'eau remplace petit à petit le vin dans nos verres. Lili est concentrée, mais la fatigue se lit sur son visage. Mes yeux n'arrêtent pas de dévier vers elle. Une scène comique arrive et c'est à gorge déployée qu'elle s'exprime. Nos mains se croisent et s'évitent sur le plateau. Et c'est en ange qu'elle finit par fermer ses yeux. La tête posée sur l'oreiller dans ma direction. Je suis figé, la télé a perdu tout son attrait. Elle dort. Elle dort sur mon lit, dans mes vêtements. Le doute s'installe en moi. En prenant soin de ne pas faire bouger le matelas pour ne pas la sortir de ses songes, je place mon coude sous ma tête, face à elle. Et je la regarde. Mon pouls s'accélère. Si elle n'était pas si belle, cela rendrait ma tâche plus facile. Elle a gardé son sourire au coin des lèvres. Elle sommeille. Il est 23 h 12. Dois-je la réveiller ? Dois-je la laisser dormir ? Instinctivement, j'approche ma main vers elle, mais la retiens. Non, je ne la réveillerai pas. C'est purement égoïste de ma part : je prends ce moment que l'on m'offre.

Sans bruit et sur la pointe des pieds, je me lève pour éteindre la télé puis débarrasse le plateau avec les verres. Elle dort toujours, j'arrête de culpabiliser. J'éteins la petite lumière. Les volets sont ouverts et la lune nous offre ses reflets. Je dépose une couverture sur ses jambes pour qu'elle n'ait pas froid et m'installe près d'elle. Je l'observe, elle respire doucement, tranquillement. Une respiration plus longue fait tomber une petite mèche de cheveux sur son front. Je l'attrape délicatement et la dépose sur le haut de sa tête.

Je n'ai pas sommeil, comment pourrais-je dormir ? Je n'ose pas la quitter des yeux. Ainsi, elle est à moi… rien qu'à moi. Et je me risque à lui voler le geste qu'elle s'interdit. J'embrasse mon index et le dépose tendrement sur ses lèvres.

Cette nuit-là, à deux reprises, je me réveille pour m'assurer que ce n'est pas un rêve.

Sur le matin, Lili a un sommeil agité. Je lui prends la main et ne la lâche plus. Plus rien ne vient troubler notre sommeil.

♀

LILI FONTAINE

89 ⁘ Int. Nuit - Chez moi - Cauchemar en plein rêve

Tout est flou, je suis chez moi et je ressens une angoisse. Comme une impression de me regarder moi-même vivre une scène connue.

Je suis là, dans mon salon, confortablement installée sur mon canapé douillet. Je regarde, en extase devant ma télé, une série. Mark apparaît à l'écran, il marche vers l'actrice à qui il donne la réplique. Il la drague avec son charme dévastateur. Il s'apprête à embrasser sa partenaire.

Je serre mes mains, mon cœur bat fort et je sautille d'impatience et d'excitation sur mon coussin. Oui, je jubile à le regarder et je plains ma couverture qui me sert d'exutoire. Je la tortille, la pousse, car j'ai chaud, puis la reprends, car l'attitude de Mark me donne des frissons. Je suis tellement obnubilée par cette série que j'en oublie l'heure et l'arrivée imminente de Fabien.

Pourtant, il est là, il me regarde, je n'ai rien entendu. Je ressens sa présence, mais je la fuis pour rester dans mon monde. Il jette son attaché-case par terre, opère un demi-tour et fait claquer la porte d'entrée. Je sursaute et tourne mon regard dans sa direction. Il a le visage rouge et les yeux emplis de colère. Je n'ose rien dire, je reste figée. Qu'ai-je fait de mal, cette fois ? Avec violence, il se rapproche et, tout en me criant dessus, il arrache le cordon de la télé qui s'arrête net.

— Tu regardes encore ces conneries ?!

Je sursaute à nouveau et froisse de plus belle ma couverture. Mon rêve est terminé, Fabien a enfermé Mark dans l'écran. Je ressens de la haine et me lève d'un bond. Pourquoi fait-il ça ? En un instant, je m'avance, énervée, vers Fabien. Je l'attrape par le bras pour le faire reculer.

— Fabien, arrête. Non !

Fabien virevolte brusquement et me gifle.

Tout s'est passé très vite et je n'ai pas vu arriver sa main. Ce n'est pas un rêve, mais bel et bien un souvenir.

Je suis sous le choc. Ma joue brûle et je sens ma lèvre trembler. J'ai l'air surprise, pourtant ce n'est pas la première fois. Il m'avait interdit de regarder cette série. Je n'y avais pas cru et n'avais pas hésité un seul instant, en son absence, à ignorer son ordre pour mon plaisir personnel. Après tout, quel mal y avait-il à regarder une série TV ? Je crois qu'à cet instant j'ai compris que je ne regarderai plus aucun épisode. Pour moi, la saison deux s'était terminée à l'épisode huit et je ne connaîtrai pas le dénouement de la saison trois. Je ne saurai jamais si Mark arriverait à ses fins avec la jolie blonde, ni s'il se sortirait des embrouilles dans lesquelles il s'était mis à la fin de l'épisode sept. J'ai un goût amer dans la bouche tandis que la voix de Fabien résonne et s'éloigne de plus en plus, comme brouillée.

— Tu t'es vue, Lili ? Ne refais plus jamais ça ! Une vraie gamine !

J'ai l'impression d'avoir perdu quelque chose. Mon cœur à mal. Mes fantasmes sur ce bel acteur allemand n'auront plus cours que dans mes rêves ou dans des écrits, pourquoi pas. Est-ce aussi interdit de rêver ?

Tout commence par un rêve, même s'il faut en souffrir.

J'ai chaud, je panique, je veux que ça s'arrête… J'étouffe…

90 ⁘ Int. Lever du jour - Chambre de Mark - Un rêve en plein cauchemar

J'ouvre brusquement mes yeux. Je sens mon corps moite de sueur. Je vois trouble. L'angoisse, certainement. Je tente de me détendre en m'étirant, mais un poids doux et chaud retient ma main. Mes yeux retrouvent leurs fonctions et ma vision s'éclaircit. Je découvre Mark, face à moi. Mon cauchemar se mêle à ma réalité, je ne comprends plus rien. L'espace d'un instant, je suis perdue et tente de remettre mes idées en place. Mark et moi qui regardons un film, Mark coincé dans ma télé… Qu'est-ce que je fais là ? Où suis-je ? Pourquoi Mark dort-il tout près de moi ? Pourquoi ma main se trouve-t-elle dans la sienne ? Je sens mes yeux vriller et s'écarquiller. Que s'est-il passé cette nuit ? Je ne sais pas pourquoi je repense au filet mignon mais, peu à peu, je retrouve le fil des choses. Notre répétition chaotique, notre repas en tête à tête, le vin et le film. Je me suis endormie. Oh non ! Un sentiment de honte m'envahit. J'ai passé la nuit dans le lit de Mark Heinrisch et il est resté là, à mes côtés ! Je veux mourir. Il a pris ma main, à moins que ce ne soit moi qui aie pris la sienne… C'est pire que tout ! Je la regarde, elle inerte et moi effrayée. À scruter cette main, j'en oublie Mark. Dort-il profondément ? Je jette un coup d'œil rapide et inquiet vers lui, il dort toujours. Puis j'approche ma main libre de la sienne pour essayer de me libérer, ni vu ni connu. Je déglutis difficilement, je n'ose pas le toucher. Ma respiration se coupe. Mark montre des signes de réveil. Un léger bâillement le sort de son sommeil et il s'étire tout en délivrant ma main. Je referme vite mes yeux et fais semblant de dormir. Mon cœur bat à cent à l'heure. Je sens le matelas bouger, Mark fait du bruit en s'étirant. Je pense qu'il se lève ou, du moins, il a dû s'asseoir au bord du lit. Oh, j'ai honte de cette situation, mais je ne peux pas faire semblant de dormir éternellement. Je réfléchis à une phrase d'humour que je pourrais utiliser en cas de problème… Elle ne vient pas. Je me décide donc à me frotter les yeux pour simuler un réveil naturel, tout en les cachant pour percevoir où se trouve Mark. Il se retourne à ce moment-là, et j'ai les yeux grands ouverts entre deux de mes doigts. Eh bien comme cela, c'est fait !

Je m'assois prestement de l'autre côté du lit. Et je me jette à l'eau.

— Bonjour…

— Bonjour…

Il se frictionne le visage.

— Il va falloir que vous arrêtiez de boire. L'alcool vous fait dormir avec n'importe qui !

C'est finalement lui qui détend l'atmosphère, même si je ris un peu perplexe.

— C'est pourtant contre tous mes principes ! Vous m'excuserez, monsieur Heinrisch…

Nous sommes toujours assis chacun de notre côté, mais il se retourne vers moi et j'en fais autant.

— Maintenant qu'on dort ensemble, on peut peut-être se tutoyer ?

Se tutoyer ? Mon cœur bondit. Après tout, on est au XXIe siècle. Je ne sais même pas pourquoi on s'est vouvoyé aussi longtemps. J'ai l'impression de passer un cap.

— Oui, je crois qu'on peut !

Sur ces entrefaites, mon téléphone, posé sur la table de chevet, riposte et se met à vibrer. Je n'en tiens pas compte, mais mon souffle court me trahit. Pour moi, c'est un signe.

— Il n'a pas arrêté de vibrer, cette nuit. Lili… c'est ton mari qui est à l'origine de tous ces bleus ?

Je m'effondre intérieurement. Que répondre à cela ? Et pourquoi me pose-t-il cette question ? Je me rends compte que mon tee-shirt est replié sur mon épaule au niveau de la manche. La marque qui se trouve sur mon front, mon tibia écorché, plus celle-ci, lui auraient donc laissé à penser que… Non, il ne faut pas qu'il le pense ! Je marque un temps d'arrêt, mais ne me démonte pas. Je sais que, dans ces circonstances, ma réaction est cruciale et je n'ai pas droit à l'erreur. C'est une question fermée, mais je ne peux ni répondre oui, ni répondre non. J'opte pour le changement de sujet et il me semble opportun de reprendre mes distances avec tout ce qui &&s'est passé ces derniers jours. C'est un peu brutal, mais nécessaire.

— Il paraît que la nuit porte conseil, et j'ai pris ma décision…

Je me retourne vers Mark.

— Je suis scénariste, enfin presque, mais pas actrice… Tu ne m'en veux pas ?

S'ensuit un regard mélancolique de Mark, mais il ne répond que de la tête. Un geste indescriptible, un haussement d'épaules pour signifier un oui ou un non. Il ne répond rien, il change lui aussi de sujet.

— Bon, je file sous la douche ! Fais comme chez toi ! Tu connais la maison maintenant !

Un petit sourire discret et il est déjà parti, me laissant seule face à mon téléphone et mon désarroi. Ce cauchemar m'a replongée dans la vraie raison de ce scénario… Et vers cette attirance folle que j'avais à l'époque pour ce bel acteur allemand. Le seul être au monde responsable de ma survie.

Acteur avec lequel j'ai dormi cette nuit !! Mais n'en parlons plus car, la honte passée, un petit sourire coquin m'échappe. Vilaine fille, c'est interdit !

Je reprends mes vêtements secs, m'habille, croise un miroir et me coiffe. Puis je rejoins la cuisine pour préparer un bon café. Comme chez moi.

91 ∴ Int. jour - Cuisine de Mark

Mark me rejoint, tout frais tout beau… Et très froid.

— J'ai un rendez-vous en ville, ce matin. Je passerai voir Ralph aux Studios pour qu'il nous trouve une nouvelle comédienne. Tu peux rester là, si tu veux.

— Non, je vais y aller, j'ai des choses à faire !

Des choses à faire… Tu parles ! Ruminer, oui ! Il faut que je me fasse une raison : maintenant, mes journées seront un peu plus libres. Un peu plus longues, un peu plus dures. J'irai voir Erick Bern pour régler quelques détails de réalisation.

Mark boit son café en deux gorgées rapides, pose sa tasse et me regarde, déçu.

— Tu ne changeras pas d'avis, n'est-ce pas ?

— Non, c'est mieux comme ça !

— Il faut que j'y aille. Je te laisse les clefs ?

— Non, je pars en même temps que toi.

J'ai le cœur lourd, le sentiment que quelque chose s'est brisé. Tout s'accélère, je quitte cette maison à regret en récupérant par-ci par-là ce que j'ai laissé traîner, dont les DVD qu'il m'a donnés. Je me rends compte que je ne sais pas quand je vais le revoir. Il m'avait mal habituée, à fixer d'avance tous nos rendez-vous sans me laisser le choix de réfléchir. Il ferme sa maison.

— Bon, à plus…

— Oui, c'est ça, à plus.

À peine un regard. Mark démarre rapidement et part devant moi. Il me regarde dans son rétroviseur. Quand nos chemins se séparent à une intersection, il lève la main. Je suis presque soulagée de ce petit geste.

Je me sens seule dans cette grande ville. Sans personne. Seule avec ma 4L. Je vis le départ de Mark comme un déchirement. Je suis la seule fautive.

Ce n'est pas ma vie, c'est une illusion.

92 ∴ Int. Jour - Rue de Berlin

Je n'ai pas le temps d'arriver jusqu'à mon hôtel. Mon téléphone sonne et, cette fois-ci, je suis heureuse de voir l'appel entrant. Sophie, ma copine de toujours. Cela ne pouvait pas mieux tomber ! Je m'arrête sur une place de parking et sors de la voiture pour discuter au grand air. La dernière fois que l'on s'est vues, c'était au mariage, qui s'est bien mal terminé pour moi. Nous devions discuter de mille choses ensemble, mais le destin en a voulu autrement. Cela me fera donc le plus grand bien de papoter en toute innocence. Elle doit d'ailleurs se demander pourquoi nous sommes partis si précipitamment.

— Coucou Sophie !

— Tu vas bien, Lili ?

Son timbre de voix est étrange, elle n'a pas l'air à l'aise et ne parle pas à tout va, contrairement à son habitude. Je commence par demander de ses nouvelles, mais elle me répond rapidement, sans me donner tous les détails croustillants sur lesquels elle aime s'attarder d'ordinaire. Je trouve un banc et m'assieds. Il y a un blanc entre nous. Elle ne m'a encore posé aucune question. Vraiment étrange… J'entends enfin sa voix tremblante.

— J'ai appris que tu étais retournée à Berlin. Lili, qu'est-ce qui t'arrive ? Fabien est inquiet… Tu m'entends ?

Douche froide ! Fabien lui a parlé, mais il lui a dit quoi ? Le connaissant, il a dû raconter ce qui l'arrangeait, je ne dois donc pas faire d'impair.

— Oui, je t'écoute…

— Je ne veux pas m'en mêler, mais il est vraiment désolé. C'est ton mari, Lili, tu dois lui faire confiance.

Désolé de quoi ? Si seulement je savais ce qu'elle sait. C'est ma meilleure amie, mais en aucun cas je ne veux qu'elle sache que mon mari peut être violent avec moi et que… je ne fais rien. C'est mon enfer secret et, jusqu'à présent, j'ai toujours cru que cela s'arrangerait. Parce qu'on s'aime. Mais cette stratégie se retourne contre moi, car son ton ne me dit rien qui vaille. J'ai l'impression d'être au tribunal.

— Sophie, s'il te plaît, parlons d'autre chose !

Mais ce serait mal connaître Sophie ! Elle devient insistante.

— Lili, parle-moi : qu'est-ce qui se passe ? *Chut*... Il est temps que tu rentres.

Il y a ce petit « chut », discret, presque inaudible. Un doute plane au-dessus de ma tête. Elle n'est pas seule, elle est avec... Non, elle n'aurait pas fait ça ?! Pas elle ! J'ai peut-être eu tort de l'écarter de mes vérités. J'entends Sophie s'agacer à l'autre bout du téléphone, sa main est posée sur le micro et je n'entends pas bien les chuchotements. Ma patience a des limites : je ne supporte pas que l'on m'appelle tout en parlant en même temps à quelqu'un d'autre.

— Sophie, qu'est-ce que tu fais ? À qui parles tu ? Sophie ?

Nouveau blanc. Je l'entends reprendre sa respiration.

— Fabien m'a demandé de t'appeler, il est à côté de moi.

Sa voix s'affaiblit, elle devient penaude et gênée.

De mon côté, je me décompose sur mon banc, fermant les yeux l'espace d'un instant. Qui cela aurait-il bien pu être d'autre ? Il va trop loin. Que doit-elle penser de moi ? Et comment s'y est-il pris pour arriver à convaincre Sophie de se mêler de nos vies ? Il n'avait pas le droit. Mon cœur se retrouve pris dans un étau.

— Je te le passe, je crois que vous avez des choses à vous dire.

— Sophie, non ! Sophie !!

Non, non et non, je ne veux pas lui parler ! J'ai envie de pleurer, mais je me retiens de toutes mes forces. Je ne voulais plus pleurer.

— Lili ?

Entendre à nouveau sa voix me fait frémir. Cette voix si familière, symbole de tout mon amour et de toute ma détresse. Oui, je ressens l'amour, oui, je ressens la peur. Je me force à réagir, je me lève, énervée, et lui réponds sèchement.

— Fabien, je ne sais pas quelle idée tu as derrière la tête, mais laisse Sophie en dehors de tout ça !

— Lili, mon amour, je suis rassuré de t'entendre.

— Ne joue pas à ce petit jeu ! Sophie ne sait rien, laisse la tranquille !

J'imagine Sophie, heureuse que Fabien puisse me parler. Si elle savait... Il adapte son discours et prend un ton amoureux pour la simple raison que Sophie l'écoute.

— C'est ta meilleure amie, elle sait ce qui est bien pour toi !

— Moi, je sais ce qui est bien pour moi. Et là, j'ai besoin de m'éloigner de toi, et toi seul sais pourquoi. Je n'ai rien dit à personne, simplement pour te protéger. Alors, s'il te plaît, évite d'inquiéter Sophie !

J'entends tout à coup une porte se fermer, puis un bruit de voiture au loin. Est-il toujours à ses côtés ? Il a dû s'isoler.

— Je sais aussi bien que toi préserver nos petits secrets, c'est pour ça qu'il faut que tu reviennes, et vite.

Oui, il a dû sortir, son ton change et devient très possessif.

— Je vais revenir, mais ne t'attends pas à ce que je me jette dans tes bras. Pas cette fois. Nous avons des choses à régler, tous les deux.

— L'un sans l'autre, on n'est rien, Lili, et tu le sais très bien...

Je perds tout à coup le fil de cet appel. Tant d'années de soumission, de manipulation. Quoi que je dise, quoi que je fasse, il aura toujours raison et j'aurai toujours tort. Ce schéma se reproduit sans cesse et je suis la seule fautive, car je lui cède. « Tu le sais très bien... » Cette simple phrase fait resurgir en moi une vive colère. Il parle toujours : « je t'aime » « j'ai besoin de toi » « tu ne peux pas me faire ça » « tu me tues »... Oui, il parle, et moi, je regarde dans le vide tandis que je m'écroule sur le banc. Ma main se crispe dessus. J'enlève le téléphone de mon oreille et lui raccroche au nez. Je me sentais déjà seule, maintenant je suis dans le néant. Je n'ai même pas la force de relever la tête. J'éclate en sanglots sur un banc, seule dans Berlin.

93 ∴ Nulle part et partout à la fois

Deux jours passent à ressasser ma vie. Je n'avance pas. J'erre en ville, dans les couloirs de mon hôtel, à scruter mon téléphone, seule, désespérément seule. J'ai peur de mon passé, j'ai peur de mon futur et, quant au présent, je ne sais pas trop ce qu'il s'y passe.

Je tente de commencer un nouveau scénario, qui finit à la poubelle. Peut-être n'y aura-t-il jamais qu'un seul scénario de Lili Fontaine. À part au moment d'arriver à mes fins, en débarquant aux studios Babelsberg, je ne me suis jamais dit scénariste. C'est Mark qui a réussi à me convaincre du contraire, quand je lui répétais que j'en étais une « pour de faux ». Mon avenir, je n'en voyais pas. Ce scénario était mon objectif ultime et après... J'avais pensé à la mort, je l'avoue. Mais depuis mon arrivée en Allemagne, j'avais retrouvé mon instinct de survie... jusqu'à il y a deux jours.

Comme prévu, je reprends contact avec Erick Bern, mais un peu en retard : il est déjà au courant de ma décision. Je n'ai pas été très professionnelle, sur ce coup-là ! Rendez-vous est pris pour signer le contrat définitif de cession de mes droits d'auteur.

Tout s'enchaîne alors très vite. Je vends mon bébé mais, grâce à l'appui de Mark – que je revois brièvement –, je vais pouvoir participer à la réalisation du film en donnant mon avis sur les différents aspects. Je pourrai donc voir grandir mon bébé. Cette belle histoire dont j'ai déjà vécu la moitié...

Petit à petit, les relations avec Mark s'apaisent, du moins je me pose moins de questions. Je ne sais même pas s'il y a eu un réel problème entre nous. À force de réfléchir, j'ai peur de m'inventer des choses. Nous nous revoyons souvent à titre professionnel. Nous choisissons ensemble la future « Emy » : elle s'appelle Kirsten Henlke. D'après Mark, elle me ressemble, mais il aime me taquiner en me répétant que l'originale est bien mieux. Il me surnomme de temps en temps *Madame Soleil*, car il demeure persuadé que mon avenir est écrit dans ce scénario.

Un soir, il m'invite à manger avec ses amis dans un bowling. Il y a Karl, Sofia et Paul. Nous dînons dans la partie restaurant, mais celle-ci est trop bruyante pour que je puisse vraiment échanger avec ses amis, je sens même Sofia distante. Contrairement à l'habitude, elle n'est pas la seule fille : en général, elle a ses trois gars pour elle-seule ! Mais je ne lui en veux pas. Je passe une bonne soirée à les voir rire. J'en apprends plus sur Mark et ses vices cachés. Ses histoires déçues du collège puis, après le lycée, une belle histoire d'amour qui s'est mal terminée, avec une certaine Macha. La seule qui ait réussi à lui faire tourner la tête et perdre les pédales. Étant donné sa façon de se comporter aujourd'hui avec la gent féminine, j'ai du mal à imaginer Mark au bord des larmes et rempli de chagrin ! Le pauvre, ses amis n'ont aucune pitié pour lui.

S'ensuit une partie de bowling, aussi fabuleuse que je suis nulle ! Je fais perdre Mark avec qui je fais équipe, ce qui me donne l'occasion de découvrir sa fâcheuse tendance à râler. J'ai droit à un cours rapproché pour tenter la victoire, mais cela ne suffit évidemment pas à faire de moi une championne. Paul tente de venir à mon secours. Comme il est, lui aussi, un dragueur invétéré, ce n'est pas du goût de Mark qui me colle toute la soirée pour, soi-disant, me défendre. Les hommes sont tout de même incroyables : je ne suis pourtant ni à l'un ni à l'autre ! Je passe une excellente soirée, cela me fait du bien. Toute ma vie devient plus claire, et mon passé plus lointain. Personne ne prononce le prénom de mon mari. Sofia me pose tout de même trois questions bien précises, me laissant sous-entendre que Mark leur a déjà parlé de moi. Je fais semblant de rien et on parle d'autre chose. La soirée se termine à coups d'embrassades joyeuses pour les quatre amis. La cinquième que je suis les rejoint sur la demande de Paul, qui n'hésite pas à me serrer dans ses bras tout en me roucoulant de belles paroles à tue-tête. Quel baratineur ! Mark me raccompagne et je peux constater un changement d'attitude. Une vraie complicité amicale s'est installée entre nous. Il y a moins d'hésitations dans nos échanges, la situation est plus claire. Rares sont désormais les moments où nous sommes seuls, c'est mieux ainsi. Même si je reconnais que cela me manque. Nous sommes amis, tout simplement, presque à regret.

Je n'ose pas rappeler Sophie. C'est elle qui finit par me recontacter. Nous avons pour accord d'éviter de parler de Fabien. Elle est surprise de découvrir que je suis en plein tournage de mon film. Je ne lui donne pas tous les détails, mais elle en a bien assez pour glousser quand je lui parle de Mark. En tout bien tout honneur, bien sûr. Il s'en faut de peu pour qu'elle décide de me rejoindre à Berlin ! Heureusement pour moi, son emploi du temps est trop chargé : je ne souhaite pas que qui que ce soit s'immisce dans mon monde à moi. Mes deux mondes ne peuvent se rencontrer, jamais. Peut-être est-elle un peu vexée de ne pas avoir été dans la confidence. Mais elle me connaît bien et me pardonne vite.

Fabien continue de me harceler, de chercher à me happer dans son antre. Tantôt à m'aimer, tantôt à me martyriser. Il me laisse plusieurs messages, dont deux pour lesquels je suis obligée de le rappeler. Des questions de la vie quotidienne : assurance, factures… Je fais tout pour éviter l'échange de courriers, privilégiant les mails pour qu'il ne sache pas exactement où je suis. Je l'informe que je rentrerai dès que le tournage aura pris fin.

Le dernier appel me réconforte. Il parle posément, il me pose même des questions sur le tournage. Il me raconte ce qui se passe dans notre petite ville. Une phrase m'intrigue : « Les gens commencent à se poser des questions en ville. » Il sait que je ne supporte pas les on-dit, que cela me met mal à l'aise. C'est d'ailleurs pourquoi je me suis souvent terrée chez moi plusieurs semaines pour éviter le regard des gens. Et il a très bien compris que, dans ces moments-là, j'étais à sa merci, ne pouvant compter que sur lui. Bien que cela me tracasse, je n'ose pas lui demander ce qu'il répond à ces questions. Je suis très loin de lui, il ne sait pas précisément où : les gens peuvent en effet s'interroger. Si cela est vrai, je préfère ne pas y penser.

De mon côté, l'objectif de ces appels est de le rassurer et de le maintenir à distance : je dois pouvoir préparer mon retour avec des décisions qui vont certainement mettre un point final à notre mariage. Car oui, c'est ce à quoi je pense. Pourtant, je dois bien confesser que, même si nos relations sont très tendues, je le laisse sous-entendre que tout peut s'arranger. Ce n'est pas déloyal : c'est de la légitime défense. Et s'il m'arrive de lui parler d'amour, c'est que je n'y peux rien : j'ai beau lutter, mon mari reste mon mari, celui que j'ai épousé par amour.

Pour le moment, il faut qu'il comprenne qu'il doit d'abord me laisser finir mon travail. Ensuite, je reviendrai.

94 ∴ INT. JOUR - LIEU DU TOURNAGE - MAQUILLAGE

Mark, sur un plateau de cinéma, c'est explosif ! Tout est carré, aucune place à l'improvisation, un vrai professionnel. Il n'hésite pas à hausser la voix quand quelque chose ne lui plaît pas et tout le monde est aux petits soins pour lui. Le regard fuyant quand il réfléchit, ses pauses cigarette pour faire un break à l'air libre, et un Mark enjoué à la pause déjeuner. Les milles facettes de Mark Heinrisch, pour vous plaire ! Sans oublier les gestes proches, voire possessifs, des femmes qui l'assistent, les fans qui l'assaillent en le touchant tendrement : Mark ne laisse personne indifférent. Même Kirsten Henlke tente sa chance. Elle utilise mon rôle pour le draguer : j'hallucine, elle est gonflée ! Et lui qui badine devant elle ! J'ai appris par la coiffeuse qu'ils avaient dîné ensemble, un soir, dans le restaurant où il m'avait amenée. Je lui ai répondu : « Mark est un dragueur, cela ne durera pas longtemps ! » Cette Kirsten Henlke m'agace : c'est elle qui sera sur l'affiche de *mon* film, c'est elle qui aura toute la gloire, c'est elle qui me vole le temps avec Mark…

Non, ce n'est pas de la jalousie, je suis heureuse pour mon ami.

Le tournage bat son plein, et je suis là, heureuse et fascinée par ce monde. Cela grouille d'activité partout autour de moi. Je découvre plein de choses intéressantes, surtout sur les coulisses du cinéma. Je rencontre des personnes formidables grâce aux buffets partagés sur le lieu de tournage. Tout le monde se parle, peu importe d'où l'on vient. Et quand le tournage recommence, chacun reprend son rôle et sa place.

Ce jour-là, je profite d'un moment tranquille avec Mark qui est constamment sollicité. Je le retrouve dans sa loge où il se fait maquiller par Samantha, la belle et adorable blonde Samantha. Le genre de femme qui fait tourner la tête des hommes par son esprit et son décolleté. Elle en est consciente et ce sujet la fait beaucoup rire. Je me suis rapidement rendu compte, en la voyant faire les yeux doux à Mark, qu'elle avait jeté son dévolu sur lui. Elle est gentille : c'est un plus. Un petit peu de blush par ci, un petit peu de blush par-là, elle prend son temps bien en face de lui pour faciliter les échanges de regards coquins. Et j'assiste à cela. Je n'aurais jamais dû devenir sa confidente ! Heureusement, je ne suis pas là en simple spectatrice. Mark me parle pendant qu'elle le maquille en attisant son regard. Un coup d'œil vers Mark, un coup d'œil vers Samantha, un petit sourire complice : Mark comprend vite que je rigole intérieurement de ce petit jeu qui ne va que dans un sens. Je suis donc assise en biais face à lui, pendant que Samantha gravite autour de lui. Mon script dans les mains, je veux revoir avec lui certaines scènes.

— Oui, tu la percutes, mais tu lui frôles juste l'épaule, pas de plein fouet !

— Non, je préfère la scène originale, la vraie scène où je te percute et où je te prends dans mes bras !

— Mark, tu me fatigues !

— Qu'en penses-tu, Samantha ? Si tu faisais ton jogging, très concentrée, et que j'arrivais droit vers toi… Tu préférerais que je te frôle juste l'épaule ou que je te percute de plein fouet pour tomber dans mes bras ?

— Sans aucun doute la deuxième solution ! Tomber dans les bras de Mark Heinrisch, je ne demande que ça !

— Eh bien voilà, tu as ta réponse, Lili ! Kirsten n'y verra aucun inconvénient. Mais c'est ton scénario ! À moins que ce ne soit une question de jalousie ?

— De jalousie ? Mais pourquoi voudrais-tu que je sois jalouse ?

— Parce que tu préfères être la seule à qui c'est vraiment arrivé !

— Mais…

Samantha en fait tomber son pinceau tandis que je retrouve mes joues pourpres ! Qu'est ce qui lui passe par l'esprit de raconter cela ?

— Alors je vais finir par tout savoir ! Et je veux tout savoir ! Quoi ? Il y a quelque chose entre vous ? Lili ?

— NON !

Bien sûr que non ! Samantha nous regarde un à un, les yeux interloqués, avec une pointe de jalousie, et s'arrête sur Mark qui éclate de rire. Samantha sourit. Moi, je brandis ma main pour simuler une fausse gifle. Et je me lève, sûre de moi. Je passe derrière Mark et lui masse les épaules en jubilant. Je m'approche de son visage et nos reflets nous regardent dans la glace. Je regarde le reflet de Mark et Mark le mien.

— Ici, c'est moi qui décide. OK, monsieur Heinrisch ? Et c'est Kirsten qui sera jalouse.

Et je l'embrasse sur la joue. Je l'embrasse sur la joue avec mon rouge à lèvres rouge ! N'importe quoi !!

Je ne me reconnais pas. Je pars fièrement en leur tournant le dos. Mark exulte, un grand sourire aux lèvres. Samantha en reste bouche bée.

95 ∴ Int. Jour - Devant une baie vitrée

Arrive la fameuse scène de la baie vitrée. Celle qui a failli causer ma perte. À quelque chose près, je me revois chez Mark, face à la belle vue de Berlin. Mais c'est une autre femme qui se tient devant lui pour jouer le rôle. De là où je me trouve, derrière les caméras, au fond et en retrait, j'ai une vue d'ensemble. Une pointe de regret résonne dans ma poitrine. Et pourtant, de ma place, cette scène est des plus impersonnelles. Mark et Kirsten sont entourés d'une vingtaine de personnes. Caméra au plus près des visages, la perche de son au-dessus de leurs têtes, Samantha qui fait les dernières retouches de teint, les réflecteurs de lumière tout autour des acteurs… Est-il plus facile d'oublier ses émotions dans ce cas-là ? Je ne le saurai jamais. Cette scène, je l'ai écrite et réécrite plusieurs fois, pour en dégager un maximum d'intensité. Dans mes rushes imaginaires, Mark était face à moi. Il m'embrassait ou presque, car je me suis toujours arrêtée avant de déposer mes lèvres sur les siennes. Je n'ai jamais pu écrire « Thomas embrasse Emy », cela évoquait trop mon fantasme. Même dans un rêve, c'est absurde ! Et quand je les vois tous les deux, aujourd'hui, je suis heureuse d'avoir tenu bon et de ne pas assister à ce baiser de cinéma. Mais intérieurement, j'en ai envie. Je me punis et mes lèvres se meurtrissent. Les applaudissements de l'équipe me font sortir de mes songes. Mark se tourne vers moi, le sang me monte aux joues. Je le regarde et souris de mon âme éperdue. J'ai mal. En façade, je l'applaudis, c'est un acteur talentueux qui a respecté à la lettre ma vision de la réalisation du film. Intérieurement, je panique. Je ressens pour lui des émotions interdites, c'est mal.

Les jours se suivent, et ma place au sein de l'équipe de tournage devient naturelle. J'aime beaucoup travailler avec le réalisateur. C'est un homme d'un certain âge, très agréable, avec un brin d'humour noir. D'après Mark, il faut le connaître et s'y habituer. Il prend le temps de m'expliquer et de me conseiller, sans juger ma décision finale. Nous visualisons pour cela les rushes et mon rêve défile devant mes yeux en images. Toutes mes idées sont à présent posées sur la pellicule. Je ne peux m'empêcher de penser que Mark a donné des directives très particulières pour moi, à son équipe, en tant que producteur et acteur reconnu. Aurais-je eu autant de chance sans lui ? Je sais que non. Si les gens prennent mon avis en compte, c'est grâce à Mark et à personne d'autre. Les scénaristes ne sont d'habitude pas reconnus comme les propriétaires de leur histoire. C'est la vision, le talent et la renommée du réalisateur qui priment. Tantôt j'en suis heureuse et j'en profite au maximum, tantôt je suis gênée et je perds toute confiance en moi.

Mais là, à cet instant, j'en profite. Je suis à l'aise et cela se voit, je rigole, je blague, et je joue mon petit numéro de la femme libre et comblée. Cela sous les yeux de Mark qui, de loin, m'observe, même s'il est en grande discussion avec Kirsten.

— Lili, une lettre pour toi !

Une lettre pour moi ? Comme ça, soudainement ? Je la prends des mains de Lola, une stagiaire, et j'observe ce bout de papier. L'adresse n'est pas manuscrite. C'est certainement pour le travail. Un bref instant, je pense à Fabien. Non, c'est impossible qu'elle soit de lui. Il y a mon nom et l'adresse des studios. Je m'en persuade, mais une tension se fait sentir dans ma poitrine. Il est déjà tard et cette journée m'a épuisée. Je range l'enveloppe dans la poche arrière de mon jean et incite J.-C., le réalisateur, à abréger son cours magistral sur les différents plans de scènes. Quand il a terminé, je me lève et m'éloigne du plateau. Je ressors l'enveloppe qui me gêne tout en me dirigeant vers le vestiaire. J'enfile mon manteau et place la lettre dans ma poche. J'ai un autre mauvais pressentiment. Je respire profondément pour chasser cette idée stupide. Je prends mon sac à main et file dire au revoir à toute l'équipe. Un rapide salut fera l'affaire. Mark m'arrête du regard. Il me mime une invitation à dîner et je lui mime en retour que je vais me coucher. C'est tellement plus rapide, le langage des signes ! De loin, je n'aurai pas à me justifier.

96 ∴ INT. NUIT - CHAMBRE D'HÔTEL

Rien ne laisse présumer l'identité de l'expéditeur, et pourtant… Confortablement installée sur mon lit, j'ouvre enfin cette lettre, la première que je reçois depuis le début de mon long séjour à Berlin.

Je ne peux m'empêcher de trembler. Si mes connaissances berlinoises avaient souhaité me donner un courrier, elles l'auraient fait directement, de la main à la main.

Je sors l'objet de mes interrogations. Il semble n'y avoir qu'une feuille, mais elle est épaisse et paraît dissimuler un autre type de document. Je commence à la déplier lentement. Je reconnais cette écriture. Mon sang se glace, ma gorge se noue, j'ai des sueurs froides.

« Ma Chère Lili, tu vois, je t'ai retrouvée… »

Ce n'est pas tant que ce soit une lettre de Fabien qui me glace le plus. Mais oui : il m'a en effet retrouvée ! Comment ? Je reprends l'enveloppe et remarque un détail qui m'avait échappé : le timbre n'est pas affranchi ! J'en ai la chair de poule. Je suis terrorisée. Il est peut-être dans cette ville… Je me lève brusquement, laissant tomber la lettre et ce qu'elle contient. Je saute sur la poignée de la porte pour vérifier qu'elle est bien fermée à clef. Je recule, incrédule, puis me retourne. Mes yeux se posent sur des photos qui s'échappent de la lettre. Je les ramasse. Il y en a deux, dont une de notre mariage. Je reprends la lecture.

« Je veux juste que tu saches que je suis là. Et que je t'aime. »

Je souffle de panique, je voudrais quitter mon corps. Sur la deuxième photo, il y a mes parents qui m'entourent et Fabien, derrière moi, qui me serre par les épaules. Il sait ce qui me fait mal, il sait comment m'anéantir. Il maîtrise tout, même à distance. Et pourtant, j'ai du mal à croire qu'il ait quitté son travail pour venir jusqu'ici. Il aurait dû changer ses habitudes et son absence aurait été remarquée. Depuis quand cette lettre est-elle partie ? Qui est venu la déposer au studio ? A-t-il payé quelqu'un ? Toutes ces questions sans réponses vont me ronger. Une larme s'échappe, ma main gifle ma joue pour la retenir, mais j'éclate en sanglots en portant les photos à mon front. Ces photos qui étaient placées sur ma cheminée, car elles comptaient plus que tout. Il me les a envoyées pour me rappeler à lui.

Je ne veux pas pleurer. Première idée qui me passe par la tête : appeler Sophie. Je cherche partout mon téléphone. Je fais tomber tout ce qui gêne mon passage. J'agis, je ne réfléchis plus. J'ai chaud, j'ai peur. Il faut que je me reprenne. Appeler Sophie ? Non mais quelle erreur ! Non, je ne peux pas l'appeler. Est-elle dans le coup ? Est-ce un piège ? Je ne peux même pas appeler ma meilleure amie ! La dernière fois que je l'ai eue au téléphone, c'était pour que je parle finalement à Fabien. Et j'en suis là, aujourd'hui, à me sentir persécutée par les personnes les plus proches de moi. Je ne peux rien dire à Mark, je suis seule. Seule, comme j'ai cherché à l'être à force de m'enfermer dans ce mensonge. Les idées se bousculent dans ma tête, je n'en peux plus, je veux que tout cela s'arrête. Le tournage est presque fini, bientôt je n'aurai plus rien à faire à Berlin, ni dans cette vie de paillettes. Bientôt, je vais devoir rentrer et affronter mon passé. Bientôt, je vais devoir annoncer à l'homme que j'aime que je ne veux plus continuer à vivre ainsi. Bientôt, je vais devoir oublier les moments passés avec Mark. Bientôt, je le sens, mon existence va prendre un nouveau tournant et je ne pense pas que cela soit très prometteur. Bientôt, je vais mourir.

Je ne sais pas pourquoi, mais je sais que je vais mourir.

Pendant plus d'une semaine, je vis entre parenthèses. À me retourner dans la rue au moindre bruit. À me réveiller la nuit, en sueur, parce que j'entends des pas. À ne plus rien manger parce que cette boule au ventre m'empêche tout simplement de le faire. À me forcer à rire pour paraître heureuse. Mais rien. Aucun signe de Fabien, aucun signe de Sophie. J'en arrive à penser que je deviens folle. Je lis et relis cette lettre sans trouver aucune raison de m'inquiéter. Je lis et relis cette lettre en trouvant mille raisons de m'effrayer. Et pourtant, rien. A-t-il fait appel à un détective privé, qui aurait pu manigancer ce plan ? Il n'y a que mon imagination qui me tourmente. Le jour après avoir reçu cette lettre, j'ai annoncé mon retour à Fabien, par SMS pour ne pas avoir à me justifier. Je voulais aussi éviter par-dessus tout qu'il tente quoi que ce soit. Après la soirée de fin de tournage, je partirai, je rentrerai chez moi : il n'y aura plus rien qui me retiendra ici. Du moins, je ferai tout pour oublier ce qui pourrait me retenir…

97 ∴ Int. Nuit - Dernière soirée à Berlin

J'ai mis ma plus belle robe. Robe spécialement achetée dans une des plus belles boutiques de Berlin, conseillée par Kirsten. Payée avec l'argent gagné de mon scénario, et pour lequel j'ai ouvert un compte bancaire en Allemagne. Une robe noire en dentelle avec le dos nu. Des escarpins en velours noir. J'ai pris le temps de me faire faire un beau chignon tressé décoiffé chez un coiffeur renommé. Mon maquillage a été réalisé par Samantha qui me l'a proposé. Il fallait que je dépense tout, que je clôture mon compte avant de partir. Il fallait que j'en profite. L'argent de Berlin devait rester à Berlin et être dépensé pour mon seul plaisir. S'il me restait quelques sous, je les donnerais au premier SDF rencontré dans la rue. Ce n'est pas de l'argent sale, mais il est trop illicite à mes yeux.

Je me regarde dans la glace juste avant de partir à cette soirée. Une autre Lili est là, devant moi. Les lèvres rouge sang, les yeux noirs *smoky*, des mèches de cheveux romantiques retombant sur mes épaules. Je me trouve belle et désirable, presque une star de cinéma.

Cela me rappelle ma première sortie pour la fête du lycée. Fête à laquelle j'attendais avec impatience de voir Fabien.

Depuis, je n'avais jamais revu ce regard scintillant au fond de mes yeux, celui que je vois maintenant dans le miroir.

Je n'ai pas voulu que Mark passe me chercher : j'ai dissimulé autant que possible les changements d'hôtel. Samantha et moi partons de chez elle. J'ai le trac. Ce soir, je ne veux plaire qu'à une seule personne. Une personne que je ne reverrai sans doute jamais après mon départ. Juste lui plaire. Au fond de moi, ce sentiment interdit me perturbe. Je veux qu'il me trouve belle, je veux que mon parfum l'enivre, je veux sentir toute son attention sur moi, alors que je le repousse chaque jour un peu plus. Heureusement, demain, je pars. Ce petit jeu deviendrait trop cruel.

98 ∴ Ext. Nuit - Terrasse des studios Babelsberg

À notre arrivée, tous les convives se trouvent sur la terrasse. Samantha me tend immédiatement une coupe de champagne. Aurais-je l'air stressée ? Elle est sympa. Nous n'avons pas passé assez de temps ensemble pour pouvoir dire que nous sommes amies, mais comme elle n'est *que* maquilleuse et que je ne suis *que* scénariste, nous avons souvent été mises dans le même panier. Exception faite de Mark me concernant. Malheureusement, les qualités premières de Samantha étant sa gaieté et sa folie, elle ne tarde pas à me laisser seule avec ma coupe pour rejoindre des personnes plus enclines à la fête. Les gens discutent autour de moi, navigant d'un groupe à un autre. Je suis seule, mais bien. Assise un instant sur le rebord d'un escalier, je regarde les lumières de Berlin. Le tintement des coupes pleines, le brouhaha de fond, les talons qui cognent le sol et la musique d'ambiance… l'atmosphère se prête à une certaine nostalgie poétique, même si je n'ai pas envie de penser à quoi que ce soit. Finalement je me lève pour ne pas paraître lasse. Je suis seule, mais pas gênée. Je me retourne alors en me disant que ma dernière soirée doit être inoubliable. Cette seule pensée suffit à me faire ressentir l'angoisse de la soirée ratée que l'on regrette. Suis-je capable d'être heureuse ce soir, sachant que demain je repars ?

Tout se déroule lentement. Mes yeux se fixent sur un groupe. Je suis là, debout devant eux. Puis, comme dans un rêve, la foule se scinde en deux et Mark apparaît au fond. Il me regarde déjà. Je voudrais être plus près de lui pour confirmer que ses joues sont devenues rouges. Un ange passe, je n'entends plus que le battement de ses ailes.

Waouh, le costume trois pièces lui va si bien ! Il a les cheveux plaqués sur le côté, une vraie gravure de mode ! Je lui souris de loin et lui fais signe de la main. Il ne bouge pas et semble hypnotisé. Je voudrais me retourner pour être sûre que cette attention est exclusivement sur moi. Mais le sort en décide autrement et le groupe de personnes se referme sur lui, rompant la magie de ce beau moment. Je baisse la tête vers mon verre pour me sentir moins seule, mais ce soir je ne bois pas. Je crois que je n'ai pas le cœur à cela. Toute l'équipe de tournage est là, en tenue de gala. Erick Bern vient de prendre la parole du haut de la scène. Le silence règne et tout le monde le regarde. Moi, timidement, je cherche Mark des yeux et son regard me croise furtivement à l'autre bout de la terrasse. Je ressens un coup dans la poitrine. Je me ressaisis et écoute notre coproducteur. Je crois que j'ai déjà loupé la moitié du discours.

— Pour finir, je voulais remercier toute l'équipe de tournage. Ce film a été réalisé en un temps record, ce qui va nous permettre de travailler à fond sur le montage, promouvoir ce film et, pourquoi pas, tenter les festivals !!! Je m'arrête de parler et laisse la parole à Mark, notre vedette et coproducteur ! Mark ?

Festival ! Ce mot me grise littéralement. J'ai déjà parcouru tant de chemin, et on en est à parler de festival ! Certes sans moi, mais je suis si fière du chemin parcouru. Je savoure ce moment pendant que les gens applaudissent.

Mark apparaît tout à coup dans mon champ de vision quand il prend la place d'Erick sur la scène. Tout le monde le regarde avec admiration. Les yeux des femmes brillent, leurs mains serrent leurs verres et leurs doigts apaisent les frissons. Leurs lèvres s'entrouvrent et esquissent des sourires sublimes. Et moi, je fais pareil. Intérieurement, je pleure de devoir lui dire adieu.

— Il nous tarde à tous de trinquer à ce film, donc je ne serai pas long…

Il parle avec humour, le tout servi avec un sourire étincelant. À présent, les femmes ricanent.

— Comme à chaque fin de tournage, je suis triste, triste et ému par cette aventure qui se termine. Pour certains, nous nous reverrons, je l'espère, sur d'autres tournages. Et pour les autres, nous devrons encore nous supporter pour la promo du film… Un grand merci à vous tous pour votre professionnalisme et votre bonne humeur. Mais ce soir, je voudrais surtout féliciter le talent de notre jeune scénariste, Lili Fontaine, qui a réussi avec brio son coup d'essai.

Oh non ! Il parle de moi ! Je vais tomber à la renverse. Tout le monde me regarde, je fais un pas en arrière comme pour m'enfuir, mais je n'arrive pas à décrocher mes yeux de Mark. Il me regarde avec une telle émotion…

— Ton audace, ta ténacité, ta folie…

… une émotion si soutenue qu'une larme vient de naître au creux de mes paupières. J'esquisse un tendre sourire à l'intention du réalisateur de mon rêve.

J'entends des frémissements dans la salle. Je me retourne : toute l'équipe de tournage est derrière moi, et la voir m'applaudir me donne chaud au cœur.

— … mais surtout, ton courage et ta force que tu sais si bien communiquer. J'espère que ton rêve est réalisé et que tu vas continuer à nous écrire de jolies histoires. Ne t'arrête pas là !

Mark, ému, lève son verre en me regardant et j'acquiesce en levant le mien à mon tour.

— *Prost* !

Tous les convives nous imitent. Certains me rejoignent pour trinquer ou me faire des accolades de félicitations. Ce moment est empreint d'intensité. Je pourrais avoir trouvé ma place parmi eux, mais mon job de scénariste n'est qu'un instant dans toute ma vie. Il faut que je reste objective et lucide. Demain, tout s'arrête. Je n'ai aucun autre projet. Ma muse sera loin et il faudra que je puise mes ressources ailleurs.

Mark saute de scène pour me rejoindre. Nos regards sont accrochés l'un à l'autre. En cet instant, je sens la plénitude m'emplir. Je prends tout ce que la vie me donne, j'amasse les bons souvenirs et ne pense pas au futur. Il est là, devant moi, divin, et ses yeux me font fondre.

— Tchin ?

— Tchin !

— Merci Mark ! Pour tout !

Sans réfléchir, je tends les bras vers lui et l'attire sans aucune réticence de sa part. Il me serre fort dans ses bras, mais ce moment ne peut durer éternellement. Quand nous nous séparons à contrecœur, je ne suis plus qu'une boule remplie d'émoi. J'ai du mal à parler.

— Je n'arrive pas à y croire ! Je suis tellement heureuse, ça me fait presque peur.

— Ce n'est que le début… Je suis fier de toi ! Ce soir, tu as des étoiles dans les yeux… Tu es tout simplement magnifique…

À ses yeux, je suis magnifique… Dois-je le croire ? J'aurais tellement envie de savoir ce qu'il ressent pour moi. La réponse me fait terriblement peur. Je ferme les yeux brièvement, comme pour le remercier. Nous sommes trop près l'un de l'autre et mon trouble m'empêche de m'exprimer. J'essuie une larme discrètement en regardant par terre. Mark me frotte le bras puis, pour me faire relever la tête, cogne son verre contre le mien. Sans un mot, nous trinquons et buvons. Je sens la chaleur du champagne me traverser tout entière et un frisson me parcourt de haut en bas. Arrivant derrière nous au bon moment, Erick Bern nous attrape tous les deux par les épaules et nous frictionne énergiquement.

Il jubile, une affiche enroulée dans sa main.

— Félicitations à tous les deux !! Mais la bataille ne fait que commencer ! Tenez, regardez ce que j'ai là… Elle vous plaît ?

Il déroule d'un coup sec l'ébauche de l'affiche du film. Je suis sous le choc. Je n'ose pas la toucher. Mon regard passe de droite à gauche, de haut en bas pour en ausculter tous les détails. Ce n'est encore qu'une maquette, mais pour moi, c'est un accomplissement. Mes yeux larmoyants vont vers Mark qui la découvre lui aussi pour la première fois…

On y voit les visages de Mark et de Kirsten face à face. Ce sont plus des ombres que des visages bien nets, mais on devine quand même leurs traits caractéristiques. Kirsten baisse les yeux. Mark la regarde, un doigt posé sur les lèvres de la jeune femme. Le titre du film apparaît : *The Scriptwriter*. Un titre en anglais et non en allemand.

— Un titre à l'international pour un succès international ! Mark, je ne t'ai pas consulté, ce n'est encore qu'une ébauche. Toutefois, je ne peux que te conseiller de garder cette version ! Toutes nos équipes sont sur le coup. Nos partenaires français sont impatients de découvrir le film : ton histoire, Lili, les intéresse. Cette coproduction franco-allemande va devoir sortir de ses frontières ! Et pour le moment, le vent est en notre faveur ! Elle te plaît ?

— Elle… elle est magnifique… !

Erick me prend dans ses bras et me serre chaleureusement.

— J'en suis heureux !

— Mais, à l'international ? Je ne suis même pas sûre de vouloir que ce film soit diffusé en France !

— Elle est folle ! Imagine la réaction de ton mari, de ta famille : ils seront tous fiers de toi.

Ou pas ! C'est une catastrophe…

— Je m'occupe de tout, ne t'inquiète pas, c'est mon rôle. Et toi, Mark, alors ? Cette affiche ?

— Rien à dire ! Je suis canon, c'est mon meilleur profil !

Un fou rire nerveux me scie la gorge et les yeux rieurs d'Erick et Mark m'autorisent à déchaîner ce trop-plein de tension. Je les embarque avec moi dans ce flot de rire et cela fait vraiment du bien.

C'est le moment que choisit Samantha pour nous interrompre. Se collant à Mark, elle le prend langoureusement par le bras. Surpris, il la regarde d'un air blasé. Elle lui fait un clin œil coquin et il en oublie le reste.

— Je vous le pique un instant.

Elle en fait ce qu'elle veut sans attendre de réponse. Il est vrai que ce n'était pas vraiment une question ! Elle l'accapare tout entier, me laissant seule avec Erick. Il est certes de bonne compagnie, mais… Mince, elle n'avait pas le droit ! Pas ce soir ! Je suis furieuse.

Les deux mains sur son torse, elle le fait reculer jusqu'à ce qu'il s'asseye à un tabouret du bar. Il est complètement absorbé par les magnifiques yeux de Sam. Elle place son doigt sur le côté du menton de Mark pour diriger son regard vers la coupe de champagne. Ils trinquent et se sourient. Pourquoi se rapproche-t-elle si près de lui ? Elle va l'embrasser ? Je ne veux pas voir ça ! Dis-lui non, s'il te plaît. Il ne bouge pas et s'amuse de la situation ! Je le déteste. Je me retourne, je ne veux plus les voir. Erick continue de me parler, mais je n'arrive plus à me concentrer. Il me dirige vers le buffet. Tant mieux. Je suis triste, déçue aussi. À trop penser, je me fais des films qui vont finir de m'anéantir. Premièrement, je suis mariée, deuxièmement, je n'ai pas le droit d'espérer plaire à quelqu'un d'autre… Et troisièmement, je n'ai aucune raison d'être jalouse. *Oui, tu t'es fait belle pour cet homme qui est déjà dans les bras d'une autre. Et tu savais pourtant très bien que cela ne te mènerait nulle part. Mark n'est pas à toi ! Il n'est que de passage dans ta vie, il va falloir que tu l'oublies.* J'ai soudain envie de pleurer malgré tout ce monde autour de moi qui voudrait me voir joyeuse. Je ne vais pas m'éterniser à cette soirée. Je mange un morceau et après je rentre. Demain, j'ai de la route.

♂

MARK HEINRISCH

99 ⁘ Int. Nuit - Au bar des studios

— Félicitations, Mark !

Oh, c'est chaud, là ! Devant autant d'attributs, un homme reste un homme. Elle me donne un baiser sur la joue, à un centimètre de mes lèvres. Elle n'a pas froid aux yeux ! Et en plus elle est blonde… Blonde, finalement, bof. En fait, je ne ressens rien. Je me suis laissé tenter, mais je ne ressens rien. Elle me sourit, elle est belle, très belle, mais toutes mes attentions se sont bloquées sur une autre personne. Nous trinquons, et même si, pour ne pas la vexer, je reste face à elle, les yeux dans les yeux, je saute sur la moindre occasion pour regarder autour de moi. Je ne la vois plus. Lili…

— Ça va me manquer de ne plus te voir… Ça te dirait qu'on se retrouve plus tard ?

Est-elle obligée d'appuyer son doigt taquin sur mon poitrail ?

— On se verra forcément pour la promo du film ! Nous aurons besoin de la meilleure des maquilleuses !

Chassez le naturel, il revient au galop !

— Je voulais dire *en privé*, Mark… Tu es seul, je crois, en ce moment ?

Elle a le mérite d'être directe. En temps normal, je n'aurais pas fait un pli. Nous aurions fini notre verre, je lui aurais donné rendez-vous dehors à une heure précise, pour me laisser le temps de finir mon boulot dans cette soirée. Et nous aurions passé la nuit ensemble. Une nuit torride, sans lendemain, ou du moins sans aucune promesse.

— Oui, enfin… Oui, je suis seul…

Terriblement seul, et c'est la première fois que je ressens une telle solitude affective.

— Mais pas dans ta tête, c'est ça ? J'en étais sûre, c'est flagrant comme le nez au milieu de la figure !

Elle ne me laisse même pas le temps de répondre à sa première question, et tant mieux.

— Qu'est-ce qui est flagrant ?

— Toi et elle !

Je n'ai pas envie de me justifier, mais elle a déjà trouvé toutes les réponses. Elle me jette un regard désespéré en me montrant Lili du doigt. Doigt que je rebaisse immédiatement. C'est impoli et très gênant d'être ainsi percé à vif sur un sujet que je ne maîtrise pas : les sentiments.

— C'est une amie, rien de plus. Elle a été ma bouffée d'oxygène, mais elle ne sera jamais à moi ! Le sujet est clos !

Je me lève, j'ai besoin d'air, j'ai très chaud. Je suis énervé.

— Mark Heinrisch, le tombeur de ces dames, ne tient plus à sa réputation ?

— Elle a des valeurs bien au-dessus des miennes !

Cette phrase la blesse, me blesse, je trinque à son verre et, écœuré, je m'éclipse, ne pouvant tenir un instant de plus dans ce tribunal. Lili m'a émasculé ! Je n'en reviens pas ! Je devrais lui en vouloir, mais je n'y arrive pas. J'ai envie de tendresse, de la toucher, de la protéger, de sentir son parfum. Il faut que j'arrête d'y penser, je bous à présent. Je veux qu'elle soit à moi et je n'ai plus beaucoup de solutions pour y arriver. Je vais donc tenter le tout pour le tout, comme je l'avais prévu. Je rejoins le groupe où elle se trouve. C'est le moment des selfies avec l'équipe de tournage. Erick me demande de venir, cela tombe plutôt bien ! Et je me jette au milieu de cette foule pour poser sur la photo ! Comme l'aurait fait l'ancien Mark avant de tomber sous son charme. Je n'arrête pas de la regarder, je ne peux pas m'en empêcher. Il faut que je trouve le moyen de me retrouver seul avec elle sans la froisser, sans la vexer, sans qu'elle ait peur. Après plusieurs photos de groupe, je prends mon portable et immortalise un portrait avec ma Lili. Petit à petit les gens se dispersent et je profite de cette occasion pour m'éloigner avec elle, ni vu ni connu. Nous sommes enfin seuls.

— Tu repars quand ?

— Demain… Ou après-demain, je ne sais pas trop. Je suis épuisée, j'ai besoin de dormir une journée entière !

Le compte à rebours a déjà commencé. Je dois faire vite. Comment puis-je amener le sujet…

— Belle soirée, n'est-ce pas ?

— Oh oui !

Je la sens distante, elle évite mon regard. Ses lèvres m'attirent, c'est une torture.

— Tu veux que je te ramène à ton hôtel ?

Il faut que je calme mon impatience ! On dirait un cerf en rut.

— Monsieur Heinrisch, j'ai un chauffeur, ce soir, et payé par la prod, s'il vous plaît !

Je n'ai plus le choix !

— Bon… Tant pis… Je t'enlève alors !

— Tu m'enlèves ? Comment ça ?

J'étais censé ne pas lui faire peur, c'est loupé ! Étrangement, elle a l'air intriguée, mais pas apeurée. Un petit clin d'œil pour la rassurer. Je saisis son verre et le dépose sur le plateau d'un serveur qui passe. Je lui prends délicatement la main (sa main si fine et si douce dans la mienne) et je la conduis vers la sortie. Aucun signe d'opposition.

— Viens, et ne pose pas de question.

100 ∴ Ext. Nuit - Parking des studios

Mon excitation accélère ma marche et, à présent, je tire Lili par la main. Arrivés devant la voiture, Lili me fait face avec un grand sourire.

— Mon Dieu, mais où est-ce que tu m'emmènes ?

— Tu me fais confiance ?

— Moui…

Interrogative mais charmée, cela se lit dans son regard. Ses yeux pétillent. Je sors alors un ruban de ma veste et le porte subtilement devant les yeux de Lili. Elle devient toute rouge et me regarde, apeurée mais curieuse. Son pouls bat fort, je vois la palpitation d'une veine sur sa poitrine.

Je ne m'arrête pas, je ne peux plus m'arrêter ! Je dépose le ruban sur ses yeux, elle se laisse faire, le souffle court. Je passe derrière elle pour le nouer.

— Mark…

— Chut…

J'ouvre la portière puis aide Lili à s'asseoir dans la voiture en prenant garde qu'elle ne se cogne dans l'encadrure de la porte. Je dépose sa main, que je tenais, sur son genou, puis ferme la porte.

— Attention aux doigts !

Elle est à l'affût du moindre bruit et je l'observe en contournant ma voiture. Je ne la quitte pas des yeux. Mon cœur bat vite et une pointe de peur s'installe. Un léger sourire tendu se dessine sur ses lèvres rouges. Je respire profondément avant de m'installer à mon tour. Je n'ai plus droit à l'erreur. Le Mark romantique est dans son premier coup d'essai. Si son premier rêve est réalisé, je ferai tout pour réaliser son autre rêve. C'est égoïste de ma part, mais je relève le défi. Si elle doit être à moi, ce sera maintenant.

♀

LILI FONTAINE

101 ⁘ Ext. Nuit - Au beau milieu d'un rêve

Heureusement, le trajet n'est pas très long. La musique et le bruit du moteur cachent les pulsations de mon cœur. Je n'étouffe pas, je suis en apnée. La voiture se gare enfin, je ne sais où. J'entends du gravillon sous les pneus. Cela ne m'avance pas. Il y a un moment de silence, cela m'aurait rassurée que Mark me dise enfin quelque chose. Mais je n'ai pas le droit de parler. Je suis entre l'ivresse et l'envie d'un coma profond. Mark ouvre sa portière et sort. Sa porte claque. Ses pas résonnent sur les cailloux et ma porte s'ouvre en m'arrachant un sursaut. Un autre moment de silence suit. Je respire difficilement. Sa main, que je n'ai pu voir venir, se pose soudain sur la mienne et je ressens alors un spasme intense au plus profond de mon être. Il me prend la main, puis le bras, et me fait sortir de la voiture. Mon ivresse se change en un questionnement redoutable agitant mon esprit. Pourquoi suis-je ici ? Je n'ai pas le droit ! Cet homme me rend folle, tout mon corps l'appelle et en même temps le rejette à cause de cela. J'ai un moment de réticence et me crispe. Mark me caresse la main avec son pouce tandis que son autre main se pose dans mon dos pour me faire avancer. Mais sans précipitation. J'ai envie de pleurer, de peur, d'angoisse, de honte. Je ne sais pas ce qu'il va se passer, et ne rien voir floute encore plus mon esprit. Je commence à avancer en chancelant. J'ai du mal à tenir droite, en talons sur les gravillons. Prévenant, Mark ralentit son pas. Je sens un obstacle contre mon pied.

— Attention, il y a six marches. Tu es prête ?

Son souffle est tout contre mon oreille. L'air est frais, mais ce n'est pas cela qui me donne des frissons. Je hoche la tête pour lui répondre. De toute manière, je suis incapable de parler. Nous montons, marche après marche, à tâtons pour moi. Il me tient et me guide à la perfection, puis s'arrête et lâche ma main. Un grand bruit de fer et de bois retentit. Il tape, trois fois. Je me sens seule et mes mains se recroquevillent sur mes bras. Sa main se replace dans mon dos et c'est alors un grincement perçant qui vient siffler à mes oreilles. Il doit s'agir d'une vieille porte en bois, sûrement très grande étant donné la résonance. Ma curiosité s'attise et, sans que je sache pourquoi, ce bruit m'arrache un sourire. Nous entrons par cette porte que je ne peux qu'imaginer.

102 ∴ Int. Nuit - Magique

Mes talons frappent alors contre une pierre dure et un faisceau lumineux parvient à transpercer le ruban, toujours sur mes yeux. Il fait sombre, mais cette lumière me donne envie d'avancer. Des pas inquiétants résonnent au loin, s'approchant vers nous.

— Bonsoir, monsieur Heinrisch !

— Bonsoir, je vous laisse vous occuper de Mme Fontaine.

— Mark ?

Non, je ne veux pas qu'il me laisse. Il ne me répond pas et donne ma main à une personne inconnue. Sa main est celle d'une vieille femme, je pense, une main tendre et ridée. Je pars avec elle à contrecœur. Elle me paraît petite : son épaule vient taper contre mon bras au rythme de sa marche.

— Tout va bien, laisse-toi guider !

Mark ! Où est-il ? Je tourne ma tête, mais ne sais dans quelle direction aller. Et cette femme qui ne s'arrête pas de marcher ! Elle ouvre une porte et je sens une odeur de renfermé. Une vieille pièce où il fait frais. Elle me laisse au milieu, certainement, et l'espace de quatre secondes interminables, j'attends. Jusqu'à ce que des pas reviennent vers moi. La vieille dame toujours.

— Nous allons changer de robe, mademoiselle.

Un peu surprise et après un moment de doute, je coopère. Je vois peu à peu se dessiner mon rêve. Elle commence à m'enlever ma robe de dentelle, je lève un pied, puis l'autre. Puis je relève mon pied et l'autre, et c'est un lourd tissu qui remonte sur mes jambes. Un froissement de tissus. Un léger souffle de satin et de tulle dont le volume se gonfle. Un bruit familier qui me renvoie au jour de mon mariage. Puis un bustier se colle à ma poitrine. La douceur de l'organza sur ma peau, le doux froissement du lien que l'on resserre dans mon dos… Je n'ose imaginer ce qui m'attend…

La vieille dame m'écarte les bras pour que je ne gêne pas ses gestes. Et elle tourne autour de moi. Je n'ai qu'une hâte : pouvoir toucher ce tissu que j'imagine être une robe à crinoline. Le jupon laisse passer de l'air et une douce sensation d'enivrement m'envahit.

Un moment que j'attendais tant de mon mari, une preuve de son amour qui aurait tout pardonné, ou presque…

J'entends la vieille femme partir. Je ne bouge toujours pas. Je ne désobéis pas. Elle revient et enfonce un objet dans ma chevelure, derrière mon oreille. Elle me délivre enfin en me faisant baisser les bras. Je touche alors le tissu soyeux de ma robe et, avec mon pied, j'évalue la longueur et le volume du jupon. Je sens à présent une odeur de chandelle que l'on a éteinte. Mais la vieille dame me demande d'avancer. J'entends mes talons claquer sur du parquet. La pièce doit être grande, car le moindre bruit résonne. Il fait plus chaud ici. L'excitation laisse place à l'appréhension du moment fatidique. Quand on m'enlèvera le ruban, aurai-je le courage de regarder Mark en face ? Ce moment que j'attendais tant de vivre avec Fabien, vais-je réellement le vivre avec Mark, cet homme qui m'attirait même depuis mon écran de télévision ? Cet homme qui a chamboulé ma vie. Cet homme qui réalise mes rêves les plus fous. Cet homme qu'il m'est interdit d'aimer…

J'avance et la lumière se fait plus intense. La vieille dame s'arrête et sa main me lâche. Je l'entends repartir. Je sens le vide autour de moi.

Boum boum. Boum boum. Boum boum.

Mon cœur va exploser en mille morceaux. Je ne saurais l'expliquer, mais une source de chaleur frôle ma peau. Une vive lumière qui réchauffe.

Immobile, je profite encore de ce moment pour tâter ma robe et me laisser aller aux sensations qu'elle me procure, jusqu'à ce que des bruits de pas résonnent. Je relève la tête, sur mes gardes. Ce ne sont pas les pas de la vieille dame. J'ai un haut-le-cœur et mes mains tremblent. Les pas se rapprochent dangereusement de moi et s'arrêtent au plus près. Un léger souffle absorbe le fond de ma robe. Ma respiration se coupe et je me mords les lèvres.

Le dos de sa main vient caresser le dos de la mienne. Ma main se colle à la sienne comme un aimant. Il me contourne et je sens le nœud du ruban se défaire délicatement. La tension est à son comble. Le ruban glisse sur ma peau, effleure ma poitrine en tombant, m'arrachant un soupir involontaire, et je m'embrase instantanément.

Je suis à découvert et me sens terriblement nue. Une lumière m'éblouit, celle qui me réchauffait à l'instant. Mark est toujours derrière moi et j'en profite pour ouvrir les yeux. Ma tête en arrière, mon regard se porte en premier sur les splendides dorures du plafond puis redescend jusqu'au tissu de ma robe. Une robe comme je n'aurais jamais imaginé en porter. Tout simplement sublime, tout en dorure pour les dentelles et en nuances de vieux rose pour le taffetas et le satin. J'écarte doucement les plis et la fais flotter en un mouvement lent, comme pour faire durer ce moment exquis qui n'est pas encore à son apogée. L'émotion est tout à coup trop vive et mes mains se rejoignent au-dessus de mon nez pour prendre le temps de réaliser. Puis elles redescendent, enlacées, jusqu'à ma poitrine qui bat la chamade. Une douce musique débute. Ce n'est pas du classique, ce n'est pas une valse. Elle commence doucement, mais je la reconnais. *Heal me, Kill me*, de Shaka Ponk. Quoi de mieux pour se laisser transporter ? « Soulage-moi, tue-moi » : le choix est étrange et à la fois tellement judicieux. Mark ne bouge pas. Je me languis à présent de le voir. J'avance de deux pas pour me laisser une distance et me retourne enfin.

Il n'y a jamais eu dans ma vie de moment aussi intense que celui-ci. Ai-je douté un instant de nos sentiments ce soir-là ? Oui. Cela m'effrayait-il ? Oui, que ce soit dans un sens ou dans l'autre. Il est là, tout timide face à moi, attendant ma réaction. Lui aussi en costume d'époque, culotte bleue, collants de satin assortis et veste rouge ornée de boutons dorés. Un col noir et or remonte dans son cou, soulignant ses lignes parfaites.

Rire ou pleurer, j'ai le choix. Un rire nerveux d'abord, de le voir ainsi habillé, puis une larme, pour me libérer et le remercier.

Mark avance un pied vers moi au moment où je voudrais partir en courant, mais je reste immobile, ancrée dans le parquet. Puis il se baisse, son sourire charmeur sur les lèvres, toujours à l'affût de mes réactions. Son bras se lance alors dans une talentueuse révérence à l'ancienne. Un moment comique, certes, où chaque instant peut virer d'une émotion à l'autre. Je prends le parti de vivre le moment présent et de me laisser guider à sa façon.

Nous sommes en 1750 et mon cavalier se penche pour baiser ma main et m'inviter à danser. Quand il se relève, c'est mon corps tout entier qui se donne à lui. L'appel de l'autre. Et nous nous enlaçons tendrement. Je sens ses doigts étreindre mon cou et la chaleur de son souffle dans mes cheveux. Un instant où il est tout à moi, où je suis toute à lui. Un interlude qui ne pourra pas durer longtemps. Ma main s'aventure dans ses cheveux et je regrette instantanément mon geste. C'est un supplice de désir défendu que je voudrais éternel. Son corps contre mon corps. Rien d'illégal, pourtant. Mais cette fusion électrique à elle seule m'immerge dans la culpabilité. Quand je desserre mon étreinte, je tente de garder une distance de sécurité pour éviter que ce moment magique ne se transforme en un moment impossible à se pardonner. Mark est surpris. Je tiens ses mains entre les miennes et baisse les yeux. Ma gorge est nouée, je cherche les mots. Il s'en aperçoit et prend la parole en premier.

— Désolé : pas d'orchestre en chair et en os, ni de valse sur ma clef USB ! J'espère que cela n'empêchera pas ton rêve de se réaliser.

Il est adorable, prévenant, romantique… tout ce que n'est pas Fabien.

— Cette chanson est parfaite ! Tu es fou… C'est magnifique, merci !

Un blanc plus tard, les yeux dans les yeux, ni lui ni moi ne voulons rompre la magie. Mais mon émotion me mouille le visage. Mark sort alors un mouchoir de son veston et me le tend.

— Ne te mouche pas dedans, la location coûte une fortune !

— Je n'en doute pas, alors je vais en prendre soin.

Je m'essuie délicatement le dessous des yeux en tamponnant mes larmes, je replie le mouchoir et le dépose adroitement dans la poche de son veston.

D'un geste tout à fait inattendu, Mark saisit ma main et me fait tournoyer sur moi-même. Cette attaque nous réveille tous les deux. Un vent de folie nous submerge.

— Mademoiselle Lili, m'accorderiez-vous cette danse ?

Je fais décidément le contraire de ce que me dicte ma conscience ! Je prends sa main que j'embrasse avant de lui répondre, un brin de malice dans les yeux.

— Oh oui…

En gentleman averti, il me tend le tissu de ma robe pour que je le tienne, puis il glisse son bras autour de ma taille. Enfin il m'offre son autre main que la mienne rejoint. La position réglementaire étant parfaite, nous commençons à suivre la musique. Les yeux dans les yeux, un léger sourire aux lèvres, entraînés dans ce merveilleux quatre temps. Et nous tournoyons au rythme de cette sublime chanson. En parfaite sécurité entre les bras de mon prince, je laisse ma tête divaguer en arrière et c'est un spectacle magique tout en dorure qui défile. Mark me fait tournoyer et me lâche. Je virevolte et il se met à mimer les gestes d'un bassiste. Une pure folie s'empare de nous. Battle 1750 *vs* 2018, costumes d'époque *vs* guitare électrique ! Nos mains se joignent et se défont, nos corps se frôlent et s'éloignent, nos têtes battent la mesure. C'est cela, profiter de la vie et du moment présent ! Laisser tomber son cerveau et se défouler sur la musique. Tant que notre cœur bat encore pour s'exalter, il restera toujours trop de moments à notre raison pour s'humilier[26].

La musique se pose en un instant plus solennel, nos regards langoureux s'appellent. Et nos deux êtres se raccrochent l'un à l'autre, plus rapprochés que jamais. Ne voulant plus se voir pour mieux ressentir en secret. Grisant est le frisson interdit. La réalité se mêle alors aux paroles de cette chanson qui résonnent en moi comme un avertissement.

Heal me Kill me…
If it's not love and we're not sure,
Let's get it down…
It's up to ya baby, it's up to you…
May be somewhere other places…
May be later someone will find my pieces…
We don't need to hope and pretend
We are not gonna win that game…

---

[26] Librement inspiré d'André Suarès : « C'est toujours le cœur qu'il exalte et la raison qu'il humilie. », in *Visite à Pascal*, paru dans la *Revue des Deux Mondes*, 4e période, tome 160, 1900, p. 109.

Heal me, Kill me

Et ma tête ne peut s'empêcher de traduire :

Soulage-moi ou tue-moi…
Si ce n'est pas de l'amour et que nous ne sommes pas sûrs,
Laissons tomber…
C'est à toi de décider, Ça dépend de toi…
Peut-être quelque part à d'autres endroits…
Plus tard peut-être quelqu'un ramassera mes morceaux…
Nous ne devons pas espérer ou feindre,
Nous n'allons pas gagner à ce jeu…
Soulage-moi ou tue-moi

Shaka Ponk – certainement le meilleur groupe de rock de tous les temps – a réussi en quelques paroles à lier la douleur à l'amour avec tant de force et de sincérité… Tout ce que je ressens depuis tant d'années ! *Heal me, Kill me.* Soulage-moi ou tue-moi. Et je suis là, dans les bras du seul homme au monde qui serait encore capable de me sauver des griffes d'un homme qui fait tout pour me tuer.

La musique s'arrête. Je suis chamboulée, à vif, devant la réalité de ma vie. Nos corps s'éloignent, seuls nos yeux nous lient encore. Laissant les sentiments à la dérive, impossibles à avouer. Mon comportement envers Mark est cruel. A-t-il compris les forces positives et négatives qui se battent en moi ? S'il devait m'embrasser, là, à cet instant, je lui rendrais ce geste par une gifle et je partirais pour toujours.

Au lieu de cela, son doigt vient se poser sur ma joue pour me caresser en glissant jusque dans mon cou. Et je suis incapable de bouger, mes yeux se baissent devant mon inertie et tant de sentiments contraires.

— Tu es… magnifique !

— Tu… Les collants te vont bien, à toi aussi !

Et l'humour me sauve, avant de laisser place à la sincérité…

— Cette soirée est magique… Et c'est le deuxième de mes rêves que tu réalises ! Merci… Infiniment.

Mark a le regard qui s'assombrit, mais il sourit quand même.

— Je réalise tes rêves, mais tu ne peux pas faire partir du mien.

Son ton devient grave, et mon cœur prend de plein fouet cette promesse d'amour. Puis-je dire cela ? En ai-je jamais douté ?

Il me prend alors les mains, tout devient plus clair et j'ai tellement peur.

— Promets-moi que tu reviendras vite ?

— Tu vas me manquer…

— Promets-moi, Lili !

Je ne peux rien lui promettre quand j'imagine le contraire. Ses pupilles se rétractent et son regard de braise tente de percer mes pensées. Je m'en veux tellement et serais prête à inventer n'importe quoi pour sortir de cette situation.

— J'ai une vie qui m'attend en France…

— Pourquoi ? Lili…

Il ne finit même pas sa phrase, il s'approche puis s'éloigne de moi. Mais il ne me croit pas, son corps tout entier ne le croit pas, car il est face à moi qui ne crois pas non plus un traître mot de ce que je dis. Quelle vie ai-je en France ? Quelle vie, qui en vaille la peine ?

Soumission, quand tu nous tiens ! Je sens glisser des chaînes à mes poignets. Elles sont invisibles, mais bien là.

Et Mark tente une dernière fois de les briser. Il embrasse son propre index et le pose délicatement sur mes lèvres frémissantes. Comme sur l'affiche de notre film. Un coup de foudre me pousse vers lui, mais ma résistance est plus forte. Ma respiration se saccade alors que son doigt est toujours là. Ce désir entre nous me donne des coups d'épée dans le cœur. Je dois faire quelque chose pour lui, je voudrais tellement lui crier que je l'… Dans l'espoir qu'il comprenne, je me jette dans ses bras comme une enfant perdue. Je le serre fort. Ses bras passent sur les miens. Ma tête repose sur sa poitrine et il m'embrasse dans le cou. Des frissons courent en moi. Deux longues et trop courtes minutes défilent et je me résigne à sortir de ses bras.

— Minuit vient de sonner, il faut qu'on rentre.

Je n'ose plus le regarder. Nous nous éloignons l'un de l'autre. Sans un mot de plus, chacun de notre côté, nous repartons nous changer. Puis nous nous retrouvons dans le hall du château que je découvre enfin. Et les chevaux de la voiture de course de Mark nous ramènent dans nos demeures respectives. Plus ce magnifique château s'éloigne de ma vue, plus je me rends compte du moment exceptionnel et hors du temps que je viens de vivre… Que Mark m'a offert de vivre avec lui. Le cœur lourd, nous préférons nous taire. Arrive le moment des adieux. Je m'approche de lui et lui donne un doux baiser sur la joue.

— Je n'oublierai jamais tous ces moments, Mark. Merci pour tout.

— Je refuse de te dire adieu, Lili !

La panique se lit dans ses yeux et sa voix sonne comme un appel désespéré.

— Alors qui sait, à bientôt !

— Donne-moi de tes nouvelles… et prends soin de toi.

Jusqu'au dernier instant nos mains restent attachées l'une à l'autre. Mais la distance finit par les séparer…

Maintenant dans mon lit, à la veille de mon retour imminent, je pense à Mark, au lieu de me concentrer sur la plus grosse difficulté qui m'attend.

Un jour où il m'avait invitée au restaurant après mon retour en Allemagne, il m'avait demandé pourquoi, dans mon scénario, il n'y avait pas même un simple baiser. Je lui avais alors répondu : « Je trouve tellement plus beau de seulement évoquer l'amour sans le montrer, effleurer l'autre sans le toucher, sentir l'envie sans passer à l'acte, la retenue conjuguée à la passion, c'est… » et il avait fini la phrase pour moi : « déconcertant ! » À cet instant précis, je prends conscience du poids de ce mot, déconcertant. Et je suis déconcertée par ce que je lui ai fait vivre en contrepartie du rêve qu'il m'a offert. Comment aurais-je pu être jugée pour un simple baiser ? Là, ce soir, même dans mes rêves je m'interdis de déposer ce baiser brûlant sur ses lèvres. Jusque dans mes songes ma soumission est intacte. Demain je retrouve mon bourreau, demain je retrouve Fabien que j'aime à le haïr. J'ai envie de croire que ce que je ressens pour Mark n'est qu'une attirance passagère qui durerait depuis cinq ans maintenant, depuis le jour où j'ai commencé à écrire pour lui. Cette histoire est allée trop loin. Mark avait raison : je n'ai fait que coucher mes désirs sur du papier et la vie m'a offert de pouvoir les toucher du doigt. Mais l'histoire que j'ai écrite est ignoble et, aujourd'hui, je me refuse le droit de saisir cette échappatoire. Je me hais. J'avance vers un destin tragique en parallèle duquel j'ai tout le bonheur dont j'ai toujours rêvé. Je ne me comprends plus, mais je ne peux changer d'avis. Je voudrais tant ne plus jamais me réveiller… Même cela, je suis incapable de me l'autoriser.

♂

MARK HEINRISCH

103 ∴ Int. Jour - Confidences

Le soleil se lève et je n'ai pas pu m'endormir. J'ai passé la nuit dans la voiture, devant chez Karl et Sofia. J'attends qu'il soit une heure convenable pour frapper à leur porte, un dimanche matin. Je n'ai pas ma montre et je n'ai pas l'idée de regarder l'heure à mon portable. J'ai besoin de parler, j'ai besoin de me confier. Et merde ! Il fait presque jour ! Je sonne une fois, puis deux… J'hésite, tant pis, je recommence. Karl finit par ouvrir, excédé. Il est en caleçon, les cheveux en bataille, il râle, mais pas plus qu'à l'habitude.

— Putain, Mark ! Tu fais chier !…

Et il repart en râlant vers son salon. Sans trop attendre, il me fait signe d'entrer.

— T'as une sale tête !

Ça, je m'en doutais ! Et encore, il doit minimiser le degré de ma « sale tête ». Elle va exploser ! J'entre et Karl fait demi-tour en soufflant pour fermer la porte que j'ai laissée ouverte. Même ça, je n'y arrive pas. Notre check amical est le bienvenu. Il se termine ce matin par une grande accolade rassurante, et je finis par rester dans les bras de Karl.

— Tu ne vas pas te mettre à pleurer ! Oh, Mark ?

Je le regarde, lui fais un doigt d'honneur et m'effondre sur le canapé de leur salon. Puis je m'en prends au pauvre coussin qui se trouvait sur mon passage. Il me sert de punching-ball pour calmer mes nerfs. Karl se gratte la tête, cherchant comment me prendre.

— C'est si grave que ça ?

Comme je ne lui réponds pas, il s'assied en bâillant dans le fauteuil d'en face. Moi, je me relève, me frotte la tête, tourne en rond, je ne tiens plus en place. Il me regarde de ses yeux fatigués, il sait qu'il n'a pas besoin d'insister : il suffit d'attendre que les mots sortent. Et quand ils sortent, ma voix déraille.

— Je suis accro… complètement accro à cette fille…

— Quelle fille ?

— Elle, ma scénariste, Lili, je t'en ai parlé l'autre fois ! On a mangé ensemble, tu ne te souviens pas ? La soirée au bowling.

— Tu me réveilles un dimanche matin à 7 h 12 pour me dire que tu es accro à une fille ?! Putain, Mark, tu fais chier !

Karl se relève et fait mine de retourner dans sa chambre, puis se ravise et vient faire les cent pas. Nous voici tous les deux dans son petit salon à tourner en rond en réfléchissant !

— Fallait que je t'en parle, je sais plus où j'habite, là… Elle a tout bouleversé sur son passage…

Je m'assieds, essoufflé et dépité, la tête entre mes mains. Karl est bouche bée et se calme. Il vient s'asseoir en face de moi, on dirait un professeur face à son élève.

— Attends, je ne comprends pas, là : t'es avec elle ?

— Non !!!

— Qu'est-ce que tu fous, alors ? Ce n'est pas ton genre de t'apitoyer sur ton sort !

Non, ce n'est pas mon genre ! D'habitude, je n'ai pas besoin de mes vieux amis pour mes problèmes de cœur, car je n'en ai pas. Sur ces entrefaites, Sofia débarque, énervée, elle aussi en petite tenue. Elle a l'air très remontée contre moi. Un signe ne trompe pas : elle commence à ébouriffer sa chevelure de lionne ! Elle s'installe sur les genoux de Karl. Et semble se calmer… ou pas !

— J'espère que c'est grave !

— Un peu, oui… Il est amoureux !

— Non ?!? C'est un scoop ! Amoureux ? Vraiment, t'es amoureux ? Blonde aux yeux bleus, je parie ?

Oh non, ma presque petite sœur commence à faire sa chipie curieuse. Je préfère quand elle est énervée. Elle est morte de rire de me voir triste et désœuvré. Sympa ! Elle finit par me pousser pour s'asseoir à mes côtés. C'est bon, maintenant elle va jouer les mamans ! Et je ne lui donne pas deux minutes pour le faire. Et voilà, elle me prend dans ses bras et me frotte la tête avec ses phalanges. Elle est tout heureuse et m'embrasse sur la joue.

— Même pas blonde ! Brune aux yeux noisette !

— Non ?! Coup de foudre passager ! Tu vas revenir à la raison ! Tu l'as connue hier soir en boîte ?

Et maintenant elle se moque.

— C'est sa scénariste, la Française ! Donc ça fait un peu qu'ils se connaissent ! Enfin… trois ? six ? neuf mois ? Par-là !

— Oh merde ! Non pas que je ne sois pas heureuse pour toi, mais c'est cette Lili dont tu parles tout le temps ? T'es vraiment amoureux, alors ?

C'est la première fois que j'arrive à surprendre Sofia.

— Mais elle est mariée et française…

Les deux sont maintenant sous le choc, je leur ai fermé le clapet. Ils se regardent comme deux abrutis, la bouche ouverte. Le pire, c'est qu'ils semblent me plaindre et je ne supporte pas ça. Ils enchaînent l'interrogatoire l'un après l'autre.

— Le fait qu'une fille soit mariée, ça ne t'a jamais arrêté ! T'as couché avec elle ?

— Non !

— Embrassée ?

— Non…

— Oh, putain, Mark, réagit ! Qu'est-ce qui t'arrive ?

Oui, bonne question ! Et je ne peux réfléchir assis. Je me lève donc, mais je n'arrive pas à soutenir mon corps. Je tombe de tout mon poids sur le canapé, les mains derrière ma tête. Mon regard dans le vide. Sofia rassemble mes jambes sur ses genoux et retire mes chaussures pour commencer un massage détente à sa façon.

— Elle est… unique en son genre. Le pire, c'est que je lui plais… J'en suis sûr… Enfin, je crois.

— Ben alors, fonce, dis-lui ce que tu ressens !

Ce n'est pas faute d'avoir essayé ! Je ne vois pas ce que je pouvais faire de plus !

— Elle est mariée, je te dis… Et heureuse, a priori. Enfin, c'est ce qu'elle dit… Tu te rends compte ? Elle ne me connaissait pas, elle m'a écrit un scénario, elle est venue en 4L de France pour me voir directement…

Je n'arrive pas non plus à réfléchir couché, surtout avec un massage des pieds. Je me rassois brusquement. Et mes amis m'écoutent, consternés, en tentant de me ramener à la raison. Karl se gratte la tête et, comme s'il avait la solution, il me lance une logique évidente, mais le tact n'y est pas.

— Y en a plein, des scénaristes qui ne te connaissent pas, et ils t'écrivent quand même de super films.

Si Sofia était assez proche de Karl, je pense qu'elle le frapperait, vu son regard mauvais. Des éclairs s'échappent de ses yeux pour le faire taire, sans succès.

— Non, mais en 4L !

Je me justifie, car il insiste, le bougre. Et elle tente l'apaisement.

— Ça, c'est sûr, ce n'est pas commun, mais bon…

— … Et moi, je suis complètement tombé sous son charme, dès le début. Sa joie de vivre, son air mystérieux, son regard triste parfois… je n'ai jamais ressenti ça… Et je n'ai aucune solution pour me libérer de cette situation… À part tuer son mari…

— Ah quand même ! Je crois que t'es tombé sur une sainte nitouche qui a eu ce qu'elle voulait, point barre ! Oublie-la ! Allez, qui veut un café ?

Ça, c'est tout Sofia : elle n'aime pas me voir triste et n'hésite pas le changement de sujet pour faire oublier le reste. Mais là, le café ne suffira pas. Elle se lève et s'éloigne vers la cuisine pendant que Karl me regarde et ne trouve plus ses mots. J'ai l'air si désespéré que ça ? Lili en vaut la peine. Il l'avait pourtant trouvée sympa, quand on s'était tous retrouvés au bowling. Mais entre une Sofia excentrique et une Lili timide, Lili n'avait aucune chance d'avoir la vedette. Et elle a plus écouté nos bêtises de jeunesse plutôt que parlé d'elle.

— Crois-moi, il n'y a pas plus honnête qu'elle. Elle dégage une espèce de folie et de fatalité dans son regard… Comme si elle voulait tout vivre avant de mourir… Elle cache un truc, mais quoi ? Je hais son mari.

— Hum hum !

Quand Karl joue les psys… désolant !

— Sofia a raison : oublie-la ! Ne la recontacte pas, attends, et tu verras bien.

— Elle repart aujourd'hui en France, et je suis incapable de la retenir. J'ai peur de ne plus jamais la revoir.

— Si elle t'aime, elle reviendra… Mais ne la recontacte pas, OK ?

Attendre : c'est ça, sa solution ? Elle ne me rappellera pas et ne reviendra pas, elle me l'a bien fait comprendre. Mais je ne peux pas attendre sans rien faire, je vais devenir fou. Peut-elle avoir des sentiments pour moi… et lutter ? Ou alors elle m'a bien eu… J'essaie de me convaincre de cette dernière supposition et je n'attends même pas le café pour m'endormir.

♀

LILI FONTAINE

104 ⁘ Int. Jour - Retour à zéro

Deux jours se sont écoulés, pendant lesquels j'ai mis mes pensées en suspens pour arriver jusqu'ici. Il est 14 h 15, il n'y a pas sa voiture devant ma maison. Il a dû retourner à la banque, ou peut-être n'est-il pas venu manger chez nous ce midi. J'angoisse à l'idée de sortir de ma coquille à quatre roues. Un sentiment d'amertume m'envahit. M'a-t-il trompée, lui, pendant tout ce temps ? La rue est calme_ à cette heure-ci. J'avance la 4L jusque devant le garage. Je me décide à sortir, mais je laisse les bagages dans le coffre. Je m'imagine déjà devoir repartir en urgence. Mais mon objectif est atteint et je n'ai plus d'endroit où me réfugier pour vivre mes rêves. Je n'en ai plus et je me demande comment je peux encore revenir ici.

Je sors les doubles de clefs de ma maison, cachés sous une brique, et j'ouvre doucement la porte. La poignée grince en se baissant, ce qui fait monter un peu plus mon stress. Moi qui voulais être discrète ! Mais il n'est pas là, à quoi bon avoir peur ? Sa voiture serait-elle dans le garage ? Il ne faut pas que j'y pense. Je rentre chez moi et c'est aussi chez lui. La porte s'ouvre doucement, j'avance un pied vers l'intérieur sans lâcher la poignée. Ma main est tellement crispée dessus que les motifs forgés me rentrent dans la chair. Tout est calme et mon corps se détend. La poignée remonte avec un bruit sec. Je dépose mon sac à main sur le portemanteau tout en regardant autour de moi. Et j'avance. La maison est nickel, rien ne dépasse et ça sent bon le propre. Il a dû préparer mon retour. Cela me fait plaisir. Un détail dans la cuisine me saute aux yeux : un énorme et magnifique bouquet de fleurs se dresse sur le plan de travail. Il est encore dans son emballage. Il y a une lettre attachée au papier. Il a également pris soin d'empiler soigneusement en quinconce trois albums photos. On dirait une image de magazine, tellement cela est parfait. Le panier à fruits est plein. L'évier est vidé et brillant. Pas une miette de pain ne traîne par terre. C'est à peine croyable. A-t-il seulement vécu ici ces derniers temps ? C'est à se demander. Ma jalousie reprend le dessus et fausse la vraie raison de mon retour. Ces fleurs sont un délice pour l'odorat. Elles viennent de chez le fleuriste voisin de la banque, ce doit être un client de Fabien. A-t-il acheté d'autres fleurs pendant mon absence ? Pour quelqu'un d'autre ? J'entends un craquement, comme du bois. Je me retourne, craintive, pour contrôler d'où vient le son. Rien n'a bougé, il n'y a personne, ce sont sans doute les poutres de la maison qui travaillent. Mon souffle se détend et ma main rejoint ma poitrine comme pour la soulager. Sur l'enveloppe, il y a mon prénom calligraphié. Il s'est même amusé en l'écrivant. C'est une attention toute particulière qui me touche. Et si rare qu'elle double mon plaisir à vouloir l'ouvrir, même si j'ai le trac. J'avance ma main, puis j'hésite. Que va-t-il me dire ? Mon second séjour a duré longtemps et il aurait le droit de m'en vouloir. Mais je suis censée lui en vouloir encore plus, il ne faut pas que j'oublie ce qui s'est passé. Peut-être me parlera-t-il de divorce ? Avec toutes ces fleurs, cela m'étonnerait. Mais le doute me pince le cœur. Je saisis l'enveloppe, j'en aurai le cœur net. Je l'ouvre et déplie le papier.

Ma Lili,

Tu es enfin rentrée, et je ne suis pas là pour t'accueillir. J'ai pensé que tu aurais besoin de ce temps-là pour toi. Mais je ne rêve que d'une chose : te serrer dans mes bras et oublier le passé. Nos derniers appels ont été très brefs et j'ai bien compris que j'étais le seul fautif dans cette histoire. Je suis heureux pour toi et pour ton film. Même si, je l'avoue, je jalouse le temps que tu as passé si loin de moi. Prends cette jalousie comme une preuve d'amour et mon absence aujourd'hui comme une preuve de respect pour toi. Je suis heureux que tu me reviennes et que ce soit toi qui l'aies décidé.

J'ai tant de choses à te dire ! J'ai repris tous nos souvenirs, regardé toutes nos photos et j'ai beaucoup réfléchi... Tous les plus beaux moments de ma vie, c'est ensemble qu'on les a passés et je refuse de faire une croix dessus. Si nous avons fait des erreurs, nous avons la chance de pouvoir recommencer à zéro. Et je suis le premier à saisir cette chance. Je ne veux pas te perdre et je ferai tout ce qu'il faut pour y arriver.

J'ai compris le mal que je t'ai fait, j'ai compris le besoin que tu avais de faire ce que tu aimes sans pour autant te justifier. Sur tes conseils, j'ai consulté une spécialiste qui m'a recommandé de te laisser respirer... Et nous irons la rencontrer jeudi tous les deux. J'espère que tu seras là pour reconstruire et sauver notre couple. J'ai réservé une chambre d'hôtel pour quelques jours. Tu pourras te reposer et penser à nous tranquillement dans notre maison. Ce soir, je t'invite au restaurant pour dîner. Je viendrai te chercher vers

20 heures, nous pourrons discuter paisiblement dans un endroit qui te rappellera de très bons souvenirs. Surprise…

Pardonne-moi, mon amour, pardonne-moi. Crois bien que je suis le plus malheureux des deux.

Je t'aime

Ton Fabien

Je suis à la fois perplexe et convaincue. À la fois méfiante et crédule. À la fois manipulée et insoumise.

Ce dédale de déclarations d'amour et de belles promesses… J'en ai rêvé et j'ai même l'impression de le manipuler moi-même, tellement il sait inverser les rôles.

Oui, en lisant ces mots, mes sens se sont enflammés et j'ai moi aussi envie d'être serrée dans ses bras.

Il me laisse le choix en me donnant quelques jours seule chez nous. J'ai envie de reprendre ma place et de tout gérer comme je le faisais avant. En tentant de faire mieux. J'ai envie de retrouver cette place de doux agneau, si confortable. Pourquoi en suis-je arrivée là, à me laisser battre sans rien dire ? Et je pense aussi à le quitter définitivement. Cette idée me ronge.

Je décide de reposer cette lettre sur la table et vais chercher le reste de mes affaires dans ma 4L. J'ai besoin de prendre l'air. Une fois revenue, je monte ma valise à l'étage.

105 ∴ Int. Jour - Notre chambre

Et j'arrive devant la porte de notre chambre. Là où, la dernière fois, je me suis réveillée le visage martelé et en sang. Les affres de ce souvenir me font redouter d'y entrer. Le lit est fait, il y a un autre bouquet de fleurs sur la table de chevet et des pétales sur le lit. J'ouvre l'armoire et, à ma grande surprise, tout un côté est vide. Celui où Fabien range ses affaires. Il n'a pas pu tout prendre à l'hôtel. Je suis mi-soulagée, mi-horrifiée. Son absence et son manque se font d'autant plus ressentir. Il laisse le vide laisse derrière lui. Inquiète, je referme cette armoire et me dirige vers les autres chambres. Toutes les armoires sont pleines, mais aucune trace des vêtements de Fabien. La panique me prend, je regarde derrière les portes, scrute les dessous de lit. Rien. Je reviens dans ma chambre, j'ai des sueurs froides, je me baisse et finis par le tiroir sous notre lit, où je stocke les vieux vêtements et ceux que l'on ne met que rarement. Je suis presque rassurée : tous les vieux sacs ont disparu et des valises pleines d'affaires de Fabien sont là. Pourquoi ? J'ai l'impression d'être dans une mauvaise blague. Des valises prêtes au cas où. Aurait-il reproduit ce que je lui ai fait subir ? Je culpabilise à mort et j'appréhende son côté pervers. Combien de fois m'a-t-il fait cela ? Calquer mes plus infimes erreurs au centuple. Pourquoi ? Pour me maîtriser, pour me faire regretter, pour me mettre à genoux face à lui. Pour qu'il puisse dire que je lui fais du mal. Je n'ai pas envie de ranger mes affaires et décide de tout laisser dans les valises par sécurité. Mais s'il devait monter dans cette chambre à n'importe quel moment, en serait-il contrarié ? Me le ferait-il payer ? Je prends conscience que je me suis mise en danger en revenant. Et d'un autre côté, je suis persuadée d'avoir la force de réagir différemment à ses attaques. Je demanderai le divorce. Je n'ai plus le choix, je ne dois pas lui faire confiance.

106 ∴ Int. Jour - Cuisine

Perturbée, le mot est faible, je me prépare une tasse de thé pour retrouver mes esprits. Et je fais exactement ce qu'il attend de moi : regarder les albums photos et me remémorer notre « vie de rêve ». En voyant ces photos, on a du mal à s'imaginer tout ce qui a pu se passer dans cette maison. Alors qu'il a pris soin d'annoter quelques photos avec un post-it : « Tu te souviens de ce que je t'ai demandé ce jour-là ? », « notre première nuit » ou « le plus beau jour de ma vie », reviennent inexorablement en parallèle les pires moments. Je regarde toutes les photos. Les albums ont été rangés en ordre antéchronologique, et c'est ainsi que je les ai regardés les uns après les autres. Tout est calculé : j'en deviens méfiante et mauvaise langue, mais j'en suis sûre. Je termine par les photos de mes parents, leur boutique, l'insouciance de l'époque. Oui, on était heureux, tous les deux, sur ce manège de fête foraine. Sur toutes les photos, nous étions heureux. Et pourtant, moi je le sais, ce sourire que j'arbore sur ces clichés a été mon pire ennemi. C'est affreux de penser cela. Mieux vaut que je me prépare pour le dîner de ce soir. Je dois rester forte.

Je ne sais pas si je dois me faire belle (pour qu'il soit fier), étincelante (et réveiller sa jalousie ? Non) ou simplement prude (et il le prendra mal). Cette fameuse robe noire en dentelle ressurgit entre mes mains au moment où j'avais le plus besoin de concentration. Toutes les pensées qu'elle évoque me troublent. Il faut à tout prix éviter que Fabien la voie. Dans quelques jours, selon comment se passent nos retrouvailles, je feindrai de l'avoir achetée dans une boutique de la ville. Non, il faut que j'assume tout ce qui a pu se passer en Allemagne. J'ai dû prendre des décisions toute seule, comme acheter cette robe parce que le genre de soirée où j'allais nécessitait une telle toilette. J'opte pour une robe bleu marine que Fabien adore. S'il m'emmène là où je pense, à l'hôtel-restaurant du Parc, lieu symbolique de notre mariage, mieux vaut être bien habillée.

Je me coiffe et me maquille, mais pas trop : j'évite le rouge à lèvres rouge et applique simplement un gloss rose pâle. Je fais tout pour avoir l'air laide, mais je ne peux m'empêcher d'avoir envie de lui plaire. Ça m'agace ! Je veux tellement lui faire regretter ses gestes et créer ma vengeance en le manipulant à mon tour. Bizarrement, je repense à Samantha et à sa façon de mettre tous les hommes à ses pieds rien qu'avec son physique : « Je mets toutes les chances de mon côté et mes atouts bien en avant », disait-elle en rigolant.

Mon réveil sonne : 19 h 45.

Je descends vite, mets mes chaussures, mon manteau, crispe mes doigts sur la lanière de mon sac et j'attends sagement derrière la porte. Angoissée comme jamais.

J'observe mon reflet dans le miroir. Je me trouve un air dramatique. Il est 20 heures, je respire fort. J'entends une voiture se garer, mais je n'ai pas le courage de regarder par la fenêtre. J'évacue un maximum d'air de mes poumons.

C'est lui, il sonne, un électrochoc redresse mon dos rond. Puis un léger sourire d'espoir apparaît dans la glace. Il n'est pas faux, celui-là. Toujours dans l'ambiguïté de mes sentiments, j'ouvre la porte courageusement sans le faire attendre.

Sans un mot, un long regard s'installe. Un sourire délicat et sincère s'ouvre sur les lèvres de Fabien. Ses yeux bleus brillent et son assurance habituelle est intacte. Impressionnant, dominateur et tellement séduisant. Je ne sais pas si je suis en admiration devant lui ou si j'en ai peur. Ce qui est sûr, c'est que mes jambes vacillent et que le voir m'apporte bien plus que ce que j'attendais. Ses cheveux bruns sont fraîchement coupés, sa barbe naissante bien taillée. Une vague de musc fait vibrer mes narines. Je suis troublée, j'ai l'impression de redécouvrir mon mari qui me paraissait si éloigné. Délicatement, il me prend la main et la porte à sa bouche pour l'embrasser. Je sens ses lèvres tendres dans le creux de ma paume. Il la pose ensuite sur sa joue chaude. Fermant les yeux, il m'attire dans ses bras calmement, sans brusquerie, et je m'y engouffre. Que c'est bon ! Il s'écarte tout en s'essuyant les yeux et me propose son bras. Il me sourit, je lui souris, entièrement sous son charme. Je me revois, quelques années en arrière, un soir où il était venu me chercher dans cette même maison – qui appartenait à l'époque à mes parents – pour m'emmener à notre premier bal en amoureux. Comme ce soir, les mots ne venaient pas, il n'y avait que les gestes qui comptaient.

— On y va ?

Je lui réponds oui de la tête, je ne peux pas faire mieux.

107 ∴ Int. Nuit - Hôtel-restaurant du Parc

Il respecte à la lettre son engagement et la distance qu'il m'a promise.

Il m'invite en effet à l'hôtel-restaurant du Parc. À part cela, rien ne saurait présager la soirée qui nous attend. Les débuts sont hésitants, mais il mène la danse et je le suis les yeux fermés. Nous allons revivre notre premier rendez-vous à la découverte de l'autre.

Ce petit jeu subtil, il en dicte les règles dès notre arrivée, avec un petit mot posé sur la table.

Ce soir, tu es Lili et je suis Fabien, deux inconnus. Je veux tout apprendre de toi comme au premier jour. Tout savoir de tes rêves, de tes envies. Ce soir, tu réécris notre histoire.

Un peu perplexe au début, je crois à une énième manipulation de sa part pour oublier le passé sans devoir se justifier. Finalement, je me rends compte que, dans une vie de couple, la vie file à la vitesse du vent et que l'on ne prend pas le temps de mieux connaître l'autre. J'ignore si c'est sa « spécialiste psy » qui lui a donné l'idée, mais c'est une très bonne idée. Je m'ouvre alors à lui, jusqu'à lui révéler les moindres détails de mon envie d'écrire. Sans passer cependant par la case Mark. Il m'écoute, s'intéresse, essaie de trouver des solutions pour démarrer ma carrière d'auteure en France. Il a même recherché des formations en ligne qu'il me dit pouvoir m'offrir. Toujours en gardant ses distances, puisque ce soir nous sommes deux inconnus. Il me redit ensuite ce que je sais déjà sur son enfance : ses parents souvent absents, une vie de famille anormale sans trop d'attaches, l'éloignement des gens qu'il aime, son sentiment d'être seul au monde et ce besoin de possessivité affective. Redire est parfois important et je le découvre sous un nouvel œil. Douze années ensemble et nos soucis de couple ont pris le dessus. Au fil de la discussion, il tente très habilement les techniques de drague infaillibles de l'amour impossible : « Je te veux, tu me veux, mais c'est interdit », en y rajoutant le romantisme. Tout ce qui me fait vibrer et que je développe aisément dans mes écrits. Je me sens rouge une bonne partie de la soirée, sous son regard charmeur, tandis qu'il me dévoile ses sentiments. Au fur et à mesure, il met en place une technique d'approche tout aussi subtile, avec ses doigts puis sa main. Me frôler, me toucher, me caresser, ressentir sa chaleur uniquement avec la main : cela peut être si sensuel ! Un désir dans le bas de mon ventre me tente et me donne envie de brûler les étapes, mais je me suis fait une promesse : je dois rester forte et ne pas lui faire confiance.

Le jeu de ses lèvres pulpeuses fait tout pour m'attiser. Mais… juste le contact de ses mains. Il doit vivre le même supplice que moi. Je le ressens au toucher de son doigt qui s'arrête de frôler ma main pour impulser une pression maîtrisée presque électrique.

Fabien ne boit pas une seule goutte d'alcool. Et rien que pour cela, je voudrais goûter à ses lèvres, mais il m'en prive. Je voulais une soirée chaste, sans sentiments, pour garder le contrôle. J'ai droit à un désir ardent inassouvi avec la perte totale de la réalité. Je plonge corps et âme dans cette reconquête. Je cède pour nous laisser cette chance.

Il me ramène chez nous et me laisse sur le pas de la porte. Comme un jeune amoureux timide, il dépose un tendre baiser sur ma joue et me serre fort contre lui.

108 ∴ Int. Nuit – Ma maison

Je le regarde partir au loin, un pincement au cœur, mais soulagée quand même de pouvoir prendre le temps de réfléchir. Et je rentre, fatiguée, chamboulée. Les jours se suivent et ne se ressemblent pas, comme on dit. Certes, de l'eau a coulé sous les ponts depuis notre dernière altercation. Mais il n'empêche que cette soirée, aussi belle soit-elle, était étrange. Aurais-je dû lui parler de divorce ce soir, avant qu'il ne s'imagine que tout allait être aussi simple pour me reconquérir ? Je laisse tomber mes chaussures et mon manteau à terre. Aucune force pour les rattraper. Et je vais tranquillement m'installer dans mon canapé.

Sophie a su par Fabien que je rentrais. Elle ne sait rien de ce qu'il me fait réellement vivre, mais elle est inquiète à mon sujet et m'a transmis un SMS pour que je l'appelle après le repas. Ce que je fais donc sans attendre.

— Sophie, c'est moi… Je ne te réveille pas ?… Juste pour te dire que je suis rentrée… Oui, ça a été… OK… Dors bien…

Au son de sa voix, j'ai compris qu'il ne fallait pas faire de long discours. Tout est calme autour de moi. Je n'ai même pas pris la peine d'allumer. J'observe ma maison à la lumière de la lune et de l'éclairage municipal. Il y a trois jours, à cette même heure, j'étais dans les bras de Mark. Je m'en veux de penser à lui, mais mon esprit ne me laisse pas le choix. J'aime Fabien, c'est sûr, alors pourquoi l'image de Mark me revient-elle ? Et parce que j'aime me faire du mal, je fais défiler sur mon portable certaines photos qu'il faut que j'efface. Notre selfie joue contre joue, pris à la soirée de fin de tournage et qu'il a pris soin de me transmettre juste après m'avoir dit au revoir. Je le touche du doigt, je le regarde et je suis triste. Il me manque. Mais ça va passer.

109 ∴ Int. Jour - Rendez-vous chez la psy

Nous voici, deux jours plus tard, chez la « spécialiste ». Ce n'est finalement pas une psychologue, cela m'étonnait de Fabien. Je ne le voyais pas avouer ses mauvais gestes.

Pendant 1 h 30, une « professionnelle de la thérapie de couple » nous a fait parler et nous a expliqué sa vision du couple. Cela n'est pas facile d'exprimer ses sentiments devant une inconnue. Elle en savait déjà beaucoup sur nous, sur moi. Fabien avait déjà raconté « sa » version des choses. Version loin de la réalité, mais que je n'ai pas contredite par manque de confiance envers cette femme… et envers Fabien. Comment puis-je être sûre qu'il ne l'a pas payée ou qu'il ne lui a pas menti sur mes intentions ? Peut-être lui a-t-il dit que j'étais une menteuse, pour se couvrir en cas de révélations dangereuses, ou que je l'avais quitté volontairement pour pouvoir vivre mon rêve tranquillement sans penser à lui.

Certes, elle est de bons conseils et nous récite bien sa leçon.

Dans un couple, chacun est porteur de son histoire, qu'il tente de reproduire et d'appliquer à l'autre. Les schémas relationnels se reproduisent inconsciemment. C'est alors le choc des cultures et des rituels. Certains arrivent à créer un nouveau mode qui serait une pure invention ou un mix de genres. D'autres sont dans la tolérance, mais l'un toujours plus que l'autre. Un individu peut accepter un changement d'habitudes pour reprendre le schéma de son partenaire. Mais, au bout d'un certain temps, son propre schéma peut revenir brusquement en créant des tensions. Un beau jour, on ouvre les yeux. On se dit que l'on a tout fait pour l'autre et que son conjoint n'a rien fait en retour. C'est la cause de nombreuses ruptures.

Dans un couple, chacun a des attentes différentes et ressent des craintes liées à son passé. Mes parents m'ont toujours soutenue et étaient très proches de moi. Si bien que les laisser me faisait culpabiliser. J'étais censée réaliser leurs rêves en oubliant mes propres aspirations. Fabien, lui, était plus souvent accompagné de filles au pair que par ses parents, souvent en déplacements. Il a été, c'est certain, en manque de repères et d'affection. Il a donc utilisé le chantage pour obtenir ce qu'il désirait et, en contrepartie, il était « pourri gâté » grâce à la culpabilité de ses parents. De mon côté, avec en moi le modèle du « pense au plaisir des autres avant de penser au tien », j'aspirais donc à la liberté, tandis que Fabien, ayant en lui le modèle de l'enfant gâté culpabilisant, avait besoin de repères et « d'une chose » bien à lui qui ne le quitterait pas. En conclusion, quoi que l'on fasse tous les deux et selon l'attitude de chacun, l'autre serait toujours insatisfait. Pas dans les premières années, car, pour faire plaisir, on s'adapte, mais… on s'oublie. Je comprends que j'étais le modèle parfait pour Fabien : je ne lui avais jamais rien refusé, et je me suis entièrement soumise pour lui offrir cette vie avec ses repères. Mais quand je me suis mise à vouloir penser un peu plus à moi, il a pris peur. Et comme la culpabilité même n'arrivait pas à me faire rentrer dans son droit chemin, il a alors utilisé la force. Cela a marché pendant de longues années sans que je ne dise rien. Cette vérité me frappe en pleine figure et je m'en sens plus coupable encore.

Nous exposons donc notre passé l'un sans l'autre. Elle nous écoute en ponctuant toutes nos phrases d'un : « c'est bien, continuez ».

A-t-on vraiment avancé ? Fabien a l'air ravi. On va dire que c'est un bon début, mais je ne suis pas sûre de pouvoir me livrer entièrement de cette manière. Il y aura toujours une zone d'ombre. Fabien s'est montré en homme parfait en tout point pendant cette séance : enjoliver la vérité sert-il à quelque chose ? Il doit bien savoir que je ne suis pas dupe. J'ai l'impression d'avoir découvert une autre vérité sur ma vie, comme si je m'étais trompée pendant tout ce temps. 1 h 30 plus tard, je suis devenue une marionnette. Fabien tire les ficelles à la perfection et je serais même tentée d'y croire.

— Ça ne sera pas facile, mais vous avez la volonté d'y arriver. De nombreux efforts ont déjà été faits. Je vous dis à la semaine prochaine, même heure ?

— À la semaine prochaine !

— Au revoir, merci.

Soulagé que ce soit fini, Fabien est rempli de gestes tendres.

110 ∴ EXT. JOUR - SUR LE CHEMIN DE LA MAISON

Le soleil est au zénith et nous marchons main dans la main vers notre maison.

— Tu travailles, demain ?

— Oui, j'ai des rendez-vous à l'extérieur. Et toi, tu vas faire quoi ?

— Écrire, certainement, j'ai plein de nouvelles idées.

— Il me tarde de voir ton chef-d'œuvre.

Il a l'air tellement sincère, et cela me fait plaisir d'entendre cela de sa bouche. Je sais qu'il va devoir me laisser, vu qu'il travaille cet après-midi. Il me ramène jusque devant notre porte. Je suis pleine de doutes et il le sent.

— Je ne veux pas te perdre, Lili, je t'aime… Je te désire plus que tout, je… J'ai tellement envie de t'embrasser…

— Je suis perdue, Fabien, complètement perdue… Il faut que je t'avoue quelque chose, je n'arrive plus à faire semblant… En rentrant en France, j'étais prête à demander le divorce et tu le savais très bien…

— Mais tu m'aimes, tu viens de le dire à la psy !

— Bien sûr que je t'aime… Mais on s'est fait tellement de mal… Cette situation était au-dessus de mes forces. Maintenant je m'en veux… Je sais que tu essaies de changer… Mais je ne sais plus…

— Et financièrement, tu ferais comment ? Dois-je te rappeler que c'est moi qui ai financé les réparations de la maison de tes parents, de notre maison maintenant ? Elle m'appartient tout autant qu'à toi, et plus.

Je serre les dents. Ce sujet est mal venu, je suis vraiment en dessous de tout : il est tout mielleux, et moi, je lui parle de divorce ! Je vois qu'il fait des efforts pour se contenir. Je me sens bête et il me traite comme une gamine. Je ne mérite pas mieux, même si je ne supporte pas son chantage. Qu'il utilise l'aspect financier me rebute. Il n'est pas question d'argent, mais de nous.

— Lili, ensemble, on va surmonter tout ça…

Je m'attendais à un geste brusque. Au lieu de cela, il me prend doucement la tête et colle son front contre le mien. Il plonge ses yeux hypnotisants dans les miens et, après une hésitation, me donne notre premier baiser depuis mon retour. Un doux baiser qui en appelle un autre. Il est arrivé à ses fins et je n'ai rien vu venir. Le poisson est noyé. Il a gagné.

— Je t'appelle demain.

Je lui réponds oui de la tête et il s'en va presque aussitôt, me laissant pantelante. Il se retourne une fois et, au fond de ses yeux bleus, je vois une noirceur soudaine. Un regret, un mal-être, je n'arrive pas à le décrypter. J'ai envie de courir vers lui pour le retenir et le rassurer. Surgit alors un flot d'émotions négatives qui me rappelle tant de mauvais souvenirs que je voudrais oublier. Après un temps d'arrêt salvateur, je décide de ne rien tenter et de rentrer chez moi. De toute manière, on se revoit demain soir.

111 ∴ INT. JOUR - HALL D'ENTRÉE

Je ferme doucement la porte, puis me regarde dans le miroir de l'entrée. Le regard vide, je scrute le fond de mes pensées. Ce qu'il en ressort me glace. Mon esprit est ailleurs. J'embrasse deux de mes doigts et je les dépose sur le reflet de mes lèvres. Mes doigts glissent ensuite contre la paroi froide du miroir, je baisse mes yeux. J'ai honte et je m'en vais.

112 ∴ INT. JOUR - TROISIÈME ET DERNIÈRE CHANCE

J'ai pris une décision. Je ne penserai plus à Mark, je rangerai mon scénario, je ne regarderai surtout pas *Urgence Berlin* et je commencerai une nouvelle histoire. Sauf concernant mes droits d'auteur, je n'aurai plus aucun lien avec qui que ce soit de l'équipe de tournage… Et je n'ai aucune nouvelle de leur part. Je trouve des excuses pour justifier ce silence qui me perturbe. Le manque peut être terrible. Pendant le montage du film, pas besoin de scénariste. Par deux fois, en secret, je vais consulter les réseaux sociaux. Deux minutes, pas plus, à chaque fois. Et je referme toujours mon ordinateur sans finir mes recherches. Que font-ils ? Où en sont-ils du montage ? Est-ce que tout le monde va bien ? Si quelqu'un avait eu des soucis, quelqu'un m'aurait-il prévenue ? M'ont-ils oubliée ? Autant de questions sans réponse, mais je me suis promis de ne plus y penser. Ceci en tête, j'essaie de vivre une vie normale.

Le lendemain soir après la première et dernière séance de thérapie – car il n'y en aura pas d'autres –, Fabien vient pour manger à la maison et il ne la quitte plus jamais. Il arrive les bras chargés de cadeaux : j'ai droit à un nouveau bureau, un nouvel ordinateur plus récent et une imprimante ultra-perfectionnée. Il a accepté ma passion et va m'aider à la développer. Je n'ai plus qu'à écrire. Il passe une heure à monter le meuble, à mettre en route l'ordinateur, puis il termine en mettant en fond d'écran une photo de nous deux. Il veut prendre une douche, je ne peux la lui refuser, il est encore chez lui. Quand il ressort de la salle de bains, une serviette autour de la taille, bien évidemment, je le regarde et, bien évidemment, je n'ai qu'une seule envie, qu'il me prenne dans ses bras nus. Nous n'avons pas encore mangé que nous nous abandonnons l'un à l'autre dans la plus grande tendresse. Chaque partie de mon corps est choyée, stimulée, embrassée. Il cherche à ralentir mon désir jusqu'à ne plus pouvoir me retenir. Une pointe de fougue et quelques gestes fermes plus tard, et je m'envole dans une explosion me libérant de tous mes doutes.

Je suis redevenue sa femme, il est redevenu mon mari, mon amant, mon oxygène.

Je reprends ma place, retrouve mes tâches quotidiennes, que j'exécute avec encore plus de plaisir. Tous les soirs, je suis l'unique objet de désir de mon mari. De la nouvelle lingerie fine aux livres des plaisirs intimes dont je ne suis certes pas amatrice, mais je le fais pour lui. Il y a mes journées à écrire et il y a mes nuits de jouissances. J'ai plus que jamais besoin de lui et je ne m'en lasse pas.

Trois semaines idylliques…

Et la routine se représente à notre porte. Il y a une première dispute. Un soir, prise dans ma nouvelle histoire, j'en oublie l'heure et je ne suis pas prête pour l'accueillir comme il a prévu de l'être. J'ai droit à sa première vengeance, il repousse simplement ma main contre la chaise. Le surlendemain après notre réconciliation, il m'annonce une réunion qui finira tard. Et il ne rentre que le lendemain très tôt, sans aucun message pour me rassurer. Je ne dis rien pour ne pas tenter le diable. J'aurais peut-être dû, car s'ensuivent deux jours sans paroles, je ne saurai jamais pourquoi. Un jour, il me demande de faire plus attention à la propreté de notre intérieur : je peux écrire, mais le reste doit passer avant. Cela est dit si tendrement, si différemment de d'habitude, que je me laisse convaincre de sa sincérité. Mais je reprends mes vieilles règles : être à l'affût du moindre accès de colère pour éviter le pire. Et je fais bien, car les belles paroles cachent toujours quelque chose. Je suis certes un peu écœurée de me soumettre, mais au moins, j'ai la paix. L'alcool reprend insidieusement sa place sur notre table. D'abord pour nos retrouvailles, où il était agréable de trinquer et de goûter à l'ivresse et à la séduction. Mais je crois qu'il ne nous a jamais réellement quittés. Il y a les repas d'affaires et il prend toujours avec lui sa parfaite petite femme. Je dois lui montrer tout mon amour, faire envie tandis que lui montre son assurance. Et ne jamais sortir du rang pour éviter que ma nuit ne soit récompensée d'un acte long et alcoolisé dans lequel je ne prends aucun plaisir. Je réussis tout de même à m'exprimer à ce sujet grâce à notre discussion avec « la spécialiste ». Il s'excuse, promet de ne jamais recommencer, et j'arrive presque à lui pardonner lorsque sa manie revient. Mais cela est toujours mieux que d'avoir le poignet tordu ou d'avoir des preuves d'amours violentes. C'est lâche de ma part, aucun courage pour me sortir de là. Je sens que je perds pied, je croyais pourtant être plus forte que lui. En même temps, il fait bien attention à ne rien avoir à se reprocher. Je ne reçois aucune gifle, aucun coup de pied, juste les cheveux tirés et une chaise qui cogne mon genou.

Et trois mois s'écoulent…

Je tente une autre approche. Retrouver un travail à mi-temps. Non, je vais tout gâcher.

Le surprendre dès son arrivée pour le combler d'amour, pour le rassurer. Non. Ai-je quoi que ce soit à me faire pardonner ?

Je propose une vraie thérapie… Faire du sport ensemble… Il faut que les vraies décisions viennent de lui, pas de moi…

Il y a les journées de répit où tout redevient possible. Il m'offre un week-end romantique à deux heures de chez nous. Nous entrons dans notre chambre et n'en ressortons que pour nous reposer au spa après nos folles nuits d'amour, et pour manger dans le restaurant chic de l'hôtel. Champagne, langoustine, et un couple merveilleux qui respire le bonheur. Ce qu'il peut être doux, plein d'attentions, un amant extraordinaire, un mari protecteur ! Oui, de vraies nuits d'amour, épuisantes certes, et où nous parlons beaucoup. Il me confie qu'il avait besoin de me prouver qu'il m'aimait. Ce temps passé ensemble doit compter pour toutes les fois où il est obligé de rentrer tard ou de partir en séminaire. Il faut que je m'en souvienne et il me promet que toute notre vie ressemblera à ces instants.

Il y a les fêtes de fin d'année, toujours un peu tristes pour moi sans mes parents, et surchargées pour Fabien. Les repas bien arrosés d'avant congés avec les collègues. Quelques tensions au retour. Deux journées au ski pour le réveillon du nouvel an pour éviter d'avoir à faire la fête, même si cela fait partie de mes sorties préférées. Le calme de la nouvelle année, des projets plein la tête et de belles promesses pour rattraper les derniers heurts.

Et il y a cette invitation. Le repas des anciens élèves de mon école. Sophie serait là et certainement Julie. Fabien ne veut pas aller là où il y a trop de souvenirs de lui. Il me dit non, j'insiste et fais tout pour qu'il cède. Il me teste, me défie de ses questions insidieuses. J'ai parfois des reproches pour des fautes non commises. Je sens qu'il n'a qu'un objectif : me punir de façon sournoise. C'est le seul moyen de pouvoir encore me manipuler pour me garder rien que pour lui. Puis il me dit oui et, durant les deux jours précédant cette soirée, il me colle, m'use et me donne de l'amour à l'excès. Il est jaloux par avance des « ex » que je pourrais éventuellement revoir, ou du moins qu'il s'imagine découvrir. Cette soirée sera en revanche farcie des siennes, mais selon lui, cela ne compte pas. Je n'aime pas quand il est comme ça, cela ne présage rien de bon. Je deviens dans ses bras un simple objet qu'il ballotte. Pour l'avoir déjà vécu, je me réveille enfin, prends sur moi, mais deviens très méfiante. Pour la première fois, j'ai l'impression que cela gâche les bons sentiments que j'ai pour lui.

113 ∴ Int. Nuit - Soirée des anciens élèves

Une belle soirée, un peu étouffante. Fabien ne me lâche pas. Autour de nous, les gens dansent et s'amusent dans une folle ambiance. Mon cher époux me tient fermement par les hanches pour un slow improvisé et s'amuse à coller son bassin contre le mien. Je crois que tout le monde a vu que nous étions très amoureux. J'ai droit aux baisers langoureux langue contre langue. En public, je ne supporte pas cela et il le sait. Mais ai-je le choix ?

La soirée a commencé avec un Fabien qui faisait la tête et qui restait dans son coin si je ne m'occupais pas de lui. Au moins, maintenant, il a ses doigts employés et il n'a pas un verre dans la main. D'un côté, je le plains et j'ai envie de le protéger, mais de l'autre, c'est fatiguant, car il fait tout cela contre moi et par jalousie. La musique s'arrête enfin et nous repartons nous asseoir à table aux côtés de Sophie et Julie. Fabien garde toujours une main sur moi. Nous sommes assis l'un à côté de l'autre, forcément, mais heureusement son voisin, bavard, réussit à l'intéresser. J'ai enfin le loisir de discuter avec mes copines ! Julie la reine du potin et Sophie la curieuse s'en donnent à cœur joie.

— Tu savais que Marie avait divorcé ?

— Non ?

— Ça m'a scotchée !

— En même temps, fallait s'en douter, ça fait au moins dix ans qu'ils se trompent mutuellement, ça ne pouvait pas durer ! Et elle l'a pris comment ?

— Ne te tracasse pas pour elle, elle a déjà retrouvé quelqu'un ! Un beau gosse, trop craquant, la quarantaine, chef d'entreprise… Ah là là, ce n'est pas à moi que ça arriverait !

Deux pipelettes, et moi j'écoute. Cette Julie est incroyable ! Elle fait partie de la liste des ex de mon cher et tendre époux. Nous n'en avons jamais réellement discuté, ni avec elle ni avec Fabien. C'était il y a longtemps et, entre eux, maintenant c'est chien et chat. Parfois, il ne vaut mieux pas tout savoir. Elle-même divorcée, elle est intarissable sur les scoops et faits divers. Du moment que cela ne nous concerne pas ! Cela fait du bien de retrouver notre vieille complicité.

Je sens Fabien s'agiter, je pense que cela fait un moment qu'il nous écoute… un verre à la main. Il en profite pour s'incruster dans notre discussion. Il s'agrippe à mes hanches et fait glisser sa chaise vers moi. Ses mains deviennent baladeuses. Il me fatigue, ce soir, mais si je dis quoi que ce soit, notre soirée ne s'éternisera pas ici. Et il n'hésite pas à prendre la parole.

— Moi, j'aurais une bonne raison de divorcer !

Oh non, qu'est-ce que c'est encore que cette mauvaise blague ? Je tente la diversion en embrassant Fabien avec un grand sourire ironique, puis je le regarde, incrédule, tandis que Julie saute à deux pieds sur cette remarque.

— Toi, une bonne raison ? Laisse-moi rire !

Sophie me lance un regard inquiet. Fabien a déjà trop bu, il va balancer des phrases qui n'ont ni queue ni tête et je sens que je vais encore une fois être la seule responsable de tous ses problèmes. C'en est trop, je bouillonne.

— Lili ne vous a pas raconté sa virée chez les Boches ?

Je dirige son visage vers moi, mais il repousse ma main sans ménagement.

— Petite cachottière, tu ne nous as pas tout dit, on dirait ?

Julie, pitié, tais-toi ! Il ne plaisante plus, son regard devient vitreux. Sophie s'empresse de venir à mon aide.

— Vous ne préféreriez pas aller danser ? Viens, Julie, on va voir le beau Tom, il ne te lâche pas des yeux, ce soir !

Mais personne ne l'écoute. Je sens la catastrophe arriver. Je tente d'accaparer le regard de Fabien et l'implore pour qu'il arrête.

— S'il te plaît, Fabien.

Si cela ne marche pas, tant pis : j'utiliserai sa pire ennemie, la jalousie. Rien n'y fait, il ne me regarde même plus et reprend une gorgée de whisky. Il l'aura voulu. Je lui balance en me levant :

— Très bien ! Moi, je vais danser. Tu viens, Sophie, on va voir le beau Tom ?

Malgré son taux d'alcool, Fabien a gardé tous ses réflexes. Il m'attrape le poignet, me serre et me tire sèchement. Sophie le fusille du regard, moi je ne suis pas surprise. J'ai réussi à attirer son attention. Julie ne sait plus où se mettre et sent l'ambiance faire un flop.

— Je crois que nous allons rentrer, mon chéri !

— Raconte-leur, ton aventure, avec cet acteur ou producteur. Il était quoi, déjà ? On peut en parler ouvertement, ma chérie, maintenant, non ?

Julie me dévisage, l'air surpris et dubitatif. Elle ne dit plus rien et Sophie se positionne derrière elle, pour justement veiller à ce qu'elle n'ouvre plus la bouche : l'alcool pourrait aussi, chez Julie, réveiller de vieilles tensions.

— Fabien, arrête, tu as trop bu !

— Allez, sois pas gênée ! Pas devant tes grandes copines ! Mais peut-être sont-elles déjà au courant ?

Fabien questionne les filles du regard et Sophie lui répond de haut.

— On ne voit pas du tout de quoi tu parles. Arrête de boire, Fabien !

Elle éloigne son verre, mais il le rattrape et le finit cul sec. Il la nargue.

— Ma femme est une artiste et elle se fait baiser par son producteur pour devenir célèbre.

Cette phrase dans sa bouche, avec sa voix amochée par l'alcool, me fait si mal ! J'ai honte quand la table d'à côté se retourne.

— Arrête, Fabien, tu dis n'importe quoi ! Viens !

Je ne peux plus entendre un mot de plus, je me lève et lui fais signe de venir. Je n'ose pas le toucher.

— Tu as honte, c'est ça ! Il n'y a que la vérité qui blesse, Lili !

Fabien se lève enfin et s'approche de moi. Je sens son haleine fétide, je le vois trembler sur ses jambes saoules. Il me regarde droit dans les yeux sans rien dire.

— Pourquoi tu remets ça sur le tapis ? Oui, tu me fais honte !

J'évite de parler fort pour tenter d'étouffer mon malaise. Il est là, face à moi, il ne peut même plus répondre, il me fait pitié. Je recule, les larmes aux yeux. Toutes les personnes présentes autour de nous stoppent à présent leurs discussions.

— Ben quoi, ne me regardez pas tous comme ça ! C'est moi, le cocu !

Il s'assied à côté de Julie, boit un autre verre, puis il l'enlace.

— Tu ne m'aurais pas fait ça, toi, hein ?

Devant moi, il ose poser sa main sur les jambes de Julie. Elle la retire immédiatement.

— La chance que j'aie eue, c'est d'avoir pu te quitter assez tôt ! Tu es ivre, vas te faire soigner !

Je suis sous le choc. Pourquoi ma vie s'effondre-t-elle à ce moment-là ? Je le savais, tout cela était prévisible. J'ai tellement honte… De moi. Je vois la réalité en face. C'est la première fois que je suis confrontée à ce que je vis en secret face aux gens qui me connaissent le plus. Jusque-là, j'avais si bien réussi à cacher tout cela. Sophie tente de me faire sortir, je n'ai plus de force et me laisse faire.

114 ∴ Ext. Nuit - Devant la salle des fêtes

Sophie me tient dans ses bras. Je pleure, comme une gamine qui vient de comprendre que son petit ami est un abruti. Elle essaie de me rassurer, mais comment pourrait-elle y arriver ? Je suis mariée à un homme ignoble, je lui ai laissé encore une chance de me faire du mal et il y est arrivé. Tout ça pour ça ! Je suis énervée, je n'ai jamais eu aussi honte de toute ma vie. Je suis salie, lynchée, humiliée en public et devant mes amies.

— Il avait arrêté de boire, pourtant, non ?… Lili, s'il te plaît, dis-moi ce qui ne va pas ? Parle-moi !

Je me vide de mes forces. Je voudrais mourir.

— Je ne sais plus quoi faire… Il a bien joué son jeu pendant trois mois, je suis vraiment trop conne !

Je ne lui réponds pas, j'en suis incapable. Je me parle à moi-même, je regrette tellement tout cet amour. Je ne tiens plus debout et finis par m'asseoir sur un petit muret, la tête basse, signe de mon abnégation et de toute ma tristesse. Sophie me rejoint et se met face à moi.

— Je ne te juge pas, Lili ! Mais… Tu l'as trompé, c'est vrai ?

— Bien sûr que non ! J'ai juste été trop bête de me marier si jeune en croyant que tout s'arrangerait ! Au lieu de ça, je me suis bloquée dans cette mascarade toute seule !

— Que tout s'arrangerait ?… Ça fait plus de dix ans que tu es mariée ! Je ne comprends pas, je ne te comprends plus ! C'est pareil, ce scénario, il sort d'où ? Tu ne m'en avais jamais parlé et, comme par magie, te voilà célèbre en Allemagne ! Fabien avait de quoi s'inquiéter, je ne lui jette pas la pierre ! Tu l'as laissé trop longtemps tout seul et sans nouvelle. Bon sang, Lili, explique-moi, j'ai besoin de comprendre !

Elle a raison, si j'avais eu le courage de tout lui dire, nous n'en serions pas là. Avec mes secrets, j'ai construit une barrière infranchissable entre moi et les autres. Je me triture l'esprit, je suis bloquée, j'hésite. À quoi bon lui mentir encore ? Je relève ma tête tant bien que mal. Ma langue me semble gonflée. Sophie attend une réponse. Je regarde ses yeux l'un après l'autre, puis je baisse les miens et avoue.

— Je ne suis pas « célèbre », où que ce soit. J'ai juste eu envie, un jour, d'écrire une histoire qui me sorte de mon quotidien, une histoire dont je maîtriserais chaque mot, une histoire où je serais heureuse… Il… il n'est pas très tendre avec moi, et c'est de pire en pire.

J'éclate en sanglots et fais mon possible pour qu'elle puisse comprendre quelque chose.

— Entre l'alcool… Mais ce n'est pas le pire. Il ne me fait plus l'amour, il me possède. Il m'impose ma façon d'être, il… il est violent…

Sophie me regarde, inquiète, je ne vois plus que de la pitié dans ses yeux. Puis elle devient incrédule, se lève, se rassied face à moi. Elle n'ose même pas me toucher.

— Mais… Alcoolique de temps en temps, oui, mais violent ? Violent à quel point ? Lili, parle-moi, tu ne m'as pas tout dit ?

On se regarde et je sens sa main passer doucement dans mon dos pour m'aider aux révélations.

— Il m'a frappée, Sophie, plusieurs fois…

Sophie n'en croit pas ses oreilles et je vois son visage se décomposer. Pendant que j'agonise et que je cherche ma respiration entre deux sanglots, elle m'enlace en susurrant mille pardons.

— Avant mon premier départ, il est devenu très brutal avec moi… Enfin, plus qu'à l'habitude…

Je lève alors la manche de ma robe et lui montre une marque sur mon bras. Sophie est abasourdie.

— … Il avait bu encore une fois. Je ne l'ai jamais trompé, je croyais trop au mariage, jamais je ne me le serais autorisé, je te le jure… Il m'avait fait si mal… Je me suis sentie si seule et perdue, je ne sais pas pourquoi, j'ai pris mon scénario et, sur un coup de nerfs, je suis partie, sans réfléchir…

— Tu as perdu la tête ? Pourquoi tu ne m'as pas tout raconté avant ? Et moi qui t'ai poussée dans ses bras !

— À partir de là et malgré ma vie de merde, j'ai vécu un truc de dingue. Tout ce que j'ai entrepris a fonctionné tout de suite, j'ai rencontré des personnes formidables, dont Mark... Un ange gardien... Il est incroyable, si prévenant, gentil !

Mark. Mark. Cela faisait trois mois que je bannissais son nom et je choisis cet instant pour en parler à Sophie. Je sens en moi comme une libération, mais il est trop tard.

— Merde !

Sophie ne sait plus quoi dire, elle est gênée par mes révélations. La pauvre, ce n'était pourtant pas par manque de confiance. Je ne pouvais pas lui dire, c'est tout. Je n'avais pas le choix.

— Crois-moi, si j'avais voulu tromper Fabien...

— Tu es amoureuse de lui ? De ce Mark ? C'est lui, ce producteur dont parlait Fabien ? Tu l'aimes ?

— J'aime Fabien. Je me suis mariée par amour et regarde où ça m'a menée !

— Lili, réponds-moi : tu l'aimes ?

— Je ne peux pas !

— Tu es en train de te détruire, Lili ! Réveille-toi ! Lutter pour ton mariage ne te mènera à rien de bon ! Sauve-toi tant qu'il en est encore temps !

Et sur ces mots, la violence d'une porte qui claque nous fait sursauter toutes les deux. Fabien. Fabien trop saoul pour avancer sans l'aide d'un mur.

— *Sauve-toi* ? C'est comme ça que tu conseilles tes amis ? Viens, Lili, on rentre !

Calmement mais fermement, Fabien me prend par le bras, tout en regardant méchamment Sophie. Elle a l'air terrorisée. Malgré cela, elle tente de me retenir et je comprends son geste protecteur. Mais il est temps que je rentre et que je règle une bonne fois pour toutes mes problèmes avec Fabien.

Pour ne pas le faire enrager, je le suis. Je le suis, et je ferai ce qu'il me dit, jusqu'à ce que nous soyons chez nous.

— Lili, regarde-moi ! Regarde-moi !

Sophie hurle puis panique en détournant ses yeux furieux vers Fabien.

— Fabien, je te préviens, ne joue pas au con ! Ne pars pas seule avec lui… Lili…

Je rassure Sophie du regard. Fabien lui lance un doigt d'honneur en guise de remerciement. Julie arrive à ce moment-là. Pourvu qu'elles se taisent ! Pourvu que l'on parte enfin ! Je ne me retourne plus et soutiens tant bien que mal Fabien qui a l'air de s'être calmé. Je lui parle doucement, je le berce, je l'apaise. Je me retourne une dernière fois et envoie un signe aux filles le plus discrètement possible.

— Chut…

Pourront-elles me comprendre ? Je sais bien que non, mais je dois faire ce que j'aurais dû faire il y a longtemps. Et pour cela, je dois être seule avec Fabien.

115 ∴ Int. Nuit - Dans le garage

Il me laisse conduire, il ne dit pas un seul mot. Je crois qu'il est déjà loin dans ses pensées, mais il ne dort pas. J'ouvre le garage avec ma télécommande et y gare la voiture. Je tourne les yeux vers Fabien qui tente de garder ses yeux ouverts. J'éteins le moteur. Je choisis précisément ce moment-là pour lui annoncer ma décision. Aucun instant dans la vie de Fabien ne sera, de toute manière, idéal pour qu'il puisse accepter ce que je vais lui dire. J'espère pour une fois qu'il aura assez bu pour être incapable de réagir.

— Fabien… Ça ne pourra plus s'arranger entre nous, et tu en es conscient. Tu as trop de haine en toi. Je veux divorcer !

Fabien tourne son visage dans ma direction et m'observe sans rien dire. Sa respiration râle et me donne l'impression qu'elle va s'arrêter. Ses yeux deviennent peu à peu luisants et sa pupille se rétracte à son maximum. Ma main se pose instinctivement sur la poignée de la porte. La rage l'envahit. Ses traits se crispent et une veine tape contre sa tempe.

— C'est hors de question !

— Je…

— Ne me redis jamais ça !

Il me prend brutalement par le poignet sans que je puisse réagir. Un cri de douleur s'échappe de ma gorge. Il ne sent plus sa force. Je le regarde froidement. Il ouvre sa portière et me tire de son côté. Je m'accroche au volant. Ma rage me donne du courage : jamais je ne lui ai parlé aussi calmement, les yeux dans les yeux.

— Tu peux me battre, tu peux me tuer, cela ne changera rien ! Tu as bien compris ? Je ne me laisserai plus faire !

J'arrache péniblement mon bras de ses mains et sors rapidement de la voiture. Fabien sort de son côté en chancelant. La voiture étant entre nous deux, je m'efforce de garder mon assurance. Mon poignet me lance un cri d'alarme et la douleur, bien que saisissante, me chauffe le sang.

— Je vais demander le divorce et tu ne pourras pas m'en empêcher ! Depuis combien de temps, Fabien ? Depuis combien de temps prends-tu plaisir à me frapper ? Dis-le-moi !

Je hausse le ton.

— Je t'ai dit oui, je t'ai aimé comme je n'ai jamais aimé personne. Tout cela, je l'ai fait pour que ça cesse et tu as continué à me torturer ! Tu réalises tout le mal que tu m'as fait ?

Toute ma colère sort enfin et se mêle déjà à mes remords.

Fabien avance prudemment vers moi en passant derrière la voiture. La porte est restée ouverte et il choisit bien son côté pour éviter ma fuite. Je reste méfiante.

— On peut en discuter calmement, non ?

Il se rapproche de plus en plus et tente la négociation.

— Malheureusement, tu n'en es pas capable. Ne t'approche plus de moi ! Tu m'as compris ? Ou sinon je crie.

Je préfère reculer, ce qui n'est pas à mon avantage. Je vais me retrouver bloquée. Fabien devient nerveux comme un taureau en cage. Il me sourit avec arrogance et pousse même un petit râle satisfait. Il se lèche les lèvres lentement, comme un prédateur. Tous ces petits signes que je connais si bien me désarment.

— Divorcer ! Que vas-tu faire, toute seule ?… Tu n'es rien sans moi, rien !

Il s'arrête quelques instants et répète doucement…

— Rien.

Exécrable. J'en ai le souffle coupé tellement la peur me prend au ventre. Je sais à présent que rien ne l'arrêtera et ma méfiance ne me protégera pas. Il profite de ce moment de trouble pour bondir sur moi et me bloquer contre l'établi. Tout se passe trop vite, je suis incapable de réagir, traumatisée, statufiée par son venin. Mon dos tape alors contre le manche de l'étau et ma respiration se coupe. Les nerfs touchés se réveillent et je suis comme électrifiée sur place. Il va s'arrêter, je me dis qu'il va s'arrêter. Je suis incapable de me défendre, il va s'arrêter. Mais Fabien me saisit le bras et le bloque derrière mon dos le plus haut possible : la douleur est trop vive et je baisse les armes. Je hurle et il m'assène un coup sur la joue pour me faire taire. Il aura fallu son insistance pour que je comprenne que je dois réagir au plus vite. Je tente de me débattre avec l'autre bras, mais il le replie contre son torse.

— Lili, tu n'aurais pas dû, je vais te le faire payer !

S'ensuit alors une scène où je ne maîtrise plus rien. Il commence à se déhancher et à frotter son sexe contre ma cuisse. Puis sa langue me lèche horriblement le visage. Son souffle se colle à mes cheveux. Je ne le reconnais plus, ce n'est pas possible. Un sanglot m'étouffe tandis qu'il veut me convaincre de son amour en débitant une série de mots doux, remplis de crainte et de désespoir : « Je t'aime… Tu n'es qu'à moi… Je te désire tellement… Lili, tout va s'arranger… »

Pour tenter de m'embrasser, il me libère un bras et m'agrippe le visage. Je sens ses ongles dans ma chair. Mes cris ne le perturbent pas, son désir l'accapare tout entier. Mon visage est coincé : Fabien me tient fermement par une touffe de cheveux, sa tête dans ma gorge. Avec le brin d'espoir qu'il me reste, je profite de mon bras libre pour attraper n'importe quoi sur l'établi. Je saisis ce qui me semble être un bout de bois lourd et le lance sans réfléchir, jusqu'à ce que l'objet lui heurte la tête. Le poids de cet objet qui n'est autre qu'un marteau n'est malheureusement pas du bon côté et c'est le bois qui le frappe.

— Va-t'en ! Tu me dégoûtes !

Jamais je ne lui avais parlé ainsi. Malgré ma colère, le coup ne porte pas assez. Fabien attrape mon bras dans son élan, le brise contre l'établi et, dans un grand bruit, le marteau tombe à terre. Quelque chose me transperce la main, mais je ne sais ni où, ni comment, ni sur quelle profondeur. Je sais juste que je souffre et que du sang coule. Mais qu'importe, mes pensées n'ont pas le temps de s'apitoyer sur mon sort. De son autre bras, il me punit d'un coup de coude au visage. Je suis sonnée.

— Jamais je ne divorcerais, tu entends ? Je t'aime et tu m'aimes autant ! Je t'enfermerai s'il le faut !

Il hurle. Ses yeux sortent de leurs orbites, il souffre et, comme si cela ne suffisait pas, il m'assène un revers de gifle. Je pleure sans bruit. Il pleure lui aussi et arrête sa lutte pour me regarder et déposer son front contre mon front. Il pleure comme un gosse. Je sens un liquide chaud m'envahir le visage. Mon œil se noie dans des larmes sanglantes. Pendant un instant je me crois morte et me dis que, si je tiens encore debout, ce n'est que parce qu'il me tient fermement contre cet établi. Et j'entends tout à coup mon cœur battre dans ma tête, j'agonise, mais la haine monte en moi, ma tête essaie de se redresser et une douleur vive s'ensuit : je ne suis pas morte.

Dans un sursaut de désespoir, une force immense m'envahit. Peut-être la dernière ! Alors je donne tout et le repousse violemment.

Surpris, mais sans lâcher son emprise, il bascule en arrière, pivote et m'emporte avec lui dans sa chute contre des cartons qui ne tardent pas à dégringoler sur nous. Je tombe la première, Fabien, lui, est heurté de plein fouet, ce qui projette sa tête contre la mienne. Un monticule de vêtements se déverse sur lui. Je cherche ma respiration sous le poids de son corps, tandis que lui appuie sur mon torse en tentant de revenir à la surface de cet amas. Il dégage ensuite ma tête, la soulève en tenant mes épaules et la bascule à nouveau en arrière. Je sens alors la dureté du béton. Sans me laisser revenir à moi, il se jette sur ma bouche et m'embrasse comme pour s'excuser. Je sens sa main se glisser sous mes vêtements. Il tiraille, il déchire, il me pince. C'en est trop, je hurle et me débats, je ne supporte plus qu'il me touche. Il m'écrase le visage pour m'empêcher de crier puis attrape un tissu pour me bâillonner.

La fatigue et l'impuissance s'emparent de moi, mes yeux désespérés sont remplis de larmes.

Tandis que je ne bouge pratiquement plus, il en profite pour me toucher les seins et sa bouche ne tarde pas à s'en emparer. Ma tête tangue de droite à gauche, mon corps est inerte, je regarde le plafond et le crépitement du néon. Les images sont floues, la lumière m'agresse, je ne peux plus me battre. Des visages passent au-dessus de moi : mon père, ma mère, Sophie, Mark… Mark. Mon scénario ne se termine pas comme ça. Je devais être heureuse, je ne devais pas mourir ce soir ! Mes yeux papillonnent et, d'un coup, j'ai l'impression de sortir la tête de l'eau malgré les tiraillements de mon corps. Un sursaut de vie. Je reprends le cours des choses : Fabien, notre dispute, le sang et la douleur. Non, il faut que je parte d'ici. Je murmure ce que je suis encore capable de murmurer, tout doucement comme un grincement.

— Arrête Fabien, arrête…

Fabien est toujours sur moi à se débattre contre moi et contre lui-même. Je vois sa tête au niveau de ma poitrine. Sans réfléchir, je lance violemment mon coude contre sa tempe en hurlant comme une guerrière. Un sanglot m'échappe. Fabien recule et ma main vient lui donner un puissant dernier coup au menton. Sa tête part en arrière et il tombe sur le côté, me libérant de ses bras. Je choisis ce moment pour m'enfuir de toutes mes forces. Je me relève dans la souffrance en me tenant le bras. Il réussit à agripper ma jambe, mais j'ai commencé ma course vers la fuite et ma force est telle que plus rien ne m'arrête. Ma jambe glisse entre ses griffes et je pars en toute hâte.

116 ∴ EXT. NUIT - MA DERNIÈRE COURSE

Je cours sans m'arrêter, je ne sais pas où je suis. Je ne regarde plus derrière moi. Je cours et le sang s'est figé sur mon visage. Je replace ce qu'il reste de ma robe sur ma poitrine pour la cacher. Je cours aussi vite que je peux, j'ai mal, je suis à bout de souffle. Mon cœur bat la chamade, je panique, il n'y a que mes nerfs qui me tiennent. Mes pieds nus se brisent sur le bitume froid de l'hiver. Un flot lumineux fonce droit vers moi et je suis incapable de dévier ma course. Je suis éblouie, je ferme les yeux, ma respiration se coupe. J'entends le crissement d'un pneu. Épuisée, je tombe à terre sur mes genoux, le regard dans le vide, puis un bruit sourd, détonnant, résonne et me glace. Je détourne mon regard vers ce bruit, j'ai si mal au cœur.

J'entends mon prénom, je me retourne, mais je ne peux plus lutter, ma tête tombe et heurte une dernière fois le sol. Je vois le ciel là-haut, il y a plein d'étoiles… Et c'est le néant.

117 ∵ Int. Jour - Une lueur d'espoir

J'ai mal à la tête, j'ai mal partout, je suis transie. Il fait chaud, mes bras sont bloqués. Où suis-je ?

— Non… Pas ça… Non…

Une main douce me caresse le visage. Non, pas lui ! Non. Je cherche ma respiration, au bord de l'agonie. J'ouvre les yeux, en panique.

Il fait jour, je ne distingue pas très bien ce qu'il y a autour de moi, ni à qui appartient cette main qui m'apaise.

— Chut, tout va bien, ma Lili.

L'odeur du désinfectant me pique le nez et me plonge peu à peu dans la réalité. Tout devient plus clair. La lumière prend la forme d'une fenêtre, puis d'un lit, et cette main est celle de Sophie qui pleure à mes côtés. Ses yeux sont tout rouges, elle me regarde en souriant. Un bruit, une vibration lancinante me fait dévier le visage. Mon téléphone. Il est sur la tablette. Je vois des blouses blanches marcher dans le couloir derrière une vitre. Je suis à l'hôpital. Mon téléphone vibre, Sophie souffle, elle a l'air intriguée, mais ravie.

— Il était temps que tu te réveilles, ma belle : ça fait déjà cinq fois qu'il appelle…

De quoi me parle-t-elle ? Les souvenirs remontent peu à peu dans ma mémoire et une angoisse soudaine me paralyse. Fabien ! Elle le comprend et stoppe mes interrogations.

— Mark ! C'est Mark !

Abasourdie mais presque soulagée, je repose ma tête. Soulagée, peut-être, mais pas vraiment rassurée. Je n'ai pas envie de parler et, sans mot, je tourne la tête vers la fenêtre. Il n'y a rien à voir, il n'y a que le bleu du ciel. En tournant mon buste, une douleur vive me cisaille. Je ne sais où regarder pour savoir où j'ai mal, étant donné que j'ai mal partout. Mes yeux s'arrêtent sur l'écharpe qui soutient mon bras. Mon autre main enrubannée vient contrôler pour être sûre que je ne rêve pas. Alors Sophie commence l'état des lieux de mes blessures, calmement pour ne pas m'inquiéter.

— Tu as juste l'épaule déboîtée, ce n'est pas cassé… Et beaucoup de contusions un peu partout sur le corps. Ils t'ont fait quelques points à la main, mais évite de bouger : tu as aussi un léger traumatisme crânien. Reste calme, tu es en sécurité ici, je ne te laisse plus toute seule. Promis.

J'acquiesce de la tête, je ne peux détacher mon regard des pansements et autres bandes.

— Tu devrais rappeler Mark, juste pour te rendre le sourire.

Est-ce qu'elle se rend compte de ce qu'elle dit ? Je suis toujours dans la confusion des sentiments et, en cet instant, plus que jamais traumatisée. Elle me reparle de Mark comme d'un sauveur, j'ai un trac d'enfer rien que d'entendre son prénom. Je n'ai pas besoin de ça. Pourquoi m'appelle-t-il maintenant ? Je ne sais même plus quel jour on est, suis-je restée longtemps ici ? Je n'en sais rien. Je ne lui réponds pas, ni à elle, ni à lui. J'ai à peine la force de retenir mes larmes. Ma lèvre tressaute, je ravale ma salive, je n'en peux plus, j'ai besoin de repos. Dormir et oublier.

Et pourtant, une seule question sensée me tracasse.

— Tu as des nouvelles de Fabien ?

— Non… Écoute, Lili, je ne sais pas bien ce qui s'est passé hier soir, mais dans l'état où je t'ai retrouvée, j'ai préféré ne pas le prévenir que tu étais ici. Tu vas le laisser mariner un peu.

J'acquiesce encore, la tête basse. J'essuie une larme et tourne la tête vers la fenêtre. C'était donc hier soir.

— J'ai prévenu la gendarmerie, il faut que tu leur parles…

— Comment ? La gendarmerie, mais enfin pourquoi ?

Pourquoi ?! Je me pose encore la question ?! C'est ce que j'aurais fait, à sa place. Je lève la tête vers Sophie, je recherche désespérément de l'aide. Mes yeux coulent sans s'arrêter et le son est bloqué au fond de ma gorge. Elle brise le silence et m'envoie un électrochoc.

— Ça ne peut plus durer comme ça entre vous, il finira par avoir ta peau… Je t'ai retrouvée par terre en sang au milieu de la rue. Tu t'en souviens au moins ? Les gendarmes ne devraient pas tarder à arriver, je leur ai déjà parlé de Fabien… Tu ne le reverras plus sans être accompagnée, je te le promets !

J'acquiesce une dernière fois et libère enfin un sanglot. Sophie me prend dans ses bras protecteurs. J'avais tant besoin de ça. Je suis complètement perdue, mais j'arrive à lui parler. Je me détache d'elle et me force à sourire.

— Merci d'être là.

Le téléphone vibre à nouveau. Sophie l'attrape et le met devant mes yeux. Le nom de Mark apparaît. Mon cœur fait un bond dans ma poitrine. Tout cela est si loin. Que me veut-il ? Pourquoi maintenant ?

Je passe machinalement mon doigt sur l'écran pour effleurer le visage qui apparaît et Sophie capte le moindre de mes gestes.

— Réponds !

— Je n'ai pas le courage. Ce n'est pas le moment.

— Réponds-lui !

Sans me prévenir, elle prend l'appel et me colle le téléphone à l'oreille. Je la hais, elle n'avait pas le droit de faire ça. À l'autre bout du téléphone, j'entends le son de sa voix. Mon cœur bat très très fort. Après une grimace désespérée à Sophie et une grande inspiration, je m'éclaircis la voix. Je n'ai plus le choix. Je fais alors un effort immense pour changer de personnage et redevenir Lili, la scénariste.

— Allô ?

— C'est un nouveau répondeur ? Je rêve, tu me réponds enfin !

— Désolée, depuis quelques jours, c'est… Bref, je n'ai pas pu répondre.

— Comment vas-tu ? Tu as une petite voix.

— Non, non. Et toi, ça va ?

— C'est un peu la course, mais ça va.

Il y a un blanc…

— Tu as commencé un nouveau scénario ?

— Ben, on peut dire ça mais, l'inspiration me manque.

— Donc je t'ai manqué, alors !

— Ah !

Mon ton est ironique, il faut que j'étouffe l'envie de pleurer.

— Quoi ? Je ne t'ai pas manqué ?

— Oui, un peu, si tu veux !

— J'espère bien... Bon, même si tu m'as lâchement oublié sans me donner aucune nouvelle, j'ai une information qui va te réveiller ! Toute l'équipe de promo prend l'avion pour Paris dans deux mois, et tu fais partie du voyage ! On va passer à la télé française !! C'est tes copines qui vont être jalouses !!... Lili ?

Quoi ? Il vient en France ? Non, ce n'est pas le meilleur moment. Et pourtant... J'ai l'impression que mon cœur se remet à battre après une éternité sans oxygène. Cela veut dire que mon film va sortir en France ? Oh, mon Dieu, c'est formidable ! Et trop soudain. Que va penser Fabien ? Tout ça avec cette histoire de divorce ! Non, encore un problème en perspective ! Je regarde Sophie qui se pose des questions en me voyant pleurer et sourire en même temps. J'ai chaud, je suis complètement bouleversée. Mais une ombre passe devant mes yeux, toujours cette angoisse. Quoi qu'il arrive, elle est là.

— Lili ? Tu es là ?

— Oui, pardon. C'est génial !

Je suis sur un lit d'hôpital, tabassée par mon mari, et je réponds que c'est génial !... Comment puis-je encore arriver à mentir aussi bien ?

— Ça n'a pas l'air de te faire sauter au plafond. Tu vas bien, Lili ?

Est-ce que je vais bien ? Est-ce que je vais bien ? Non.

Peut-être devrais-je lui dire la vérité, à lui aussi, après tout. Pendant trois mois, j'ai presque réussi à l'effacer de ma mémoire.

Cela me brise le cœur. Je ne dois pas le revoir, je ne peux pas le revoir.

— Mark, ma partie du travail est terminée... Et Ralph s'est bien chargé de me le faire comprendre !

— Lili, ce scénario, c'est ton histoire, l'histoire d'une Française qui a écrit pour un acteur allemand. Tu n'as jamais sorti de court-métrage avant, tu étais une parfaite inconnue. C'est une histoire incroyable ! Les gens s'intéressent à toi et tu vas trouver ton public en France. C'est une production franco-allemande. Peu importe ce que pense Ralph, je veux que tu sois là ! C'est moi, le producteur.

Je cherche désespérément le regard de Sophie. Je suis perdue. Mais je sais ce qu'elle dira : que je dois sauter sur cette occasion.

— C'est que… Il faut que je réfléchisse, c'est… compliqué…

Quelqu'un frappe. Je relève la tête et regarde Sophie. Elle se lève et se dirige à petits pas vers la porte pour l'ouvrir. Elle me fait signe de raccrocher. Son visage devient pâle.

Deux gendarmes entrent dans la chambre en enlevant leur képi. Ils baissent leurs yeux puis se regardent le temps que je finisse l'appel. Je suis sans voix et ne finis pas ma phrase. J'ai un mauvais pressentiment.

— Lili, tu es sûre que ça va ?… C'est simple, si tu ne viens pas, c'est moi qui viens te chercher !

— Écoute, je vais réfléchir et je te rappelle, d'accord ?

— Tu me rappelles, promis ?

— Oui, promis !

— Lili… Tu m'as manqué !

Cette dernière phrase me surprend tellement que je raccroche pour éviter d'avoir à répondre. Je suis triste. Penser à mon avenir quand je m'apprête à révéler mon passé à ces deux gendarmes… Je n'ai pas la force. En plus, ils me font peur, ils ont une mine d'enterrement. Heureusement, Sophie est là, elle va m'aider. C'est elle qui mène la danse.

— Bonjour, c'est moi qui vous ai prévenus, je suis Sophie, l'amie de Mme Fontaine. Asseyez-vous…

Les gendarmes referment la porte et s'adressent à moi solennellement en me regardant dans les yeux. Ils restent debout.

— Je suis l'adjudant-chef Rougier et voici le sous-officier Bertrand. Nous nous sommes déplacés dans votre rue à la suite de l'appel d'un de vos voisins. Madame Fontaine, nous sommes au regret de vous annoncer le décès de votre mari Fabien Fontaine.

J'entends le cri de Sophie. Je sens qu'elle me prend la main. Je me sens partir, un des gendarmes me retient pendant qu'un autre semble appeler quelqu'un dans le couloir. Tout est flou. J'ai mal au cœur, tellement mal. Sophie tape sur ma main et je la regarde. Mes larmes obstruent ma vision. Je tente de me lever, j'ai besoin de voir Fabien.

Fabien, Fabien…

Je hurle et pourtant, aucun son ne sort de ma bouche. Ce n'est pas possible. On me retient, je m'agite, je hurle et je tombe.

Fabien… !

Recroquevillée sur moi-même, je pleure. La tête entre mes mains, je ne sens plus mes blessures superficielles. Mais je meurs de l'intérieur. Je ne comprends pas. C'est horrible.

Je reste un long moment dans les bras de Sophie, choquée. Non, il n'a pas pu me faire ça. Les gendarmes exposent les faits et Sophie traduit derrière.

Fabien s'est suicidé. Il s'est donné la mort avec une arme à feu dont je n'avais même pas connaissance. L'heure de sa mort a été estimée à 2 h 30 du matin, heure vers laquelle Sophie m'a retrouvée. D'après les gendarmes, il avait une autorisation de port d'arme depuis huit mois déjà. Cette annonce me fait froid dans le dos. Il y a huit mois ! J'étais en Allemagne. Avait-il prévu de me tuer, ou de tuer quelqu'un d'autre ? Non, il s'est donné la mort parce qu'il m'aimait trop ! On m'administre des calmants pour que je puisse gérer mes émotions et répondre à l'enquête de police. Je n'ai pas le choix, je dois tout leur dire, les moindres détails, aussi pénibles soient-ils. À la suite de ma déposition, ils concluent à un suicide par jalousie. Je suis épouvantée. Même si, à leurs yeux, je ne suis pas coupable mais simple victime, j'en prends toute la responsabilité. Il s'est suicidé parce que je voulais divorcer.

Quand on me laisse sortir de l'hôpital, je donne mon téléphone à Sophie pour qu'elle gère les appels et je vais dormir chez elle pour deux nuits. Deux nuits avec elle, pas plus. Je veux voir, retourner chez moi, sentir son odeur, retrouver les objets qu'il a touchés.

Ma maison a été nettoyée. Plus rien, aucune trace. Il s'est tiré une balle sous la gorge et c'est dans sa voiture, dans le garage, qu'il a décidé de le faire. La voiture a été enlevée pour l'enquête, mais elle reste à moi. Et je dois décider quoi en faire… Sophie vient dormir chez moi quelques jours pour m'aider à faire face à ce quotidien morbide.

Après avoir tout dit, tout raconté, je ne reparle plus. À personne. Seule dans ma tête, je n'attends plus que la fin, sans rien comprendre à tout ce qui se déroule devant mes yeux. Un corps inerte, sans vie, vide de tous sens, noir et laid. Je me déteste.

118 ✣ La nuit la plus profonde

Les obsèques ont lieu six jours après. Six jours de questions et d'enquêtes. Des obsèques civiles où je ne peux dire un mot. Incapable, muette. Même pas un mot d'adieu.

Ses parents sont là, ils me serrent fort dans leur bras. Ils proposent de m'aider pour régler les papiers. Sophie les remercie gentiment. Ce n'est pas contre eux, mais finalement, je ne les connais que très peu. Inconsciemment je leur en veux, même si je m'en veux encore plus à moi. Eux qui ont si souvent laissé leur enfant, seul face à ce destin tragique. Mais que pouvaient-ils savoir de l'avenir ? Je n'ai jamais été autant entourée que ce jour-là, le jour de ses obsèques, mais je ne vois que deux personnes autour de moi : mon père et ma mère, qui reposent dans le même caveau. Il pleut des trombes et, quand ils plongent Fabien vers le fond, j'ai envie de sauter dans le vide de sa dernière demeure. Pour le suivre, car les sentiments ne meurent pas avec les personnes qui nous quittent. À quoi bon vivre ?

Tout le monde est parti, Sophie vient déposer un baiser sur ma joue, elle me serre fort puis elle me laisse seule avec lui, une dernière fois. Je m'assieds au bord de sa tombe et je reste là, sans bouger, à pleurer toutes les larmes de mon corps. Repenser au passé ne sert plus à rien. Mais j'ai encore tant besoin de lui. Sentir ses coups me suffirait, pourvu qu'il soit là. Mais là où il est, il ne peut plus me faire de mal. Mon amour en redevient d'autant plus puissant. L'amour et le manque…

119 ⁘ Plus rien n'a d'importance

Les jours qui suivent, je me lève, j'oublie de déjeuner, je broie du noir. Sophie me force à manger puis m'amène voir une psy, mais à quoi bon : je ne parle plus. Je vais ensuite m'asseoir sur la tombe de Fabien, je sombre, je rentre et je me couche.

Mon téléphone vibre sans cesse, je ne réponds pas. Sophie me l'a rendu et m'oblige à constater tous les appels en absence, ceux de Mark entre autres. Cela ne me fait ni chaud ni froid. Je n'ai plus goût à rien.

Un matin, Sophie ressort mon scénario et le met sur mes genoux en criant.

— Il est 10 heures du matin et Mark t'a déjà appelée trois fois ! Lili, bon sang, réponds-lui !

Mon pied balance le rocking-chair sur lequel je suis assise. Je me lève avec rage et balance le scénario par terre, sans aucun scrupule.

Mon téléphone sonne, il ne vibre plus. Il sonne encore. Elle a volontairement monté au maximum le volume de la sonnerie. C'est celle que j'avais programmée pour mes contacts allemands. Je me dirige vers l'étage, puis je l'entends... Sophie prend la communication et ferme la porte. Sa voix est à peine audible. J'enrage toute seule et monte me coucher en déprimant.

Je ne parle plus, je ne veux plus jamais écrire. Je voudrais tout brûler et regarder cela partir en fumée.

Sans cesse, ce bruit sourd me revient en tête, ce bruit puissant qui résonne, ce bruit avant le crissement des pneus. Je ne dors plus. Je vois Fabien faire cet ultime geste violent envers lui-même. Je voudrais comprendre. J'imagine le désarroi de cet acte, je hurle, je ne veux pas voir, je deviens folle. Au petit matin, tout redevient calme et paisible, et la journée est si longue. J'ai si souvent pensé passer à l'acte. Je me rends compte que je n'en aurais pas eu le courage. La mort que je sentais si proche ne m'a pas prise moi. Et maintenant, j'attends. Mais j'attends quoi ?...

Il est mort, il faut vivre ! Ce monde ne laisse même pas le temps aux vivants de pleurer leurs morts. Il est mort, il faut vite l'enterrer ! Tout préparer, organiser la cérémonie, tout nettoyer, se débarrasser des souvenirs, passer à autre chose, tourner la page...

Je ne peux pas...

Je ne veux pas...

♂

MARK HEINRISCH

120∴ Int. Jour - Bureau de Ralph Altmann

Ralph est en face de moi. Il raccroche lentement son téléphone en me fixant.

— Son mari s'est suicidé…

Aucune parole ne me vient à l'esprit, c'est le néant. Je me lève, je suis sous le choc. Ma main triture mon crâne en passant et repassant dessus. Je pense à Lili. Je me poste devant cette fenêtre qui me fait penser à elle. Je n'arrive pas à y croire.

— D'après son amie, elle ne voudra pas venir. On ne peut rien faire, Mark. Elle a rempli sa part du contrat, le film est tourné. Maintenant, c'est à toi de faire ta promo. Les scénaristes, aussi jolies soient-elles, n'ont rien à faire sur les plateaux télés.

Je tape du poing sur la table !

— Il *faut* qu'elle soit là ! La promo, c'est elle, c'est *son* histoire. Sans elle, tout ça n'a pas lieu d'être…

J'ai beau prendre ma tête entre mes mains, je ne vois pas d'issue. Ce n'est pas possible. Que s'est-il passé pour qu'il en arrive à ce geste ? Comment Lili a-t-elle pu réagir ? Elle doit être effondrée… Et moi qui la harcèle depuis des jours sans m'imaginer ce qu'elle vivait !

— Elle vient de perdre son mari, elle n'en a rien à foutre de tout ça. L'acteur principal, c'est toi ! Le public se moque de qui a écrit cette histoire ! Quoi que tu décides, je te laisse quatre jours… Mais reviens à la raison, et vite !

Ralph me connaît bien. Il m'a vu tourner en rond pendant ces trois mois. J'attendais ce moment avec impatience pour la recontacter… Depuis trois mois. Quoi que l'on puisse dire, à mes yeux, c'est elle l'héroïne. Est-elle seule à vivre tout cela ? Si je me souviens bien, elle n'a plus ses parents. Je ne supporte pas de la savoir malheureuse. Tout cela a-t-il un lien avec les secrets qu'elle cachait si bien ?

— Mark, quatre jours !

J'ai compris le message. Je ne perds pas une minute. Je prends mes affaires et file chez moi. Dix minutes plus tard, Ralph m'appelle. Il vient de me réserver le prochain vol vers Toulouse pour 17 heures. Il a beau le cacher, Lili l'a conquise lui aussi.

J'ai cinq heures pour réfléchir à la meilleure technique d'approche non intrusive. Mais rien, rien n'est adapté, rien ne saurait lui faire oublier ce cauchemar qu'elle vient de vivre. Mon intention de la protéger est légitime. Je dois le tenter. Pauvre Lili !

121 ∴ EXT. JOUR - DANS LE JARDIN DE LILI

Je comprends soudain ce que je m'apprête à faire : demander à une femme qui vient de perdre son mari de tout quitter pour aller faire la belle à Paris ! J'ai agi dans la précipitation, mais avais-je le choix ? Ce voyage ne peut que lui être bénéfique : pour sa carrière, mais aussi pour sortir de l'isolement dans lequel elle s'est plongée.

A priori, je suis arrivé. Plus qu'un kilomètre, d'après le GPS de ma voiture de location.

Je me gare dans ce qui semble être son allée. Je n'ai même pas prévenu Sophie de mon arrivée, je regrette un peu, surtout dans ces circonstances. Trop tard. La 4L est là. Lili est assise dehors sur une balancelle avec une autre personne.

Elle se lève sans regarder dans ma direction et part à l'opposé. Elle disparaît rapidement hors de ma vue. L'autre femme se lève, agacée, et crie vers Lili.

— Si tu n'étais pas allée à Berlin, c'est *toi* qui serais morte !

Il y a de l'électricité dans l'air. Je m'avance, un peu sur la réserve. Sophie, j'imagine, se tourne vers moi. Elle est tout d'abord surprise, puis un grand sourire apparaît sur ses lèvres. Elle a l'air désolée. Elle vient immédiatement à ma rencontre.

— Bonjour, Mark !

— Bonjour. Sophie, c'est ça ?

On se serre la main avec hésitation.

— Oui. C'est un miracle que vous soyez là. Je ne sais plus quoi faire. Si vous m'aviez prévenue de votre arrivée… Ce n'est pas la grande forme pour Lili. Je suis vraiment désolée, vous venez de faire plus de 1 500 kilomètres et je ne vous propose même pas à boire !

Elle s'agite dans tous les sens.

— Non, non, ne vous dérangez pas. Je venais voir Lili…

— Bien sûr, qui d'autre, sinon ? Écoutez, je ne crois pas qu'elle vous ait vu, elle risque d'être surprise… Ou peut-être furieuse… Je ne sais pas trop, je ne sais pas quoi vous conseiller. L'attendre ici ou aller jusqu'à elle…

— Si vous permettez, je vais me risquer à aller jusqu'à elle… À part les informations que vous avez données à Ralph… que s'est-il passé exactement ?

J'hésite un instant à lui poser toutes les questions que j'ai en tête.

— Elle ne vous a rien dit non plus, à vous ?

— Qu'aurait-elle dû me dire ?

— Elle ne vous a jamais parlé de Fabien ? De ses addictions ?

— De ses addictions ? Non. À ses yeux, il n'y avait pas plus parfait.

— Écoutez, c'est une longue histoire que je découvre tous les jours un peu plus. Je ne sais même pas par où commencer…

Elle se gratte la tête.

— C'est délicat, je ne suis pas sûre d'avoir le droit.

— Vous pouvez avoir confiance en moi, je vous assure. Je ne veux qu'une chose, l'aider. Sophie, dites-moi ce qui blesse Lili ?

Imbécile, son mari vient de se tuer !

— Enfin… Pfff… je suis désolé…

— Ce n'est rien… OK. Je vais vous faire la version courte. Fabien, son mari, buvait de temps en temps. Il buvait… et parfois, enfin à plusieurs reprises, il s'en est pris à Lili.

— Comment ça, *il s'en est pris à Lili* ?

— Je n'ai pas encore tous les détails, mais il était violent… Elle ne recommence à parler que depuis deux jours. Je pense que cela faisait longtemps qu'elle se trouvait coincée dans cette situation, elle n'en avait parlé à personne. Un jour, il est allé trop loin, et c'est ce jour-là qu'elle a décidé de partir pour l'Allemagne avec son scénario… Vous connaissez une partie de la suite…

— Une partie ?

— Ses retours en France ont été un vrai calvaire. Mais elle l'aimait, et a supporté cette situation simplement parce qu'elle n'avait pas le choix. Pour le protéger aussi. Leur relation était fusionnelle, ils se sont mariés jeunes. Fabien était très possessif.

C'était donc ça, son secret ! C'est affreux. Elle a donc joué un double jeu avec moi et, pendant tout ce temps, elle était triste et malheureuse. Mais alors, nous deux ? Je ne sais plus ce que je dois penser… Pourquoi ne m'a-t-elle rien dit ? Nous sommes devenus des amis, non ? Je m'en veux de ne pas l'avoir rappelée, alors que je pensais à elle sans cesse.

— Mark, prenez-là avec des pincettes. Je suis persuadée qu'elle sera heureuse de vous revoir, mais je ne suis pas sûre qu'elle accepte ce moment de bonheur. Elle est, comment dire… changée.

— Où est-elle ?

— Elle doit être à l'orée du bois. Prenez ce chemin sur 800 mètres et vous devriez la voir. Elle s'assied souvent sous un grand chêne.

— Sophie… Vous a-t-elle parlé de moi ?

Elle va me prendre pour un égoïste.

— Désolé de cette question…

— Moi, sa meilleure amie, je n'étais pas au courant pour le scénario, je n'étais même pas au courant que son mari…

Sophie s'effondre en pleurs.

— Non, je ne voulais pas vous faire pleurer…

— …que son mari la frappait… Vous vous rendez compte ? On se connaît depuis toutes petites, elle était malheureuse et moi, je l'ai poussée encore plus dans ses bras ! J'étais à mille lieues de me douter de ça. Je sais juste qu'avec vous, elle a vécu un rêve dans son enfer.

Vous comptez beaucoup pour elle, même si elle ne le dit pas. Lili se protège, elle est secrète : c'est Lili...

Je pose ma main sur son épaule. Puis, quand son regard me donne son aval, je prends le petit chemin. C'est magnifique ici, c'est calme. Identique à l'image qu'elle m'en avait faite. Plus je m'avance et plus j'ai peur, plus je m'avance et plus mon envie de la serrer fort contre moi se fait sentir. Le temps m'a paru long sans elle et j'espère que cela n'aura rien changé à notre complicité. Je l'aperçois enfin, je ne fais pas de bruit. Elle est là, assise sous le grand chêne, sa tête contre le tronc, l'esprit ailleurs certainement. Elle ne bouge pas, un grand châle lui sert de couverture. Le vent, paisible, s'affole de temps à autre et fait voler ses cheveux. Les oiseaux chantent et plus je m'approche, plus il m'est difficile d'avancer sans bruit. Une branche casse sous mes pieds. Elle réagit, se fige, mais ne se retourne pas.

— Bonjour Lili...

Au son de ma voix, son visage fait volte-face. Est-ce mon émotion ou mon esprit d'acteur ? J'aurais juré vivre ce moment au ralenti. Revoir Lili, savourer chaque partie de son visage. Quand nos yeux se croisent enfin, il y a comme un bug : elle se pétrifie, puis virevolte à nouveau et me prive de ce qui m'a manqué le plus au monde. Son sourire.

Je m'avance et m'assieds près d'elle.

— Tiens, je t'ai apporté des fleurs...

— Merci...

Elle hésite, puis les prend en faisant attention de ne pas me toucher ni me regarder. Elle les sent et les serre contre son ventre. Elle fixe le vide.

— Tu ne devrais pas être là !

— Je crois que si, au contraire… Sophie m'a prévenu… Je sais tout… Enfin je crois.

Peut-être un peu dur comme entrée en matière. Lili ne dit mot, mais relève ses yeux pleins de larmes et regarde vers l'arbre. Elle esquisse un sourire forcé et me regarde furtivement. J'aperçois une cicatrice sur son visage angélique. Je hais celui qui a fait cela et me dis qu'il a bien eu raison de l'avoir libérée de son emprise. Mon empathie me pousse à lever doucement ma main vers sa blessure. Elle ne bouge pas, elle se laisse faire, mais je n'insiste pas. Je l'observe, tandis qu'elle m'ignore. Je prends sa main. Je sens une hésitation, mais elle ne la retire pas.

— Lili, regarde-moi… Je peux comprendre que tu ne m'aies rien dit, mais je ne me pardonne pas d'avoir douté sans avoir rien fait…

Alors elle cède. C'est un regard cinglant auquel j'ai droit.

— Ça n'aurait rien changé ! Et puis, tu faisais partie du rêve, pas de ma réalité !

Lili méchante… Une première. A-t-elle vraiment changé à ce point ?

— Lili, ce que tu as vécu à Berlin n'était pas qu'un rêve ! Tu es une battante, je veux que tu me fasses confiance. Ton cauchemar est terminé, tu as la vie devant toi ! Et tu as le droit d'être heureuse !

Elle arrache sa main de la mienne. J'ai un pincement au cœur. Je vois qu'elle est agacée, mais elle n'en dit pas plus. Finalement, elle s'en prend à un bout de bois qu'elle triture, et lève enfin la tête.

— Parce que tu crois que j'ai le choix ? Cela paraît si simple, n'est-ce pas ?

Elle devient agressive

— Je suis détruite, Mark, je n'ai plus envie… Va promouvoir ton film, sois heureux et oublie tout ça !

J'en ai le souffle coupé. Malgré le sourire qu'elle esquisse sans conviction, j'ai l'impression qu'elle m'en veut et que ma présence la dérange vraiment. Où est-ce encore une façon de cacher la vérité ? Je joue la carte de la sincérité.

— Ce n'est plus possible de t'oublier, Lili… Viens avec moi… S'il te plaît…

— Ça, c'est l'acteur célibataire sans attache qui parle…

Elle me fixe et devient sarcastique.

— Non, c'est le Mark avec qui tu as ri, chanté, c'est le Mark que tu as convaincu que la vie était belle et magique. Lili… Je tiens vraiment à toi… Ce n'est certainement pas le bon moment, mais… à Berlin, il s'est passé quelque chose pour nous aussi, n'est-ce pas ?

Ses yeux deviennent livides de larmes qui gonflent.

— Tu n'as pas le droit de dire ça maintenant !

Elle commence à pleurer nerveusement, mais tourne la tête pour éviter mon regard. Elle pince ses lèvres. Sans réfléchir, je prends ses mains pour les calmer.

— Que tu viennes ou non à Paris, je veux te revoir, j'ai besoin de te revoir.

Elle s'effondre en sanglots et se laisse aller à tomber dans mes bras. Lili… Je peux enfin la serrer tout contre moi. Sa tête repose sur mes épaules et j'ai son front sur mes lèvres. Mes mains caressent ses bras et je la soutiens du mieux que je peux. Elle cherche ses mots, reprend sa respiration, mais sa tête a du mal à se relever. Elle vient la déposer naturellement dans ma main et c'est moi qui la maintiens droite. Je sens son souffle dans mon cou.

— J'ai vécu un enfer, Mark, que veux-tu que je te dise de plus ? Il m'a frappée, tapé la tête contre les murs, il… il m'a…

Elle se retient et étouffe un sanglot.

— Malgré tout ça, je l'aimais. C'était ma vie, il l'a détruite… Je ne suis plus rien, Mark, plus rien…

Que répondre à cela ? Ses mots sont pesés, mais si lourds à entendre. Je ne peux que compatir alors que je ne peux imaginer ce qu'elle a vécu. Et je ne veux même pas y penser. J'ai la gorge nouée, les yeux humides et je dois trouver les mots pour la convaincre qu'elle est importante, et qu'elle est bien vivante. Je dois lui donner la force de se battre, pour elle, pour moi. Je l'embrasse sur la tempe et me force à trouver du courage pour affronter cet instant.

— Si : tu es scénariste, tu es mon amie, bien plus que ça même, et je ne veux pas te perdre…

Je redoute sa réponse et ne veux même pas qu'elle me dise quoi que ce soit. Et elle ne me dit rien. Je me contente de la serrer dans mes bras. Elle reste immobile et muette. Tout est si calme autour de nous. Et je suis tellement en colère contre cet homme qui a osé lui faire cela. Et si triste de la voir ainsi. Une partie d'elle semble s'être brisée.

Je ne sais pas combien de temps nous restons ainsi. Le soleil commence à décliner. Le grand chêne m'offre son tronc pour reposer mon dos et Lili demeure blottie tout contre moi. Mon corps se déplace de quelques centimètres et elle glisse avec moi, gardant la même position. Les bras serrés sur sa poitrine. Et un de ses doigts sur la mienne. Comme pour maintenir un lien.

— Il faut que tu repartes, maintenant.

Sa voix n'est qu'un chuchotement. Lili se détache de moi et se lève. Je me lève à mon tour et la suis sur le chemin du retour. Je n'ose plus la toucher. Une forme de distance a repris le dessus. Elle tient son bouquet coincé entre ses bras repliés et garde un mètre entre nous tout le long du trajet. Elle ne dit pas un mot et je ne réussis pas à en dire davantage. Quand nous arrivons devant chez elle, elle s'arrête face à ma voiture.

— Sois prudent sur la route.

Ni un au revoir ni un adieu. J'ignore si cela présage que l'on se revoie un jour. Mais son inquiétude me laisse penser que je compte un peu pour elle. Sa volonté de me voir partir rapidement est claire et je ne cherche pas à rester plus longtemps. Je l'embrasse sur la joue en la tenant par sa nuque délicate. Il fallait que je la touche, il fallait que je la sente, il fallait qu'elle comprenne que je l'aime. Je mets du temps à desserrer l'étreinte de ma main, mon pouce parcourt tant qu'il peut le haut de son cou. Et je dois me résigner à m'éloigner d'elle. Elle baisse les yeux tandis que les miens la fixent. Elle fait deux pas en arrière, pendant que je recule vers ma voiture. L'écart se creuse et elle proclame définitivement mon échec quand elle se retourne pour rentrer chez elle. Sans un regard, la tête baissée, elle me laisse là, seul, mon sang bouillonnant d'amour pour elle…

Quel pouvoir puis-je avoir pour la ramener à la vie ? Quelle atroce sensation que de ne savoir quoi faire ! D'être impuissant face à la douleur de l'autre. Et de la désirer alors qu'elle m'échappe… Ce jour-là, je prends une grosse claque. Est-ce que je la connais vraiment ? Qui est cette parfaite inconnue qui a pris possession de mon être ? Je comprends que moi, acteur à succès, idolâtré par des milliers de femmes, je suis finalement tout petit, et que si je ne l'ai pas elle, alors je n'ai rien…

Je regarde autour de moi, il n'y a que du vide. Le regard de Sophie, derrière sa fenêtre, croise le mien. Est-elle aussi désespérée que moi ? Nos regards en disent long sur notre défaite. Est-ce égoïste de ma part de partir maintenant ? Sophie lève la main en guise de remerciement. Je lui retourne le geste puis elle hausse les épaules avec un sourire déçu. Oui, nous avons fait ce que nous pouvions pour Lili. C'est dur de l'admettre, mais il faudra que Lili trouve en elle la force de se relever de ce douloureux moment. Et j'espère de tout mon cœur qu'elle y parviendra. Je refuse de penser au pire. Je rentre dans ma voiture, tellement déçu d'avoir échoué.

122 ∴ Int. Jour - Bureau de Ralph Altmann

C'est la première fois que je vois Ralph ému. Il a donc un cœur. Pourtant, je n'en ai jamais douté : cet homme a fait de moi ce que je suis. Concernant ma carrière, je lui dois tout. Son caractère bien trempé a fait son succès et les occasions de le voir rire ou pleurer sont rares. Depuis le temps que nous travaillons ensemble, j'ai appris à le connaître. Et je le considère comme un ami, même si ce n'est pas la première personne à qui j'irais me confier en cas de problème personnel. Mais il reste perspicace et rien ne lui échappe. C'est lui qui, le premier, me demande des nouvelles de Lili, et je finis par tout lui raconter. Il est là, debout, devant sa fenêtre, tandis que moi, je végète dans mon fauteuil devant son bureau. Lui qui me force à toujours aller plus loin, sans vraiment me ménager, vient à cet instant vers moi pour me faire une accolade, dans le simple but de me réconforter. Il s'assied ensuite face à moi dans son grand fauteuil noir et fait glisser un verre de whisky sur le bureau.

Il me dit alors ce que je sais déjà et que je ne veux pas entendre.

— Tu ne peux plus rien faire, Mark, c'est à elle de se sortir de cette situation. Malheureusement, la psychologie féminine nous dépasse. Prends de ses nouvelles, souvent, mais je t'avertis, ne t'apitoie pas sur son sort. On a chacun notre destin. Tu as croisé son chemin, elle t'a écrit une histoire formidable, mais là, sa vraie vie ne te permet pas de jouer avec elle.

— Mais je ne joue pas…

— Oui, je sais, Mark. Ce que je veux te dire, vis ta vie, quoi qu'il t'en coûte, mais ta carrière doit passer avant tout.

Ça, c'est Ralph. Et Ralph sait tourner les pages rapidement. Moi, aujourd'hui, j'en suis incapable.

123 ∴ Int. Jour - Mark sens dessus dessous

Les jours qui suivent me paraissent longs et le temps de la promo à Paris arrive à grand pas. Il me tarde d'y être, dans l'espoir que Lili sera là, et en même temps je voudrais reculer l'échéance, de peur qu'elle ne soit pas prête. Mais cette décision ne m'appartient pas.

La semaine qui suit mon escapade chez Lili, Erick Bern m'envoie l'affiche définitive du film. Je m'empresse de la transmettre par mail à Lili. Il lui faut deux jours pour me répondre.

Elle est parfaite, je suis contente pour vous.

« Contente pour *vous* », alors que son bonheur devrait passer en premier ! C'est son premier scénario, son nom est marqué sur l'affiche (ce qui n'arrive jamais d'habitude) et elle est juste « contente pour *vous* » ! Je ne veux pas y croire. Je me mords la langue pour éviter de l'appeler. Mes sentiments explosent, je n'ai jamais ressenti cela. J'ai tellement besoin d'elle. Je ne veux pas croire qu'elle n'ait aucun sentiment pour moi. Je tourne et retourne les idées dans ma tête et je finis par lui envoyer ce mail.

Lili,

Te souviens-tu du jour où tu as commencé à écrire le premier mot de ton scénario ? Te souviens-tu de la dernière phrase qui a bouclé ton histoire ? Te souviens-tu de cette sensation de joie, puis de manque, de fierté et d'espoir quand tu as posé le mot « FIN » ?

Te souviens-tu de notre rencontre, dans le bureau de Ralph ? Moi, je me souviens de ton visage aux joues rosées, tu n'as rien lâché pour que ton scénario puisse se transformer en l'émouvant long métrage qu'il est devenu aujourd'hui. Te souviens-tu de cet homme, « le héros de ta série allemande préférée » ? Te souviens-tu pourquoi tu lui as écrit cette histoire ? Ce qu'il t'a inspiré et ce que tu as traversé pour arriver jusqu'à lui ?

Moi, je me souviens de celle qui m'a offert la plus belle des histoires, je me souviens de tous les sentiments que j'ai pu ressentir à tes côtés quand tu me l'as détaillée. De ce premier café, de ton sourire indélébile, d'un karaoké improvisé, d'une improbable valse (en collants… j'en fais des cauchemars 😊 *), d'un film à tes côtés.*

Lili, je ne suis pas écrivain et pourtant, j'aimerais vraiment que tu comprennes combien tu comptes pour moi. Je veux que tu m'appelles si ça ne va pas, ou que tu m'envoies un simple SMS pour me dire que tu vas bien.

Je serai simplement ton ami, si tu me le demandes, mais je veux pouvoir partager encore plein de beaux souvenirs avec toi.

Viens à Paris. Viens pour voir naître ton œuvre. Viens pour voir l'engouement qu'a suscité ton histoire. Viens. Tu avais tout prédit, tu devais tout vivre et pourtant la fin reste en suspens.

Je croyais bien te connaître, mais tu restes une énigme. Plus le temps passe et plus j'arrive, en relisant ton scénario, à recomposer le puzzle de ce qui t'a menée jusqu'à moi et de tout ce que tu as dû vivre avant : le détail de certaines phrases, les décors, les pensées de ton héroïne, ta façon d'écrire remplie d'émotion, toutes ces similitudes avec ce que nous avons vécu ensemble. Je ne peux qu'imaginer, car toi seule détiens la clef de tes secrets. « Le meilleur moyen de prédire l'avenir, c'est de l'inventer » : j'espère ne pas écorcher une vieille citation de Peter Drucker, mais elle te correspond si bien. La fin de ton scénario est magnifique, alors ne romps pas TON histoire, continue de la vivre.

Ne laisse pas ton passé épuiser tous tes espoirs. Les hommes sont imparfaits, mais certains peuvent s'améliorer à tes côtés. Pour ma part, tu m'as fait changer et, maintenant, je crois au destin que tu m'as choisi à travers ton récit. Je ne souhaite plus qu'une chose, qu'il se réalise…

Mein Herz gehört dir,
Mark

LILI FONTAINE

124 ∴ Int. Jour - Chez « Madame Je-sais-tout »

Je n'en peux plus de cette psy ! Oui, elle est gentille. Elle comme tous les autres. Ils veulent m'aider. Mais moi, je n'en ai pas envie ! À me rabâcher toujours la même chose, et moi à raconter toujours la même histoire, ils veulent quoi, à la fin ? Je vais finir par leur écrire un livre : ils n'auront qu'à le lire et le relire et me laisseront tranquille. Ne peut-on pas être malheureux tranquillement, sans devoir forcément se justifier ? Oui, on m'aime et les gens s'inquiètent, je le sais. Mais fichez-moi la paix ! Moi aussi j'ai aimé, et voilà le résultat. Une énième fois, elle me pose la question.

— Vous avez écrit un scénario, Lili, vous aviez un objectif ! Ce scénario vous a aidée à sortir de votre quotidien. Toute cette histoire, c'est ce que vous auriez voulu vivre, n'est-ce pas ?

Bon sang, je n'en peux plus de ses questions ! La calme Lili va finir par s'énerver. Je bous, je me moque de ce qu'elle dit, je veux faire mon deuil sans son aide. Je me rends compte que le mutisme dans lequel je m'étais glissée a poussé tout le monde à vouloir me faire parler. Si j'écris depuis tout ce temps, c'est justement parce que je n'aime pas me justifier. Tout le monde y va de son interprétation par rapport à ce scénario. Qu'ils pensent ce qu'ils veulent ! Non, en fait, cela m'énerve et plus je m'énerve, plus je me sens regagner en force. J'ai écrit une histoire. Oui, forcément j'aurais voulu la vivre ! Et alors ? Combien d'écrivains écrivent des livres ? Cela ne fait pas d'eux des personnes à plusieurs vies. On peut imaginer une histoire et s'arrêter là. Non, je ne veux pas qu'ils interprètent mon scénario comme des désirs inassouvis. J'aimais Fabien plus que tout, cela était compliqué, mais il avait ses raisons d'être comme il était et je devais être là pour lui, pour l'aider. Comme moi, il avait une double facette : l'homme séduisant que rien n'arrête et auquel on ne résiste pas, et l'homme noir, plein de rage. A-t-il déteint sur moi ? Ou est-ce moi qui l'ai rendu ainsi ? Je m'en veux terriblement, je n'aurais jamais dû partir. Il s'est suicidé, il ne m'a laissé aucune lettre, aucune explication. Il m'avait prévenue à plusieurs reprises « si tu me quittes, je me tue »… Et il a fini par le faire, me laissant seule avec mes regrets. C'est lâche. Peut-être voulait-il seulement m'alerter avec une tentative de suicide ? Et cela aurait mal tourné ? Je ne pense pas qu'il ait réellement été suivi par un psy, je n'ai rien retrouvé : aucune facture, aucun numéro de téléphone. Quant à notre thérapeute de couple, c'était un leurre. Je suis retournée la voir pour qu'elle me dise ce qu'il avait bien pu lui raconter. Elle a refusé en bloc, se retranchant derrière le respect du secret professionnel. Aujourd'hui qu'il est mort, elle me devait la vérité. L'a-t-il payée pour que je lui revienne ? S'est-il suicidé pour m'enfermer ou pour me libérer ? J'aurai toujours cette question en moi et je n'aurai jamais la réponse. Il a réussi à me manipuler une dernière fois. Je ne pense plus qu'à lui et, chaque jour, je revis mon passé, les bons comme les mauvais moments… Mes pensées se perdent dans l'infini.

— Lili, vous ne m'avez pas répondu.

Quoi ? Que veut-elle encore ? Oui, mon scénario ! Qu'est-ce qu'elle m'énerve ! Je n'ai pas répondu à sa question, et je ne veux pas y répondre. Maintenant, elle me tend le scénario. De quoi se mêle-t-elle ? Comment l'a-t-elle obtenu ? Je suis sûre que Sophie y est pour quelque chose. Je n'ai plus le choix. Si je pouvais lui parler avec autant de facilité que j'en ai pour penser… Mais face à elle, face à Sophie, face à… Mark, je reste muette. Je n'y arrive pas. Parler, ça fait mal. Fabien a emporté tous mes secrets avec lui dans la tombe et je préférerais que cela reste ainsi. Ma voix saute, j'ai mal dans la poitrine.

— Mon scénario ?… Je pensais que j'allais mourir.

— Mourir ?

— Oui, que ça finirait par un coup de trop ou que je n'aurais plus le courage…

Tout à coup, je ne me souviens plus de sa question… Mon regard est dans le vide et des souvenirs douloureux remontent à la surface. Une grande panique me submerge : pourquoi cette réminiscence ? Pourquoi maintenant ? Je ne voulais plus jamais y penser, je voulais oublier. Et voilà que le souvenir se fait de plus en plus clair et que j'éprouve exactement les mêmes sensations que ce jour-là. Pourquoi maintenant ? À quoi bon ? Je ne pourrai plus revenir en arrière et cela me fait si mal. J'ai mal au ventre, j'ai la nausée. Plongée dans le passé, je suis au bas de mon escalier que je viens de dévaler. Ma tête est lourde, mon dos est cassé de douleurs. Fabien est là-haut, il me regarde. Je tente de me relever, mais n'y arrive pas. Il descend une à une les marches. Ce son me revient et me hante : boum… boum… boum… Il est lourd et résonne. Puis je vois du sang, mon sang.

D'abord sur mes mains, puis par terre. D'où vient ce sang ? J'écarte mes jambes et il est là, répandu autour de moi et sur mon pantalon beige. C'est mon sang, le sang de…

— Lili, que vous arrive-t-il ? À quoi pensez-vous ?

Ce jour-là, il avait bu, mais pas plus que cela. C'était un samedi soir, nous devions aller dîner chez des amis. Au dernier moment, il ne voulait plus. Je lui ai dit : « Appelle-les si tu veux pour décommander. J'en ai marre de te trouver à chaque fois des excuses, moi je ne le ferai pas. » Il a commencé à me faire une scène d'enfant gâté, puis il a voulu me faire l'amour pour remettre soi-disant du piquant dans notre vie de couple, mais je ne voulais pas. J'étais fatiguée par ma grossesse et il m'énervait. Cela ne faisait que trois mois que ma mère nous avait quittés. Il y avait la boutique à gérer et toute la paperasse. Il a commencé à me peloter et à m'imposer ses mains entre les cuisses. Je l'ai repoussé gentiment deux fois, mais il n'a rien voulu savoir. Je n'ai alors plus osé et n'ai plus bougé. J'étais debout dans le hall de notre étage et lui se tenait face à moi. « Tu n'as plus envie de moi ? » m'a-t-il demandé. « Ce n'est pas ça, mais je n'ai pas envie, pas ce soir. Appelle Bertrand et Cécile, et décommande si tu veux. » Il m'a repoussée violemment et je me suis rattrapée à la rambarde de l'escalier. Il m'a alors tirée vers lui par les avant-bras et là, je me suis débattue. « Alors voilà, Madame est enceinte d'un mois et je ne peux déjà plus la baiser ? Combien de temps cela va-t-il durer ? » Son regard était noir. « Arrête, s'il te plaît ! » Je me suis mise à pleurer. « Tu l'as trouvée, ton excuse, Lili ! » *Tu l'as trouvée, ton excuse* : voilà cette phrase qui me revient, avec son ton hargneux. Cette phrase prononcée en même temps qu'il me repoussait, en même temps que je tombais dans le vide, en même temps que je dévalais les escaliers, en même temps que… Je ne pensais qu'à une chose, mon bébé. J'étais à huit semaines de grossesse, encore trop fragile. Quand la dernière marche est arrivée, j'ai tenté de me relever, mais c'était impossible et la tache sur mon pantalon m'a horrifiée. Le bruit sourd de ses pas descendant l'escalier me hante encore. Il ne s'est pas pressé, il est descendu lentement, en tapant des pieds. « C'est un accident, » m'a-t-il dit. « Je vais t'aider à te relever et tu iras te reposer, tout va bien se passer. » Il n'a pas jugé nécessaire de me transporter aux urgences. « Cela arrive de saigner, ce n'est pas grave, et tu ne saignes déjà plus ». Aucune culpabilité de sa part et je n'ai eu d'autre choix que de lui faire confiance. J'étais épuisée et j'avais mal partout, mais rien de grave, a priori. Deux jours après, Fabien était en colloque à Paris pour 48 heures. J'ai eu des saignements inexpliqués sans douleurs. Je me suis rendue seule chez mon médecin, sans rien dire à personne, la boule au ventre. De la façon la plus humiliante, le gynécologue m'a annoncé qu'il n'y avait plus aucun battement de cœur et que je faisais une fausse couche, que cela pouvait arriver, qu'il ne fallait pas chercher d'explication. Que cela était certainement une chance. Si l'embryon n'était pas viable, c'est qu'il y avait une raison médicale, un handicap ou une malformation future. Je n'y croyais pas un seul instant. Si j'avais consulté plus tôt, cela aurait-il changé quelque chose ?… Ou était-ce simplement une malformation embryonnaire ? Je ne saurai jamais. Il m'a donné un ovule pour expulser ce qu'il y avait à expulser. Seule, je suis rentrée chez moi, j'aurais voulu hurler de désespoir. Fabien n'y était donc peut-être pour rien et moi, je n'étais plus enceinte. J'avais perdu mon bébé, mon sauveur, j'en étais persuadée. Je replongeais dans le deuil le plus terrible. L'effet de l'ovule fut rapide. Je ne savais plus où me mettre, les contractions étaient violentes et je perdais beaucoup de sang, trop pour mes petites protections. Je me suis réfugiée sur les toilettes, que faire d'autre ? On ne vous explique pas cela dans les livres, ni à l'école. Et mon corps s'est vidé. Une sensation horrible. Est-ce que cela allait durer encore longtemps ? Au bout de quinze minutes à pleurer, recroquevillée sur la lunette des toilettes, j'ai voulu voir, et j'ai vu… Que faire ? C'est inexplicable, ça fait mal, une partie de moi, du futur lui, était là. Au bout d'un grand effort mental pour réussir à m'y résigner, j'ai dû tirer la chasse d'eau… Je ne savais pas quoi faire d'autre. Et je garde en moi cette image morbide de ce que je venais de perdre. De ce que je venais d'effacer par le simple fait de tirer la chasse d'eau. Comme effacé, inexistant, plus aucune trace.

Et après cela, la vie « reprend son cours », les failles dans le cœur ne sont pas visibles, et les pensées vous écartèlent.

Le surlendemain, quand Fabien est rentré, je lui ai exprimé ma tristesse. Il a été aussi froid que le médecin. Je n'avais pas besoin de pleurer, puisque le gynécologue m'avait expliqué que la nature avait fait son travail. Il ne voulait plus jamais en entendre parler. J'étais presque devenue coupable. Cette blessure psychique est restée en moi comme une torture. J'avais perdu quelque chose. Je me suis enfermée dans ma coquille, j'étais seule, sans mes parents à qui me confier.

— Lili, vous allez bien ?

Non, ça ne va pas, ça n'ira jamais plus. Je la regarde et, je ne sais pourquoi, j'ai soudain besoin de parler. Parler de ce dont je n'ai jamais parlé, pas même à Sophie. Je vais exploser. Tout remonte, tout. Je retiens mes larmes, ma tête se balance sans que je puisse la maîtriser, de droite à gauche…

— Je devrais être Maman, à cet instant… Au lieu de ça, j'ai eu deux côtes fêlées… Il a tout fait pour se faire pardonner, après. Mais la chute a été fatale ! J'aurais voulu mourir. Oui, je voulais mourir.

Un sanglot me stoppe et ma tête s'effondre sur la table. Je pleure pendant peut-être quatre, cinq minutes, je ne sais pas. La psy me prend la main et me demande de continuer.

— Cela vous fera du bien de parler. Ne gardez pas toute cette souffrance en vous.

Alors je trouve le courage de continuer, avec des phrases décousues tellement les souvenirs se jettent à l'extérieur de ma tête. Et je l'accuse. J'accuse celui que j'aimais et qui, à l'époque, à mes yeux, ne pouvait être fautif.

— Il ne s'est jamais cru coupable. Tout était clair dans sa tête. C'est lui qui a parlé au médecin quand nous sommes allés aux urgences, une semaine après, pour les deux côtes fêlées. Et je n'avais qu'à hocher la tête pour confirmer ce qu'il disait. Il a prétexté un trop de fatigue physique avec la boutique. Voilà comment j'ai perdu mon bébé : par un trop de fatigue et le décès de ma mère. Ce n'était pas le bon moment. Une fausse couche, c'est tellement banal, paraît-il pour ceux qui ne le vivent pas. Il y en aura d'autres, des bébés, me disait-il, mais je n'étais pas prête à ses yeux. Finalement, le destin nous avait aidés. Il ne désirait que mon bien et il me voulait près de lui, toujours. Rien qu'à lui. Ensuite, il en a profité pour me convaincre de vendre l'épicerie dont j'avais hérité après le décès de mes parents. J'ai aussi découvert qu'il m'avait trompée. J'étais seule face à tout ça, j'avais perdu ma liberté. Il contrôlait tout, je ne m'en suis pas rendu compte et j'ai sombré à petit feu. Je l'avais lui, et ça devait me suffire. Et je l'aimais tellement. Croyez-moi, il avait ses moments de tendresse, de douceur. Quand je n'allais pas bien, il me fredonnait des chansons… Je ne pouvais pas en parler, j'avais honte, honte de moi, et peur de lui autant que je l'aimais. Mais qu'est-ce j'ai fait ? Qu'est-ce que j'ai fait ?…

Pour la première fois de ma vie, un ogre est sorti de ma bouche, un cri de souffrance que je ne connaissais pas. Mais j'avais réussi à le dire et je voulais continuer à raconter.

— Lili, rien n'est votre faute. Écoutez-moi, ces douloureux moments sont derrière vous, vous allez surmonter tout ça.

— Après, j'ai eu du temps pour me reposer. Je dormais, je mangeais et je suis tombée sur cette série à la télé. Je n'avais pas besoin de réfléchir et il me tardait d'être le lendemain pour voir la suite. J'ai commencé à m'inventer cette double vie. J'avais l'image de cet homme, Mark Heinrisch, le héros qui revenait sans cesse. Au début, je me suis même interdit de penser à lui, et puis j'ai commencé à rêver de lui, il était devenu mon fantasme. J'en étais réduite à ça…

— Vous n'avez pas à vous en vouloir, continuez…

— À part le ménage et le jardinage, je n'avais pas grand-chose à faire. Je ne voulais plus sortir, ou croiser du monde. Soit l'état de mon visage me l'interdisait, soit je n'avais pas le moral. Je ne voyais plus mes amies, ou très rarement. Et puis, pour leur dire quoi ? Alors je me suis accordé des virées dans le grenier où j'avais rangé les vieilles histoires que j'avais commencé à écrire quand j'étais petite et que je n'avais jamais finies. J'en ai commencé tellement… Des histoires de princesses, de petites filles qui veulent sauver le monde, des histoires qui devaient finir bien. Et j'ai découvert les cahiers d'écriture de mon arrière-grand-mère où, jour après jour, tout était consigné. Du geste le plus banal aux grands évènements du siècle dernier. Mais rien, non, jamais rien sur ses souffrances. Et pourtant, sa vie n'avait pas été rose… Elle avait vécu la Grande Guerre. Sa fille, ma grand-mère, me racontait qu'elle avait attendu des années durant son mari qui n'en était jamais revenu. C'était un homme bon, qui lui apportait le petit déjeuner au lit. Ils avaient eu un enfant, mais le pauvre n'a jamais connu son père. Il paraît qu'à force d'attendre le retour de son amour, au bout d'un certain temps, ce n'est plus l'homme qui nous manque, mais l'attente. Ce sentiment de défense qui nous protège du pire. À force d'attendre, elle s'en était détachée, mais elle refusait de l'admettre et ne supportait pas le simple fait de ne plus l'aimer. Aimer un souvenir, c'est ça. Il n'est jamais revenu. Elle s'est remariée quelques mois après avec un homme qui n'a jamais fait son bonheur et qui l'a malmenée… Les destins sont frappants, les histoires se mêlent, le passé est finalement le même pour tout le monde. On souffre en silence et on écrit de belles histoires pour faire croire. C'est là qu'est né ce besoin d'écrire mon histoire. Mais comme elle, je n'ai pas réussi à dire la vérité, je ne pouvais pas la dire, même si j'étais loin de penser qu'un jour elle pourrait être lue. C'était mon histoire rien que pour moi, pour expier, pour rêver, pour avoir l'impression de vivre quelque chose de beau. J'ai donc créé de toutes pièces la vie que j'aurais voulu avoir, oui, c'est certainement cela. Vous l'avez, votre réponse ! Oui, c'est comme cela que ça s'est passé ! Secrètement, mon scénario était né et Mark en était le héros. J'avais besoin de choisir précisément celui que mon mari m'interdisait même de regarder. Une sorte de vengeance personnelle. J'ai effectué des recherches sur internet pour les détails de son visage, et pour savoir comment présenter un tel manuscrit, pour respecter les règles scénaristiques. J'ai cherché son adresse (mais en vain), ses films… cela m'amusait. J'avais un objectif. Je tenais à ce que cette histoire puisse être vécue. Cela ne pouvait pas être un roman, et je me la suis peu à peu imaginée en film.

— Pourquoi êtes-vous partie la première fois ?

— Il… il avait été odieux, méchant, violent. Le pire, c'est que je ne me souviens même plus de la raison. C'était parti de rien, une histoire de jalousie gratuite. Il n'avait jamais été aussi violent. J'ai attendu le matin qu'il parte au travail. J'étais morte de peur. Il m'a embrassée comme d'habitude, comme si de rien n'était, mais moi je n'étais plus la même. Quand je me suis enfuie ce jour-là, j'avais si mal, je ne savais pas comment les choses auraient pu s'arranger. Le soir, il serait rentré et j'aurais été là, à l'attendre, comme tous les soirs. À vrai dire, je crois que je n'ai pas réfléchi. J'ai attrapé mon scénario que je cachais dans une valise sous le lit. Puis la valise s'est rapidement remplie du strict nécessaire. Non, je n'ai pas réfléchi et je me suis enfuie. Ce scénario est devenu mon guide et je me suis fixé cette idée bizarre : trouver Mark pour qu'il lui donne vie. Il fallait que cette histoire prenne vie. Je n'ai rien calculé à l'avance. Je savais que tout cela était absurde, mais c'était la seule chose qui avait du sens à mes yeux. Je pensais vraiment en rester là, le lui remettre et ensuite… Pouvoir partir en paix, en ayant eu l'impression d'exister. C'était la dernière mission que je m'étais donnée. Mais je n'ai pas eu le courage de Fabien.

Même la psychologue ne peut rien dire après cela. Elle me regarde, les yeux compatissants. Puis elle les baisse. Il y a un blanc. Elle reprend sa respiration et me regarde droit dans les yeux.

— Votre deuxième vie s'offre à vous, Lili, et aujourd'hui, vous avez une bonne raison de vivre. Mark fait partie de votre avenir et votre cauchemar est terminé. Pourquoi faites-vous cette tête ?

Il n'est donc plus question de Fabien, mais de Mark. Moi, je comprends enfin réellement le calvaire que j'ai vécu et la complexité des sentiments que je me suis imposés tout ce temps, mais il faut déjà passer au second chapitre. Mes lèvres meurtries par mes dents souffrent. Mais cette douleur me rassure. À cet instant, mon esprit est vide, gris, mais bizarrement soulagé. Je suis Lili Fontaine, femme battue et manipulée. Je vis un rêve et un cauchemar. Mon cauchemar est passé, si tant est qu'il soit réellement parti avec Fabien. Il ne me reste plus que ce sentiment d'amour à son égard, si pesant. Et il y a mon rêve. Il est là, il est réel et je le refuse, alors qu'il insiste en frappant à ma porte.

Elle veut donc que je parle de Mark.

Pourtant, il y a encore tant à dire sur Fabien. Mark, qui est-il pour moi ? C'est l'acteur le plus séduisant que je connaisse, il est allemand. Il était mon fantasme. Est-ce que je l'aime ? Non, ce n'est qu'un fantasme. Pourtant, Mark est bien réel, nous sommes amis, plus que cela m'a-t-il dit. Mais m'aime-t-il ? Est-ce que j'ai envie qu'il m'aime ? À cet instant, il me manque. J'ai tout fait pour éviter qu'il m'aime. Non, ce n'est pas vrai, ma tête lui disait non, mais tout mon corps lui disait oui. Le souvenir de sa main qui me frôle, de ses yeux qui me dévorent, de son doigt qui m'embrasse. Mon corps tout entier ne demande que lui. Et je ne suis pas capable d'accepter cela.

Je ne veux tout simplement pas rompre la promesse faite à Fabien. La mort efface-t-elle les serments ? Elle ne devrait pas.

— Ce n'est pas vous qui m'avez conseillé de vivre des choses simples et réelles, sans complications ? Ce scénario n'était qu'une histoire inventée de toutes pièces. Toutes ces similitudes… Il n'y a que la mort de Fabien qui n'était pas écrite. Je suis perdue…

Je suis rongée par mes remords. Elle n'était pas écrite, et pourtant, j'y avais pensé.

Sans oser l'écrire, j'avais réfléchi à un triste sort pour le mari de mon héroïne, un jour où Fabien avait été plus que dur avec moi. Je commence à me demander si, à force d'imaginer, je ne provoque pas la réalité. Je suis fautive d'avoir reporté sur Fabien le destin tragique d'un de mes personnages. Le faire mourir pour que mon héroïne soit libre de vivre d'autres sentiments… La panique monte en moi, je culpabilise du moindre élan d'amour que je peux ressentir pour Mark. Il faut toujours que je ramène tout à Fabien. La psychologue attrape ma main pour me réconforter.

— Fabien a décidé de son avenir et il vous a libérée de son emprise. L'amour est une chose simple et réelle… Qui est Mark pour vous ? Il faut vous poser cette question. Vous le désiriez déjà à travers la télé, vous l'avez rejoint et l'avez convaincu de croire en votre projet. Il a été votre formateur, votre premier client, votre soutien, votre protecteur contre tous ceux qui ne vous croyaient pas à votre place. Il est devenu votre ami, il vous a offert des moments dont vous rêviez, et tous ses gestes envers vous, rien que le fait d'être venu vous rejoindre chez vous, prouve qu'il est rempli de sentiments pour vous. Vos joues s'empourprent et vos poils frissonnent. Vous ne pourrez pas cacher éternellement les sentiments que vous avez pour lui !

Il le faut. Pourquoi le faudrait-il ? Entendre cela me fait froid dans le dos. Je me lève et tourne le dos à cette femme qui ose me dire la vérité… Je me mets face à la fenêtre. Je regarde un instant les gens qui avancent innocemment dans le parc. Certains sont assis dans des fauteuils roulants, certains pleurent, certains jouent avec leurs enfants et moi, je suis là, devant une décision à prendre. Ma situation est tellement ironique.

— On me demande d'être après-demain à Paris. Tout est organisé. Ma chambre est réservée, j'ai deux belles robes qui m'attendent pour les soirées qui suivent l'émission… Mais…

Je me retourne face à la psy, l'émotion m'arrête. Je me sens pathétique.

— J'ai peur… Je n'ai pas le droit de vivre ça, alors que…

— Vous avez le droit de vivre et d'être heureuse…

— Je ne sais plus faire…

— Vous avez écrit un scénario dont vous devez être fière. Ce scénario, c'est le départ de votre nouvelle vie, il vous a donné la force de sortir de cette situation où vous étiez une victime. Vous allez retrouver Mark. La dépendance à l'échec, c'est terminé, Lili ! Mark est la vraie raison pour laquelle il faut vous battre. Lili, soyez honnête avec vous-même : vous avez des sentiments pour lui…

Je la déteste.

125 ∴ (JE NE VEUX PLUS DE CHAPITRE)

Deux jours. Il me reste deux jours.

J'y vais, je n'y vais pas ?

Je ne pense plus qu'à lui.

Il me semble que je vais mieux. Je tourne en rond dans ma maison. Je m'ennuie et j'ai la tête pleine, trop occupée par mes pensées.

J'allume mon ordinateur, je ne sais pas pourquoi. Je vais d'abord voir les annonces d'emploi, je ne sais même pas ce que je recherche. Secrétaire, vendeuse… Peu importe, du moment que je travaille et que je sors de chez moi.

Je me dis que c'est bon signe : j'avance.

Je pense plus à demain qu'à hier.

Puis je tape « The Scriptwriter ». La photo de Mark apparaît, ainsi que les commentaires sur sa venue prochaine à Paris.

J'ouvre enfin ma boîte mail. Parmi soixante-huit mails, un seul attire mon attention.

Expéditeur : markheinrisch@gmx.de

Objet : Lili und Mark in Paris

Mon cœur se met à battre plus fort. La photo de Fabien, face à moi sur le bureau, m'observe. Je le fixe moi aussi. Je pourrais m'arrêter là, fermer ma boîte mail et forcer mon esprit à oublier. Mais je ne peux pas. Je laisse Fabien me regarder. Non, je retourne sa photo sur le bureau et j'ouvre le mail.

Lili,

Te souviens-tu du jour où tu as commencé à écrire le premier mot de ton scénario ?

Une vague d'émotion me transperce. Dans ma tête, les réponses sont claires. Oui, j'étais si bien de ne penser qu'à toi… Cette histoire, je l'ai fait naître inlassablement dans ma tête, me croyant incapable de l'écrire.

Te souviens-tu de la dernière phrase qui a bouclé ton histoire ?

« Emy et Thomas se retrouvent enfin. Ils s'enlacent fougueusement, Emy dépose un baiser avec son doigt sur les lèvres de Thomas. » D'ailleurs, un baiser a été rajouté à la fin du film, sur ta demande, le jour même du tournage. Cela faisant l'unanimité, j'ai été obligée de céder.

Te souviens-tu de cette sensation de joie, puis de manque, de fierté et d'espoir quand tu as posé le mot « FIN » ?

Qu'allais-je faire de toutes ces feuilles ? Ce jour-là, j'avais le cœur lourd et je ne pensais qu'à une chose : faire vivre cette histoire… Je l'ai alors lue et relue pour rajouter des instants avec toi.

Te souviens-tu de notre rencontre, dans le bureau de Ralph ? Moi, je me souviens de ton visage aux joues rosées, tu n'as rien lâché pour que ton scénario puisse se transformer en l'émouvant long métrage qu'il est devenu aujourd'hui.

Mark, si tu savais comme tu m'as troublée ! Après la peur, j'ai ressenti un tel élan d'amour. Mais cette peur des sentiments ne m'a jamais vraiment quittée.

Te souviens-tu de cet homme, « le héros de ta série allemande préférée » ? Te souviens-tu pourquoi tu lui as écrit cette histoire ? Ce qu'il t'a inspiré et ce que tu as traversé pour arriver jusqu'à lui ?

Oh oui, je me souviens ! Mon amant virtuel, si beau, si charismatique. Je ne pouvais écrire que pour toi. Tu m'as inspiré une héroïne amoureuse traversant les pires tourments. Tu m'as donné la force de partir, de trouver un but, de suivre mon instinct. Cela me rappelle les DVD qu'il m'a donnés. Où sont-ils ? Dans ma valise, sous le lit ! Autant je suis impatiente de lire la suite, autant je suis excitée à l'idée de faire durer le suspense ! Je monte vite dans ma chambre, je passe mon bras sous le lit et la valise glisse jusqu'à moi. J'ai un trésor entre les mains. Je l'ouvre lentement et ils sont là. Sur le boîtier, le visage de Mark me regarde. Je le prends entre mes bras et redescends en toute hâte pour retourner à ma lecture. Je ne lâche plus ces DVD. Je vais enfin connaître la fin de cette série et la fin de la lettre.

Moi, je me souviens de celle qui m'a offert la plus belle des histoires, je me souviens de tous les sentiments que j'ai pu ressentir à tes côtés quand tu me l'as détaillée. De ce premier café, de ton sourire indélébile, d'un karaoké improvisé, d'une improbable valse (en collants… j'en fais des cauchemars 😊), d'un film à tes côtés.

Je ris, je pleure. Je me souviens de tout, Mark, rien ne m'a échappé. Alors, je ne me suis pas trompée : pour toi aussi, ce jour-là, il y a eu quelque chose.

Lili, je ne suis pas écrivain et pourtant, j'aimerais vraiment que tu comprennes combien tu comptes pour moi. Je veux que tu m'appelles si ça ne va pas, ou que tu m'envoies un simple SMS pour me dire que tu vas bien.

Je serai simplement ton ami, si tu me le demandes, mais je veux pouvoir partager encore plein de beaux souvenirs avec toi.

Je ne veux pas d'un ami comme toi. Je ressens tellement plus à ton égard.

Viens à Paris. Viens pour voir naître ton œuvre. Viens pour voir l'engouement qu'a suscité ton histoire. Viens.

Mon cœur se crispe et je te vois m'ouvrir les bras. Je prends ma tête dans mes mains, me tire les cheveux, puis je redresse la photo de Fabien et le regarde. Je suis triste. « Pardonne-moi, Fabien. »

Tu avais tout prédit, tu devais tout vivre et pourtant la fin reste en suspens. Je croyais bien te connaître, mais tu restes une énigme. Plus le temps passe et plus j'arrive, en relisant ton scénario, à recomposer le puzzle de ce qui t'a menée jusqu'à moi et de tout ce que tu as dû vivre avant : le détail de certaines phrases, les décors, les pensées de ton héroïne, ta façon d'écrire remplie d'émotion, toutes ces similitudes avec ce que nous avons vécu ensemble. Je ne peux qu'imaginer, car toi seule détiens la clef de tes secrets.

Si, tu as compris mon scénario. Tu m'as comprise bien plus que ce que tu ne le penses. Oui, cette histoire, c'est moi ! Romancée, certes, mais j'y ai livré mon cœur et mon âme. Tout ce que j'ai vécu ces dernières années ne me ressemble pas. Emy est la « Lili » que j'aurais voulu être. Je ne suis pas lâche, je suis passionnée.

« Le meilleur moyen de prédire l'avenir, c'est de l'inventer » : j'espère ne pas écorcher une vieille citation de Peter Drucker, mais elle te correspond si bien. La fin de ton scénario est magnifique, alors ne romps pas TON histoire, continue de la vivre.

NOTRE histoire, Mark. J'ai si peur…

Ne laisse pas ton passé épuiser tous tes espoirs. Les hommes sont imparfaits, mais certains peuvent s'améliorer à tes côtés. Pour ma part, tu m'as fait changer et, maintenant, je crois au destin que tu m'as choisi à travers ton récit. Je ne souhaite plus qu'une chose, qu'il se réalise…

Pour avoir repensé cent fois la fin de cette histoire, pour lui avoir donné des tournures tantôt dramatiques, tantôt kitch, tantôt romantiques, je la connais trop bien. Je voudrais aussi trouver assez de courage pour qu'elle se réalise… Pour cela, je n'ai plus qu'à trouver le courage de te rejoindre… à Paris… et c'est tellement difficile.

Mein Herz gehört dir,
Mark

« Mein Herz gehört dir » ?

Je savoure cette phrase énigmatique dont je pense comprendre le sens. Puis, le cœur en dérive, je ne peux plus me contenir et demande la traduction de cette phrase sur le moteur de recherche.

« Mon cœur est à toi. »

Je lis et relis cette traduction. Cherche un autre avis sur un autre site. Est-ce bien cela qu'il a voulu dire ? « Mon cœur est à toi. » Veut-il parler d'amour ? Mark m'aimerait ? En ai-je réellement douté ? Un flot d'émotion m'envahit et je m'effondre sur mon bureau. Non, je ne pleure pas, j'ai le trac, je sens mes joues brûler et je souris en me cachant les yeux. Quand je me calme enfin, je prends le temps de relire son mail. Je prends le temps de la réflexion. Puis je clique sur répondre. Un seul mot me vient à l'esprit.

Je t'aime…

J'ai envie de le crier alors que mon cerveau étouffe cette folie.

Je ne pouvais le dire, il me fallait l'écrire. Le voir marqué sous son adresse électronique. Le voir pour comprendre que ce sentiment, je le détiens en moi depuis le début.

Je n'envoie pas ce mail. Je ne prends même pas la peine de répondre. Je ne parviens pas à trouver les mots justes.

Cette nuit-là, je ne dors pas.

Fabien. Mark. Toutes les idées se mélangent.

Quoi qu'il en soit, tout cela arrive trop précipitamment et je ne suis pas capable de faire face. Je préfère reculer. Attendre de me calmer, attendre d'être sûre.

♂

MARK HEINRISCH

126 ⁘ INT. TOMBÉE DE LA NUIT - SEUL À PARIS

Me voici à Paris, seul dans cette grande chambre, les bras coincés sous l'oreiller, face à cette tour Eiffel qui me nargue de son éclat. Elle a l'air joyeuse. Demain soir, ce sera le grand soir. On y est.

Je n'ai aucune nouvelle de Lili. A-t-elle lu mon mail ?

Même mon dernier SMS est resté sans réponse.

SMS envoyé à 20 h 04 : *Je n'attends plus que toi et tout sera parfait. Ton scénario avait dit vrai, Lili, je suis tombé amoureux de toi. Dis-moi qu'il y aura une belle fin…*

À quoi bon nier la vérité ? Je suis fou amoureux de cette femme. Je veux la sentir, la toucher, la serrer dans mes bras. Je n'en peux plus… Il fallait qu'elle le sache.

Il est 20 h 18, et toujours rien. Il n'y a qu'elle qui puisse décider, après tout, c'est elle la scénariste.

Je vais mourir d'impatience. 20 h 20, aucune réponse…

21 h 02, 21 h 31, 21 h 33, 22 h 05, 00 h 06… 04 h 22...

♀

LILI FONTAINE

127 ⁘ EXT. AU MÊME MOMENT, TOMBÉE DE LA NUIT - DANS LES BOIS

Il fait froid, le temps est clair, quelques flocons sont tombés cet après-midi. La lune illumine les arbres et le chemin sur lequel je marche tranquillement. Je respire l'air pur, savourant cet instant. Mes mains touchent les feuilles environnantes. Il est là, devant moi, grand et majestueux. Mon grand chêne. Le seul être qui sache tout de moi. Je ne sais pas l'heure qu'il est. Peut-être 20 heures, peu importe. Ici, je suis bien. Je m'assieds à même le sol, au creux de ses puissantes racines. Je lève la tête et le regarde, avec ses longues branches et son feuillage se balançant sous la brise. Il n'y a que lui qui m'apaise. J'y vois plus clair à présent, je suis légère, comme libérée. Mes yeux se baissent et se posent sur la terre. Je dégage quelques feuilles mortes puis creuse un trou au pied de mon arbre. J'enlève mon alliance. Je la scrute pour lire les inscriptions à l'intérieur : « Fabien 18.06.2005 ». Après un moment d'hésitation, je la dépose dans le trou, je l'observe, je prends une grande inspiration et je la recouvre. Comme une prière, je pose mes mains sur le tas de terre en fermant les yeux.

Je ne pleure pas, je n'ai rien à craindre, elle sera toujours là. Bien protégée par mon arbre. « Fabien, repose en paix. » C'est dur, mais nécessaire.

Quand j'ouvre mes yeux humides, je vois apparaître derrière un arbre la petite fille aux deux couettes. Elle s'amuse et se cache, puis s'arrête pour m'observer. Elle me fait alors un grand sourire. Cette petite fille, c'est moi à quatre ans. Je la reconnais enfin. Ces yeux rieurs, ce sont les miens. Je lui souris. Très vite, elle me fait au revoir de la main et part en riant, sautant à cloche pied.

Quatre ans. Pourquoi cette image de moi à quatre ans me revient-elle depuis quelque temps ? Quatre ans, c'est l'âge de mon premier souvenir, celui du décès de mon arrière-grand-mère à qui je tenais tant. Le peu de souvenirs que j'ai d'elle se sont décuplés dans ma mémoire comme pour l'avoir toujours auprès de moi. À quatre ans, je connaissais donc déjà le manque et le besoin de me sentir entourée. J'ai sauvegardé cela en moi, je le sais aujourd'hui. Cette peur s'est ancrée en moi et je n'ai pas su la gérer. Elle qui écrivait est restée mon modèle. Est-ce elle, à travers cette petite fille, qui m'a guidée jusque-là ? Je lui accorde enfin sa libération, je ne la retiens plus.

Je la regarde partir, le sourire apaisé. Je suis grande, maintenant. La petite fille est partie. Elle m'a laissé son regard d'enfant et toute sa confiance pour que la femme que je suis se découvre enfin. Je n'ai plus peur.

« Je suis Lili ! Après douze ans d'amour et d'agonie avec Fabien, mon mari, j'aurais pu baisser les bras. Mais ça, c'est fini !

Aujourd'hui, j'ai décidé de vivre et je vais prendre le risque d'être heureuse. »

Je me couche dans les feuilles sous la lumière de la lune. Elle est belle, et je suis bien.

128 ∴ Ext. Nuit - Paris face à moi-même

Une heure passée dans le ciel à me dire que la décision que j'avais prise était la bonne.

J'ai peur d'être en retard, mais je ne veux pas non plus être en avance. Mes talons claquent sur les pavés de cette rue parisienne. La tour Eiffel est là, splendide. Le trac m'envahit. Je me suis armée de courage pour être belle, armée de courage pour être forte, armée de courage pour me sentir libre. Plus j'avance, plus je m'approche de la fin de mon histoire. Il me reste trois pas à faire et je serai devant la porte. Des flashs sortent du hall d'entrée de l'hôtel. Je m'arrête, impassible. Je fais les trois pas qu'il me reste, je respire profondément et je pousse la porte sans oser regarder devant moi.

129 ∴ Int. Nuit - Hôtel parisien

J'entre et m'avance timidement. Tout est luxueux, je ne sais où regarder. J'ai peur de qui je vais voir, des sentiments que cela pourrait me provoquer. J'observe, tourne sur moi-même. Je cherche des regards familiers. Je suis inquiète, je me sens seule. J'entends du bruit. Une personne à l'accueil m'interpelle du regard. Je me dirige vers elle quand une main chaude m'attrape par le coude.

— Lili ?

Mon cœur bat la chamade. Je pivote et me sens tout de suite rassurée.

— Erick !

— Tu es venue, c'est super !

Il chuchote.

— La conférence a été avancée, toute l'équipe est dans le salon à droite. Vas-y, je te rejoins, j'ai un coup de fil à passer.

Il me sourit et me serre dans ses bras.

— Ça fait plaisir de te revoir. Je suis désolé pour ton mari, Lili.

Il ne s'attarde pas et m'envoie un regard compatissant avant de s'enfuir avec son portable. Cela me fait chaud au cœur. Tout le monde est donc dans le salon de droite. Je ne tiens plus en place, j'ai mal au ventre. Plus j'avance vers ce salon, plus j'entends les « clics » des appareils photos. Il y a de l'agitation, chacun des journalistes présents y va de sa question. J'arrive enfin à l'embrasure de la porte et me faufile discrètement dans la salle où tout le monde me tourne le dos. Tous ont les yeux rivés sur la seule star présente en ces lieux. Je ne le vois pas encore, mais j'entends sa voix chaude. J'ai envie de fermer les yeux et de simplement l'écouter.

Mais l'impatience de le voir me fait m'approcher un peu plus. Je le vois enfin. Il donne son interview à la presse, assis derrière une table, entouré de son équipe. Il regarde droit dans les yeux chaque journaliste qui l'interroge. Son petit accent allemand m'avait manqué. Il est si beau, c'en est renversant. Je suis là pour continuer l'aventure, mais je ne sais pas bien ce que l'on espère de moi. Alors je reste là, attendant un signe. Je ne regarde que lui. Je n'ai pas répondu à son dernier message, mais c'est bien lui qui a été l'élément déclencheur. Je ne l'ai eu que très tard hier soir, en rentrant de ma promenade nocturne, et j'avoue que j'ai eu un choc. Je suis partie très tôt ce matin pour pouvoir arriver à temps à Paris.

Mon fantasme, pardon, mon désir est tout proche et il serait tombé amoureux de moi. J'avais besoin de le revoir pour comprendre et pour être sûre. Si mon extérieur se tient bien, si ma robe est belle, si mes cheveux sont bien coiffés et si je souris poliment, ce n'est pas le cas en mon for intérieur. Je n'ai qu'à le regarder pour comprendre. Mes jambes flageolent, mon corps s'échauffe, ma peau frissonne, mon cœur tape fort. Et il y a ce sentiment de peur et d'envie mêlées. Ce besoin d'être près de lui. Cette angoisse de ne plus le voir. J'ai failli tout perdre, mais je ne pouvais pas le perdre lui.

Mon regard ne peut se détacher de son visage. Les flashes crépitent et quand ses yeux se posent enfin sur moi, le temps s'arrête. Je redoutais cet instant autant que je l'attendais. Ma gorge se serre, il ne répond pas à la question que lui a posée le journaliste. Non, il demande une pause, il se lève et me regarde. Puis il avance vers moi. Les photographes s'agitent, je sors de mes rêves et entre dans la réalité. Il est tout près de moi maintenant. Il avance sa main pour la déposer sur mon épaule, provoquant immédiatement un frisson dans tout mon corps. Il est divin, ses yeux luisent. J'ai envie de le serrer contre moi, mais je n'oserai pas. Je suis comme hypnotisée. Il me parle et je lui réponds.

— Tu es là.

— Je suis là.

Je lui souris enfin, et mon corps se détend un peu. Mark porte sa main à mon visage et me caresse la joue. Ma joue se colle à ses doigts et je deviens toute rouge. S'il n'y avait pas tout ce monde autour…

— Tu es magnifique !

Sa voix n'est plus qu'un souffle, une brise… Et c'est un ours qui vient rompre le charme.

— Mark, les journalistes t'attendent !

Ralph ! Il est là, lui aussi. Pour une fois, je suis heureuse de le voir. Mark me regarde et regagne sans un mot sa place au milieu de quelques-unes de ses fans. Les cris de joie et d'hystérie ne tardent pas à venir et les demandes d'autographes s'amoncellent. « Mark, Mark, Mark ! » Elles hurlent son prénom. Je ne ressens aucune jalousie, je sais qu'il n'est qu'à moi et je n'ai qu'une hâte : pouvoir enfin le retrouver. Une vague d'ombre passe dans ma tête. Et si je m'étais fait des films ? Mais je ne veux plus aucune ombre devant mes yeux. Ralph est là et il me fait une gentille accolade, doublée d'un regard profond qui en dit long. Puis il me secoue comme un prunier. Lui aussi a l'air content de me voir. En un rien de temps, je suis dans ses bras. Comme quoi, tout arrive un jour ! Même les plus rustres peuvent avoir un cœur d'or.

— Tu ne lâcheras rien, n'est-ce pas ?

— Je ne pouvais pas te laisser avoir raison !

— C'est bien que tu sois venue.

— Merci, ça me touche.

— Si tu as besoin d'un agent, appelle-moi !

Quand il a fini de me secouer, comme les mots ne sont pas son fort, il m'embrasse sur les tempes et s'en va plus loin avec un petit clin d'œil. Serait-ce une minuscule larme dans ses yeux ? Il ne faudrait pas que l'on croie que cet homme est gentil !

Je me retourne alors vers Mark qui me regarde à cet instant précis. Mes yeux se baissent par timidité. Je passe en revue mes anciens « collègues » de tournage qui viennent un à un vers moi. Le temps passe et, sagement, j'attends. Comment tout cela peut-il se finir ? La fin de cette histoire sera-t-elle belle ? Pourquoi y aurait-il une fin ? Je suis repartie dans mes songes et de nouvelles idées d'histoires ou de scénarios – pourquoi pas – me traversent l'esprit. Mon imagination m'a retrouvée. Résonnent alors en moi les dernières lignes de mon scénario : « Quand ils s'aperçoivent, après un moment d'hésitation, Thomas avance vers Emy. Qui se jette dans ses bras. » Et c'est ainsi que le scénario leur livre son dernier secret.

Une lumière s'éteint et je reviens à moi. Il n'y a plus de fans, les derniers photographes rangent leur matériel et quittent le salon. Le reste de l'équipe s'est envolé. Mark est là, tout seul, assis derrière cette table. Il m'attend en m'observant. Que va-t-il se passer, maintenant ? Je me lève et me dirige droit vers lui, bien décidée. Mon assurance m'étonne et me trahit. Je ne me suis pas arrêtée assez tôt et je suis à deux doigts de lui. Trop tard. Je vois dans ses yeux de l'affolement. Je lui souris, recule d'un pas et reste debout face à lui. Que dire ? Je pense à notre rencontre, lui me dévisage. Je sors de mon sac une photo de lui. La première photo que Ralph m'avait donnée à mon arrivée. Je la lui tends.

— Moi aussi, je peux avoir un autographe ? Un vrai, cette fois.

Mark, sans un mot, dédicace la photo. Je vois bien qu'il y a plus qu'un autographe, mais je ne distingue pas le texte. Quand il a fini, il la tourne vers moi et la fait glisser. « Für meine Lili ». Mes doigts passent sans le vouloir sur cette photo, je suis émue par ces quelques mots que je comprends maintenant sans traducteur. Je n'ose pas le regarder. Je vois ses mains se rapprocher. Il hésite puis vient compléter son autographe d'un cœur. Je lève mes yeux et un rire s'échappe de ma bouche. Il en profite pour prendre ma main. Mon cœur bat la chamade.

— Moi aussi, j'en veux un ! Un autographe.

— Un autographe ? D'une scénariste ?

— Pas banal, n'est-ce pas ? N'en parle surtout pas à Ralph !

Il rigole tendrement.

— OK, je marque quoi ?

— Ce qui te passe par la tête.

— Je n'ai pas de photo de moi… Pourtant il faut que ce soit indélébile et collector, n'est-ce pas ?

— Oui, c'est ça !

Je me mets à regarder en l'air pour trouver une idée originale. Mark est très sérieux. Mon sérieux est là aussi et une question me taraude. Je prends sur moi et me lance.

— Si je n'étais pas revenue dans le bureau de Ralph, le deuxième jour… Si je n'avais pas insisté…

— Si tu n'étais pas revenue, j'aurais remué ciel et terre pour te retrouver…

— Pfff, tu ne me connaissais même pas…

— Bien plus que tu ne crois ! J'avais lu ton scénario, sans le savoir, je savais déjà tout…

Oui, dit comme cela, il pouvait deviner la suite. Mais en aucun cas je n'aurais moi-même pu imaginer que cela nous mènerait jusque-là. Mon cœur va exploser, vais-je arriver jusqu'à la fin de mon histoire ? Sans réfléchir, je me lève et, anxieuse, je finis de contourner la table. Arrivée à son niveau, je m'assieds devant lui. Je suis rivée à son regard, mes mains tremblent. Ni lui ni moi ne savons que dire. Puis, de façon taquine, car il n'y a que l'humour qui peut nous sauver de ce genre de situation, je sors mon rouge à lèvres d'une pochette de mon sac à main. J'enlève le capuchon puis tourne le socle pour voir apparaître le stick. Je respire un grand coup pour assumer ce que je m'apprête à faire. Je me mords la lèvre en souriant puis, lentement, je viens dessiner un petit cœur sur les lèvres de Mark. Quand j'ai fini et que je vois le résultat, je rigole tendrement tandis que lui s'inquiète.

— Et toi, tu te moques de moi ! Je peux savoir ce que tu as dessiné ?

— C'est un secret…

Il tamponne alors sa lèvre avec son doigt et le cœur apparaît aussitôt sur celui-ci. Mon cœur à moi aura tenu jusque-là, mais ce simple geste le fait voler en éclats, c'est inexplicable ! Mes mains viennent chercher sa main et je la place contre mon cœur. Une force divine est tombée sur nous, je lis dans ses yeux comme dans un livre ouvert. Tout devient limpide.

Je l'aime, oui, je l'aime !

Il ne bouge pas. Sa main s'agrippe à ma taille et provoque une tension au plus profond de mon être. Je dépose ma main sur son visage et mon pouce le caresse. Tout en me baissant, je fais ce que mon cœur me guide de faire, je l'attire vers moi. Délicatement, sans quitter son regard, mes lèvres viennent se déposer sur ses lèvres. Si bien que je peux sentir son souffle court sur ma peau. Je goûte alors avec candeur à l'objet autrefois défendu. Électrique, fusionnel, je ne cherche plus à donner de mots à cet instant, il n'y a que les sensations qui comptent. La douceur de ses lèvres qui exercent une légère pression sur les miennes. J'en oublie de respirer. Je me retire alors et un flot d'air remplit mes poumons. Nous sommes si proches l'un de l'autre. J'en veux encore et encore. Sa main monte le long de mon corps et l'embrase. J'ose briser ce silence, je veux être sûre que mon cauchemar est bien terminé et que mon rêve est bien la réalité. Ma voix est un murmure, Mark est là, devant moi. Sa main vient frôler mon visage. Ô combien ce geste me remplit et comble tous mes doutes ! J'ai tellement besoin d'être rassurée.

— Ce soir, je peux tout changer, tout recommencer… Ça ne sera pas facile… Mais j'ai besoin de toi…

En moins de temps qu'il ne faut pour le dire, Mark est debout face à moi. Il prend mon visage entre ses mains et ses doigts s'enfoncent dans mes cheveux. Ce sont alors ses lèvres qui viennent frénétiquement prendre les miennes. Et je les accueille dans un soupir. Mon corps se cambre et je me lève pour venir contre lui. C'est un électrochoc. Ses mains repoussent mon visage et mes lèvres se délectent en refusant de couper le contact. Mes yeux s'ouvrent difficilement et je le vois si avide. J'entends mon cœur battre contre son cœur. Il me regarde, il me sourit et vient enfouir sa tête dans mon cou en s'y glissant comme s'il voulait rentrer en moi. Ses bras vigoureux viennent me plaquer contre lui, mais si sensuellement et avec tant de douceur. Les miens se fraient un passage dans sa nuque et je viens briser la plissure de ses cheveux. Un tendre câlin, et une belle promesse. Là, maintenant, un moment d'éternité. Il me serre fort, je le serre fort. Et quand il ose briser cet instant, un dernier regard vient confirmer ses sentiments. Il ouvre sa bouche, mais aucun son ne sort. Je dépose mon doigt sur ses lèvres : « chut ». Il ne parle pas, je ne parle pas, mais tout est dit.

Et nos lèvres se retrouvent enfin, passionnément, ne laissant aucune place au vide.

Un rêve s'est réalisé, et l'avenir retient ses secrets. Je n'ai plus peur, le monde peut tourner, j'ai envie de vivre, j'ai envie d'aimer. Et je vais continuer d'écrire…

FIN

ÉPILOGUE

Ceci n'est pas la fin de l'histoire, car chaque jour est le début d'une autre.

Alors, à ceux qui croient que le bonheur n'existe plus, à ceux qui croient que les rêves sont irréalisables, à ceux qui n'ont plus d'espoir, à ceux qui souffrent… sachez que nous avons tous droit à une seconde chance, chacun de nous écrit sa propre vie.

Mais il faut accepter de perdre ceux que l'on aime et l'avenir se chargera de remplir à nouveau notre vie. Même si cela fait mal. Même si cela paraît impossible.

Cette histoire s'inscrit dans une actualité des plus brûlantes : à l'heure de *#MeToo* et de la dénonciation des violences qui touchent aussi bien les femmes que les hommes, *La Scénariste* a pour objectif de présenter un message d'espoir, un exemple de motivation pour dépasser l'horreur et donner à chacun la force d'accomplir ses rêves.

Cette idée de scénario est née après un « malheur de vie ». Comme pour Lili, mon héroïne, j'ai eu envie d'écrire une histoire et d'utiliser les vertus inestimables de l'écriture dans les passages difficiles de la vie. Une histoire qui serait une ligne de conduite à tenir, un rêve que l'on pourrait réaliser, un espoir.

On a chacun une mission dans la vie. Mais il faut avoir un but !

Ma mission était certainement d'être une oreille attentive au malheur. Ce roman rapporte plusieurs parcours de vie que l'on m'a confiés. Un sujet complexe qui est, de près ou de loin, la vie de milliers de personnes. Femmes et hommes battus, manipulés, tous doivent lutter entre l'amour qu'ils portent à leur tyran et leur amour-propre. Cette histoire nous plonge dans les questionnements et les triturations de l'esprit incessants d'une victime : « Est-ce bien ? » « Est-ce mal ? » « Ai-je le droit ? » Toujours dans la dualité du bien et du mal, avec un but ultime : accéder peut-être au bonheur.

Mon but, je l'ai atteint, puisque vous êtes arrivés à la fin de ce roman.

Nous avons tous, dans notre entourage, une personne manipulée, battue, violée, ou simplement malheureuse pour une raison ou pour une autre : financière, familiale, santé… On ne le sait pas forcément, ou on se cache la vérité.

Peut-être avez-vous ouvert les yeux sur des situations dont vous avez été le témoin sans jamais en parler, sans jamais rien faire. Et pourtant, vous vous êtes posé mille questions : « Dois-je agir ? » « Cela ne me regarde pas ! » « Il faut que je lui en parle ! » « Je vais lui casser la gueule »… Mais vous n'avez rien fait.

Quant à vous, les victimes, vous aurez certainement trouvé cette histoire bien trop romancée, en comparaison des violences que vous subissez. Mais toutes les histoires sont différentes, seule la brutalité est le lien commun. Malheureusement tout existe, le choix d'histoires à ce sujet est infini…

Et il y a celui qui fait mal. C'est un homme ou une femme, un être humain à part entière. Mais il distribue de la douleur autour lui, sans en être forcément conscient, sans voir les conséquences. Il manipule pour se voiler la face et, le pire, c'est qu'il est très doué à ce jeu-là. Frapper ou manipuler quelqu'un n'est pas un geste anodin, c'est une maladie.

Personne ne peut comprendre, et c'est vrai. Personne ne peut imaginer non plus.

Je ne souhaite à personne de vivre un tel fardeau.

Le sourire heureux ou malheureux de Lili a été le fil conducteur. C'est aussi ma ligne de conduite. Un sourire montre le bonheur et cache aussi le malheur. C'est une arme fatale qui peut tromper tout en étant sincère. Mais usez-en, car il guérit un grand nombre de blessures.

De nos jours, beaucoup de personnes avancent parce qu'il faut avancer, même si elles ne sont pas du tout sur le chemin qu'elles auraient dû prendre. Se retrouver dans la tête d'une femme battue, c'est accepter de ne pas maîtriser son destin.

Alors ne jugez plus, ni les victimes, ni ceux qui ne peuvent pas comprendre, ni les malades inconscients. Les services dédiés à ce sujet sont bien mieux formés que quiconque pour aider contre les violences conjugales. Appelez-les tout simplement.

Le jugement que vous pouvez porter sur ces personnes fragiles met en danger leurs seules raisons d'exister : l'amour qu'elles/ils portent à leur tyran. Elles refuseront toujours votre aide.

C'est incroyable, mais c'est ainsi.

Mais gardez toujours cela en tête : chacun de nous écrit sa propre vie. Chacun doit être acteur de son destin. Chacun a droit au bonheur. Mais on ne peut pas changer le passé. Alors il faut trouver la force de tourner la page.

REMERCIEMENTS

Ce roman n'aurait jamais pu voir le jour sans toutes les personnes qui ont gravité autour de moi.

Par ce petit mot, je remercie :

Mes parents, qui m'ont soutenue pour que je continue d'y croire, qui m'ont donné la confiance et les moyens d'avancer dans ce projet. Pour votre confiance aveugle, aujourd'hui récompensée.

Sarah Gurevick et Nicolas Zappi, co-fondateurs de la Maison des scénaristes, qui m'ont permis d'avoir mon projet de scénario (devenu roman) labellisé par le comité de lecture de leur plateforme en ligne WeFilmGood, projet de scénario toujours présent sur leur site depuis 2019.

Antoine Calmel et Nicolas Sauviat de l'agence de communication Vendez Votre Histoire, pour m'avoir poussée à continuer.

Jocelyne Hurst, amie et professeure agrégée de lettres à Aurillac, et Catherine Maisonhaute, mon professeur de français au lycée de Decazeville, qui ont bien voulu corriger la version scénario, tout en me redonnant confiance.

Kirsten Blachetta du CIDFF 15 (Centre d'information sur les droits des femmes et des familles), à Aurillac, pour avoir validé la pertinence des situations vécues par mon héroïne et confirmé que des histoires comme celle-ci arrivent malheureusement en effet dans la vie réelle.

Renaud Fely, réalisateur, Ève Commenge, productrice de la société Anonymes Films en Belgique, Rashed M'Dini, réalisateur, Alain Layrac, scénariste et réalisateur, et Arnaud Segond, directeur du cinéma La Strada à Decazeville, pour avoir lu mes premiers essais scénaristiques et pour m'avoir délivré leurs précieux conseils.

Ma sœur, ma famille, mes chers et chères ami(e)s, pour leurs retours de lecture, leur soutien, leur bienveillance.

Mon mari et mes enfants, qui m'ont portée et qui ont toujours cru en moi. Je vous aime.

Ma Mamie Thérèse, ma source d'inspiration, ma raison première de vouloir écrire. Et Maminou qui, de là-haut, je le sais, me protège et me pousse dans cette belle aventure. Je sais maintenant que je suis dans vos pas et que ma force vient de vous.

Tous ceux que j'oublie et que je prie de m'en excuser.

Et mention spéciale à Nadège Fromentin Correction, ma talentueuse correctrice, pour son travail patient sur un sujet aussi complexe et sur un premier ouvrage si volumineux. Merci aussi à sa stagiaire Lucile Maury, qui faisait ici ses premières armes. Merci pour votre soutien indéfectible et votre aide à la jeune auteure que je suis, malgré les hauts et les bas de la vie, et pour m'avoir permis de poursuivre mon rêve jusqu'au bout.

N° SPÉCIAUX CONTRE LES VIOLENCES PHYSIQUES ET PSYCHOLOGIQUES

En cas d'urgence ou danger imminent

- Par téléphone : 17
- Par sms :114

Urgences médicales et Secours par téléphone

- SAMU :15
- Pompiers : 18
- Zone Europe : 112

En tant que victime de violences conjugales

- Femmes violences info : 3919
- Écoute violences femmes handicapées : 01 40 47 06 06
- Allô 119 (Protection des enfants en danger ou en risque de l'être) : 119
- Action Logement : 09 70 800 800
- CIDFF (Centre d'information sur les droits des femmes et des familles) de votre département
- SOS Viols : 0 800 05 95 95
- Drogues Alcool Tabac info service : 113

TABLE DES MATIÈRES